オルハン・パムク　安達智英子 訳

新しい人生

Orhan Pamuk, YENİ HAYAT

藤原書店

Orhan Pamuk
YENİ HAYAT

目次

用語解説

アイラン――軽い塩味のヨーグルトの飲み物。
アザーン――イスラムの礼拝時間になるとモスクから聞こえる呼びかけ。
エゾゲリンスープ――スパイスのきいたレンズマメのスープ。
カフヴェ／カフヴェスィ――老人や失業者がチャイやコーヒーを飲んだり、ゲームしたりして、たむろっているコーヒー店。
キョフテ――トルコ風小ハンバーグ。
ドネルケバブ――薄切り肉を巻きつけた塊を回しながら焼いて、薄く削いで食べるケバブ。
コロンヤ――家へお客が来たときやバスに乗ったとき、食堂で食事のあとでふりかけるトルコのコロン。
チャイ――小さなコップで飲むトルコの紅茶。
チョコメル――彗星という意味のあるウルケル社の子供向けチョコレート菓子。
バッカル――タバコや酒、米などの食料品の他、かみそりや洗剤なども売る食料雑貨店。
ピデ――平らなパンで、具がのったものもある。

ポアチャ――薄い塩味の菓子パンで、プレーンなものの他にチーズやひき肉、ジャガイモ入りのものもある。
ボザ――ヒヨコマメを発酵させてつくる、酸っぱい飲み物。
ボレッキ――ユフカという既製のパイ皮にひき肉やチーズなどをはさんで焼いた軽食。
ミフラーブ――モスクで、メッカの方向を示す壁の窪み。
ミナレット――モスクの尖塔。かつてはここに上ってアザーンを読み上げた。
ムエッズィン――声高にアザーンを読み上げる係の人。
ムハッレビ――牛乳にでんぷんを入れてつくるプリンに似た菓子。
ラク――ぶどうの蒸留酒で、水を入れると白く濁る。
リンデンティー――菩提樹の葉のお茶。
レヴァーニ――粗挽き小麦の焼き菓子。

トルコ共和国周辺
黒海
グルジア
アルメニア
アルダハン
アマスヤ
トラブゾン
カルス
アニ
トカト
サルカムシュ
エルズルム
アララット山
5165M
共和国
ヴァン湖
ヴァン
イラン
マラトゥヤ
バトマン
ディヤルバクル
シールト
ハッカリ
イスケンデルン
シリア
イラク

ブルガリア
黒　海
エディルネ
ギリシア
ボスフォラス海峡
イスタンブル
マルマラ海
ダーダネルス海峡
ブルサ
アンカラ
エスキシェヒル
クルクカレ
マニサ
イズミル
ト　ル　コ
エーゲ海
コンヤ
アンタルヤ
アダナ
ロードス島
地　中　海
N
0
200km
キプロス

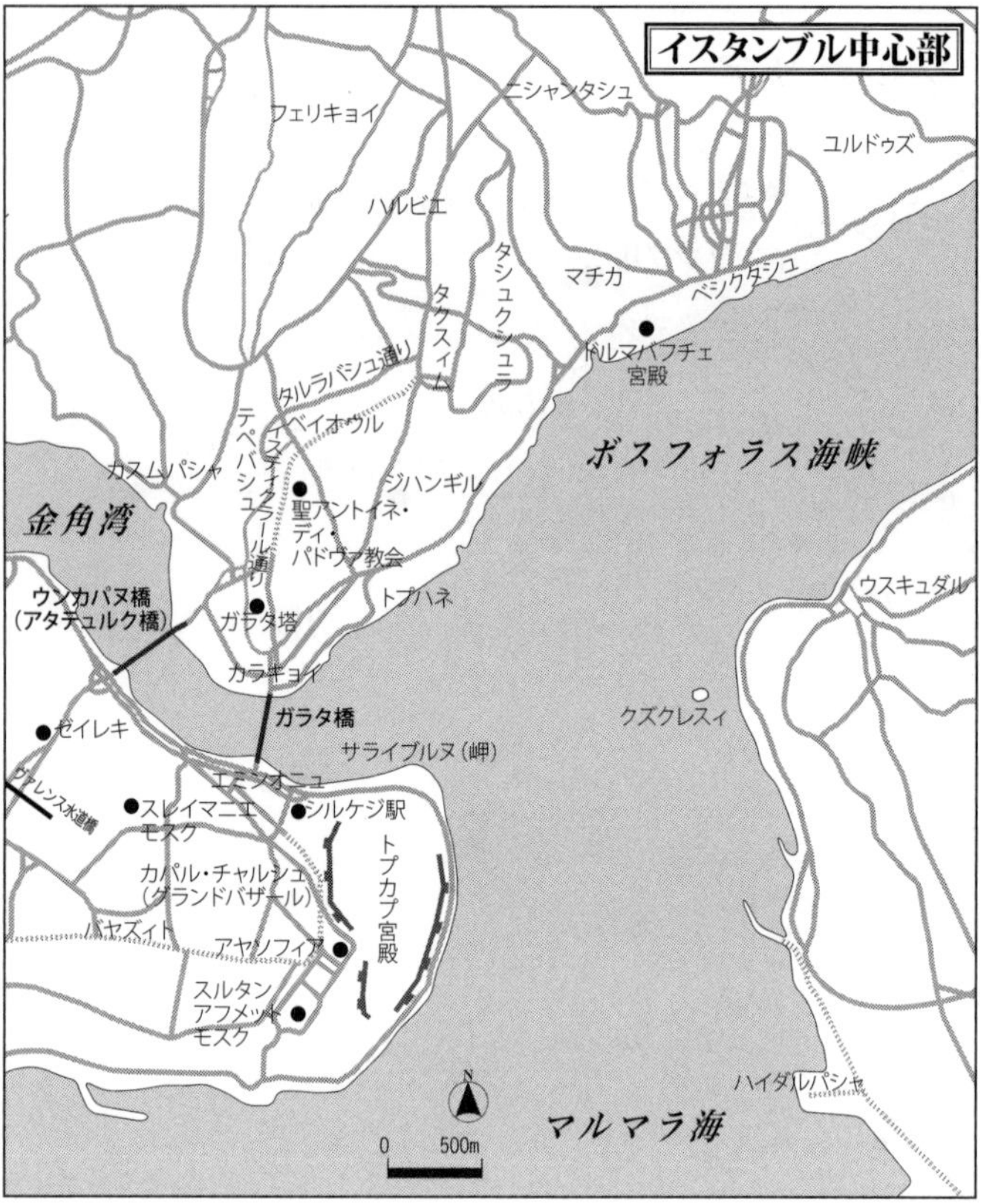
イスタンブル中心部
フェリキョイ
ニシャンタシュ
ユルドゥズ
ハルビエ
タシュクシュラ
タクスィム
マチカ
ベシクタシュ
ドルマバフチェ宮殿
タルラバシュ通り
ベイオウル
テペバシュ
イスティクラール通り
カスムパシャ
ボスフォラス海峡
ジハンギル
聖アントイネ・ディ・パドヴァ教会
金角湾
ウンカパヌ橋（アタテュルク橋）
ガラタ塔
トプハネ
ウスキュダル
カラキョイ
ガラタ橋
ゼイレキ
クズクレスィ
サライブルヌ（岬）
ヴァレンス水道橋
エミノニュ
スレイマニエモスク
シルケジ駅
トプカプ宮殿
カパル・チャルシュ（グランドバザール）
バヤズィト
アヤソフィア
スルタンアフメットモスク
ハイダルパシャ
N
マルマラ海
0
500m

新しい人生

シェキュレへ

ほかのみんなだって同じ話を聞いたのに、
だれひとりこんな風にはならなかった。

ノヴァーリス『青い花』

一

ある日、一冊の本を読んで、ぼくの全人生が変わってしまった。まだはじめの数ページしか読んでいないというのに、自分の中でその本の力をあまりにも感じてしまったから、自分の胴体が、向かっている机や座っている椅子から切り離されて遠ざかっていってしまうような気がした。胴体が身体から切り離されて遠ざかっていくような気がしたにもかかわらず、ぼくの全存在、ぼくのすべては、いつも以上に椅子や机の前にとどまっているかのようで、本はそのすべての影響力をぼくの精神にだけでなく、ぼくをぼくという人間にするすべてに対して行使したのだった。それは本当に強い影響力だった。本のページから顔に光がほとばしってくるかのように感じた。その光はぼくの理性のすべてをくらませつつ、同時にピカピカに輝かせるような光だった。この光で自分を新しく創りなおすのだと思った。この光のせいで道に迷ってしまうのだとも思った。この光の背後に、ぼくが将来出会うはずの、そして近づいていくはずの人生の影を感じた。机に向かい、向かっていることを頭の片隅で理解しつつページをめくりながら、自分の全人生が変化の真っ只中にあるというのに、ぼくは新しい単語やページを読み続けていた。間もなく自分の身の上に起こる出来ごとに対して、何の用意もなく、何の手だてもないように感じてしまい、本からほとばしる力から身をかわそうとするかのように、一瞬本能的に本から顔を背けてしまった。周りの世界が頭からつま先まで変わってしまったことを、そのとき恐怖をもって感じた。そして今まで感じたこともない孤独感を覚えた。言葉も、習慣も、どこにあるのかも知らないような国で、たったひとり取り残されてしまったような感じだった。

この孤独感からくるやるせなさが、一瞬にしてぼくをこの本により密接に結びつけた。いつの間にか来てしまった新しい国で、しなければいけないことや、信じてみたくなるようなこと、見ることができるもの、それにぼくの人生の航路を、この本が示してくれるはずだった。ぼくはページを一枚ずつめくりながら、未開の知らない国で道を示してくれる案内書《ガイドブック》のようにこの本を読んだ。「助けてくれ、ぼくを！」と心の中で叫びたくなった。助けてくれよ、事故や災難に遭わずに新しい人生を見つけられるように。その人生へも、案内書の中の言葉が誘導していることはわかっていた。ぼくは単語をひとつずつ目で追いながら、道を探そうとし、その一方で自分を完全に道に迷わせるような不思議な空想を、ひとつひとつ驚きとともに組み立てていた。

その間もずっと本は机の上にのっていて、ぼくの顔に光を放っていたが、部屋にあるその他のものに混じって昔から馴染んでいるもののようにも見えた。ぼくの前に広がっている新しい人生の、新しい世界の存在を、驚きつつも喜んで受け止めながらそんなことを感じた——ぼくの人生をこんなにも変えてしまう本は、もとはといえば平凡なただのものだったのだ。ぼくの意識は、単語がぼくに約束した新しい世界の不思議や恐怖に向かって、窓やドアをゆっくりと開いていった。そのときぼくは自分をこの本に向かわせた偶然について改めて思い返していた。でもそれは、意識の表面にあるだけで、深くまで行けないでいる想像に過ぎなかった。読み進むうちにこの想像に回帰してしまうのは、ある種の恐れがあったからかもしれない――この本がぼくに与えた世界はあまりにも奇妙で驚嘆させられるものであったので、その世界にすっかり埋もれてしまわないように、今現在のいろいろなことをあわてて感じなければいけないと思った。本から顔をあげて自分の部屋やタンスやベッドを眺めても、窓から外に目をやっても、その世界を自分が去ったときの状態で再び見ることはできないのではないかという恐怖にとりつかれたからだ。

時間とページはお互いに追いかけあっていた。遠くで電車が走っていた。母が家を出て行く音や、だいぶ後になって戻ってくる音が聞こえた――いつもと変わらない街の喧騒、玄関の前を通るヨーグルト屋の鉦《かね》の音、それに車がエンジンをふかす音が聞こえた。それはよく知っている音なのに、聞いたことがない音のように聞こえた。外でにわか雨が降ったように感じたが、なわとびを跳んでいる少女たちの声だった。空が晴れて明るくなってきたかと思えば、窓ガラスに雨粒がポッポッとついていた。さらにページを読み進んでみた――あちら側の人生との境目から漏れてくる光が見えた――今まで知らなかったことも、知っていたことも見えた――自分の人生も垣間見えた。自分の人生が進んでいくと思われる道も……。

ゆっくりとページをめくっていくと、これまで存在を全く知らなかった、全く思っても見なかった、全く感じたこともなかったような世界がぼくの魂の中に入り込んできて、そこに留まった。今までにぼくが知っていた、そして考えていた多くのことが、心を留めておくに足らない些細なことに成り変わっていた。知らなかったことが、隠れていた場所から抜け出て、ぼくに向かって合図をしていた。本を読んでいるときにそれが何なのかときかれても、おそらく答えることはできなかっただろう。ぼくはもう後戻りできない道をのろのろと進んでいっているのを知っていた。自分が背後に残してきたいくつかのことに関する関心も失せたと感じていながら、前方に開ける新しい人生に対してあまりにも興奮し、好奇心を持っていたから、存在するすべてがぼくにとっては興味を持つに値するように思えたためだった。この興味に興奮してしまい脚をぶらぶらさせ始めたとき、これから起こる数々のこと、豊かさ、複雑さは、自分の中である種の恐怖に変わった。

この恐怖とともに本から顔に向かってほとばしる光の中に、古びてしまった部屋が見えた。狂ったバス、疲れた人々、色あせた文字、失われた町、人生、それに幻が見えた。旅があった、それはいつでもあった。すべてが旅だった。この旅でぼくは、自分自身をいつも見つめていて、絶対行ったことがない場所でぼくの目の前にひょいと現れるようなふりをしては消え、消えてしまったせいで、よけいに探したくなってしまうようなまなざし——罪悪感や宗教上の罪を、とっくの昔に浄化したやわらかいまなざし……。ぼくはそのまなざしになりたかった。そのまなざしが見ている世界に身を置きたかった。そうすることを心から望んだ。まるでその世界に住んでいるような気になるまで。いや、そんな気になることさえ必要なかった。なぜならそこに住んでいたからだ、ぼくは。そこに住んでいたのだから、本にもぼくのことが書いてあるはずだった。ぼくが考えていたことを、ぼくが書くよりも前に誰かが考えて書いたからこそ、こうなっているのだ。

言葉と、言葉がぼくに訴えかけているものとが、お互い全く異質であるはずだということもわかった。それはこの本が自分のために書かれているのだと最初から感じていたからだ。読んでいるとき、そのひとつひとつの単語が、そのひとつひとつの言葉が、ぼくの中へ入ってきたのはそのためだった。それが思いがけない言葉や、ピカピカに光る単語だったからではない。そうではなく、その本がぼくについて語っているという気持ちになったからだ。どうしてそんな気持ちになったかはわからない。わかっていたが、忘れてしまったのかもしれない——殺人者、事故、死、喪失を表す信号《シグナル》の中で、ぼくは自分の道を見つけようとしていた。

こうして読んでいくうちに、ぼくのまなざしは本の中の言葉に、本の中の言葉もぼくのまなざしに、なり変わっていった。光にくらんだぼくの目は、本の中の世界と、普通の世界にある本との区別がつけられなくなってしまった。たったひとつの世界、存在するすべてのもの、ありったけの色や物は、まるでこの本の中や言葉の間に存在するかのようだったけれども、ぼくは本を読みながら自分の頭の中で、可能な限りのことを幸福や驚きを感じながら実現させていた。読み進むうちに、はじめささやくかのように、それからある種の疼きとともに、気まぐれな激しさで本が示しているものがわかってきた。それはそこに、ぼくの魂の深いところに長年横たわっていたのだ。その本は水底に何世紀もの間横たわっていた、行方不明の財宝を発見して公衆の面前にさらし出したのだ。行間や単語の間に見つけたものでも、今はもうぼくのものだ、と言いたかった。本の最後のほうのページでは、こういうことを自分も考えていたんだ、とも言いたくなった。それから本が訴えかけている世界に完全に入り込んでしまうと、ぼくは真っ暗闇と薄暗闇の間から飛び出してきた天使のように、死を見た。自分の死を……。

一瞬で、自分の人生が思ってもみないほど豊かになったことがわかった。そのとき唯一ぼくが恐れていたのは、世界、家具、部屋、外を眺めることによって、この本が伝えていることがぼくに見えなくなることではなく、ただ本から遠ざかってしまうことだけだった。ぼくは本を両手に抱え、子供の頃挿絵入りの小説を読み終えたときにやったように、ページの間から立ち上る紙やインクの匂いを嗅いだ。あの頃と同じ匂いがした。

椅子から立ち上がり、窓際に歩み寄って、子供の頃のように額を冷たいガラスに押し付け、外を、路地を眺めた。五時間前の午後、本を机の上に置いて読み始めたとき、向かい側の歩道に横づけしていたトラックはもういなくなっていた。でも、トラックからは鏡つきのタンスや重そうな机、サイドテーブル、箱、スタンドライトが降ろされ、向かいのアパートの空き家に誰かが引っ越してきたようだった。カーテンがついていなかったので、素っ裸で力強い電球に照らされた中年の母親と父親、ぼくと同じ年頃の息子と娘が、つけっ放しにされたテレビに向かって夕食を食べているのが見えた。娘の髪は薄茶色で、テレビの画面は緑だった。

ぼくはしばらくそのご近所さんたちを眺めていたが――目新しかったから彼らを眺めるのが楽しかったのかもしれない――その行為はぼくをある意味で守っていたのかもしれなかった。身の周りのよく知っている古い世界が頭のてっぺんからつま先まで変わってしまったことと、正面から向き合いたくなかったけれど、もう路地は昔のままの路地ではなく、部屋も昔のままの部屋ではなく、母親も友達も同じ人間ではないことがぼくにはわかっていた。一種の敵意、何と名づけていいのかわからない威嚇的で不安にさせる何かが、そういった過去のものすべてにあるはずだった。窓から一歩後ずさったけれど、机の上でぼくを呼んでいる本の方に戻ることもできなかった。ぼくの人生を脱線させるものがそこにある、ぼくのすぐ後ろで、机の上でぼくを待っている。どんなに顔を背けても、すべての始まりがそこに、本の行間にあった。そしてぼくはいよいよその道を歩み始めるはずだった。

昔の人生と切り離されることが、一瞬ぼくにはひどく恐ろしいことのように思えたのかもしれない。ある災難のせいで、人生がもう後戻りできないほど変わってしまった人たちの人生と同じように、ぼくも自分の人生が昔のように流れていくと思おうとした。自分の身に降りかかってきた事故や災難、とにかくそういった恐ろしいものは、自分の人生ではないと想像し、安心したかったのだ。けれどもぼくの後ろに、ぼくの机に、未だに開かれた状態で置かれている本の存在を本当に強く感じてしまったので、どうしたら自分の人生が昔のように続けられるのか、想像さえできないでいた。

そのあと母が夕食の準備が出来たと呼んだので、部屋を出て、新しい人生に慣れようとする未熟者のようにテーブルについて母と話し始めた。テレビがついていた。皿にはひき肉入りのじゃがいも、長ねぎのオリーブオイル煮、グリーンサラダ、そしてりんごがのっていた。母は向かいに越してきたご近所さんのことを話題にした。ぼくが午後いっぱい閉じこもって勉強していたこと（おまえ、よくやってるね！）や、町で起こった出来事や、雨が降ったこと、テレビが伝えるニュース、そのニュースを読みあげている男のことなども。ぼくは母が好きだった。きれいで、やさしくて、柔らかな物腰の、聡明な女性だった。この本を読んで彼女とは別の世界に入ってしまったことに、罪の意識を感じた。

その一方で、もしもこの本が大衆向けに書かれたものだったら、とも考えた。人生は、昔のように重苦しく気まぐれに続くわけにはいかなかった。だからといって、この本が自分のためだけに書かれたという考えは、ぼくのように論理的な工学系の学生にとって現実だとは思えなかった。そうだとしたら、どうやってすべてを昔のように続けることができるというのだろう？　本がぼくだけのために創造された秘密だということは、考えることさえ恐かった。そのあとぼくは母が食器を洗うのを手伝ったり、彼女に触れたりして、自分の中の世界を今現在の世界に移動させたかった。

「いいわよ、私がやるから」と彼女は言った。

ぼくはしばらくテレビを観た。もしかしてその世界に入り込むこともできたのかもしれない。もしかしてテレビをひと蹴りで粉砕したかもしれない。けれどもぼくが観ていたのは、ぼくらの家の、ぼくらのテレビだった。それはある種の神様、ある種の電灯《ライト》だ。ぼくは上着を着て、外出用の靴を履いた。

「出かけてくるよ」とぼくは言った。

「いつ帰る?」と母はきいた。「待ってようか?」

「待たなくていいよ。テレビの前で寝過ごしちゃうじゃないか。」

「部屋の電気消した?」

こうしてぼくは、知らない国の危険な通りに出かけていくように、二十二年間を過ごしたこの地区の、子供時代を過ごしたこの路地に出た。弱く吹いている風とともに、湿った十二月の寒さを感じると、もしかして昔の世界から新しい世界に来ているものもあるかもしれない、と心の中でつぶやいた。それを今、自分の人生を作り出した路地や歩道を歩きながら発見するはずだった。走り出したいような気分になった。

暗い歩道の巨大なゴミ収集箱や泥だまりの間を早足で歩いた。踏み出す一歩一歩が新しい世界を現実にさせていくのが見えた。子供の頃からあるすずかけやポプラの木は、ちょっと見には同じすずかけやポプラのように見えたが、ぼくをこの木々に結びつける思い出や連想の力は失われていた。疲れた木々や、見慣れたアパート、基礎から石灰坑に始まって屋根の瓦にいたるまでどうやって建てられたかを子供のときに見た、建ってからは友達と遊んだ、今はもう薄汚れてしまったアパートを、自分の人生になくてはならないもののようにではなく、いつ、どうやって撮ったのか思い出せない写真を見るように眺めた――影や明り取りの窓、庭の木々、あるいは入り口の扉につけられた文字や記号でそれらを認識しつつも、そういう馴染みのあるものの力を自分の中で、全く、全然感じないまま。昔の世界はそこに、目の前に、すぐ傍らに、路地に、馴染みの食料雑貨《バッカル》店のウィンドウ、エレンキョイ駅前の広場の、まだ看板が灯っている菓子パン屋、八百屋の果物の箱、手押し車、〈人生《ハヤット》〉菓子店、古びたトラック、ビニールシート、暗闇、疲れた顔となって、ぼくのまわりにあった。夜の光の中で小刻みに震えているこの影に対して、心の片隅が凍りついた。そこでぼくは何か罪を隠匿するかのようにして本を持っていた。ぼくをぼくという人間にする、この馴染みの通りから、濡れた木々の苦悩から、歩道の水たまりやアスファルトに映りこんだネオンの文字から、八百屋や肉屋の明かりから、逃れたかった。弱い風が吹いて木の枝から水滴が落ちた。何かがうなる音が聞こえた。それは本がくれた秘密なのだと思った。恐怖にとらわれ、人恋しくなった。

　幼なじみたちが未だに集まってトランプに興じ、テレビでサッカーの試合を見たり、待ち合わせをしたり、たむろったりしている、駅前広場の〈若者たち《ゲンチレル》〉コーヒー店《カフヴェスィ》に行ってみた。後ろの方の席では、父親の靴屋で働いている大学生とサッカーのアマチュアチームでプレーしている別の地区の友人が、テレビから漏れる白黒の光の下で話し込んでいた。彼らの前に、読み古されてバラバラになった新聞が置いてあるのが見えた。チャイのコップがふたつ、タバコ、食料雑貨《バッカル》店で買ってきて椅子の座の部分に隠しているビールのびんも。彼らに加わって何時間も話したい衝動に駆られたが、ぼくはもう彼らと話すことはできないのだということがわかった。一瞬涙がこぼれそうになるほどの悲しみが襲ってきたが、誇りをもってふり払った――ぼくの心の中を打ち明けられる人たちを、ぼくは本の中の世界に住む影の中から選ぶはずだった。

こうすることで自分の全将来がもう完全に自分のものだと信じられるような気がしたけれど、わからない、今は本がぼくを所有しているのだった。本はぼくの中にただの秘密や宗教上の罪として浸透していったのではなく、夢の中でそうなるように、口がきけない状態に陥れてしまったのだった。どこにいるんだろう、心の中を打ち明けられるぼくに似た人々は。この本を読んだ向こう側の人々は、どこにいる？

電車通りを過ぎて裏通りに入り、アスファルトに舞い落ちて黄色くなった木の葉を踏みつけた。突然心の中にこんな深い楽観が浮上してきた。ずっとこうやって歩いていったら、早足で全く立ち止まらずに旅に出たら、本の中の世界にたどり着くのではないか。ぼくがきらめきを感じた新しい人生は、決してたどり着くことのできない遠い国にあるのかもしれなかった。でも行動を起こせばそこに近づき、昔の人生を過去に置き去りにできるとも感じていた。

砂浜に着いたとき、海が真っ黒に見えたので驚いた。夜、海がこんなにも暗く、硬く、容赦ないものだということを、どうしてもっと前に気づかなかったのだろう？　ものには言葉があって、本がぼくをその中に引き込んだ一時的な静寂の中で、その言葉が聞こえはじめたようだった。一瞬、少しずつ揺れる海の重さを、まるで本を読んだときに出くわした、後戻りできない自分の死のように感じてしまった。でも本当の死が感じさせるはずの「すべての終わり」といった感情ではなく、新しい人生を始める人間の好奇心や興奮が揺れ動いていた。

ぼくは砂浜を行ったり来たりした。小さい頃、南風が吹き荒れた嵐のあと近所の友人たちと、打ち寄せる波が置き去りにしていった缶詰、ゴムボール、ガラス瓶、ビーチサンダル、洗濯バサミ、電球、プラスチックの人形などの中に、何かいいものはないかと探したものだった——魔法のかけられた財宝のかけら、何だかわからないけどピカピカで新品の何かを。本の光に照らされたぼくのまなざしが、その古い世界のどこにでもある品物を見つけて調べることができたならば、その品物を小さい頃に探し求めていた魔法の品物に変えられるんじゃないかという気になった。けれども本がぼくを世界でたったひとりぼっちにしてしまったという気持ちに、心をあまりにも強く支配されてしまったから、暗い海が突然高い波をたててぼくを飲み込んでしまうような気がした。

　あわてて早足になったが、その一歩一歩は新しい世界が現実のものになるのを見るためではなく、一刻も早く自分の部屋であの本とふたりきりで向かい合うための歩みだった。走るように歩きながらも、ぼくはすでに自分のことを、本からあふれ出す光が作り出した人間のように感じ始めていた。この感覚は心を鎮めてくれた。

　ぼくの父には、同世代で父と同じように国鉄で長年働いて監査役にまでなった親友がいた。鉄道雑誌に鉄道旅行への情熱について記事を書き、自分が文章を書いて挿絵も添えていた子供向け小説を『新しい日《イェニ・ギュン》』誌の子供の冒険シリーズで発表していた。鉄道旅行の愛好家だったこのルフクおじさんがぼくにくれた『ペルテヴとピーター』とか『カメル、アンカラに行く』とかいう題の子供向け小説を読んでいた時期には、走りながら家へ帰って本の中に埋もれたい、と思ったことが何度もあった。でもその子供の本にはいつでも終わりがあり、まるで映画のように三文字で「完《SON》」と書いてあって、その三つの文字を読むと、留まっていたいと思った国のおわりを見てしまうだけではなく、それが魔法の国の鉄道旅行愛好家ルフクおじさんのでっちあげた場所だということを、がっかりしながら知ってしまうのだった。再び読もうとして家にこうして走って帰るほど入れ込んでいる本の内容は、すべてが現実のことだとわかっていた。だから本を自分の心の中にしまいこんでいた。走るように歩いている濡れた路地は現実などではなく、誰かがぼくに罰として与えた退屈な宿題の一部のように見えてしまうのだった。それは、あの本がぼくに、なぜ自分がこの世界にいるのかを説明してくれていたからだ。

電車通りを過ぎてモスクの横壁に沿って歩いているとき、水たまりを踏みそうになって飛び跳ねたので、つまずいてよろけ、泥まみれのアスファルトの上に全身を横たえてしまった。

すぐに起き上がって歩き始めるはずだった。

「ああ、転んじゃったねえ、君」と声をかけられた。ぼくが全身で転んだのを見た髭の老人に。「大丈夫かい？」

「大丈夫じゃないんです」とぼくは言った。「昨日父が亡くなったんです。今日埋葬しました。とんでもない奴だった、いつでも飲んでいて母を殴っていたんです。一緒に住みたくないっていうんで、ぼくはずっとヴィランバーに住んでいたんです。」

このヴィランバーという町を、ぼくはどうやって思いついたのだろう？　もしかして老人はわかっていたのかもしれない、ぼくの言ったことは全部でまかせだと。しかし突然ぼくは、自分をこの上なく利口な人間のように感じてしまった。口をついて出たでまかせのせいか、本のせいか、それともこの人の素朴でぼんやりした顔のせいかわからなかったが、自分にはこう言い聞かせた。「恐がることはないさ！　行ったらいいんだ。あの世界は、本の中の世界は本当の世界なんだ！」それでも恐かったのだけれど……。

それはどうして？

一冊の本を読んで人生を誤ってしまった、ぼくのような人間の身の上に起こったことをきいたことがあるからだ。『哲学の基礎原理』という本を読んで、書かれているすべての言葉に一晩で共感し、次の日「革命派プロレタリア新前衛グループ」に参加し、三日後には銀行強盗で捕まって、十年の刑を言い渡された人間たちのことを聞いたことがある。あるいは『イスラムと新道徳』とか『西洋化の背徳』といった本を読んで、一晩のうちに酒場通いをやめてモスクへ通うようになり、氷のように冷たい絨毯の上でバラ水の香りに包まれながら、五十年後に訪れるだろう死を忍耐強く待ち始めた人間たちのことも知っている。『愛の自由』とか『自己認識』といった本に陶酔してしまっている人間も知っている。こういう手合いは、星座占いなんかを信じることができる性質の人間たちの中から出てくるのだ。彼らは口をそろえて「一晩で自分の全人生を変えてしまったんだ、この本は！」と心から言うのだった。

こんな不安で安っぽい光景ではなかった、もともとぼくの脳裏にあったのは――ぼくはひとりぼっちになるのを恐れていたのだ。ぼくのような馬鹿がおそらくやらかすだろうこと、本を間違って解釈したり、ただ表面的に理解したり、あるいは全く理解できなかったり、つまり他のみなのようになれなかったり、恋に溺れたり、すべての秘密を知りながら、その秘密を全く知りたがらない奴らに一生かけてそれを説明しようとして笑いものにされたり、刑務所に入れられたり、頭のおかしい人と思われたり、最後には世界が自分のものだと思ったり、それは残酷なものだと説明したり、きれいな女の子に自分を好きになってもらえなかったりすることを恐れていたのだ。なぜなら本に書いてあることが本当ならば、人生がそのページで読んだとおりならば、そんな世界が可能ならば、人々はなぜいまだにモスクへ行ったり、コーヒー店《カフヴェ》でくだらない話をしたりして、ダラダラしているのか、毎晩イライラして爆発しないように何時間もテレビの前にへばりついているのか、とうてい理解できなかったからだ。外にだってテレビの半分は観るべき面白いものがあるかもしれない。例えば車がスピードを出して通り過ぎるかもしれない、あるいは馬がいなないたり、酔っ払いが叫んだりするかもしれないと、この人たちはカーテンを少し開けておいたりするのじゃないのか。

半分開いているカーテンの間から長い間眺めていた斜め向かいのアパートの二階の部屋が、鉄道旅行愛好家ルフクおじさんの家であることにいつ気づいたのかわからなかった。気づかないうちに気づいたのだろうが、一冊の本のためにぼくの人生が頭からつま先まで変わった日の夜に、ぼくの本能がおじさんに敬礼していたのかもしれなかった。ぼくの脳裏には奇妙な欲望が湧いてきた。それはおじさんのところに父と最後に行ったときに家の中にあった品々を、もう一度近くから見ることだった。鳥カゴに入ったカナリヤ、壁にかけられた温度計、丁寧に額に収められた列車の写真、半分にはリキュールセット、ミニチュアのワゴン、銀の砂糖入れ、切符切り、鉄道功労賞のメダル、もう半分には四、五十冊の本が納められているガラス張りの飾り戸棚、その上にのっている全く使われていないサモワール、テーブルの上にあるトランプ……。ぼくは半分開いたカーテンの間から、その部屋からもれてくるテレビの光を見つめていた、テレビ自体ではなくて。

突然、どこから湧いていたのかわからない決意でもって、アパートの庭と歩道を隔てる塀の上に上り、未亡人になった鉄道旅行愛好家ルフクおじさんの妻、ラティベおばさんの頭と彼女が見ているテレビをのぞきこんだ。夫の、もう誰も座らない一人がけの肘掛け椅子に対して四十五度背を向けて座り、テレビを見ながらぼくの母がするのと全く同じように、両肩の間に頭を埋めていた。ぼくの母はそうして編み物をするのだが、おばさんはタバコをフカフカと吸っていた。

鉄道旅行愛好家のルフクおじさんは、ぼくの父が去年心臓発作で亡くなる一年前に亡くなっていたが、普通の死に方ではなかった。ある夜コーヒー店《カフヴェ》に行く途中に撃たれて殺されたのだった。犯人は捕まらず妬みによる犯行だと噂されたが、父はその人生の最後の一年間、そんな噂は信じないで過ごした。おじさんたちに子供はいなかった。

真夜中、母が眠ってから机に向かって真っ直ぐ座り、両腕や両肘、両手の間にある本を眺めながら、周りの町の明かりが消えていくのを、がらんとして濡れた路地を、苦悩を、あの甘酸っぱい発酵飲料を売るこの夜最後のボザ屋の呼び声を、とっぴょうしもなく鳴くカラスを、郊外から来た最終列車の後走り始めた長すぎる貨物列車のたてる忍耐強いタク、タクという音を、今宵我らの地区をぼくの場所にするすべてを、感動しながら、興奮しながら、幸せを感じながらゆっくりゆっくり忘れ、本からほとばしる光に自分のすべてを委ねた。こうして、これまでぼくの人生と夢を形作ってきた昼食、映画館の扉、同級生、日刊新聞、ソーダ水、サッカーの試合、教室の机、フェリー、きれいな女の子たち、幸せへの夢、将来の恋人、妻、仕事机、ぼくの朝、朝食、バスの切符、小さな困難、締め切りに間に合わない「空電」の宿題、古いパンタロン、ぼくの顔、パジャマ、ぼくの夜、見ながらせんずりをした雑誌、タバコ、そしてぼくのすぐ後ろで、安全な忘却のためにぼくを待っている誠実なベッドは、頭の中から完全に出て行ってしまったが、そのときぼくは、自分があの光でできた国をうろついているのに気づいたのだった。

二

次の日、ぼくは恋に落ちた。その恋は本からぼくの顔にほとばしってくる光と同じくらい衝撃的だった。それはぼくの人生がとっくの昔に道をはずれてしまったということを、そのすべての重みで裏付けるものだった。

朝起きてすぐ、前の日に自分の身の上に起こった出来事を思い浮かべ、目前に広がる新しい国が一瞬の空想ではなく、自分の胴体、腕、脚ほどに現実のものだということがすぐにわかった。ぼくが陥ったこの新しい世界の、耐えがたい孤独から逃れるために、自分に似たあちら側の人々を見つけなければならなかった。

夜、雪が降ったらしく、窓枠の前面や歩道、家の屋根に積もっていた。机の上で開いたままになっている本は、外から差し込む白いぞっとするような光に包まれていたから、より素朴で無垢に見えた。それがまたこの本を危うげなものにしていた。

それでもぼくはいつもどおり母と朝食をとったり、トーストしたパンの匂いを嗅いだりしながら『ミッリイェット』紙をめくり、ジェラール・サリックのコラムを読むことに成功した。すべてが慣れ親しんできた昔の状態のまま過ぎていくように、食卓に乗っているチーズを食べ、チャイを飲みながら、母の楽観的な顔に向かって微笑んだ。ティーカップ、ティーポット、かきまわすときスプーンがカップに当たる音、外のオレンジ売りのトラックは、まるでぼくに、ぼくの人生が以前と同じように流れていくことが可能なんだと知らせたがっているかのようだった。しかしぼくはそれにだまされなかった。世界が頭からつま先までずっかり変わってしまったことを確信していたから、あの古くて重い父のコートを着ることで何かが欠如しているような気持ちになることはなかった。

ぼくは駅に向かって歩いた。電車に乗った。電車から降りた。フェリーに間に合った。対岸のカラキョイで桟橋に向かってフェリーから跳び降りた。腕や肘で人ごみを掻き分けて階段を上った。バスに飛び乗った。中心街のタキスィム広場に着いた。そこからイスタンブル工科大のキャンパス、タシュクシュラへ歩いているとき、一瞬立ち止まって歩道で花を売っているジプシーに目をやった。人生が以前と同じように流れていくことが可能だと信じることができただろうか？　あの本を読んでしまったことを忘れることができただろうか？　一瞬、それがとてつもなく恐ろしいことのように思えて、思わず走りだしたくなった。

「耐久性」の授業では、黒板に描かれた図や数字、式を真面目にノートに写した。黒板に何も書かれていない時は、腕を組んで、頭の禿げた教授のやわらかい声を聴いていた。本当に聴いていたのか、それとも他のみなのように聴いているふりをして、そこいらの工科大学の土木工学科の学生の真似をしていたのかわからなかった。しばらくして、あの昔の世界が、慣れ親しんできた世界が耐え難いほど絶望的だと感じると、ぼくの心臓はバクバクいいはじめた。薬の入った血が血管を流れているかのようなめまいがした。

あの本からぼくの顔にほとばしる光の力が、ぼくのうなじから胴体のすべてにゆっくりゆっくり広がっていくのを、悦びをもって感じていた。新しい世界は、存在するすべてをとうの昔に無くしてしまい、現在から過去に変換してしまっていた。ぼくが見た、触ったすべてのものは、哀れなほど古くなっていた。

あの本を初めて見たのは建築学科の女子学生が持っていたときだった。彼女は下の階のカフェテリアで何かを買おうと、バッグから財布を取り出そうとしていた。でももう片方の手がふさがっていたので、財布を探し出せないでいた。その片方の手をふさいでいたのは本だった。彼女はその手を自由にするために、ぼくが座っていたテーブルにその本を一旦置かなければならなかった。一瞬、ぼくはテーブルに置かれたその本に目をやった。ぼくの全人生を変えた偶然とはこういうものだった。それから彼女は本を手にとってバッグに入れた。午後、帰り道で路上古本市があり、古いハードカバー本やパンフレット、詩や占いの本、恋愛や政治小説の間に彼女のものと同じ本を見つけると、ぼくはそれを買った。

昼のベルが鳴るとすぐに、教室にいたほとんどの学生たちは、食堂の列に少しでも早く並ぶために階段の方へ走って行った。ぼくはといえば静かに自分の席に座っていた。廊下をぶらつき、カフェテリアへ下りていった。中庭を通って列柱の間を進み、誰もいない教室に入ってみた。向かい側の公園に生えている雪の積もった木を窓から眺め、洗面所で水を飲んだ。校舎のほとんどを歩いて回った。あの娘はどこにもいなかったが、ぼくは特にあわてもしなかった。

昼食の後、廊下はもっと混雑した。ぼくは建築学科のある廊下を歩いていって作業室へ入り、製図台の上で硬貨を使ってゲームをしている学生たちを眺めた。隅のほうに座って、バラバラになった新聞をかき集めて読んだ。また廊下に出て歩き、階段を上り下りしながら、サッカーや政治、昨日の夜テレビで見たことなどについての学生たちのおしゃべりに耳をかたむけた。子供をつくることを決心したある映画スターを嘲笑する人たちに加わって、タバコやライターをせがむ者にそれを差し出した。ひとりが笑い話をしていたのでそれを聴き、誰かに「誰々を見た?」ときかれれば、快く返事した。ときには、ひやかしに声をかける一、二人の友人や外を眺めるための窓、歩いていく目標が見つからなかったので、とても大事なことを思い出して急いでいるかのように、ある方向に向かって一目散に早足で歩いたりした。でも向かっていく方向が決まっていたわけではないので、図書室のドアの前に来たとき、階段の踊り場に足を踏み入れたとき、あるいはタバコをせがむ輩に出くわしたときには、方向を変えて人ごみの方へ身を投じたり、もう一本タバコに火をつけるために立ち止まったりした。ちょうど壁の告知板に新しく貼り付けられた知らせを読もうとしたとき、突然ぼくの心臓の鼓動が早くなり、頭の中が真っ白になった。ぼくはどうすることもできなかった。だってそこにいたから。ほら、あの本を手にしていたあの娘が、人ごみの中でぼくから遠ざかろうとしていたんだ。なぜだか夢の中のことのように、重い足取りで歩きながらぼくを呼んでいるかのようだった。ぼくの頭はすっかり空白になり、自分が自分ではないような気がした。それが自分にはすごくよくわかっていた。ぼくは自分が彼女の後を追うのにまかせた。

白っぽい息のような色だけれど白くはない、他のどんな色でもないワンピースを、彼女は着ていた。階段にたどり着く前に彼女に追いつき、彼女を近くから見た瞬間、あの本からほとばしってくる光のように力強い、それでいてやわらかい光がぼくの顔を照らした。この世界にぼくはいた、そして新しい人生の入り口にいた。そこの汚れた階段の前にいた。あの本の人生の中にいた。この光を見れば見るほど、ぼくの心は理性の言うことに全く、そう、全く従わないだろうということがわかった。

ぼくは彼女に本を読んだことを告げた。あの本を彼女が持っているのをぼくが見たことを、それからそれを読んだことも言った。本を読む前にはぼくにはある世界があった。本を読んでからそれは別の世界になってしまった。今、ぼくたちは話さなければならなかった。というのは、ぼくはこの世界でひとりぼっちになってしまったからだ。

「今は授業があるのだけど」と彼女は言った。

ぼくの心臓は二倍にもなって驚いた。この娘に分かってしまったかもしれない、ぼくが驚いたことが。彼女はちょっと考え込んでいたから。

「それじゃあ」ときっぱりと言った。「空いている教室を見つけて話しましょう。」

ぼくたちは三階に空いている教室を見つけた。中に入るときぼくの脚は震えた。本がぼくに約束した世界を見たことを、どうやって打ち明けようか、それがわからなかった。本は、ささやくように開いてみせた世界を、まるで秘密を打ち明けるかのようにぼくに差し出したのだった。娘は名前をジャーナンといった。ぼくも自分の名前をおしえた。

「あなたを本に結びつけるものは何?」と彼女はきいてきた。

ひらめきで、「本を君が読んだということ」とぼくは答えたくなったんだ、天使よ。でもこの天使って、どこから出てきたんだ? ぼくの頭の中は混乱していた——ぼくの頭はいつでも混乱していたが、いつも後で誰かが助けてくれた。それがもしかして天使なのかもしれなかった。

「あの本を読んでからぼくの全人生が変わってしまったんだ」とぼくは言った。

「ぼくが住んでいた部屋、家、世界は、ぼくの部屋、ぼくの家は、ぼくの世界に存在することをやめてしまって、自分が知らない国にいて行き場所もなく、故郷もなくなってしまったように感じてしまったんだ。初めてあの本を見たのは、君が持っているところだった。君も読んだはずだ。君が行って帰ってきた世界をぼくに説明してくれよ。あの世界に足を踏み入れるために、しなくちゃいけないことをおしえてくれ。どうして今までぼくたちがここにいるのか説明してくれ。この世界がどうやったら自分の家のように慣れ親しんだものになるのか、自分の家がどうやったら新しい世界のように知らない場所になるのか、おしえてくれよ、ぼくに。」

この調子で、同じ韻律で、もっと多くのことをぼくは言おうとしていたのかもしれない。でも一瞬まるで目がくらんだようになった。外では、冬の昼下がりの、雪まじりで鉛のような光が、あまりにも整然と輝いて見えたから、チョークの匂いがする小さな教室の窓ガラスは、まるで氷でできているかのように感じられた。ぼくは彼女の顔を見た。彼女の顔を見るのが恐いかのように。

「本の中の世界に入るために、何をするつもりだったの?」と彼女はきいてきた。

彼女の顔は蒼ざめていて、眉や髪は亜麻色だった。そのまなざしはやわらかく――それがもしもこの世界のものであるならば、この世界の追憶からなっており、それがもしも未来のものだとするならば、未来の恐怖と憂いを帯びていた。ぼくは凝視していた、凝視しているのを知らずに。まるで彼女をもっと凝視することで、現実になってしまうことを恐れるかのように。

「本の中の世界を見つけるためには、何でもするつもりだった」とぼくは言った。

彼女はほとんどわからないくらいかすかに微笑みながら、可愛らしくぼくを見た。思いがけないくらいきれいな、感じの好い娘にこんな風に見つめられたら、どんな態度をとればいいんだろう? どんな風にマッチを持って、どんな風にタバコに火をつけなければならないだろう？　窓の外をどんな風に眺めて、どんな風に話さなければならないだろう？　彼女の前でどんな風にしていなくてはいけないだろう？　どんな風に息を吸わなくてはならないだろう？　こういったことは授業では全く、そう、全く教えてくれない。だからぼくのような輩は、こういったやるせなさで心臓の鼓動を隠そうとしながらもだえるのだ。

「できること何でもって、何かしら？」と彼女はぼくにきいた。

「何でもすべて……」とぼくは言って黙り込んだ。自分の心臓の鼓動を聴きながら。

どうしてかわからないが、長い、すごく長い、決して終わることのないほど長い旅路が、ぼくの脳裏に浮かんだ。全く止まずに降り続ける伝説的な雨、どれもお互いにつながっている失われた何本もの通り、苦悩する木々、泥まじりの河、いくつもの庭、いくつもの国。いつの日か彼女を抱きしめることができるなら、ぼくはそういう国に行かなければならなかった。

「死ぬことも覚悟してた？　例えばだけど。」

「してた。」

「本を読んだ人間を殺す人がいると知っても？」

ぼくは笑おうとした、というのは理性の中のエンジニアの卵が「ただの本だよ、これは、結局のところ！」と言っていたから。でもジャーナンは、全神経を集中させてその瞳をぼくに向けていた。少しでも気を抜いたりしたら、何か間違ったことを言ったりしたら、本の中の世界にも、彼女にも全く近づけないように思われて、ぼくはあわてた。

「ぼくを誰かが殺すだなんて、思ってもみなかったよ」とぼくは言った。誰だったか思い出せない誰かの真似をしながら。「でもそうだとしても、死ぬことを恐いと思わなかっただろうよ、正直言って。」

窓から差し込むチョーク色の光の中で、彼女の蜂蜜色の瞳が一瞬輝きを増した。

「あなたはあの世界が存在すると思う？　それともそれはただの想像で、一冊の本に書かれた架空の世界なのかしら？」

「あの世界はある！」とぼくは言った。「君がそんなにきれいなのも、あの世界から来たからだろう、知ってるよ。」

彼女はぼくの方に二歩ばかり素早く近づいてきた。ぼくの頭を両方から押さえて、背伸びしてぼくの唇に接吻した。彼女の舌がぼくの唇の上で一瞬止まった。ぼくは自分の腕で彼女の軽い身体をつかまえられるように、後ずさりした。

「あなたって、とっても勇気があるのね」と彼女は言った。

ラヴェンダーの香りがした、コロンヤ《トルコ・コロン》の香りだ。彼女の方へ、まるで酔っ払ったかのような足取りで一、二歩近づいた。ドアの前を二人の学生ががなり声をたてながら通り過ぎていった。

「ちょっと待って、私のいうことを聞いて、お願い」と彼女は言った。「今あなたが言ったこと、メフメットにも知らせなくちゃだめよ。本が語っている世界に行って帰ってきたんだから、彼は。そこから来たのよ、だから知っているわ。わかる？　でも他の人間があの本のことを信じることができて、そこへ行くことができるとは信じてないの。恐ろしい目に遭ったらしくて、信念を失ってしまったの。彼にも話してくれる？」

「メフメットって、誰だい？」

「一〇分後、午後の授業が始まる前に二〇一番教室の入り口の前に来て」と彼女は言って、突然出て行ってしまった。

教室は空っぽになった。まるでぼくもいなくなってしまったかのように、そこに取り残されてしまった。誰もぼくに接吻したことはなかった、あんな風に。誰もぼくをあんな風に見たことはなかった。今、ぼくはひとりぼっちになってしまった。恐かった。彼女にもう二度と会えないかもしれないと思った。もう一度この足で、きちんとこの世界に立つことができなくなりそうだった。彼女の後を走って追いたかったが、ぼくの心臓はあまりにも早く鼓動していたから、息が吸えなくなりそうな気がして怖くなった。白い、真っ白い一筋の光が、ぼくの目だけではなく、ぼくの理性をも盲目にしてしまっていた。一瞬あの本のせいだという気がした。あの本をぼくがどんなに愛しているか、あそこに、あの世界に存在することをぼくがどんなに望んでいるかがよくわかったから、一瞬ぼくの目から涙があふれてきそうな気がした。本が、あの本の存在がぼくを支えてくれていた。ぼくは知っていた、あの娘だってもう一度絶対にぼくを抱きしめるはずだと。全世界がぼくを置き去りにして、どこかへ去ってしまったように感じた。

何か音がしてきた、そこから、窓から。外に視線を向けると、何人かの土木工学科の学生が大声をあげながら、下の公園の隅で雪合戦をしていた。ぼくは彼らを眺めた。眺めていることを自分では気づかずに。もうぼくは全く、そう、全く子供ではなかった。そんな時はもうとっくに過ぎてしまっていた。

ほら、誰にでもあることだろう。ある日、いつもどおりのある日、新聞の記事、自動車の騒音、悲しい言葉、ポケットに残っているもう観てしまった映画の半券、こぼれたタバコの葉とともにあるこの世界で、誰もが最も平凡な歩みを歩んでいると頭の中で思った瞬間、気づくのだ。もうとっくの昔に別の場所に来てしまっていたことに、自分の歩みがぼくらを連れて行った場所には、自分たちはちっとも存在していないことに。そんなところはとっくの昔にすべるように通り越してしまっていたんだ。凍りついた窓ガラスの向こうで、褪めた、ひどく褪めた色の中に溶けて行ってしまったのだ。そのとき足を踏み出すことができるどこかの大地に、どこかの世界に戻るために、ある娘に、あの娘に抱きついて彼女の愛情を勝ちとることが必要だ。決して止まることのないぼくの心臓は、どうしてかすぐにわかってしまったのだ、この知ったかぶりを！　ぼくは恋してしまった。ぼくは自分を、自分の心臓の測ることのできない寸法に合わせようとした。時計を見たらあと八分あった。

天井の高い廊下を、ぼくは幽霊のように歩いた。自分にはひとつの胴体、ひとつの人生、ひとつの顔、ひとつの物語があるということを、奇妙に感じながら。人ごみの中で彼女に出会えただろうか、出会えたら何を言えばよかっただろう。ぼくの顔はどんな風だったか、思い出すことができなかった。ぼくは階段の横の洗面所に行って、口を蛇口につけて水を飲んだ。鏡で、少し前に接吻された自分の唇を眺めた。母さん、ぼくは恋してしまったよ。母さん、ぼくはすべって行ってしまうよ。母さん、ぼくは恐い、でも彼女のためなら何でもできる。誰だろう、そのメフメットというのは、とぼくは尋ねるのだ。ジャーナンに。どうして彼は恐がっているんだろう、本を読んだ者を殺そうとしているのは誰だろう。どんなことも恐ろしくない。あの本のことを分かっているなら、それをぼくのように信じているなら、君も恐くないだろう、うん。

廊下が混雑しているのに出くわすと、ぼくは突然また大変な急用があるといった風に早足で歩いている自分に気づいた。三階に上って、プールのある中庭に臨む高窓に沿って歩いた。自分を背後に置き去りにしながら歩いていった。置き去りにする毎に、ジャーナンのことを考えた。自分の授業がある教室の前を、友人たちの間を縫って通り過ぎた。あんなにかわいい娘が、ちょっと前にぼくにあんな風に接吻したんだ、みんな知ってるかい？　ぼくの両脚は速い歩みで、ぼくを未来に向かって連れて行った。その未来には暗い森、ホテルの部屋、紫や青い幻、人生、安らぎ、そして死があった。

授業が始まる三分前に二〇一番教室の前に来ると、ジャーナンに会う前にメフメットが誰なのかわかった。顔は蒼ざめていて、ぼくのように痩せて背が高く、思案顔で何かを考え込んでいて、疲れていた。以前彼を、ジャーナンと一緒に見かけたことをおぼろげながら思い出した。ぼくよりもっと多くのことを知っているだろうと思った。ぼくよりもっと多く生きていて、確かにぼくより一、二歳年上らしかった。

彼がぼくのことをどうやってわかったのかわからない。隅の、ロッカーの間をぼくらは歩いた。

「あの本を読んだんだね」と彼は言った。「何があった、あれには？」

「新しい人生だ。」

「信じているの、それを？」

「信じている。」

彼の顔の肌はあまりにも疲れて見えたので、彼が経験したことを知るのがぼくには恐ろしかった。

「ちょっと、ぼくの言うことをきいてくれ」と彼は言った。「ぼくも信じたんだよ。あの世界を見つけられると思ったんだ。いくつものバスに乗っては降りた。いくつもの町を巡った。あの国を、あの人々を、あの通りを見つけられると思ったんだ。信じてくれ、ぼくを。最後には死より他には何もない。奴らは人間たちを容赦なく殺しているんだ。今だってぼくらをどこかから観察しているかもしれないんだよ。」

「恐がらせないでよ、彼を」とジャーナンが言った。

いっとき沈黙が訪れた。一瞬、メフメットはまるで何年も前からぼくのことを知っているかのようにこっちを見た。その後ぼくは彼をがっかりさせたと思った。

「恐くなんかないよ」とぼくは言った、ジャーナンの方を見ながら。「最後まで行けるよ」と、付け加えた。映画に出てくる、意志の固い男のような態度で。

ジャーナンの信じられないような胴体は、ぼくの二歩ほど先にあった。それはぼくらの間にあったが、でも彼の方に近かった。

「最後まで行かれるようなところなんか、どこにもないよ」とメフメットは言った。「ただの本だ。誰かが机に向かって書いた、ただの空想だ。それを繰り返し、繰り返し読むより他にすることは何もない。」

「私に言ったことを彼にも言ってよ」とジャーナンはぼくに言った。

「あの世界はある」とぼくは言った。ジャーナンの美しく長い腕をつかんで引っ張りたかった。ぼくはちょっと間を置いて言った。「あの世界をぼくは見つけるよ。」

「あの世界にはミイラはないよ。全部作り話だ。馬鹿な年寄りが子供相手にやってみせるような芝居だ、と思ってくれ。子供たちを楽しませたように、ある日大人のためにも一冊本を書こうとしたんだ、その年寄りは。その意味を自分だってわかっていたかどうか怪しいよ。読むだけなら楽しいけれど、信じたら君の人生はだめになる。」

「あそこにはひとつの世界がある」とぼくは言った。映画に出てくる意志の固い、おろかな男のように。「ぼくは何か方法を見つけて、あそこへ自分が行くということを知っている。」

「それなら、さよならだ。」

彼はジャーナンの方に顔を向け、だから君に言っただろう、という風な視線で彼女を見た。彼は去りかけて、立ち止まってきいた。

「どうしてそんなに確信を持てるんだい、あの人生に？」

「だって、ぼくにはそう感じられるんだ、本はぼくの物語を語っていると。」

彼はまるで親友に対してするように微笑むと、背中を向けて去っていった。

「待って、君は行かないで」と、ぼくはジャーナンに言った。「恋人なの、彼は？」

「本当は、彼はあなたを好きになったのよ」と彼女は言った。「自分のためではなく、私のために。あなたみたいな人のことを心配しているの。」

「恋人なのかい、彼は？　ぼくにすべてを話さないうちに行かないでくれよ。」

「彼には私が必要なの」と彼女は言った。

この台詞は映画で何度も聞いたことがあったから、自然と、それに信念を持って、興奮しながらぼくは答えた。

「見捨てられたら、ぼくは死ぬ。」

彼女は微笑んで、人ごみと一緒に二〇一番教室に入っていった。一瞬ぼくの心の中で、彼らの後を追って授業に加わろうかという気持ちが起こった。教室の廊下に面した大きな窓から、すべて同じように褪めた緑色や灰色の服を着て、ジーンズをはいた学生たちに混じって、ふたりが同じ列に座っているのが見えた。彼らは全くしゃべらずに、授業が始まるのを待っていた。ジャーナンがやわらかな手の仕草で亜麻色の髪を耳にかけると、ぼくの心の一部がまた溶けていった。映画で描かれている恋愛とは逆に、自分をひどく、本当にひどく低級な人間のように感じながら、脚がひとりでに自分を運んでいく場所へ向かった。

ぼくのことをどう思っているのだろう、家の壁は何色だろう、父親とどんなことをしゃべっているのだろう、浴室はピカピカだろうか、兄弟はいるのだろうか、朝食で何を食べるのだろう、彼らは恋人同士なのだろうか、それならなぜぼくに接吻した？

彼女がぼくに接吻をした小さな教室には誰もいなかった。ぼくは中に入った。戦に負けた兵隊のように。でも次の戦を想像して決意を固くした。空の教室にこだまするぼくの足音、タバコの箱を開ける低級で罪深いぼくの両手、チョークの匂い、氷でできた一筋の白い光。ぼくは額を窓ガラスに押し付けた。朝、自分がその入り口にいるのを見つけた、新しい人生とはこれだったのか？　頭の中であまりにもいろいろなことが起こったせいで疲れていたが、それでもぼくの頭の片隅にいる論理的なエンジニアの卵がいろいろなことを考えていた――自分の授業に出る元気はもう残っていなかった。彼らが二時間後に出てくるのを待った。二時間も。

ぼくの額は冷たい窓ガラスに押し付けられたままだった。どれぐらい経ったかわからないが、自分を惨めに感じていた。ぼくは自分を惨めに感じることを気に入っていたし、目に涙がたまってくるような気がした。そのとき、かすかに吹く風の中で雪が舞い始めた。下方のドルマバフチェ宮殿へ下る坂道に植えられたすずかけや栗の木々の間では、すべてがなんて静かなのだろう！　木は木であることを知らないのだ、と思った。雪の積もった枝の間をカラスが翼をはためかせて飛び立っていった。それをぼくは感心しながら眺めていた。

ぼくは雪の粒を眺めていた。ふわふわと揺れながら下へ落ちていったと思ったら、まるでどうしていいかわからなくなったように、ある一点で自分に似た別の粒を追っている。そうして移ろっているうちに、あるかないかわからないくらいの風が吹いて、彼らを連れて行ってしまった。中には、空白の中でゆらりとしてからピクリともせずに空中で静止し、突然何かをあきらめたように、考えを変えたような態度でもと来た方へ、ゆっくりゆっくり空に向って昇り始める粒もあった。多くの雪の粒が、泥や、公園、アスファルト、木の枝にたどり着かずに、もと来た方へ、空へ戻って行くのを見た。誰が知っていただろう、誰が気づいていただろう、そんなことに。

公園の延長のようになっていて、両脇がアスファルトの道ではさまれた三角州の尖った角が、ボスフォラス海峡に浮かぶ乙女の塔のほうを指していることに、誰が気づいただろう？　歩道の脇の松の木が東から吹く風のせいで、何年もの間に完璧にシンメトリーに曲がって、ミニバスの停留所の上に八角形を形作っているのを、誰が見ただろう？　歩道でピンク色をしたビニール袋を持って立っている男を見て、全イスタンブルの半分の人々が、手にビニール袋を持ったまま通りを歩いているということを誰が想像できるだろう？　町の、雪と灰で覆われた死んだ公園にいる飢えた犬と、空っぽのビンを拾い集めている人間の足跡を見て、誰がおまえの面影を見出しただろう？　天使よ、おまえが誰かということを全く、そう、全く知りもせずに。二日前、あそこの歩道に出ていた古本市で買った本がぼくに打ち明けた、秘められた新しい世界の目撃者に、こんな風になるはずだったのか、ぼくは？

鉛色に変化した光と、そして次第に激しくなっていく雪の中で、同じ歩道でまずぼくの目ではなく、あわてたぼくの心がジャーナンの影に気づいた。彼女は紫色のコートを着ていた。彼女のコートを自分でも気づかずに、ぼくの心が追っていたのだ。彼女の隣にはメフメットが鉛色のジャケットを着て、悪霊のように雪に跡を残さずに歩いていた。ぼくは思わず彼らの後を走って追って行きたくなった。

二日前に古本市があった場所で、彼らは立ち止まって話し始めた。話すと言うより、身振り手振りと、ジャーナンの傷ついた表情や後ずさりする様子から、彼らが口論していることがわかった。それは口論に慣れている恋人同士のようだった。

それから彼らはまた歩き始め、また立ち止まった。ぼくはすごく遠くにいた。でも今度はもっと激しく口論しているということが、彼らの動作や歩道を通る人々の視線のせいで冷静に判断できた。

それも長くは続かなかった。ジャーナンは後戻りしてきた。後ろのタシュクシュラへ、ぼくの方へ歩いて来るとき、メフメットは一瞬彼女の背後から視線を投げ、タキスィムへ向って歩き始めた。ぼくの心臓はまた寸法はずれに肥大した。

ボスフォラス海峡の北のはずれ、サルイェルへ行くミニバスの停留所で待っていた、ピンクのビニール袋を持った男が道路を横切っているのが見えた。紫のコートの美しい影の歩みの優雅さに釘付けになったぼくの目は、道を行く他人に注意を払うわけがなかったのに、道路を走って横切るビニール袋を持った男の動作は、ある楽曲の間違って書かれた音符のように目立った。男は歩道にあと二歩というところで、ピンクのビニール袋から何か、一丁の拳銃を取り出し、それをメフメットに向けた。彼も男を見た。

最初にメフメットが揺すぶられ、撃たれたのをぼくは見た。それから銃の音をきいた。その後すぐ第二弾の銃声もきいた。第三弾も聞こえると思ったが、そのときメフメットはよろめいて倒れた。男はビニール袋を投げ捨てて公園の方へ逃げ出した。

ジャーナンはいつもと同じ不幸な、優雅な、鳥のように小さい歩幅の足取りでぼくに近づいてきた。彼女には銃声が聞こえていないらしかった。表面を雪で覆われ、オレンジをいっぱいに積んだトラックが、騒音をたてて陽気に交差点に入ってきた。まるで世界はそのときになって動きだしたようだった。

ミニバスの停留所のところで騒ぎが起こっているのをぼくは見た。メフメットが立ち上がるところだった。坂の遠くの方で、もうビニール袋を持っていない男が公園の雪の中を、子供たちを喜ばせようとしているピエロのように飛び跳ねながら、下方のイノニュ・スタジアムの方向に走って行き、それを楽しそうに遊んでいる二頭の犬が追いかけていた。

走って下へ下り、ジャーナンを待ちうけて知らせなければならなかったが、ぼくは立ち止まっていた。メフメットがフラフラでいるのと、周囲を驚いて見ているのを眺めながら。どれくらい？　しばらくの間、長い間。ジャーナンがタシュクシュラの角から、ぼくの視界から消えるまで。

ぼくは走って階段を下り、私服警官や学生たち、門にいた用務員の間をすり抜けて行った。正門まで来たが、そこにジャーナンはいなかった。彼女のいた形跡さえもなかった。ぼくは坂の上へ向って早足で歩いたが、ジャーナンを見つけることはできなかった。それから交差点まで来ると、少し前にぼくが目撃したことに関するものはひとつも残っていなかったし、誰にも出くわさなかった。辺りにメフメットもいなかった。銃を持った男が投げ捨てたビニール袋も。

メフメットが撃たれて倒れた場所の歩道に積もっていた雪は、溶けて泥水になっていた。頭にイスラム教徒の男子の帽子、テッケをかぶった二歳くらいの子供と、お洒落できれいな母親がそこを歩いていた。

「うさぎさんはどこへ行ってしまったの、お母さん、うさぎさんはどこ？」と子供は言った。

ぼくは道路の反対側の、サルイェル行きミニバスの停留所に向ってあわてて走った。世界はまた雪の静寂と木々の無関心に包まれていた。ミニバスの停留所にいた、お互いにまったくそっくりの二人の運転手は、ふたりして、ぼくの質問になんとまあ驚いたことか――ふたりとも何も知らない様子だった。彼らにチャイを配っている山賊のような人相のコーヒー屋も銃声など聞いていなかった。しかも彼は何に対しても驚くつもりはなかった。ミニバスの停留所にいる笛を持った誘導員も、引き金を引いた犯人がまるでぼくであるかのような様子でぼくを見た。ぼくの頭上にある松の木に、カラスが集まってきた。ぼくは発車間際のミニバスに、ぎりぎり間に合って頭をくぐらせ、あわてて質問した。するとひとりのおばさんがこう答えた。

「あそこで女の子と男の子が、タクシーを拾って乗って行ったわよ。」

彼女はタキスィム広場のほうを指差した。無駄だと知りながらもその方角へぼくは走った。広場の人ごみの中で、物売りや何台もの車、何軒もの店に囲まれながらも、ひとりぼっちになってしまったように感じた。広場の先の繁華街、ベイオウルに行こうとしたときに思いついた。広場から伸びるスラジェヴィズレル大通りから救急病院に向って駆け下り、急病人のように救急の入り口から、エーテルとヨードの臭気の中に駆け込んだ。

ズボンが裂け、裾がまくり上がった、血まみれの男が見えた。胃を洗浄され、担架に寝かされ、新鮮な空気を吸わせるために、雪の中に置かれたシクラメンの植木鉢の間に放っておかれた、紫の顔色をした消化不良や食中毒の人々が見えた。出血多量で死なないように腕をきつく縛った洗濯ヒモの先を握りながら、あっちの部屋からこっちの部屋へと当直の医者を探している、太った上品なおじさんをぼくは案内した。

お互いを同じナイフで切りつけ、そのナイフを家に忘れ、当直の警官の前に座って取り調べを受けながら、忘れてきたナイフのことを謝って、おとなしく説明をしている旧友たちが見えた。ぼくは自分の順番を待った。警官にきくより早く看護婦におしえてもらった。銃で撃たれた学生と亜麻色の髪の娘のことを。いや、彼らは一歩も足を踏み入れていなかった、今日そこには。

それからぼくはベイオウル区立病院にも寄った。そこでも、お互いを刺したさっきと同じ旧友たち、赤チンを飲んだ同じ自殺未遂の娘たち、腕を機械に、指を針に巻き込まれた同じ見習いたち、バスとバス停の間、フェリーと桟橋の間に挟まれた同じ乗客たちを、まるでぼくは見ているようだった。ぼくは病院の記録を注意深く調べた。ぼくの懐疑心に疑いを持った警官に、調書に残らない証言をした。そしてぼくらみんなの手にたっぷりとふりかけたラヴェンダーのコロンヤの香りを嗅いだら、上階の産科へ上っていく幸せそうな父親が泣くのではないかと心配した。

空が暗くなりかける頃、事件のあった場所へ戻った。ミニバスの間をすり抜けて、小さな公園に入った。カラスが怒ってぼくの頭上を飛び交い、その後木の枝にひっそりととまってこちらをうかがっていた。もしかしてぼくは町の喧騒の真っ只中にいたのかもしれない。でも片隅に引きこもって、誰かを刺してしまった殺人犯のように静けさを聴いていた。遠くで、ジャーナンがぼくに接吻をした教室の電灯がついていた。そこではまだ授業が続いているはずだった。今朝、どうしようもなさにぼくを驚かせた木々は、不器用で非情な樹皮の山に変わり果てていた。ぼくは靴の中まで入り込んだ雪を踏みつけながら歩いた。そして四時間前にこの雪の中で、幸せなピエロのように飛び跳ねながら走った、手にビニール袋を持っていない男の足跡を発見した。男の存在をはっきりと確かめるため、道の下の方までつけて行って戻った。そしてまた上の方へ歩いているとき、ビニール袋を持たない男の足跡とぼくの足跡がすでに一緒くたになっているのに気づいた。そのとき茂みの間から、ぼくのように罪深く、ぼくのような目撃者である二匹の暗い色の犬たちが飛び出し、怖がって逃げていった。一瞬立ち止まって、空を見上げた——それはあの犬たち同様に暗かった。

家で母と一緒に夕食を食べながらテレビを観た。画面に映し出されるニュース、ちらちらと見え隠れする人たち、殺人事件、事故、火事、暗殺事件のニュースが、ぼくには山脈の間に現れた小さな海の一部で起こっている嵐の波ほどに遠く、ほとんどわからないもののように思えた。それでも遠くに見える鉛色をした海の一部になりたい、そこにいたいという欲望が、ぼくの中でピクリと身じろいでいた。アンテナがうまく調整されていない白黒テレビのかすかに揺れ動く画面には、撃たれた学生のことを話す人間は出てこなかった。

食事の後ぼくは自分の部屋にこもった。本は机の上に置かれたまま、そのページは開いていて、その置かれ方がわけもなく恐かった。本の呼びかけには、そして自分の中で高まった欲望には、そっちのほうへ向いていて、自分をすべてそこへ委ねたいという荒々しい力があった。ぼくは自分を抑えることができないと思い、外へ出た。泥と雪にまみれた通りを海まで歩いた。海の暗さはぼくに力を与えてくれた。

家に帰るとすぐ、この力とともに机に向かい、神聖なものに身体を委ねるように、本からほとばしる光を自分の顔で勇気を持って受け止めた。光は最初強くなかったが、言葉を読んでいくうちに、ページをめくっていくうちに、ぼくをあまりにも深いところから揺さぶり始めたので、ぼくの全存在が溶けて無くなってしまったように感じた。耐え難いほどの生きたい欲望、走りたい欲望のために、ぼくは腹のあたりでもどかしさと興奮の痛みを感じながら、朝まで読み続けた。

三

ぼくはそれからの日々を、ジャーナンを探すことに費やした。次の日、彼女はタシュクシュラに現れなかった。その次の日も、そのまた次の日も。はじめのうちは、彼女が来ないのももっともだと思いつつも、きっと来るだろうとも思っていた。けれどもぼくの足の下にある昔の世界はだんだんと後退していっていた。ぼくは探すことに、見回すことに、期待することに疲れていた。だってぼくはひどく恋をしていたし、その上毎晩朝まで読んでいる本の影響で、自分をひどく孤独に感じていたから。この世界に並んだ画像は、誤って解釈された一連の記号、盲目的に身につけた習慣からつくられることを、本当の世界と人生はこれらの中に、あるいは外に、でも近くのどこかにあるということを、悲しいかな、ぼくは知っていた。ジャーナンより他に道案内をしてくれる人間がいないということもわかっていた。

政治がらみの殺人事件、よくある酔っぱらいの殺し合い、流血の事故、火事のことを詳細に書いているすべての新聞、地方版、週刊誌なんかをぼくは注意深く読んだが、彼女の影さえも見つからなかった。夜通し本を読んでから昼近くに大学に行ったものの、彼女に出くわすかも、もしかしてもう来ているかも、と廊下をうろうろし、ときどきカフェテリアに寄り、階段を上ったり下りたりし、中庭で立ち止まってあたりを見回し、図書室を大股で歩き、列柱の間を通り過ぎ、彼女がぼくに接吻した教室の前で立ち止まり、我慢できるようだったら授業に出て少し時間をつぶし、また同じように歩き回るために教室を出て行くのだった。彼女を探し、待ち、夜は本をまた読み返すより他にすることはなかった。

一週間後、ジャーナンのクラスメイトたちに接触を図った。メフメットのにも。だいたい彼にもあまり友人はいないだろうと予想していた。メフメットがタキスィム広場近くのあるホテルで事務と夜番をやっていること、そこで寝泊りしていることを知っているのがひとり、ふたりいた。でも、最近タシュクシュラに彼がなぜ来ないかについては何も知らなかった。ジャーナンと同じ高校の出身だったがあまり親しくはなれなかった、反発心の強いある娘は、彼女が高級店の並ぶ街区ニシャンタシュに住んでいることをおしえてくれた。一緒に課題をこなすために朝まで図面を引いていたと言う別の友人は、彼女には父親の仕事場で働いているハンサムでやさしい兄がいると言った。彼女はジャーナンよりもその兄に興味があるようだった。クラスメイトに年賀状を出すからと言って、その友人からではなく学生課からジャーナンの住所を手に入れた。

ぼくは毎晩あの本を読んだ、朝まで。目の痛みや睡眠不足のせいで気力がなくなるまで。読んでいるときどき、本から顔に照りつける光があまりにも力強く、あまりにも輝いているように思えたから、ぼくの魂のすべてが、机に向かっているぼくの身体までもが溶けてなくなってしまい、ぼくをぼくという人間にするすべてが、本からほとばしる光とともに消えてしまったかのように感じることがあった。そんなときは、ぼくをも中にとりこんで大きくなった光が、地面の割れ目から漏れてくる光のように次第に強さを帯びて広がり、世界を包み込んだ。その世界でのぼくの居場所も目に浮かんでくるのだった——一瞬、勇敢な新人類、不死の木々、失われた都市が見えてくるかのようなこの国の路地で、ジャーナンに出会うことを、彼女がぼくに抱きつく場面を想像するのだった。

十二月も終わるというある晩、ジャーナンの住むニシャンタシュに行った。ぼくはメインストリートで、年末のために飾られたショーウィンドウや、買い物から帰る子連れのお洒落な女性たちの間を、あてもなく長いこと歩いた。新しく開店したサンドイッチ屋、新聞スタンド、菓子店、ブティックなどのウィンドウの前で時間をつぶした。

店が閉まって、混雑していた通りに人影がまばらになる頃、裏通りにあるアパルトマンのベルを鳴らした。お手伝いさんがドアを開けた——ぼくはジャーナンのクラスメイトだと名乗った——彼女は中へ入った。つけっ放しのテレビから政治演説が聞こえていた。そしてひそひそ声がきこえた。手に真っ白なナプキンを持った、背の高い白いシャツを着た父親が出てきて、ぼくを中へ招き入れた——心配げで化粧をした母親、ハンサムな兄と、四番目の席が空の食卓。テレビがニュースを伝えていた。

ぼくは建築学科でジャーナンのクラスメイトだと言った。彼女が学校に来ないので、友人たちはみんな心配して、電話した友人は納得いく返事がもらえなかったと伝えた。それとは別に、ぼくが仕上げなければならない、返してもらわなければならないのですまないのですが、「空電」の宿題を貸してあるんです、とも言った。亡くなった父の色あせたコートを左腕に持ったぼくは、色あせた子羊の毛皮に包まれた、怒りっぽい狼のように見えたに違いない。

「いい子のようだね、君は」と、ジャーナンの父親はしゃべりはじめた。彼は隠しごとをせずに打ち明けると言った。彼の質問に対しても、すべて隠さずに答えることをぼくにも要求した。ぼくは左翼や右翼、あるいは宗教家か社会主義者だったり、何か政治的な見解に親近感を抱いていたりしただろうか？　いや！　大学の、もしくは外部の政治組織と関係があっただろうか？　いや、そんな関係もなかった。

いっとき沈黙が訪れた。母親の眉毛が、同意と親近感の気持ちで上へ上がった。父親の、ジャーナンと同じ蜂蜜色の瞳は、テレビのゆらゆらする映像の表面をなぞり、一瞬実在しない遠い国に行って、そこで何か決心してぼくのところへ帰ってきた。

ジャーナンは家出して失踪してしまったのだった。でも完全な失踪とは言えなかった。二、三日に一度かかってくる受話器から聞こえる周囲の音からすると、遠くの町からかけているようだった。自分のことを心配するなと、元気だということを伝え、父親が質問しても、母親が懇願しても、それより多くは語らずに電話を切ってしまうのだった。これでは何か政治組織の、うしろ暗い仕事に使われていると彼らが疑うのも無理はないことだった。警察に知らせることも考えたが、ジャーナンの賢さをいつも信用していたし、災難を逃れてわが身を助けるだろうと信じていたから、実行しなかったのだった。その視線がぼくの服装から髪型、ソファの背にかけた父の形見や靴にいたるまで、細部にわたって観察している母親が、泣きそうな声で、この状況を明らかにするどんな些細な情報でも、ぼくが感じたことでも何でもいいからおしえてくれと懇願した。

ぼくは驚いたような顔をして、何の考えも、すみません、何の予測もできないと答えた。一瞬全員が、食卓にのっているパイ料理のボレッキがのった皿、ニンジンのサラダを見つめた。奥へ行ってまた戻ってきた彼女の兄が、ぼくのやりかけの宿題が見つからなかったと、謝りながら説明した。ぼくは、彼女の部屋にぼくが自分で行って探したら、もしかして見つかるかもしれないことをほのめかした。でも彼らは、失踪した娘の寝室をぼくに見せる代わりに、食卓の空席につくことをあまりしつこくせずにすすめるだけだった。ぼくは傲慢な、恋する者だったから、それを拒否した。でもちょうど部屋から出て行くとき、ピアノの上の額縁に入った写真を見て後悔した。その写真では髪を三つ編みにした九歳のジャーナンが、たぶん小学校の劇のために着た、舶来物からデザインを盗んだ小さな翼つきのかわいい天使の服を着て、物悲しげな子供の視線を投げかけながら、母親と父親の横でかすかに微笑んでいたからだ。

外は夜になると何とまあ、敵意をもっているかのように寒かった。暗い夜道は何と非情なことか！　群れながら歩いている野良犬が、どうして互いにくっつきあっているのかすぐにわかった。テレビを観ながら寝入ってしまった母をやさしく起こし、彼女の色のない首に触った。そしてその匂いを感じた。ぼくを抱きしめて欲しかった。自分の部屋に閉じこもると、本当の人生がもうすぐ始まることを再び感じた。

本を読んだ。それに首を傾けながら、ぼくをこの世界から連れ去って行ってくれることを願いながら、敬意を抱きながら本を読んだ。眼前に新しい国々、新しい人々、新しい景観が現れた。炎のような色をした雲が見えた。ぼくの理性の目の中には、暗い海、紫の木々、緋色の波、それからいくつかの春の朝、雨が降ったすぐ後に太陽が顔を出すと、ぼくが楽観的に信念を持って歩いていくにつれて、汚れたアパルトマン、呪われた通り、死んだ窓が、映っていた複雑な幻は突然うしろへ、うしろへ引っぱられて広がっていくように、ゆっくりゆっくり広がっていった。そして真っ白な一筋の光の中で、ぼくの目の前に愛が飛び出した。その胸には小さな子供がいた。ピアノの上にあった額入りの写真で見た女の子だった、それは。

女の子は微笑みながらぼくを見て、何かを言いたかったのかもしれない。もしかしたら何か言ったのに、ぼくには聞こえなかったのかもしれない。一瞬やるせなさを感じた。心の中から出てくる声が、自分はこのすばらしい写真の一部には決してなれないと言っていた。ぼくは悲しみながらその声は正しいと思った。と同時に、心の中に後悔の念が広がっていった。そのときそのふたつの感情がある種奇妙なかたちで高まって消えていくのを、ぼくは心を痛めながら眺めていた。

こういった想像は一瞬あまりにも恐怖を感じさせたから、ページからほとばしる光から身を守ろうとするかのように、恐がりながら顔を本から背けてしまった。部屋の静けさ、机が与えてくれる安堵感、ぼくの両腕、両脚が静かに存在していること、ぼくの家具、タバコの箱、ハサミ、教科書、カーテン、ベッドの間に、自分の身体がここに、他の人生の中に置いてきぼりにされてしまったことを、ぼくは苦悩しながら目にしたのだった。

暖かさを感じた。脈が打つ音が聞こえてくるぼくの身体を、この世界から逃がしたかった。その一方でぼくはアパルトマンの中の物音を、遠くから聴こえるボザ売りの呼び声を聴いていた。この世界で夜中に座って一冊の本を読むことも、この瞬間の中に存在することも、我慢できることだとぼくは感じ取っていた。しばらくこの物音を――すごく遠くで鳴っている車のクラクション、犬の吠える声、かすかに吹く風、路地を通り過ぎる二人の人間の話し声（もう明日の朝にしよう、と一人が言った）、突然夜の音を支配するあの長い貨物列車のうちの一両がガタガタ言うのが聞こえた。大分経ってから、一瞬すべてが絶対的な静寂の中に溶けていくようになると、突然ぼくの目の前にある幻が現れた。そして本がぼくの魂にどうやって作用したのかがわかった。本からほとばしる光に顔を向けたとき、ぼくの魂はまるで開かれたノートのまっさらなページのようになった。本に書いてあることは、ぼくの魂にこうやって作用していたのだった。

ぼくは座っていた場所から手を伸ばして、引き出しから一冊の大判ノートを取り出した。それは方眼紙のノートだった。この本に出会う何週間か前、「空電」の授業用に買ったが、まだ使っていなかった。最初のページを開いて、きれいな真っ白なページの匂いを深く吸い込んだ。ボールペンを手にとって、本がぼくに語りかけていることを、一文々々ノートに綴り始めた。本が語る文をノートに綴ってから、次の文にとりかかり、その文を一つ前のものの後に書いていた。本が段落を変えると、ぼくも段落を変えて書き始め、しばらくするとその段落の言葉を、そっくりそのままノートに書いている自分に気づいた。こうして、ひとつの段落を、その後に次の段落を書きながら、本がぼくに語っていることを何度も何度も再現するのだった。しばらくして、自分が書いたページから頭を持ち上げ、本を、そしてノートを眺めた。自分で考えながら書いたのに、それは本に書かれていることと同じだった。それがあまりにも気に入ったので、毎晩朝まで同じことをやるようになった。

授業にはもう全く出ていなかった。どこでどの授業があるかちっとも、本当にちっとも気にせずに、自分の魂から抜け出た人間のように廊下をうろうろし、立ち止まることもなくまたカフェテリアへ、それから最上階へ、図書室へ、教室へ、そしてまたカフェテリアへ来るのだった。そういう場所を見るたびに、そこにジャーナンがいないことを、ぼくは腹の辺りに差し込む深い痛みと共に悲しむのだった。

日が経つにつれ、この腹の痛みにも慣れてきた。この痛みとつきあい、それを少しだけれど管理することに成功した。足早な歩き方にも何か効能があるのかもしれない。タバコを吸うことにも。でも一番大事なのは、時間をつぶせる些細なことを見つけることだった――誰かが話した物語、紫のホルダーの新しい製図用鉛筆、窓から見える木々の弱々しさ、通りでぼくの前に飛び出してくる新しい顔は、ごく短い間だったが、ぼくの腹の中から全身に広がっている、もどかしさや孤独の痛みに気がついてしまうことから救ってくれるのだった。ジャーナンに会える可能性がある場所ならどこでも、たとえばカフェテリアに来たときは、あらゆる場所に焦って目をやって、その場所が提供しているすべての可能性を一瞬にして消耗してしまわずに、ジーンズをはいてタバコを吸う女の子たちがおしゃべりをしているところをまず見やって、そうしている間にもちょっと先で、ジャーナンがその辺に座っているところを空想し始めた。この空想を短い間に信じてしまったから、それが消えてしまわないようにぼくは後ろを振り向かず、レジにできた行列に並んでいる人間たちと、二週間前にジャーナンがあの本をぼくの目の前に置いたあのテーブルに座っている人たちの辺りに長いこと視線を浮遊させ、こうしてジャーナンの暖かな幻影が、ぼくの背後でピクリと動く何秒かの幸せな瞬間をまた手に入れた。こうしてぼくは、自分の空想をより強く信じるようになるのだった。甘い汁のようにぼくの血管にゆっくりと広がったこの空想は、キョロキョロしながらそこにジャーナン自身や、彼女を思い起こさせるものが何もないことがわかると、ぼくの胃すべてに広がった毒に取って代わられるのだった。

恋が有益な苦しみであるということは何度も聞いたことがあるし、色々なところで読んだ。たいていの本や新聞の「あなたの星座」のコーナーのすぐ横に、あるいは「家庭―家族―幸福」のページに、サラダやクリームの作り方などに混じって書かれているこの偽りを、あの頃はやたらに見かけた。ぼくの腹の中の鉄塊のような重さのせいで感じていたひどい孤独感や嫉妬が、ぼくを人間たちからあまりにも遠ざけていたから、あまりにも絶望のどん底に突き落としたから、新聞や雑誌の星座占いコーナーだけではなく、他の暗示にも盲目的に助けを求め始めていた。例えばこんなことだ。上の階に上る階段の数が奇数ならば、ジャーナンは上の階にいる……ドアから最初に女の人が出てきたら今日はジャーナンに会える……七つ数えるまでに電車が発車したら、彼女はぼくを見つけて話しかけるだろう……フェリーから桟橋に最初に飛び降りたのがぼくだったら、彼女は今日来るだろう。

フェリーから最初にぼくが飛び降りた。歩道にはめられた石の目地を全く踏まないで歩いた。コーヒー店《カフヴェ》の床に捨てられているソーダ水の蓋の数が奇数だということを、正しく証明した。彼女のコートと同じ紫色のセーターを着た溶接屋の見習いと一緒にチャイを飲んだ。通りがかりに見た最初の五台のタクシーのナンバープレートにあるアルファベットで、彼女の名前を書けるくらい幸運だった。全く呼吸をしないでカラキョイの地下道の入り口から下りて、反対側へ抜けることができた。ニシャンタシュへ行って、アパルトマンの窓を九千まで全く間違えずに数えた。彼女の名前が「恋人」または「アッラー」という意味だということを知らない人とは、友人であることをやめた。ぼくらの名前が脚韻を踏んでいることに注意を払いながら、想像の中で印刷した結婚式の招待状を、〈新生《イェニ・ハヤット》〉社のキャラメルの包み紙に書いてある洒落た四行詩の類で飾り立てた。今週いっぱい夜のちょうど三時に、自分の家の窓から見える明かりのついた窓の数を、自分に許した五パーセントの誤差を全く超えずに推測することができた。十六世紀末の詩人フズリの詩の中の、

「愛する人《ジャーナン》がいないなら、命も必要ない」

という一節を、三十九人の人間に言った。色んな家に二十八種類の声色と身分を使って電話し、彼女のこ

とをたずねた。壁に貼り付けられた広告やポスター、チカチカするネオン、ドネル屋、宝くじ屋、薬局のウィンドウで見て、そこから剥ぎ取った文字を使って空想の中で、毎日三十九回「ジャーナン」という字を書くまでは家へ帰らなかった。それでもジャーナンは来なかった。

ある夜半、すべてのゲームの勝ち点を二倍にして、希望の中のひとかけらでもいいからぼくにジャーナンを呼び寄せるための偶然の数字のゲームに粘り強く勝って家へ帰るとき、外から自分の部屋に明かりがついているのに気づいた。遅くなったから母が心配したのか、ぼくの部屋で何かを探しているのだろうと思った。でもぼくの脳裏には全く違う光景が現れた。

そこで、明かりのついた窓が見えるぼくの部屋で、ぼくの机に自分自身が向かっているところをぼくは想像した。それをあまりにも強い欲望と力強さで想像したので、カーテンの隙間からかすかに見えるグレーっぽい白の壁の前でオレンジ色なのがやっとわかるくらいの電気スタンドの横に、自分の頭が見えたかと思った。同時に、感電とともに現れた自由な気持ちが、ぼくをひどく揺るがしたことに驚愕した。すべてはこれほど簡単だったのか、と独り言を言った——ぼくが他人の目で見た部屋にいる男は、そこに、あの部屋にいなければならないのだ。ぼくはといえば、自分の部屋から、家から、家具から、母の匂いから、ベッドから、そして二十二年間の過去から逃げ出さなければならない。あの部屋から出て新しい人生を始めるはずなのだ。ジャーナンもあの国も、あの部屋を朝出て夕方には戻れるほど近いところにはないのだから。

ぼくは自分の部屋に入ると、まるで他人の物を見るように自分のベッドを眺めた。机の片隅にある他の本や、ジャーナンと知り合って以来せんずりをしなくなったので見なくなった裸の女が載っている雑誌、タバコを乾かすために暖房パネルの上に置いた厚紙、皿の上にのっている小銭、キーホルダー、扉がきちんと閉まらないタンス、ぼくをこの昔の世界に結びつけている品々を眺めた。そして、ここから逃げ去らなければならないことがわかった。

それから本を読み、ノートに写しているとき、ぼくが読んだり写したりしたものは、世界の中のある動きを指し示しているのだと感じた。ひとつの場所にだけではなく、どこにでもいなければならないからだ。でもぼくの部屋はひとつの場所であって、他のどんなところでもなかった！「朝になったからって、何で学校に行かなければならないんだ？」とぼくはつぶやいた。「ジャーナンはタシュクシュラに来やしないんだから！」ジャーナンが来るはずのない場所は他にもあった。そういったところにも無駄足を運んだが、もう行くのはやめた。ぼくの書いたものがぼくを連れていってくれるところへ行くのだ。ジャーナンも、新しい人生もそこにあるはずだった。こうして本がぼくに語りかけていることを写しているうちに、自分が行くはずの場所のイメージがゆっくりと自分の中に作用していた。そしてゆっくりと自分が別の人間に変身していくのを幸せな気持ちで感じていた。だいぶ経ってから、やってきた道のりに満足している旅人のように、書きつくしたノートのページを目で追っていると、ぼくが変身しようとしている新しい人間が、誰であるかがはっきりと見えた。

机に向かって本の一文一文をノートに書き写し、書けば書くほど自分が探している人生への道の方向を感じている人間は、ぼくだった。一冊の本を読んで全人生が変わってしまった、恋をした、新しい人生に向かってまっすぐ道を歩いていくのだと感じている人間は、ぼくだった。母親が寝る前に部屋のドアをノックし、「朝まで書いているのかい。それならせめてタバコは吸わないでおくれよ」と声をかけた人間は、ぼくだった。夜の帳が下りて、遠くの方で群れになった犬のうなり声が聞こえてくる頃、机から立ち上がって、何週間も読み続けた本を、その本からひらめいたことでいっぱいにしたノートのページを、最後にもう一度眺めたのは、ぼくだった。タンスの底のほうから、靴下の下に貯めておいたお金を取り出して、部屋の電気を消す前に、母親の部屋のドアの前で立ち止まって中から聞こえる寝息を愛しい気持ちで聴いていたのは、ぼくだった。ぼくだったんだよ、ああ、天使よ。夜半をかなり過ぎて自分の家から、他人の家から逃げるびくびくしたよそ者のように、そろっと抜け出して暗い路地に紛れたのは。ぼくだったんだ、歩道から自分の部屋の灯りがついた窓を、他人のもろく、消耗した人生を、泣きながらさびしい気持ちで眺めていたのは。ぼくだったんだよ、静寂の中でしっかりとした歩みの足音の響きを聴きながら、新しい人生に向かって、興奮しながら走っていったのは。

ぼくの住んでいた地区で唯一、鉄道屋のルフクおじさんの家には死んだような光が灯っていた。ぼくは庭を囲む塀にひょいと上って、半分開いたカーテンの間から、褪めた光の下で座っているおじさんの奥さん、ラティベおばさんをのぞいた。ルフクおじさんの子供向け物語の中では、黄金の国を探す勇敢な主人公が、ぼくがしたように暗い路地から聞こえてくる呼びかけを、遠い国の映像を、全く見えない木々のうなりを聴きながら、涙を流して子供時代の悩ましい通りを歩いていた。ぼくは国鉄を定年退職し、故人となった父のコートを着て泣きながら歩いた、暗い夜の心臓部を。

夜はぼくを秘密にした。夜はぼくを隠した。夜はぼくに道を示してくれた。ゆっくりと震える都市の内臓へ、麻痺したように固く切断されたコンクリートの大通りへ、牛乳、肉、缶詰の、山賊のようなトラックのうなり声に揺り動かされるネオンのついた並木通りへ向かった。開いたままになった蓋の下に見えるゴミを、濡れて光が映りこんだ路地にぶちまけている、ブリキのゴミ箱をぼくは崇めた――全く木らしくない恐ろしい木々に道をきいた――しなびた店のレジの前で、まだ金計算をしている国民たちにウィンクした――警察署の門前で警備にあたっている警官から身を隠した――新しい人生が輝やいていることなど全く知らない酔っ払いに、ホームレスに、無宗教者に、そして国を持たない人たちに、物悲しく微笑んだ――ついては消える赤い光の静寂に包まれて、睡眠不足の背徳者のようにおとなしく寄り添ってきた、チェッカー模様がついたタクシーの運転手と暗闇のように見つめ合った――壁に貼られた石鹸の広告でぼくに微笑んでいる美しい女たちにはだまされなかった――タバコの広告のハンサムな男たちを、建国の父アタテュルクの立像を、酔っ払いや夜明かしした人間たちがびっしりと載る明日の新聞をもぼくは信じなかった。朝早くから開いているコーヒー《カフヴェ》店でチャイを飲んでいる宝くじ売りと一緒に、ぼくに手を上げて「まあ座れよ、兄ちゃん」と声をかけるその友人をも。腐った都市の中の臭気は、ぼくを海とひき肉団子《キョフテ》、便所と排気ガス、ガソリンと汚物の臭いがするバスターミナルに誘った。

　新しい国々、新しい心、新しい人生をぼくに約束する、バスの詰め所の上で、何百もの大都市と小都市の名前が表示されたプレキシガラスの色とりどりの文字を見て酔わないように、小さな食堂に入った。大きなガラスがはまった冷蔵庫には、何百キロも先でどんな胃袋に消化されるか知れやしない粗引き小麦の菓子《レヴァーニ》、牛乳菓子《ムハッレビ》やサラダが、都市やバス会社の名前の文字のように列になって並んでいた。それを横目で追いながらテーブルについた。そして忘れてしまった、何を待ち始めたのかを。もしかして、天使よ、おまえがぼくをちょっと引っぱって静かに操り、さりげなく気づかせて連れて行ってくれるのを待っていたのかもしれない。でも食堂には、うとうとしながら食べ物を腹に詰め込んでいる、どこへ行くとも知れない何人かの乗客と、子供を抱いた母親より他にだれもいなかった。ぼくの目が新しい人生の形跡を探していると、「電灯に触らないで！」と壁にかけられた看板が言った。「トイレは有料です」とまた別のが言った。そして「外からアルコール類を持ち込まないでください」と三番目がもっときつく、断固とした文字で言った。理性の窓の前から、暗いカラスが翼をばたつかせて飛んでいくのが見えたような気がした——見えたような気がしたのだ、自分の死がこの出発地点から始まろうとしているのが。天使よ、あのターミナルの食堂がゆっくりとそれ自身の内部にこもっていく苦悩を、おまえにも伝えることができたならば。でもぼくはあまりにも疲れていたから、何百年も眠っていない森のようなうなり声を聞いてしまったんだ。どれも別々の国に向かって出発する、恐れを知らぬバスの、ブンブンというエンジンの中の狂った魂が好きだった。遠くのどこかで、入り口を探すジャーナンがぼくを呼んでいるのが聞こえていた、ささやくように——技術的な問題のせいで、無声になってしまった映画を観ることを承知した観客のように、ぼくはテーブルに頭をつけてうとうとしてしまったらしい。

どれくらい経ったかわからない。目が覚めたとき、ぼくは同じ食堂で別の客の前にいた。そしてぼくを無二の瞬間に連れて行ってくれる大旅行への出発地点のことを、今度は天使に話せるような気がした。ぼくの前には騒ぎながら金やバスの切符の計算をしている三人の若者がいた。コートとビニール袋をテーブルの上のスープ椀の横に置いた、見るからに孤独な老人が、手に持ったスプーンで自分の悲しい人生の臭いを嗅ぎながらスープをかき混ぜていた。空いたテーブルが広がる薄暗がりの中では、ひとりの給仕があくびをしながら新聞を読んでいた。ぼくのすぐ側には、天井から汚れた床石まで蒸気が垂れ落ちているガラスがあった。そしてその向こうには暗い紺色の夜、夜の中に響き渡るエンジンの騒音、ぼくを別の国に呼ぶ何台かのバス。

　何時だったかわからないが、ぼくはそのうちの一台に飛び乗った。乗ったときはまだ暗かったが、だんだんと夜が明けてきた。日が昇ると、目が陽光と眠気でいっぱいになった。そうこうしているうちに、いつの間にか眠っていた。

　バスに乗っては降り、降りてはまた乗った。バスターミナルでうろついては、またバスに乗った。バスの中で眠っていると、昼間が夜に追いついていた。小さな町でまたバスに乗ったり降りたりした。何日も、暗闇の中を進んで行った。そして自分自身につぶやいた。なんという決心をしたんだ、この若い旅人は。自分をあの知らない国の入り口に連れて行ってくれる道を進む決心をするとは。

四

寒い冬の夜、そんな夜だった。毎日どれかのバスに乗って、ぼくはどこから来たのかも知らず、どこにいるのかも知らずに、どこへ行くのかも知らず、何にも気づかずに進んでいた。何日もすごい速さで進んでいた、ああ、天使よ。車内の電灯はとうに消えていて、うるさくてくたびれたバスの右側の後方の席で、睡眠と覚醒の狭間で、眠りよりも夢、夢よりも外の真っ暗な闇の中に浮かんでくる亡霊に悩まされた。半分閉じたまぶたの間から、ぼくが乗っているバスの、片方が斜めになった遠距離用ライトが、果てることのない草原の痩せた木を、コロンヤの広告がある岩を、電柱を、ときどき通り過ぎるトラックの人を脅かすようなヘッドライトを、運転席の上の方にあるビデオが接続されたテレビの画面に映し出された映画を見ていた。その画面は、若い女優がしゃべるとジャーナンのコートの色に包まれて紫になった。せっかちで機敏な青年が彼女に答えると、いつのまにかぼくの内部にまで浸透していた褪めた青色へ変わった。いつだってそうなるじゃないか、ほら、同じ紫、同じ褪めた青の場面で一緒になった。そしてぼくが君のことを考えるとき、ぼくが君のことを思い出すとき、ああだめだ、彼らは接吻しなかった。

ちょうどそんなとき、ぼくのバス旅行の三週目の、テレビ映画の真っ最中に、自分でも驚くほどの喪失感、緊張感、そして期待の気持ちに襲われたのを覚えている。ぼくはタバコを持っていた。まもなく自分の額を使って断固とした態度で一気に叩いてその蓋を閉めることになる灰皿に、イライラしながら灰を落としていた。なかなか接吻することができないでいる恋人たちの優柔不断さのせいで、ぼくの中で高まる怒りを帯びたもどかしさは、よりはっきりした、より深い緊張に変わった。今、今ついにあれが来る。あの深い現実のものが今こそ近づいてくるという高揚感。王様の頭に王冠が載せられる前、映画館にいる人全員が感じるあの不思議な静寂。その静寂の中で、王冠が頭に触れる前に、王宮広場の上から下へ舞い降りる二羽の鳩の翼のはばたきが聞こえる。ぼくは横でうとうとしている年寄りが、一瞬うなり声をあげるのを聞いて彼の方を見た。百キロの距離をはさんで、お互いに嫉妬しながら真似しあうふたつの貧相な町に着く前、ぼくに恐ろしい痛みを訴えていた毛のない頭が、暗くて氷のように冷たい窓ガラスによりかかりながら安心して揺れていた。朝町に着いたら行く予定の病院の医者に彼は、脳腫瘍患者には冷たいガラスに頭をおしつけるのがいいとすすめるべきだ、とぼくはひとりつぶやいた。ぼくは両目を暗い道路に向け、一瞬もう何日も感じていなかった不安を感じた——何だろう、何なのだろう、今ぼくが抱いているこの深い、抗いがたい期待は。このやるせなさ、欲望は、なぜ今ぼくの全身にまとわりつくのか？

引き裂くような騒音に、内臓を飛び出させるような力の確かさに、ぼくは揺り動かされた。ぼくは席から飛び上がって、前の席の背にぶつかった。鉄とブリキ、アルミニウム、ガラスの破片にぶつかった。はりきってぶつかった。ぶつけられた。ぼくは前にのめった。同時に、新たに全く別の人間となって後ろへ転んだ。そしてバスの中の元の座席に自分がいるのに気づいた。

しかしバスはもう同じバスではなくなっていた。放心して座り続けていた座席から、運転席がその後ろの座席と一緒にバラバラになって無くなってしまったのが、青い霧の中に見えた。

ということは、ぼくが探していたのはこれだったらしい、これだったんだ、ぼくが求めていたのは。心の中でこんなふうに感じた、ぼくが見つけたものを――安堵、睡眠、死、時間！ぼくはそこにもいて、ここにもいた――安堵の中にも、流血の戦場にも、亡霊のような不眠の中にも、終わりのない睡眠の中にも、終わりのない夜の速く過ぎる時間の中にも。そのせいで、ほら、映画でもあるじゃないか、スローモーションでぼくは座席から立ち上がって、スローモーションで通り過ぎた。すぐに死人の世界に渡ってしまった若い乗務員の、手にびんをもった死体の横を。ぼくはバスの後ろのドアから暗い夜の庭に出た。

不毛で果てしない庭の一方は割れたガラスの破片で覆われたアスファルトで、見えないもう一方は帰ってくることのできない国だった。ぼくは何週間も空想の中で、天国のようなぬくもりで身じろぎするこの静かな国がそこにあるということを信じて、ビロードのような夜の暗闇の中を、恐れを知らずに前進した。夢遊病者のようだったが、実は目は覚めていた――ぼくは歩いているかのようだったが、脚はまるで不毛の地に触れていないかのようでもあった。もしかして脚がなかったからかもしれないが、意識せずにただそこにいたからかもしれなかった。ただそこに自分が――しびれたぼくの身体と意識が――いた。自分自身で、自分自身で自分がいっぱいだった。

天国の暗闇の中のある場所で、ある岩影に座って、地面に寝転んだ。空には星がちらほら、横には現実の岩がひとつ。ぼくは懐かしい気持ちでそれに触った。現実の感触の信じがたい味わいを感じながら。昔、すべての感触には感触が、匂いには匂いが、音には音があったし、現実の世界があったのだ。今このときに、その頃が姿を見せることがあるだろうか、星よ。ぼくには自分の人生が暗闇の中に見えていた。一冊の本を読んで、君を見つけた。死ぬということがこういうことならば、ぼくは生まれ変わったのだ。だって今ここで、この世界では、思い出もなく過去もない、真新しい人間なのだから、ぼくは——テレビ番組の新しい連続ドラマに出てくる新しいスターのように、何年ぶりかで星を見た脱獄囚の子供じみた驚きのように。ぼくは同じものも似たものも全く、そう全く感じたことがないような静寂の呼びかけを感じ、尋ねる——なぜバスなのか、夜なのか、都市なのか？　なぜすべてあの道なのか、橋なのか、顔なのか？　なぜ夜を鷹のように抑えつける孤独なのか、なぜ表面にひっかかって出てこないでいる言葉なのか、なぜあの後戻りできない時間なのか？　ぼくは地面がパキパキいうのを聞いた、時計がタクタクいうのも。だって時間は三次元の静寂だと書いてあったから、あの本には。ということは三次元を全く、そう全くわからず、人生を、世界を、そして本を把握することもできず、君にもう一度会うこともできずにぼくは死ぬんだ、とつぶやき、こうして新しい、真新しい星々に初めてしゃべっていたら、子供じみた考えが頭に浮かんできた！　まだ死ぬこともできないくらい子供なのだ、ぼくは。物の感触を、匂いを、そして光を新たに発見し、幸せな気持ちとともに、頭から流れる血の生温かさを冷たい手で感じた。幸せな気持ちでこの世界を眺めた。ジャーナン、君を想いながら。

ぼくが後にしてきた場所で、不幸なバスがセメントを積んだトラックにありったけの力で突っ込んだ地点から立ち上るセメントの煙が、死体と瀕死の人間の上で奇跡的な傘のように宙に浮いていた。バスからは青い頑固な光が漏れていた。生き残った、もう少しすると生き残れなくなる不幸な人たちは、新しい惑星の表面を踏む人間のような注意深さで、後方のドアから外に出てきていた。お母さん、お母さん、あなたたちまだ中にいるの、私は出ましたよ。お母さん、お母さん、小銭が入っているように血でポケットがいっぱいになっちゃった。ぼくは彼らと話したかった――ビニール袋を持って、地面を這いつくばっている帽子をかぶったおじさんや、ズボンの裂け目に注意深く神経質そうに頭を傾け、アッラーと直接話す機会を得た幸福感で饒舌になったおばあさん……星を数える毒々しい保険屋に、死んだ運転手に懇願する母親の呪いがかけられた娘に、まだ知り合ってもいないのに手に手をとって一目惚れしてしまった人たちのように、かすかにふらつきながら存在証明のダンスを踊る口ひげの生えた男たちに、この二度とない完璧な時間の秘密を説明したかった。無二の瞬間といわれる幸運な瞬間が、ただぼくらのように神の幸福な奴隷に、人生のうちで稀ではあっても恩恵として与えられたということを彼らに伝え、もし見えるとするなら、天使よ、人生のうち一回だけ、そうこの奇跡的な煙の傘の下に存在する素晴らしい時間に見えるのだということを説明したかった。そして今なぜこれほど幸せなのかを尋ねたかった。気まぐれな恋人たちのようにお互いに全力で抱きついて、彼らの人生で初めて自由に泣いたあんたたち、母―息子、血が口紅よりももっと紅く、死が人生よりもっとやさしいということを発見した愛らしい女、父親の死体の側に立ちつくし、その手に人形を持って星を眺めている幸運な子供、この満たされた感じ、この完全さ、完璧さをぼくらに与えてくれたのは誰だ？　ひとつの言葉だ、とぼくの中の声が言った――出口、出口だ……。でもぼくは自分が死なないということを、ずっと前から知っていた。まもなく死ぬはずのあるおばさんは、血で真っ赤になった顔で乗務員のことをぼくに尋ねた。荷物を今すぐに取り出させてちょうだい、朝町からでる電車に間に合うために。血のついた電車の切符はぼくの手に残った。

ぼくは顔が窓ガラスにはりついた前部座席の死人と目をあわさぬよう、後方のドアからバスに乗った。

モーターのうなる音に気づいて、あのバス旅行の間ずっときこえていた、恐ろしいエンジンの騒音を思い出した。ぼくに聞こえたのは死の静寂さではなかった。思い出や、欲望、亡霊と取っ組み合いながらしゃべっている人たちがいたのだ。乗務員はまだ手に壜を持ったままだった。涙を浮かべながらも落ち着いた様子のある母親は、すやすや眠っている子供を抱いたままだった——だって外は凍るように寒かったから。ぼくは座った、両足に痛みを感じたから。脳みそが痛いといっていた隣の席の人は、前方のせっかちな一団と一緒にあの世へ行ってしまっていた。それでもまだ我慢づよく座っていた。眠っているときは両目を閉じていたが、死んだあとは開いていた。前の方のどこから出てきたのかわからないふたりの男が、血だらけの一体の身体の手足を持って持ち上げ、外の寒さの中へ連れ出していた。まるでそれを凍えさせようとするかのように。

ぼくはそのとき、一番不思議な偶然に、一番完璧な幸運に気づいた——運転席の上方にあるテレビは、なんともなっていなかった。そしてビデオの中の恋人たちはついにお互いに抱き合っていた。ぼくはハンカチで、額や顔、首についた血を拭った。さっき額で押して閉めた灰皿を今開けて、幸せな気持ちでタバコに火をつけた。そして画面に映っている映画を観た。

彼らは接吻し合った、また接吻し合った。お互いの唇から口紅と命を飲みながら。小さかった頃、映画館で接吻の場面になるとぼくはなぜ息を止めていたんだろう？　なぜ脚をぶらつかせて、接吻している人たちではなく、スクリーンの中の彼らより少し上にあるところを見つめていたんだろう？　ああ、あの接吻！　なんてよく覚えていたんだろう、凍りついた窓ガラスを照らす白い光の中で、人生の中でたった一度だけ、ぼくの唇に触れたものの味を。ぼくは涙を流しながら何度もつぶやいた、ジャーナンの名前を。

映画が終わろうとしているとき、そして外の寒さが冷たくなった死体をさらに冷やそうとしているとき、最初に光が、それから不幸な光景の前に敬意を持ってたたずんでいるトラックが見えた。まだ鈍感にも、何も映っていない画面を眺めている隣の座席の人の上着のポケットに、大きくふくれた財布が入っているようだった。彼の名前はマフムット、姓はマフレル。身分証明書、兵役に行っている息子のぼくに似た写真、闘鶏に関する記事が載っているすごく古い地方紙の切り抜き、『デニズリ・ポスト』一九六六年。このお金であと何週間かもつ。結婚証明書ももらっておこう。ありがとう。

ぼくらを小さな町に連れて行ってくれるトラックの荷台で、用心深い生き残りどもは辛抱強い死体と一緒に、凍るような寒さから身を守るために床に横になってぼーっと星を眺めていた。まるで星はぼくらに、落ち着いて、と言っているようだった。まるでぼくらが落ち着いていないとでもいうかのように。見てごらん、ぼくらは知ってるんだ、どうやって待てばいいのかを。ぼくが横になった場所でトラックと一緒になって震えていると、いくつかのせっかちな雲と何本かのあわてんぼうの木々が、ビロードの夜とぼくらの間に割り込んできた。ぼくが面白くて陽気だと思っていた親愛なる天使が、空から降りてきてちらりと姿を見せ、ぼくに心の、そして人生の秘密を打ち明けるために、この活発でかすかに照らされた死体と抱き合う幸せの宴が、完璧なシネマスコープの舞台をつくってくれたんだと思った。でも、ルフクおじさんの挿絵付きの小説で慣れっこになっていた舞台の方は実現しなかった。こうして枝々がぼくらの頭上から垂れ下がってきて、暗い電柱が一本ずつ通り過ぎていくと、北極星、北極熊、そしてπの数とともに取り残されてしまった。それからぼくは考えて感じた、もともとあの瞬間は完璧でもなかったんだ、と。何かが足りなかった。ぼくの身体には新しい魂が、目前には新しい人生が、ポケットには束になった札が、そして空にはこの新しい星があるなら、かわいい子よ、ぼくは探して見つけるよ、彼女を。

何なのだろう、人生を何か足りないものにするのは？

足りないのは片脚だと言った、病院でぼくのひざの皿あたりを縫った緑色の目の看護婦が。抵抗してはいけないようだ。しかたない。ぼくと結婚してくれますか？　脚にも足にも折れたり、ひびが入っているところはないわ。それなら、ぼくと愛し合ってくれますか？　額もひどく痛く縫われた。そうだったんだ、とぼくは言った。痛みのせいで目から涙を流しながら、何か足りないと思っていたら、やっぱりぼくを縫った看護婦の右手には指輪がはまっていた。ドイツに待っている人がいるんだろう。ぼくは新しい人間だった、全くというわけでもないが。こうしてぼくは病院を、眠そうな看護婦のもとを去った。

朝の礼拝の呼びかけが聞こえる頃、〈新光《イェニ・ウシュック》〉ホテルに行って、夜勤の人に一番いい部屋を用意してくれるように頼んだ。部屋の埃をかぶったタンスの中にあった、古い『ヒュッリイェット』紙を見ながらせんずりした。日曜版のカラーページで、イスタンブルのニシャンタシュ地区にあるレストランの女主人が、ミラノから取り寄せた家具のすべて、去勢された猫たちのうちの二匹、それに彼女の中肉の体の一部を見せていた。ぼくは眠った。

六〇時間近く滞在した〈新光《イェニ・ウシュック》〉ホテルで、三十三時間眠ったシリンイェルの町は「かわいい場所」という意味だったが、その名の通りかわいい、本当にかわいらしいところだった——一、理髪店。作業台の上に、アルミ箔つきの紙に包まれた〈OPA〉印の髭剃り用石鹸が置いてあった。褪めたメンソールの匂いが、この町にいる間ずっと、ぼくの頬に残っていた。二、〈若者《ゲンチレル》〉コーヒー店《カフヴェスィ》。手にトランプのスペード、ハートのキングを持った、放心状態の老人たちが、広場のアタテュルク像を、トラクターを、少しびっこをひいているぼくを、ずっとつけっぱなしになったテレビに映る女たちを、サッカー選手たちを、殺人事件を、石鹸を、接吻場面を眺めている。三、マールボロ。そう書いている店にはタバコの他に、昔の空手やポルノまがいのビデオカセット、宝くじ、スポーツくじ、恋愛や殺人小説の貸本、ねずみ駆除薬、壁にはジャーナンを思い起こさせる美人が微笑んでいるカレンダーがある。四、食堂。インゲン豆、肉団子《キョフテ》、おいしい。五、郵便局。ぼくは電話した。母親というものは理解しないで泣くものだ。六、シリンイェルコーヒー店《カフヴェスィ》。二日間の間持っていた『ヒュッリイェット』紙に載っていた、ぼくらのあの幸せな交通事故のもう暗記してしまった短い記事——十二人死亡！——、もう一度ここで、このテーブルでそれを愉しみながら読んでいると、三十歳くらいの、いや三十五歳、いやいや四十歳くらいの、嘱託殺し屋と私服警官を足して二で割ったようなひとりの男が、ぼくの背後に影のように近づいてきた。ポケットから取り出した時計のメーカーをぼくに読みあげた——〈ゼニス〉——、そしてこう言った。

酒は、狂おしい想いが綴られた叙情詩では、何故死ではなく恋愛のいいわけにされるのか？
新聞は、あなた方が事故のワインに酔ったとでも言っているのか？

ぼくの返事を聞かずに、彼は濃厚な〈OPA〉の匂いを残してコーヒー店《カフヴェ》を去っていった。かわいらしい町にはどこにでもひとりくらいは気ちがいがいるものだ、とぼくは思った。バスターミナルでいつも少しだけするブラブラ歩きの最中に。ワインと詩を愛するわれらが親友は、かわいい町の二軒の酒場のどちらにもいなかった。それから六十時間後、ぼくはくだんの幸福をもたらす渇きを、君を愛しながら想うように、ジャーナン、深いところから感じ始めた。睡眠不足の運転手、くたびれたバス、髭をそっていない乗務員、連れ去ってくれぼくを、ぼくが行きたいあの未知の国へ！　死の淵で額を血だらけにして気を失い、他人になることができたなら。こうして、身体には二針縫われた跡、ポケットには一杯に中身が詰まった戦死者の財布を持って、ある晩、古い国産〈マギルス〉の後部座席でぼくは別れを告げた、シリンイェルの町に。

夜！　長い、すごく長い、そして風のある夜。暗い鏡のような窓を村々が過ぎていった。まだ暗い牧場の囲い、不死の木々、もの悲しいガソリンスタンド、がらんとした食堂、静かな山々、あわてんぼうのうさぎたち。ときどき、ピカピカの夜と遠くで震える光をずっとずっと眺め、自分が想像した人生が瞬間々々、その光に照らされるのを見、その幸せな人生の中に、ジャーナンと自分の居場所を見つけ、バスがチラチラする光から遠ざかり始めたとき、ブルブル震えているぼくの座席ではなく事故の後にできたあの煙の屋根の下にいたかったと思った。時々ガソリンスタンドや休憩所で、木々がお互いに遠慮し合って待っている交差点で、狭い橋で、ぼくの目は、ぼくらの傍らをゆっくりと重そうに通り過ぎるバスに乗った乗客たちを追った。その中にジャーナンがいることを想像し、その想像を信じてしばらくしながら、そのバスにどうやって追いつき、どうやってそれに乗ってジャーナンを抱きしめるかを思い描いた。ときには、あまりにも疲れて絶望的な気持ちになり、ぼくらの怒れるバスが夜半に人っ子一人いない小さな町の狭い路地を曲がるとき、半分開いた窓の間から見えた、テーブルについてタバコを吸っている男になりたいとも思った。でもぼくは知っていた。本当はもっと別の場所に、別の時にいたかったのだ、ということを。

あの、胸が張り裂けるような爆発事故の後に死んだ人たちや死体の間で、魂が身体から離れるか離れないかどっちつかずにいる、幸福な軽さの瞬間に……。ビル七階分も空に舞い上がって散歩に出る前に、血の海とガラスの破片で始まる後戻りできない国の入り口で、暗闇の光景に自分の目を慣らさせようとしているときに、愉快な気持ちでこう考えるんだ。中に入ろうか、入るまいか？　後戻りしようか、進もうか？　どうだろう、あっちの国の朝は？　どうだろう、旅を全くやめて底なしの夜の暗闇に紛れるのは？　ぼくは自分から離れて他人になるんだ。ジャーナンと抱き合って無二の時間が支配するあの国のことを考えると身震いする。縫われた額や脚で、これから先の思いがけない幸福へのもどかしさをぼくは感じていた。

やあ、夜のバスに乗っている人たちよ、不幸な同胞よ、ぼくは知っている。君たちも同じく引力のない時間を探していることを。そこでもなく、ここでもなく、ふたつの世界の狭間の安らかな庭で、他人になりすまして移ろおうと求めていることを。なめし皮のジャケットを着たサッカー好きが、今朝の試合ではなくて、血だらけになって真っ赤な英雄になり変わる事故の瞬間を待っているということを、ぼくは知っている。ビニール袋から頻繁に何かを取り出して口に放り込んでいる神経質そうなおばさんが、妹や甥っ子との仲直りではなく、あっちの世界の入り口にたどり着きたいと熱望していることを、ぼくは知っている。開いた目は道路を、閉じた目は夢の世界をさまよっている地籍役人が、県庁の建物ではなくて、全ての町を過去にしてしまう交差点を数えていることを、そして最前列で眠っている褪めた顔色の恋する高校生が、恋人のことではなくて、前方の窓ガラスに情熱と貪欲さで接吻するような激しい逢瀬を想像していることを、ぼくは知っている。そんなに興奮しているせいでだいたいみんな、運転手が急ブレーキを踏んだときや、バスが風に吹かれて揺れたとき、すぐに目を開けて道路の暗闇に目をやり、あの魔法がかかった時間が来たのかどうかを知ろうとするのだ。だめだ、また来なかった！
ぼくは八十九もの夜をバスの座席で過ごした。けれども幸せな時間が奏でられるのがぼくの魂には聞こえなかった。一度など、急ブレーキの後、ニワトリをのせたトラックに突っ込んだ。でも違った、眠い乗客たちはもちろん、一羽のニワトリも鼻血さえ出なかった。また別の夜には、ぼくらの乗ったバスが凍結したアスファルトから崖をやさしく、やさしく滑り落ちようとしたとき、一瞬、凍りついた窓ガラス越しに、神様と目が合うときのきらめきを感じた。存在の、愛の、人生の、時間の、唯一で共通の秘密を、ぼくは情熱をかたむけて発見するところだったのに、陽気なバスは空虚な暗闇の縁で宙に浮いたままになった。

運についてどこかで読んだ。運は、盲目なのではなく文盲なのだ。運というものは、考えてみれば統計や可能性がわからない者たちの慰めなのだ。ぼくは後方のドアから地面に下りた。後方のドアから命を取り戻した。後方のドアからバスターミナルへ行った、バスターミナルのせかせかとした生活へ――ひまわりの種売り、カセット売り、ゲーム屋、スーツケースを持ったおじさんたち、ビニール袋を下げたおばさんたち、こんにちは。物事を運にまかせないためにも、一番おんぼろのバスを探し、一番カーヴの多い山道を選んだ。運転手の立ち寄るカフヴェで、一番眠そうな運転手を見つけた。仙人より早い、〈飛行到達《ヴァラン》〉社、〈正真正銘ヴァラン〉社、〈エキスプレス・ヴァラン〉社……。乗務員たちは誰もみなぼくの手にびん一杯のコロンヤをふりかけたが、どのコロンヤのラヴェンダーの香りもぼくが道中探していた顔の匂いではなかった。乗務員が偽の銀盆に、子供のときよく食べたビスケットを載せて持ってきたが、ぼくの母の淹れるチャイのことを思い出せなかった。カカオが入っていないトルコのチョコレートを食べたが、子供のときのように足がつることはなかった。ときには、いろいろな飴やキャラメルが入ったカゴが廻って来ることもあったが、〈ザンボ〉、〈マベル〉、〈ゴールデン〉印のものの中で、ルフクおじさんの好きだった〈新生《イェニ・ハヤット》〉印のものに出くわすことはなかった。寝ている間は何キロ走ったか数えていた。起きている時は夢を見ていた。座席にうずくまって、小さくなり、どんどん小さくなってシワシワになった。脚を締め付けて、隣の座席の人と夢の中で愛し合った。眼が覚めると毛のない頭はぼくの肩に、途方に暮れた手はぼくの胸にあった。

だってぼくは毎晩新たな不幸な人と、はじめは用心深いお隣さんに、それからおしゃべり友達に、朝を迎える頃には抱き合っているほどの、恥を知らない秘密を分かち合う仲間になったから……。タバコはどう？　どこへ行くの？　何の仕事をしているの？　ぼくはあるバスでは、町を渡り歩く保険屋になったり、氷のように寒い別のバスでは、夢の中でおじさんの娘と結婚しそうになった。あるときには、UFOを観察している人のように、あるおじいさんに、天使を待っているんだと言った。また別のときには、ぼくの職人にあなたの壊れた時計を修理させましょう、と言った。入れ歯を入れたおじさんは、私のは〈モバード〉製なんだ、と言った。全く狂わないよ。狂わない時計の持ち主が口を開けたまま眠っているとき、その道具がチクタクいうのがはっきりと聞こえたような気がした。何だろう、時とは？　ひとつの事故だ！　何だろう、人生とは？　ある人生、新しい人生だよ！　こうしていままで誰も考えたことがなかったこの単純な理論に打ち負かされて、バスターミナルではなく直接事故へ向かうことをぼくは決心したんだ、ああ、天使よ！

先端が外に飛び出ている建設用の鉄筋を積んだトラックに、後ろから、気まぐれに、裏切るように襲い掛かったバスの前方座席には、非情にも車体に突き刺さった乗客たちが見えた。三毛猫を轢かないように、不器用にバスを崖に向わせた運転手の、つぶれた車内から運び出されないままの死体が見えた。バラバラになった頭、引き裂かれた胴体、切断された手、ハンドルを内臓の中にやさしく入れている運転手たち、バラバラになったキャベツのような脳みそ、ピアスがはまった血だらけの耳、割れていたり、割れていなかったりする眼鏡、鏡、新聞紙の上にていねいに広げられた腸、櫛、つぶれた果物、小銭、折れた歯、哺乳瓶、靴――あの瞬間に願いをかけて捧げられたすべての命やものたち。

中央アナトリアの町コンヤで交通整理の警官からきいた情報のおかげで、ある寒い春の夜、塩湖であるトゥズ湖近くのある場所で、砂漠のようにひっそりした空気の中で互いの頭をぶつけ合ったバスに追いついた。大音響で爆発した幸せで熱っぽい出会いの瞬間から三十分が過ぎていた。でも人生を生きる価値がある、意味のあるものにする、あの魔法の雰囲気が、まだ残っていた。ぼくが警官と憲兵の車の間から、裏返しになったバスの黒いタイヤを眺めていると、新しい人生と死の心地よい匂いがしてきた。ぼくの両脚はふるえ、額の縫った所がズキズキした。ぼくは待ち合わせに遅れまいとするかのように、驚愕している人々の間を縫って、薄暗い霧の中に向って力強い足取りで進んでいった。

ドアの取っ手がいっぱいまで上に上がったバスの中に入った。逆さまになった座席の間を、重力に逆らえずに天井に散らばった眼鏡、ガラスの破片、鎖、果物を踏みつけながら愉快に歩いていると、まるで何かを思い出したような気になった。ぼくはあるいっとき別の人間だった。その別の人間もぼくになりたがっていた。ぼくはあるいっとき、時間がやさしくやさしく濃縮して煮詰まっていく、ぼくの頭の中で色彩が滝のように流れていく人生を夢見ていた。夢見ていたんだよね？　ぼくの脳裏に机の上に残してきたあの本のことが浮かんだ。口を開けたままの死人が空を見上げているように、あの本が部屋の天井を見つめている場面を想像した。ぼくの母があの本をあの部屋で、まだ途中までしか生きていないぼくの人生の昔の人生の品々の中で、机の上で手に取っているところを想像した。母さん、見て、ぼくは割れたガラスや滴り落ちた血、死体の間で、別の人生が見える入り口を探しているんだ、と言おうとしたとき、ひとつの財布が見えた。この死体は死ぬ前に、ひっくり返ったバスの席から割れた窓へ向って這い上ろうとしたらしいが、その均衡を保つ地点で止まって、後ろのポケットに入れた財布をこちら側の人間に提供することになったらしい。

ぼくは財布を拾った。ポケットに入れた。でもこのことではなかった、さっき思いついて思いつかなかったようなふりをしたのは。ぼくの脳裏には、今自分が見ている場所から、かすかに揺れる小さなかわいいカーテンとメチャメチャに割れた窓ガラスの向こうに見えていた、もう一台のバスがあった。〈マールボロ〉の赤と死の青と書かれた〈ヴァラン・ヴァラン〉。

数ある窓のうち、すっかり砕け散ってしまった窓から飛び降りた。憲兵たちや、まだ運び去られていない死体の間を、血のついたガラスの破片を踏みつけながら走った。あのバスだった。ぼくは間違ってなかった。もう一台のバス。六週間前、あるおもちゃのような都市から暗闇の町へぼくを無事に連れて行った〈ヴァラン・ヴァラン〉だった。メチャメチャになったドアからこの旧友の中に入り、ぼくを六週間前に乗せていた座席に座った。そしてこの世界を楽観的に信じている我慢強い乗客のように待ち始めた。何を待っていたのか？　もしかして風を、もしかしてある時間を、もしかしてある旅を。薄暗かった空が明け始めてきた。座席にはぼくのように死んでいるのと生きているのの中間の状態にいる、あとふたりの人間がいるのをぼくは感じた。彼らは悪夢の中の美女たちや天国の夢の中の死、それに何かがうなる音と口論しているに違いなかった。未知の魂と話しているように声を出しているのが聞こえた。それからぼくの警戒心の強い魂はもっと深淵からくるなにかを感じた――ぼくはラジオ以外のすべてが溶けて無くなってしまった運転席周辺を眺めた。叫び声やうなり声や外から聞こえる泣き声が、ため息とやさしく新鮮な風の中で音楽を奏でているのが聞こえた。

一瞬静寂が訪れた。光が強くなったのが見えた。粉煙の中に幸せな幻が見えた。死んだ人たちや亡霊たち――行ける所まで行ったじゃないか、旅人よ。でもぼくは思うんだけど、もっと先へも行かれるんだよ、ちょうどその瞬間の入り口にいるからなのか、それとも存在の扉の裏側にある庭、さらに奥には別の扉、そのまたさらに奥には死と生が、意味と行為が、時間と偶然が、光と幸福が、お互いに混ざり合った別の秘密の庭があるからなのかどうか、わからないが、君は期待の中でやさしくやさしく揺すられているんだよ。突然深いところから、ぼくの全身をまたあのやるせない欲望が包み込んだ。ここにも、あそこにもいたいという欲望。何語かの言葉を聞いたような気がした。寒気がした。そのときドアから君が入ってきたんだ、ぼくの美しい人、ジャーナン。君は、ぼくがタシュクシュラで見たときに着ていた白いワンピースを着て、顔は血だらけだった。ぼくに向ってゆっくりゆっくり近づいてきた。

ぼくは君にきかなかった、「こんなところに何の用があるんだ?」とは。ジャーナン、君もぼくにきかなかった、「あなただって何の用があるの?」とは。だって、ふたりとも知っていたから。

君の手をとってぼくの隣の席に座らせた、三十八番の席に。そしてシリンシェヒルで買ったチェックのハンカチで、君の額や顔の血をやさしく拭いてやった。それから、ぼくの美しい人よ、君の手をとって、長い間何も言わずにそのまま座っていた。夜が明けてきた。救急車が到着したようだった。死んだ運転手のラジオから、ほら、「ぼくらの歌」とか言うじゃないか、それが流れていた。

五

社会保障病院でジャーナンが額を四針縫ってもらい、町の低い塀に沿って暗い建物を通り過ぎ、木の植わっていない通りを歩いている最中にぼくらの脚が機械的な動きで上下するのを感じた後、すぐ出発するバスで、十三世紀のイスラム神秘主義詩人メヴラーナの死の町を去った。それから行った最初の三つの町をぼくは覚えている――煙突の筒の町、レンズ豆スープが人気の町、つまらない町。そしてバスの中で眠り、バスの中で起きて、町から町へとこの身を任せていると、すべてが一種の幻になった。しっくいが剥がれた壁を見かけた。老年の域に達しようかという歌手たちの若い頃のポスター、春の洪水が流し去った橋、親指ほどの大きさのコーランを売るアフガニスタン移民たちを見かけた。ジャーナンの亜麻色の髪が肩にこぼれ落ちるとき、他のものも見えたはずだった――バスターミナルの人ごみ、紫の山々、プレキシガラスのパネル、町の出口でぼくらを追いかけてくる幸せで楽しそうな犬たち、バスの一方のドアから入って、もう一方のドアから出る不幸な物売り。ジャーナンは、小休憩の場所で「調査」のための新しい手がかりを見つけることに希望が持てなくなると、ぼくらの膝の上にあるテーブルを、この物売りから買った固ゆでの卵、菓子パン《ポアチャ》、むいたきゅうり、今まで生きてきたうちで初めて見た、その土地の奇妙なソーダ水のビンでいっぱいにした。それから朝になり、夜になり、それから曇りの朝になり、バスがギアチェンジをし、最も暗い黒色よりもっと黒い夜の帳が落ち、運転席の上のビデオが放つプラスチックのオレンジと安っぽい口紅の色をした橙色っぽい赤い光が君の顔を照らす頃、ジャーナンはぼくに話すのだった。

　ジャーナンとメフメットの「関係」は――最初彼女はこの言葉を使った――一年半前に始まった。以前タシュクシュラの建築学科と土木工学科の学生たちの人ごみの中で彼を見たことを、彼女はぼんやりと覚えていたのかもしれない。でもドイツから来た親戚に会うために行った、タキスィム近くのホテルのレセプションで彼を見かけて、彼に注意を払うようになったのだった。ある夜半、ホテルのロビーに両親と一緒に行かなくてはならなくなったのだった。彼女はカウンターの後ろにいた長身で疲れた顔をした細身の男が気になった。「もしかして、彼をもっと前にどこで見たのか、どうしても思い出せなかったからかも」と、ジャーナンは暖かい微笑みをぼくに投げかけた。でもそうじゃないことは、ぼくにはわかっていた。

　秋になって授業が始まるとすぐに、彼女はタシュクシュラの廊下で彼をまた見た。短い間にお互いに「恋」してしまったのだった。一緒に長い間イスタンブルの路地を歩き、映画館に行き、学生用カフェテリアやコーヒー店《カフヴェ》でチャイを飲んだ。「はじめはあまりたくさんしゃべらなかったわ」とジャーナンは言った、真面目な話をするときに彼女が出す声で。メフメットは恥ずかしがりやだったが、それはしゃべるのが好きじゃないからではなかった。彼のことを知れば知るほど、彼と時間を一緒に過ごせば過ごすほど、本当は気さくで、意志が固く、おしゃべりで、その上攻撃的になることもあるのが彼女にはわかってきた。「悲しくて黙りこむことがあったわ」と、ある夜、ぼくではなく、テレビの画面に映っているカーチェイスのシーンを観ながら言った。その後、「苦しんでいたから」と付け加えた。その上かすかに微笑んだ。画面の中で走り回っては止まり、橋から河に飛び込んだ、互いの上を飛び交っていたパトカーは、今やひとつの毛糸球のように衝突しあって互いにめり込んでいた。

その悲哀を、その苦悩を解きほぐし、彼の背後にある人生に入り込むために、ジャーナンはいろいろと試み、ゆっくりではあるがそれを成功させつつあった。はじめメフメットは別の人生のことについて話していたらしい。あるいっとき別人だったこと、ある田舎のある屋敷のことを。それから大胆になってくると、この人生をすべて置き去りにして新しい人生を始めたくなったということを、過去はもう全く重要でなくなったということを言ったらしい。あるとき別人になったが、その後自分の意思でさらに別の人になろうとしたという。ジャーナンはその新しい人間と知り合ったのだから、その新しい人間と旅をして、過去のことには触れてはいけなかったのだった。行って帰って来た場所、見て出くわした恐ろしいことは、もともと昔の人生の中ではなくて、あるとき自分の意思で後を追いかけていった新しい人生の中にあるものだったから。「この人生に」と、ジャーナンは一度ぼくに言った。さびれたちいさな町の市場にあった、ねずみの出る食料雑貨店《バッカル》や、古い時計屋、スポーツくじ屋の埃をかぶった棚から見つけてきた、〈祖国《ヴァタン》〉印の十年前の缶詰、時計の歯車、子供の雑誌が、暗いバスターミナルのテーブルの上に置いてあるとき、ぼくらがどのバスに乗るのかを仲良く、その上楽しく相談しているときに。「メフメットはあの本のせいでこの人生に出会ってしまったのよ。」

メチャメチャになったバスの中で再会してからちょうど十九日目に、ぼくらはこうしてあの本について話し始めた。ジャーナンはぼくに、メフメットに本のことを話すことは、過去に置いて来た人生、彼の悲しみの理由について話すのと同じくらい難しいということを説明した。イスタンブルの路地を苦悩しながら歩くとき、ボスフォラス海峡沿いのあるコーヒー店《カフヴェ》でチャイを飲むとき、一緒に勉強するとき、ときどきしつこく彼にこの本を、この魔法のものをねだったことがあったが、メフメットは断固としてそれを受け付けなかったという。そこでは、本が照らし出す国の朝もやの中では、死が、愛や恐怖、腰に拳銃をつけ濁った顔色をした傷心の絶望した男たちといった姿で、亡霊のように途方に暮れてうろついているから、ジャーナンのような娘の傷ついた心が、喪失と殺人者の国を夢見ることさえ正しいことではないという。

でもジャーナンは粘り強く、そういったことが自分をとても悲しませていることを、そのせいで彼が遠ざかってしまうかのように感じていることを伝え、少しでも彼をとりなすことに成功した。「もしかして私があの本を読むのを、そして自分がその魔法や毒から救われるのを願っていたのかも、あのとき」とジャーナンは言った。「だって、彼が私のことを好きだって信じていたから、もう。」「もしかしたら」とそのあと付け加えた、ぼくらの乗ったバスが踏み切りで、いくら待っても来ない電車を我慢強く待っているとき。「頭の中でピクピク動いて私たちを刺激する、あの人生と一緒に歩むことができるのを気づかずに、まだ夢見ていたのかも。」夜半をかなり過ぎてからぼくの住んでいた地区を、叫び声をあげながら通り過ぎるうるさい機関車の貨物列車の、小麦や機械、ガラスの破片を載せた無蓋貨車が、他の国から来た罪深く従順な亡霊のように、ひとつ、またひとつとバスの窓の前を過ぎていった。

本がぼくらに与えた影響については、ジャーナンと少ししか話さなかった。その影響はあまりに強く、異端の余地のないほどしっかりしたものだったから、そのことを話すのはこの本に比べたらある種のくだらないおしゃべり、無駄口になるということだった――ぼくらふたりの人生の一時期を占めたあのバス旅行の間、この本の、太陽や水のような必要性や必然性は誰も口を挟む余地がないほど基本的なものだったし、ぼくらのいるその場にいつもあった。ぼくらは、ぼくらの顔を照らすその光を見て旅に出たのだった。そしてその道中、ぼくらは自分たちの感覚で道を進んでいこうとし、どこへ行くのかを完全に知りたいとは思っていなかった。

それでもときどき、どのバスに乗るべきかということについて長いこと話し合った。一度などは、小さい町にしては大きすぎる格納庫のような待合室で、拡声器からほとばしる金属的な声が、ジャーナンにそれが出発時刻を知らせるバスの行き先に着きたいという深い願いと欲望をかきたてた。ぼくらはそれに抵抗したが、結局その欲望に従った。また別の時には、眼に涙をためたある母親と、手にタバコを持った父親、小さなプラスチックのスーツケースを持ってバスに向かって歩いている若者の後を追って――背格好や少し猫背気味なところがメフメットに似ているという理由だけで――、唯一のライバルはトルコ航空だ、という謳い文句のバスに乗った。そして三つの町を過ぎ、二本の汚い川を越えた後、若者が途中で降りて、有刺鉄線と見張り番がいる塔に囲まれた、壁が「なんて幸せなんだろう、トルコ人で」と叫んでいる兵舎に入っていくのが見えた。ジャーナンがそのラシャ布の緑とレンガ色を気に入ったという理由で、あるいは「雷のような速さ」と書いてある最後の文字の尻尾が、そのスピードのせいで細くなっている――ほら見てごらん、雷のようにブルブル震えながら、こんなに長くなってる!――という理由で、草原のずっと奥深くまで行く様々なバスに乗った。ぼくらが着いた埃っぽい町で、眠たそうな市場で、汚れたバスターミナルで、ジャーナンがやった調査は全く成果を上げなかったので、ぼくはなぜ、どこへ、何のために行くのかを彼女に尋ね、バス事故の被害者のポケットからいただいた財布のお金が減ってきたことを思い出させ、この調査の理論のない理論を理解しようと努めているふりをした。

ぼくが、タシュクシュラの教室の窓からメフメットが撃たれるところを見たと告げても、ジャーナンは全く驚かなかった。彼女にとって人生は、感覚の鈍い何人かの愚か者であれば「偶然」と呼ぶような、いくつかのはっきりした、決定的な出会いに満ちているのだった。メフメットが撃たれてからかなり後、ジャーナンは反対側の歩道にあるキョフテ屋のちょっとした仕草に尋常でないものを感じたらしい。銃の音を聞いたことを思い出し、起こった出来事を感じとりながら、怪我をしたメフメットのそばに走ったのだった。もし他の人間だったら、メフメットが撃たれた場所ですぐにタクシーを止めて、タキスィムの南にあるカスムパシャの海軍病院に行ったとしても、それはただの偶然だと言うことができただろう。でもその病院に行ったのは偶然ではなく、彼らの乗ったタクシーの運転手がちょっと前にそこで兵役をやったからなのだった。肩の傷はそれほど重くなかったので、メフメットは三、四日で退院できるようだった。でも二日目の朝ジャーナンが病院に来たときには、彼は逃げてしまっていた。彼女は彼が失踪したことを知った。

「ホテルに行ったり、タシュクシュラにちょっと寄ったり、彼のお気に入りのコーヒー店《カフヴェ》を見回ったりしたの。そして無駄だとわかっていたけど、家でしばらく電話を待っていたわ」と言った、ぼくをうっとりさせるその冷静さと明快さで。「でもとっくの昔にあそこへ、あの国へ、本の世界に戻ってしまったことがわかったの。」

あの国への旅行で、ぼくは彼女の「道連れ」だった。あの国を新たに発見しに行くとき、ぼくらは互いに「支え」になるはずだった。あの新しい人生を探すとき、ふたりいる方がより「創造的」になると考えるのは間違いではなかった。ぼくらは運命共同体であり、ただの道連れではなかった――ぼくらはお互いに無条件で支えあっていた――ぼくらは、眼鏡で火をおこす小説の主人公、マリとアリのように創造的だったし、何週間もの間、夜行バスで互いに身を寄せ合いながら隣同士に座っていた。

バスで上映されるビデオの二本目が、銃の音、ドアの閉まる音、爆発するヘリコプターの楽しく陽気な騒音で終わる頃、ぼくら死を探し求める疲れたみすぼらしい乗客が、夢の世界に向かって、タイヤの回転と共にガタガタ揺られながら不安な旅に出発してから大分経った頃、最初道路に穴があった、と思ったら急ブレーキがぼくを眠りから呼び起こす夜もあった。そんなときには隣の窓際でスヤスヤ眠っているジャーナンを長いこと眺めたものだった――小さな窓のカーテンを巻いてつくった枕に頭をのせ、亜麻色の髪をその枕の上でかわいく丸めて、肩に下ろしていた。美しく長い両腕は、ときには二本のか弱い枝のように平行にぼくのじれったい膝に向かって伸び、ときにはその一本が、カーテンの枕を支えて第二の枕になっている手を支え、もう一本はその支えになっている腕の肘を上品に下から持っていた。その顔をのぞくと、子供っぽく眉をひそめさせる苦痛が浮かんでいた。ときどき亜麻色の眉を寄せながらも、その額からぼくの好奇心をかきたてるクエスチョンマークを送ってくるのだった。それから蒼ざめた頬の肌に一筋の光が見えた。顎の骨と長い首の合流する素晴らしい国に、あるいは頭を前に傾けたときにうなじに流れ落ちる髪の下にある、到達不可能な肌の上に、バラが咲いているのを、夕陽が沈むのを、それから陽気で遊び好きのリスがこの不可侵のビロードのような天国に僕を呼ぶ宙返りをするのを夢見たものだった。広い、本当に広い、蒼ざめた、本当に蒼ざめた唇に、その唇を神経質に噛んだためにときどきその上に現れる繊細な膜に、そしてもし少しでも眠っているときに微笑んでくれれば、その顔の前面に、あの黄金の国が見えてくるのだった。そしてぼくは自分に言うのだった——どんな授業でも習わなかったし、どんな本でも読まなかった、どんな映画でも見なかった——ああ、なんてすてきなんだろう、愛する、恋する人が眠るのを心ゆくまで眺めるのは、天使よ。

天使のことを語り合った。ぼくらには、ある種の落ち着きを持った重々しい義理の兄のように見える死についても——。でもジャーナンが掘っ立て小屋の食料雑貨店《バッカル》から、角の金物屋から、眠そうな食料雑貨店《バッカル》から値切って買い、少しかわいがったり撫でたりしてからバスターミナルのコーヒー店《カフヴェ》やバスの座席に忘れていった、割れたりぼろくなったりした品々のように、弱くて脆い言葉でそういったことを話していた——。死はいたるところにあった。特にあの場所に。あの場所からどこにでも広まっていたから。ぼくらはそこを見つけてメフメットと会うために、手がかりを集めていた。それからその手がかりを、まるで通った跡を残すように残していった。こういったことは本から学んだ。まるで、無二の事故の瞬間、あちらの世界が垣間見える入り口、映画館の入り口、〈新生《イエニ・ハヤット》〉印のキャラメル、メフメットを、もしかしてぼくらをも殺すかもしれない殺人者、入り口でぼくの足取りが重たくなったホテル、長い沈黙、夜、そして食堂の電灯を学んだように。ぼくはこう言うべきだ——こういったすべてのことを経て、またぼくらはバスに乗っていた。こういったすべてのことを経て、またぼくらは旅に出ていた。ときどき、まだ暗くならないうちに乗務員が切符を集め、乗客が互いに知り合って、子供たちや好奇心の強い人たちがまっ平らなアスファルト、あるいは埃っぽい未舗装の山道をビデオを観るように眺め始める頃、突然ジャーナンの瞳に光が宿り、こんな風に語り始めるのだった。

「小さいとき、夜中に」と、あるとき始めた。「家でみんなが寝静まったとき、ベッドからぬけだしてカーテンを少し開け、通りを眺めたものだわ。通りにはたいてい誰かひとりは歩いていて、それは酔っ払いだったり、せむしだったり、太った人だったり、警備員だったりした。みんな男の人だった、彼らは……。恐かったわ。自分のベッドは好きだったけど、そこに、外にいたいとも思っていたの。」

「他の男の人たちのことは、兄の友人たちと夏の別荘でかくれんぼをしているときに知ったの。それから中学校の教室で、彼らが机の下から取り出した何かを見ているときに。それかもっと小さかった頃、遊んでいる最中に、彼らが突然おしっこがしたくなって、脚をガタガタさせているときに。」

「九歳のとき、海岸で転んで膝から血が出たの。母は叫び声をあげたわ。ホテルのお医者さんに行った。なんてかわいい子なんだろう、君は、とそのおじさん先生は私に言った、なんてかわいい子。傷にオキシフルをふりかけながら、なんてお利口なんだろう。私の髪を見る目つきで、おじさんが私を気に入ったのがわかったわ。世界を別の所から見ることができる、魔法がかった目をしてた。まぶたが少しかぶさってた、眠っているみたいに。でもすべてを、私を、全身を舐めまわすように見るような人だったけど……。」

「天使の目はどこにでもあるし、何でも見ているのよ。いつでもそこにあるの……。それでも私たちのような哀れな人間たちは、この目が欠如しているせいでひどい目に遭ってしまうの。忘れっぽいからなのか、意思が弱いからなのか、人生が嫌だからなのか？　道を進んで行けば行くほど、町から町へ渡り歩けば歩くほど、ある日、ある夜、あるバスの窓で、天使と目が合うのを私は知ってる。彼らを見るためには、彼らがこっちを見てることに気づかないとだめなの。このバスは、最後には人間が行きたい場所に連れて行ってくれる。私はバスを信じてるの。天使もときどき、ううん、いつも信じてるわ。そう、いつも。違う、ときどきかな。」

「私が探している天使のことを本で読んだの。誰か別人が考え出したものみたいだった、そこでは。まるである種の客人のようだったけど、私はそれを受け入れた。それを見たときには、人生の全秘密が私にパッと見えるということを知っている。バスで、事故の現場で、その存在を感じていた。メフメットが言っていたことがすべて、ひとつひとつ現実になっていくの。メフメットが行くところすべて、彼の周りで死が輝くのよ。知ってる？　それは彼が自分の中に本を持っているからかも。でも、本のことも新しい人生のことも全然知らない人たちも、事故の現場やバスで、あの天使のことを話しているのを私は聞いたわ。私は天使が示した道を進み、天使が置いていった記号を集めるの。」

「メフメットは雨の降るある夜、彼を殺そうとしている人たちが行動を起こしたことを私におしえてくれた。どこにでもいるかもしれないし、今こうしている間にも私たちを見ているかもしれない。誤解しないでほしいが、君だって彼らの仲間かもしれないんだ。人間は考えていることや、やったと思ったことの全く逆のことをするもんだ、たいていは。あの国に行くつもりで自分をふり返っていたり、本を読んでいるつもりで、新たに書いていたりするんだ。誰かを助けていると思ったら、傷つけていたりするんだ……。人間たちのほとんどは、新しい人生も、新しい世界もいらないんだ。だから本の著者を殺したんだって。」

本の著者、あるいは「著者」といわれるその老人についても、ジャーナンはこういうふうにあまりはっきりしない言葉で、そして言葉自身のせいではなくその言い方の麻薬的な雰囲気のせいで、ぼくを興奮させるように語っていた。ちょっと新しいバスの前方の席に座ったまま、彼女の目はアスファルトの上に白く光る車線に釘付けになっていた。紫の夜の中で他のバス、トラック、車のライトは、なぜだか全く見えて来なかった。

「メフメットと老人の著者が会ったとき、お互い目を見ただけですべてがわかってしまったのよ。私にはわかるの。メフメットは彼のことを探して調べたらしいの。出会ったときは、あまり話さず、黙っていた。少し話し合っては黙った。老人は本を若いときに書いたらしいの、彼がそれを書いた時期のことを、若いとき、と言ったらしいわ。あの本は若いときのものだよ、と悲しそうに言ったそうよ。それから彼らは老人を脅して、彼が自分の手で書いた、自分の魂から取り出したものを拒否させた。それに驚きはしないけど。最後には彼を殺してしまったことにも……。老人が殺されたら、次はメフメットの番だということにも……。私たちはメフメットを、殺人者より先に見つけるのよ……。大事なのはそれよ——本を読んでそれを信じている人たちが他にもいるの。町の中で、バスターミナルで、店で、外で歩いているとき、彼らに出くわしてしまうの。その目を見ればわかってしまうのよ、彼らを。本を読んで、それを信じた人たちの顔は別物になってしまう、その目の苦悩と欲望は互いに似ている。それはあなたもいつかわかるでしょう——もしかしたらもうわかっているわよね。秘密を知っているなら、それに向かって歩いていくのよ。人生は素晴らしいんだから。」

ジャーナンは、ぼくらがへんぴなところにある宿泊施設の、憂鬱でハエのたかっている食堂にいるようなとき、こういったすべてのことを話すことがあった。そんなときは、夜中に眠たそうな従業員が持ってきた無料のチャイを傍らにタバコを吸いながら、プラスチックの匂いがするイチゴのシロップを匙でかきまわしたりしていた。古びたバスの前方の席で揺られているようなときだと、騒音の中でぼくの目はジャーナンの美しく大きな口や唇を見つめ、彼女の目はときどきしかすれ違わないトラックの非対称なライトを追ったりしていた。ぎゅうぎゅうに混みあったバスターミナルのうちのひとつで、手にビニール袋を提げて、段ボールのトランクや風呂敷につつんだ荷物とともに、バスを待つ人ごみの中で座っているようなときには、ジャーナンは話している最中に突然――パッと――椅子から立ち上がって、ぼくを氷のような孤独と人ごみの中に置き去りにしていなくなってしまうこともあった。

何分もの、何時間もの全く過ぎない時間の後、バスを待っている町の裏通りの古道具屋で、彼女がコーヒーミルや壊れたアイロン、もう生産されていない亜炭ストーブのような品々を、疑いの目で眺めているところを見つけることもあった。ときには手には奇妙な地方新聞、顔には神秘的な微笑みを浮かべながら戻ってきて、晩になって家畜小屋に戻る動物たちが町の大通りを通ったりしないように自治体がとった予防策や、プロパンガスの大手メーカー〈アイガス〉の販売店がイスタンブルから取り寄せた新製品の広告を、ぼくに読みあげたりした。たいていは人ごみの中で、彼女が互いにあの人、この人を交えて仲良くしゃべっているところを見つけるのだった。例えばスカーフを被ったおばさんとおしゃべりに夢中になったり、あひるのように醜い小さな女の子を胸に抱いて長いことキスしたり、バスターミナルについての驚くべき知識を駆使して、〈OPA〉の匂いをさせた下心があるよそ者に道を説明してやったりしていた。ぼくが傍に行って息を切らせていると、まるでその種の悩みに力になってやるためにこの旅に出たかのように言うのだった――「兵役から帰ってきた息子さんがこのおばさんを迎えに来るはずなんだけど、ヴァンから来たバスには知ってる人が誰もいなかったんですって！」ぼくらは他人のためにバスの時間をきいてやったり、バスの切符を変更してやったり、泣いている子供をあやしてやったり、便所に行った人たちの荷物や包みを見張ってやったりした。一度など「アッラーがあなたたちにご加護を与えますように！」と、金歯の太ったおばさんが言ったことがあった。ぼくの方を向いて眉を上げて言った。「わかってると思うけど、あんたの奥さんたいしたべっぴんさんだね。」

深夜、バスの車内灯と、車内灯より明るいビデオテレビの画面が消え、一番心配そうで一番眠そうな乗客たちから天井に立ち昇る震えたタバコの煙以外、バスの中のすべての動きが止まると、かすかに揺れるぼくらの座席の上で、ゆっくり、ゆっくり、お互いの身体が混ざり合っていくのが感じられた。ぼくは彼女の髪の毛を顔に感じ、長い腕の細い手首はぼくの膝に置かれ、眠気が香る息は鳥肌がたつぼくのうなじにかかっていた。タイヤが回り続け、ディーゼルエンジンが同じうなりを繰り返していると、時間はゆっくりと、暗くて熱い何かの液体のようにぼくらの間に広がって、痺れて動けなくなり固くなったぼくらの脚の骨の中で、この新しい時間の新しい感覚が欲望を持って身じろぐのだった。

この時間の中で、時にはぼくの腕は、彼女の腕の感触に炎のように燃え、時には彼女の頭がぼくの肩に寄りかかりますように、寄りかかりますように、と何時間もの間待ち、時にはぼくの首に触れた髪がそのままでいるように、と座席で硬直してしまい、彼女の呼吸を注意深く、敬意を持って数え、額に現れた苦悩のしわの意味を自分自身に問いかけ、突然ぼくの視線の下にある褪めた顔を雪崩のような光がパッと照らして目覚めたジャーナンが、最初驚いてどこにいるのかを知るために窓から外をではなく、頼もしいぼくの目を見ながら微笑むと、ぼくはなんて幸せな気持ちになったことか！　凍りついた窓ガラスに頭を寄りかからせて風邪をひいたりしないように、ぼくは彼女を一晩中見張り、東部の町エルズィンジャンで買ったさくらんぼ色のジャケットを脱いで彼女にかけた。山道の下り坂で運転手が興奮していると、前のめりに折れ曲がった彼女の身体が振り落とされてどこかにぶつからないように注意した。ときにはこの当直の最中に、エンジンの音、息を呑む音、死への欲望の間で、ぼくの目が彼女の首の肌、柔らかい耳のうねりに釘付けになっていると、子供の頃の夢の中に眠っていた舟遊びや雪合戦の思い出が、いつかジャーナンと過ごす幸せな結婚生活の夢とごっちゃになって、ぼくはその中のどこかで気を失うのだった。何時間も経ってから、窓を照らす陽気な日光の、クリスタルのように冷たく幾何学的な刺激で目が覚めたとき、まず自分が頭を埋めているラヴェンダーの香る暖かな庭が彼女の首だったことがわかると、その睡眠と覚醒の狭間に我慢強くもう少し留まり、目をしばたたかせながら、外の晴れた朝に、紫の山々に、新しい人生の初めての印にあいさつしようとして、ジャーナンの目がぼくからどんなに遠くにあるかを理解して悲しくなるのだった。

「愛は」という言葉で、ある晩ジャーナンは話し始めた。ぼくの中にメラメラと燃えながら詰まっている言葉を、ベテランのアフレコ俳優のように一瞬にして炎のように燃え立たせながら。「人間をある目的に向かわせ、生活の中のあれこれから引っ張り出して、今ならわかるのだけど、最後には世界の秘密に向かって連れて行くのよ。今、私たちはそこへ行こうとしているの。」

「メフメットを初めて見たとき」と、ジャーナンは、待合室のテーブルに忘れ去られた古い雑誌の表紙から彼女を見つめているクリント・イーストウッドに、全く目もくれずに言った。「私の全人生が変わるだろうってことが、すぐにわかった。彼に会う前にも私の人生はあったけど、彼を知ってからは別の人生になったの、まるきり。私のまわりのすべて、すべての物、ベッド、人間、電灯、灰皿、通り、雲、煙突が、一瞬にして色や形を変えてしまった。それで、私は感動して、この真新しい世界をよく知ろうとしたの。あの本を読もうとして買ったとき、もうどんな本も、どんな物語もいらないと思った。私の前に開けている新しい世界をよく知るためには、ただよく見なくちゃいけない、自分の目でひとつずつ見なくちゃいけなかったの。でも本を読んでから、見なくちゃいけないものの裏側が一瞬にして見えたの。行った世界から苦しんで戻ってきたメフメットを目覚めさせて、あの人生に一緒に行けるってことを彼に信じさせた。あの頃、何度も何度も本を読み返したわ。ときにはある章に何週間もかかったけど、ときには読むとすぐに、すべてがとても素朴で、はっきりしてるということがパッと見えた。それから映画を観に行ったり、他の本や新聞を読んだり、外をうろつきまわったりした。私たちの頭の中にあの本があるとき、それをそらで読みあげるとき、イスタンブルの通りは全く別の光に輝いて、私たちのものになるの。通りで見かけた杖をついたお年寄りが、先にコーヒー店《カフヴェ》に行って時間をつぶし、それから小学校の門のところに孫を迎えに行くことを私たちは知っていた。道で見かけた三台の馬車のうち最後の馬車を引っぱっている雌馬が、最初の二台を引っぱっている痩せた馬のお母さんだってことに気づいていた。青い靴下をはいた男の人がなぜ多くなったのか、電車の時刻表を反対から読んだら何の意味になるのか、市バスに乗っている汗をかいた太った男の人の鞄が、ちょっと前に泥棒に入った家から盗んだ物や下着でいっぱいだってことが、私たちにはすぐにわかってしまった。それから本をまた読み返すためにコーヒー店《カフヴェ》に行ったものだわ。そして休まずに、本当に休まずに何時間も本について語ったわ。愛というのね、これを。ときどき、ほら、映画みたいに遠くの世界をこの世界に持ってくる唯一の方法は、愛だって思っていたの。」

「でも全然知らないこともあったし、知るのが不可能なこともあった」と、ジャーナンは雨の降りしきる夜に言った。ビデオ画面のキスシーンからその目を離さずに、滑りやすい何キロもの道を走り、四、五台の疲れたトラックが通り過ぎて、画面に映ったキスシーンがぼくらのに似たバスがぼくらのと全く違うかわいらしい風景の中を進む場面になると、彼女はこう付け加えた。「私たちはその、全く知らない世界に行くのよ、今。」

　ぼくらが着ていた服が汗や埃で汚れて着られなくなると、そしてぼくらの肌に十字軍以来この地を引っ掻き回してきたすべての歴史の沈殿物が幾層にも溜まると、そのバスから降り、別のバスに乗る前に、手当たり次第という意味のゲリシギュゼルの町の繁華街に行って、手当り次第に買い物をした。ジャーナンは、彼女をお人好しの田舎教師のように見せる長いポプリンのスカートを買い、ぼくは、自分を青褪めた顔色をした昔のぼくに見せかけるようなシャツを……。それから郡庁舎、アタテュルクの像、大手家電メーカー〈アルチェリック〉の販売店、薬局、モスクの間で、ぼくらに周りを見回す余裕があったら、コーラン教室ともうすぐ行われる集団割礼のことを知らせる布製の吊り広告に書かれた告知の合間に見える、クリスタルの青色をした空にジェット機が残した白くてか細い跡に気づくのだった。ぼくらは紙包みやビニール袋を持ったまま一瞬立ち止まり、愛情いっぱいに空を見上げ、そのすぐ後で、色あせたネクタイをした顔色の冴えない公務員に町のハマムの場所を尋ねるのだった。

　ハマムは午前中は女性専用だったので、はじめぼくが外で暇をつぶし、コーヒー店《カフヴェ》でうとうとし、ホテルの前を通りかかると、せめて一日、一晩でいいからタイヤとバスの座席の上ではなく、他の人がするように陸地で、例えばホテルで寝る必要がある、とジャーナンに言えたらなあ、と思った。そんな夜を夢見ている、とぼくは言うこともあったが、日が暮れる頃ジャーナンはぼくに、ぼくがハマムにいる間の調査結果を知らせるのだった——古い『フォトロマン』誌を何冊か、それよりもっと古い子供雑誌、昔噛んだことさえ忘れていた何種類かのガム、どういう意味のデザインなのかわからない髪留め。「バスの中で話すわ」と、ジャーナンは言うのだった、その顔に以前観たことのあるビデオ映画をまた観たときと同じ、特別な笑みを浮かべて。

ぼくらのバスのテレビの憂鬱な画面に、色とりどりのビデオ映画ではなくて、規律正しく行儀がいいお姉さんが現れて、悲惨な死亡事故のニュースを伝えたある晩、「メフメットのあっち側の人生に私は行くわ」とジャーナンは言った。でもそのあっち側の人生にいたのは、メフメットじゃなくて別の誰かだった。ガソリンスタンドの前をスピードを出して通り過ぎ、問いかけるような赤いネオンの光が彼女の顔を照らした。

「あっちの人生のことは、妹たちや一軒の館、桑の木、別の名前や人格だったこと以外には、あまり話さなかったわ、メフメットは。一度、小さい頃『子ども一週間《チョジュック・ハフタス》』誌がすごく好きだったと言ったことがある。あなた、『チョジュック・ハフタス』を読んだことがある?」灰皿と脚の間の空間に積まれた黄ばんだ雑誌のページの間で長い指を行き来させ、雑誌のページではなくて、雑誌のページを見るぼくを見ながらこう言った。「みんなここに、このひとつの場所に帰ってくると言ったわ、メフメットは。だからこういったものを集めてるの。彼の子供時代をつくったこういう品々……。本のなかで私たちが見つけたものなの、これは。わかる?」ぼくは完全にはわからなかったし、ときどき全くわからないこともあった。でもジャーナンはぼくとこんな調子で話していたから、ぼくはわかったつもりになっていた。「あなたみたいに」とジャーナンは言ったものだ。「メフメットも本を読むとすぐ全人生が変わるだろうってことがわかって、そのわかったことを最後まで突きつめたのよ、最後まで……。医学を学んでいたのに、すべての時間を本に、本の中の人生に捧げるためにやめたんですって。真新しい人間になるためには、すべての過去を捨てなくてはいけないことがわかったの。だからお父さんや家族とも関係を絶った……。けれど彼らから簡単に解放されることはできなかった。本当の解放は、新しい人生に向かっての始まりは、交通事故で実現したと言っていたわ……。本当ね――事故は始まりよ、始まりなのよ、事故は……。その始まりのときの魔法の中で天使が見えて、そのとき私たちが人生と呼んでいる混乱の本当の意味が目の前に現れる。そのときこそ戻れるのよ、自分の家へ……。」

こういった言葉を聞きながら、置き去りにしてきた母を、自分の部屋を、品々を、ベッドを、家を、まぶたに浮かべているとき、ぼくは我に返るのだった。そしてこのまぶたに浮かべたものと、ぼくの隣で新しい人生を夢見るジャーナンを並べることができたら、と空想するのだった。それはもう陰険な聡明さと、程度をわきまえた罪の意識を感じながら。

六

ぼくらが乗ったバスにはすべて、運転席上方にテレビが備え付けてあった。全くしゃべらずに、ずっとテレビを眺めていた晩もあった。箱、レース編みカバー、ビロードのカーテン、ニスが塗られた板、青いガラス玉の魔よけ、ビーズ、ステッカーなどの飾りで、メッカの方向を指すモダンなミフラーブに仕立てられ、高みに設けられた画面は、もう何ヶ月も新聞を読んでいないぼくらには、バスの窓が見せてくれるもの以外の世界に開かれた唯一の窓だった。ぴょんぴょん飛び跳ねるすばしこい主人公が、一瞬にして何百人もの裸の人の顔を足で蹴り上げる空手映画を、そして体がばかでかい英雄たちが出てくる、そのスローモーションの偽物の国産映画をぼくらは観た。利口で感じがよい黒人の主人公が、無能な金持ちを、警官を、ギャングスターをだますアメリカ映画を、若いハンサムたちが飛行機やヘリコプターを宙返りさせるパイロットものを、幽霊や吸血鬼が美しく若い娘たちを驚かせる恐怖ものをぼくらは観た。心のきれいな金持ちのおしとやかな娘たちが、どうしても正直でいい夫を見つけられない国民的映画のほとんどでは、男でも女でもすべての主人公が人生の一時期に歌手になっていた。そしてお互いにあまりにも誤解し合っているが、最後にはなんとか誤解を解くのだった。国産映画にはいつも同じ顔、同じからだつきで、みんな似たような、辛抱強い郵便配達人、非情なレイプ魔、心のきれいな醜い妹、声の太い裁判官、理解のある大柄なおばさん、それにまぬけ役が出てくるのをあまりにも見慣れたから、ある日休憩場所の壁にモスク、アタテュルク、アーチスト、レスラーの写真が掛けられた〈水際の思い出〉レストランで、眠い夜の乗客たちとともに、香辛料たっぷりのエゾゲリンスープをおとなしく飲みながら、心のきれいな妹とレイプ魔がいっしょにるのを見かけたときには、だまされたような気がした。ジャーナンが、ぼくらが見た映画の中で、壁に掛けられている有名女優のうちどの女優たちがレイプ魔の餌食になったかを、ひとりひとり思いだしているとき、ぼくは色とりどりの食堂の客たちをぼーっと眺め、ぼくらみんなを、見慣れぬ船の中の明るくて寒いサロンで、スープを飲みつつ死に向かっている乗客に見たてていたことを覚えている。

ぼくらは画面で数え切れないほどの喧嘩の場面を目撃した——割れたガラス、コップ、扉などを見た——飛行機や車が突然視界から消えるのを、その後空に炎が燃え上がるのを見た——炎が飲み込んだ家、軍隊、幸せな家族、悪い奴、ラブレター、摩天楼、金銀財宝などを見た。傷口や顔、切れた首から噴出する血、いつまでも続く追跡場面、何百もの、何千もの車が、数え切れないほどの映画でお互いに追跡し合っているのを、スピードを上げてカーヴを曲がるところを、それから幸せに衝突し合うのをぼくらは見た。互いにまったく休まずに撃ち合っている男と女、現地人と外人、髭ありと髭なし、何万人もの不幸な人々を見た。ひとつのビデオ映画が終わって次の映画が始まる前に、「あの子がこんなに簡単にだまされるなんて、思っても見なかったわ」とジャーナンは言うのだった。二本目の映画の後、画面が黒いしみに覆われると、「それでもどこかに向かって行くなら、人生ってすてきね！」とジャーナンは言うのだった。または「信じないし、だまされないわ。でも好きなの」と言い、または睡眠と覚醒との狭間で「幸せな家々を夢で見るの」と、ジャーナンは言うのだった。その顔に映画のような幸福を浮かべて。

ジャーナンとの旅行が三ヶ月を数える頃には、ぼくらは千を越える接吻場面を見ていただろう。どの接吻場面でも、バスが小さな町からへんぴな町に向かっているときでも、卵の入ったカゴを持った乗客であれ鞄を持った公務員であれ、誰でもが座席に座ったまま静かになってしまう。ジャーナンが手を膝の上や胸の上に置いているのを感じ、それからぼくは一瞬、複雑で深い、強くて意味のある何かをやりたい欲望に激しく襲われた。自分で完全に認識していないこの欲望、あるいはそれに似たものを、雨の降るある夏の日にぼくは実行したのだった。

暗いバスの座席は半分埋まっていて、ぼくらは真ん中あたりにいた。そして画面ではぼくらのところからはとても遠い、馴染みのない熱帯の風景が映り、雨が降っていた。ぼくは本能的に窓の方へ、ジャーナンの方へ頭を近づけると、外では雨が降り始めたのに気づいた。同時にぼくに向かって微笑むぼくのジャーナンの唇に、映画で見たように、テレビでやっているように、やっているとぼくが思っているように接吻した。ぼくの全力を使って接吻した。願望と貪欲さで接吻した。天使よ、もがいていた。血を流しながら接吻した。

「だめよ、だめよ、かわいい人」と彼女はぼくに言った。「あなたは彼によく似ているけど、彼じゃないわ。彼は別のところに……。」

ピンクのネオンの光が、一番へんぴで一番ハエの多い、そして一番呪われた〈トルコ石油〉の看板から彼女の顔に当たっていたのか？　それとも画面に映るあっち側の世界の信じがたい朝日から当たっていたのか？　娘の唇からは血が出ていた。本の中に書いてある内容によるとこういうときには、それにぼくらが観た映画の主人公もこういうときには、テーブルをひっくり返して、窓ガラスを割り、車を勢いよく壁にぶち当てるのだった。ぼくは自分の唇に接吻の味がするのを待っていた、打ちひしがれながら。もしかして、ぼくの頭に思い浮かんだ創造的な発見による慰めを待ちわびていたのかもしれない——ぼくはいない、と独り言を言った。ぼくがいないからって、何が違う！　でもバスが新たな欲望で揺れたとき、いつもよりもっと自分が存在しているのを感じた——ぼくの脚の間に広がる痛みのせいで——反り返り、爆発して、放心したい。それからもっともっと深いところに行ってしまうはずだ、この欲望は——全世界であるはずだ、新しい世界は。どうなるかわからずにぼくは待っていた。両目を潤ませ、汗をかきながら待っていた。欲しながら待っていた、何を待っているかもわからずに。そしてすべてが重くもなく、ゆっくりでもなく、幸せに爆発し、溶けて無くなっていった。

最初に、あの素晴らしい騒音を聞いた。それから事故直後の、一瞬の安らかな静寂を。今回は運転手と一緒にテレビも粉々になってしまったのが見えた。金切り声や叫び声が上がり始めると、ジャーナンの手をとって、ベテランのようにしっかりと彼女を大地に下ろした。

ザーザーと降りしきる雨の下で、ぼくらにも、ぼくらのバスにもあまり損傷がなかったことがすぐにわかった。一、二人の死者と運転手。でももう一台のバス、殉職した運転手の体をふたつに折り曲げるようにおなかにめりこんで、下の泥だらけの畑に放り出された〈早速《ヘ》ヴァラン《メン》〉社のバスは、死者と瀕死の人たちでごったがえしていた。人生の暗闇の中心地に注意深く興味津々に下りていくように、バスが転げ落ちたとうもろこし畑にぼくらも下りて行き、魅了されながら近づいていった。

バスのそばまで来たとき、破裂した窓ガラスから、全身を血だらけにしたひとりの娘が脱出しようとしていた。車両の中に伸ばされた手は、他の人間の——ぼくらはかがんで覗き込んだ——力尽きた若い男の手を握っていた。その手を全く、そう全く離さずに、ジーンズをはいた娘はぼくらの手助けで車両から外へ出た。握っている手のほうにかがんで——引っぱってその手の持ち主を外に出そうとした。でもぼくらは見てしまった。ひっくり返ったバスの中の若者は、ニッケルめっきの棒と、ダンボールのように折れ曲がった塗装ブリキとの間にはさまっていたのだ。しばらくして、ぼくらや暗闇、雨の降る世界を眺めながら、ひっくり返ったまま死んだ。

長い髪の娘の瞳からは、血まじりの雨水が流れていた。ぼくらと同じくらいの歳だったろう。雨でピンク色になった顔は、死と向かい合った人間というよりも、驚いた子供のような表情になっていた。小さくて濡れた娘よ、君のことを、ぼくらはとても悲しんだよ。一瞬、彼女はぼくらの乗っていたバスが放つ光の下で、座席に座っている死んだ男を見て言った。

「お父さん、お父さんがとっても怒るわ。」

彼女は男の手を放して、両手でジャーナンの顔を包み、何百年も前から知っている、罪のない妹を撫でるかのように撫でた。

「天使よ」と言った。「とうとう見つけたわ、あなたを。雨の中で、これだけ旅した後に。」

血だらけの美しい顔は、ジャーナンを惚れ惚れしながら、懐かしみながら、幸福感に浸りながら眺めていた。

「私をいつも見つめていた、一番現れそうもない場所で私の前に現れるふりをして、それから消えてしまう、消えてしまったせいでよけいに探したくなるまなざしは、あなたのまなざしだったわ」とその娘は言った。「あなたのまなざしに会うために旅に出たの。あなたのこのやわらかいまなざしと目を合わせるためにバスで夜を明かしていたの。町から町へ渡り歩き、本を繰り返し、繰り返し読んだわ、天使よ、知ってるでしょう。」

ジャーナンは少し驚いて、ちょっと戸惑ったが、誤解による秘密の幾何学に満足し、悲しそうに少し微笑んだ。

「微笑んで、私に」と、死にかけたジーンズの娘は言った——天使よ、ぼくは彼女が死ぬとわかっていた——「私に微笑みかけて、あの世界の光を一度でいいから見てみたいの、あなたの顔に。雪の降る冬の日々、鞄を持って、学校からの帰り道、菓子パンを買うために入ったパン屋のぬくもりを私に思い出させて。暑い夏の日々に、なんて楽しく桟橋から海に飛び込んだかしら、それを思い出させてちょうだい——思い出させて、私に、初めての接吻を、初めての抱擁を、ひとりでてっぺんまで登った胡桃の木を、はめを外してはしゃぎ過ぎた夏の晩を、楽しく酔っ払った夜を、布団の中を、私を愛しく見ていたかわいい少年を思い出させて、私に。それは全部あの国にある。私も行きたいわ、そこに。助けて、助けてよ。息を吸うたびに少しずつ自分が減っていくのを、幸せの中で感じたいから。」

ジャーナンは彼女にやさしく、やさしく微笑みかけた。

「あなたたち天使は」と娘はトウモロコシ畑の中からやってくる死と、追憶の叫びの狭間で言った。「なんて恐ろしいのかしら！　なんて容赦ないのかしら、でもすてき！　私たちがすべての言葉、すべての品物、すべての追憶のせいでゆっくり、ゆっくり乾いて粉になって終わるとき、どっちにしたってあなたたちは、消えることのない光が示すすべての場所に、時間の外の安らぎに包まれながらいることができるのでしょう？　だから本を読んで以来不幸になってしまった恋人と私は、バスの窓からあなたのまなざしを探していたの。あなたのまなざしを、天使よ。そして本が約束した無二の瞬間を、私は今見ているんだわ。これだったのね、ふたつの国の間をつなぐ時とは。あそこにいるときでも、ここにいるときでもないの――今ならわかるわ、出口と呼ばれるものが何なのか。だって私はあそこにもここにもいるのだから――安らぎが、死が、そして時が何なのかということも。なんて幸せなんでしょう、わかるわ。もっと笑って、天使よ。」

それから何が起こったか、しばらくの間まるで思い出せなかった。ほら、心地よく酔った後、頭がぼーっとしてしまうじゃないか。朝になって「あ、あそこでフィルムが切れちゃった」とか言うじゃないか――これに似たことがぼくの身の上に起こったんだ。はじめ音が聞こえなくなったのを覚えている。娘とジャーナンがお互いに見詰め合っているのを見たような気がした。音の後、映像もしばらく無くなったんだろう。しばらくの間、ぼくが見たことは記憶の中に入り込んでゆかず、何の記録装置にもひっかからずに蒸発してしまった。

ジーンズをはいた娘が水のことを話していたのをぼんやりと覚えている。トウモロコシ畑をどうやって越えていったのかはわからないが、ぼくらは河川敷に来ていた。そこも河川だったか泥川だったかわからないが、この水溜まりの水面にポツポツ打ち付ける雨の滴を、それが水面に残した波紋を、どこから来る青い光の中で見ていたのか、ぼくは思い出せなかった。

しばらくしたら、ジーンズの娘がジャーナンの顔をまた両手で包み込んでいるのが見えた。彼女に何かをささやいていたが、ぼくには聞こえなかった。あるいは夢の中のように、ささやかれている言葉はぼくの耳には届いていなかったのかもしれない。かすかな罪の意識を感じながら、ぼくは彼女たちをふたりきりにしておかなければならないと思った。川に沿って一、二歩進んだが、ぼくの両足は粘土のようになったぬかるみに沈んでいった。ズボズボと進むぼくの足取りにおびえたカエルの群が、一匹ずつはっきりと「ジュップ」と音を立てて水の中へ飛び込んでいった。水面に浮かんだくしゃくしゃのタバコの包み紙が、ゆっくりゆっくり近づいてきた。安タバコの〈マルテペ〉の包み紙だった。その右や左に打ち付ける雨の滴のせいで、ときどきゆらゆらと揺れていた。それから自信を持って傲慢に、はっきりしない国に向かって派手に進んでいった。ぼくの視界の暗闇の中には、チラチラしているのが見えるように思えたジャーナンと娘の影やこのタバコの包み紙以外、あらわになっているものは何もなかった。母さん、母さん、ぼくは彼女と接吻したんだ、死を見たんだ、とぼくは独り言を言った。するとジャーナンが声をあげているのが聞こえた。

「手伝って」とぼくに言った。「顔を洗いましょう、お父さんが血を見ないように。」

ぼくは後ろに回って娘を支えた。その肩は折れそうで、わきの下は温かかった。タバコの包み紙が泳いでいる水面からひとかき、またひとかきと水をすくってジャーナンが娘の顔を洗っている様を、額の傷をやさしく洗っている様を、その動作の熟練した注意力を、優雅さを、ぼくは心ゆくまで眺めた——娘の血が止まらないのがぼくにはわかった。娘はぼくらに、小さい頃彼女の祖母がこんな風に洗ってくれたと言った。小さかった頃は水が恐かった。今は大きくなって水が好きになった。そして今死のうとしている。

「死ぬ前にあなたたちに話すことがあるの」と言った。「私をバスに連れて行ってちょうだい。」

真っ二つに折れ曲がって反対にひっくり返ったバスの周りに、めまぐるしくて疲れる祭日の夜の終わりによくいるような、優柔不断な人ごみがいた。数人の人間が、目的もはっきりしないままゆっくりと揺れ動いていた。もしかして遺体を運んでいるのかもしれなかった、スーツケースを運んでいるみたいに。ひとりの女が傘をさしてプラスチックの鞄を持っていた。まるで別の新しいバスを待っているかのようだった。ぼくらの殺人バスの乗客と、被害者バスの何人かの乗客は、メチャメチャになったバスの中のスーツケース、死体、子供たちの中で残っているものを外に、雨の降る中に出そうとしていた。もうすぐ死ぬだろう娘がちょっと前につかんでいた手はというと、彼女が放した場所にそのままあった。

娘は痛みよりも、ある種の責任感や義務の気持ちでバスの中に入り込み、やさしくその手をとった。

「恋人だったの」と言った。「本を最初に私が読んで、魅せられたの。でも恐かった、間違えてたわ。彼も私みたいに魅了されると思ったから、貸して読むように言ったの。彼は魅了されたけど、それだけじゃ満足しなかった。あの国に行きたがった。私は、これはただの本だと言ったけど信じなかったわ。彼は私の恋人だったの。一緒に旅に出て、町から町へ渡り歩き、人生の表面に触れた。色彩が隠しているものの中に入った。本当のものを探した。でも見つからなかった。ふたりの間で口論が始まったから、彼にひとりで探させることにして、私は自分の家へ、母や父のところに帰って待っていたの。最後には恋人は私のところへ帰ってきた。でも全くの別人になって。本が多くの人に道を踏みはずさせたことを、多くの不運な人の人生を台無しにしてしまったことや、すべての悪の根源なんだということを語ったわ。こういうすべての失望と台無しになった人生の原因になったのだから、その本に復讐しようと彼は誓ったの。私は本には罪がないと説明した。大事なのは、その人が読んでいるときに見たことだと言ってもきかなかったわ。

だまされた不運な人たちの復讐の炎の中に入り込んでしまったのよ。私にナーリン医師について話したわ。彼が本に対して戦っていること、私たちを消そうとしているよその文明に、西から来た新しい品物に対する戦いのこと、印刷物に対する大いなる闘争のことを話したわ……。いろいろな時計のこと、古い品物、カナリヤの鳥かご、手動の粉挽き器、井戸の滑車のことを話していた。私には理解できなかったけど、好きだったの、彼のことが。彼の中には憎しみが充満していたけど、それでも私の愛する恋人だったの。だからギュドゥルの町で「私たちの目的」のために秘密の販売店会議があると言った時、私も追いかけていった。ナーリン医師の仲間が私たちを見つけて連れて行ってくれるはずだった。ナーリン医師のところに連れて行ってくれるはずだった……。今、私たちの代わりにあなたたちが行って……。本への、人生への裏切りを止めさせて。ナーリン医師が私たちを、この問題に打ち込んでいる若いストーブの販売員を待っているから。身分証明書は私の恋人の上着の内ポケットにあるわ……。私たちを迎えに来る人は、〈ＯＰＡ〉印の髭剃りクリームの匂いをさせているから。」

また顔が血まみれになってしまった娘は、恋人の手を自分の手にとって接吻し、撫でながら泣き始めた。ジャーナンは彼女の肩を抱き寄せた。

「私も悪いの、天使よ」と娘は言った。「私はあなたの愛情を受けるに値しないの。恋人にたぶらかされて追いかけて行って、本を裏切ったんだもの。彼は私より悪いから、あなたを見ることが出来ずに死んだんだわ。お父さんにすごく叱られちゃうけど、私はあなたの腕の中で死ねて、幸せだわ。」

ジャーナンは彼女に、死ぬんじゃないと言った。でもぼくらが見た映画では、死ぬ人は死ぬことを絶対予告しないものだから、ぼくらにとってこの死は大分前から説得力のあるものに見え始めていた。天使役のジャーナンは、あの映画のように娘の手をとって、死んだ青年の手にしっかりと握らせた。それから娘は恋人と手を握り合いながら死んだ。

ジャーナンは世界を反対向きに眺めている青年の遺体に近寄り、先頭が破裂したバスの窓から体を中に突っ込んでしばらく何かを探していた。そして顔には幸せそうな微笑み、手には新しいぼくらの身分証明書を持って、雨が降るぼくらの世界へ戻ってきた。

その顔にあの幸せそうな笑顔を見て、ぼくはなんて愛しいと思ったんだろう、ジャーナンを。大きな口の端の、きれいな歯の終わった場所で、上下の唇がゆるやかな角度で合わさる部分に、口の中のふたつの暗い点が見えていた。笑うときジャーナンの口の端に現れる、ふたつのかわいらしい三角形！

彼女はぼくに一度接吻した。ぼくは彼女に一度接吻した。今、雨の降る中で、もう一度接吻しよう、と思った。でも彼女は少しぼくから遠ざかった。

「新しい人生では、あなたの名前はアリ・カラ、私の名前はエフスン・カラよ」と、その手に持った身分証明書を読みながら。「結婚証明書もあるわ。」それから彼女は英語の授業で聞いたことがある、教えるような、やさしい、理解のある教師のような声で微笑んで言った——「カラ夫妻は販売店会議のためにギュドゥルの町に行くのよ。」

七

まったく降り止みそうにない夏の雨の後、バスを三台乗り換え、ふたつの町を通って、ぼくらはギュドゥルの町に着いた。泥にまみれたターミナルから繁華街の狭い歩道へ向かって行くとき、ぼくは上方の空に珍しいものを見た。それは道の中央に張られた、子供たちを夏のコーラン教室に誘う布製の広告だった。専売公社とスポーツくじの販売店の前で、三匹のネズミの剥製が、色のついたリキュールの瓶の間で歯を見せながら微笑んでいた。薬局の入り口には、政治的な殺人事件の犠牲者の葬式で衿につける、手のひらサイズの告知に似た写真が貼られていた。下のほうに生年月日と死亡年月日が書かれた死人たちは、ジャーナンに昔の国産映画に出てくる人の好い金持ちを髣髴とさせた。ぼくらはある店に入って、自分たちを尊敬されるに値する若い販売者に見せかけるために、プラスチックの鞄とナイロンのシャツを買った。ぼくらをホテルへ連れて行ってくれる狭い歩道には、栗の木がびっくりするほど整然と並んでいた。そのうちの一本の影になっていた看板の、「レーザーではなく、手で割礼」という言葉を読むと、ジャーナンは「彼らは私たちを待っているのよ」と言った。ぼくは故人となったアリ・カラとエフスン・カラの結婚証明書を、すぐ取り出せるように自分のポケットに用意していた。〈繁栄《イクバル》〉ホテルの、ヒットラー髭をはやした小柄な記録係の事務員は、その証明書をパラパラとめくっただけだった。

「販売店会議のために来たんですか？」と彼は言った。「みなさん高校で行われる開会式に行きましたよ。この鞄以外に荷物はないんですか？」

「私たちのスーツケースはバスや乗客と一緒に燃えてしまったんです」とぼくは言った。「高校はどこですか？」

「もちろんバスは燃えますよ。アリさん」と事務員は言った。「この子が高校に案内します。」

ジャーナンはぼくらを高校に案内した子供と、ぼくには全く使ったこともない甘い声でしゃべった。こういう風に。「そんな黒い眼鏡をかけていて、あなたの世界は暗くならないの？」「ならないよ」と子供は言った。「だってぼくはマイケル・ジャクソンなんだから。」「お母さんは何て言ってるの？」とジャーナンは言った。「見て、お母さんはあなたに何てすてきなベストを編んでくれたのかしら。」「お母さんには関係ないよ！」と子供は言った。

一九八〇年の軍事クーデターで大統領になったケナン・エヴレン将軍の名がついた高校の看板は、ベイオウルのナイトクラブのように点滅するネオンだった。そこに着くまでの間に、このマイケル・ジャクソンからこんなことを学んだ。この子は中学一年生だった。父親はホテルのオーナーが経営している映画館で働いていたが、今は会議で忙しかった。というのは、町中の販売店がこの会議にかかりきりだったからだ。会議に反対する人も何人かいた。郡知事がこう言ったからだ。「私が郡知事である場所に泥は塗らせない！」

ケナン・エヴレン高校の人ごみの中で、時間保管器、白黒テレビをカラーにする魔法のガラス、初のトルコ製自動豚肉探知機、無香料の髭剃りローション、新聞のクーポンを自動的に切りとるはさみ、玄関を入るとすぐ自動的に点火するストーブ、そして一瞬でミナレットや、拡声器で礼拝の呼びかけをするムエッズィンや、西洋化―イスラム化問題を、モダンかつ経済的に解決してしまうしかけ時計をぼくらは見た。それはよくあるハト時計のハトの代わりに、昔ながらのつくりの部分にふたつの物をつけていた。礼拝の時間になるとミナレットのバルコニーの形になった二階部分に現れて、三回「アッラーは偉大なり!」と言う小さな説教師と、一時間毎に上のバルコニーに現れて「何て幸せなんだろう、トルコ人で、トルコ人で、トルコ人で!」と言うネクタイをしめた髭のない小さな紳士の人形だ。画像保管機を見ると、巷で言われているようにこの発明はすべてこの地方の高校の生徒たちがしたものではないのでは、とぼくらは疑った。人ごみの中でうろつきまわっている父親たち、おじさんたち、先生たちも手助けしたに違いない、この発明を。

中にめりこんだ自動車のホイールと外側のタイヤの間に何百もの鏡が、反射のラビリンスを形成するように並べられていた。ある一点から光と映像が鏡のラビリンスに取り込まれ、蓋を閉めると哀れな光は際限なくいくつもの鏡の間で回り続けなければならないのだった。それから気が向いたときに、閉じている穴に目を合わせて蓋を開けることができたら、中の映像を、何の映像が閉じ込められていたにせよ、一本のすずかけの木、展覧会を見て回るヒステリーの教師、冷蔵庫の太った販売者、にきび面の学生、一杯のレモネードを飲む土地登記役人、アイランがなみなみと入った水差し、エヴレン将軍のポートレート、機械に向かって微笑む歯のない用務員、暗闇の男、これだけ旅をしたにもかかわらず、肌がつやつやに輝いている、美しくて好奇心の強いジャーナン、あるいは自分自身の目、そう、そういった物を見ることが出来た。

ぼくらは機械ではなく展覧会を眺めながら、他のものも見た。例えば、チェックのジャケットに白いシャツを着、ネクタイをした男が演説をしていた。人ごみの中にいる人たちのほとんどは小さいグループになっていて、みんなぼくらをじろじろ見ていた。髪に赤いリボンをつけた少女が、頭にスカーフをかぶった大柄な母親のスカートの裾のところで、しばらくしたら朗読する予定の詩を読み返していた。ジャーナンはぼくに寄り添った。彼女は黒海地方のカスタモヌで買った国営洋品店〈スメルバンク〉のピスタチオ・グリーンのプリントスカートをはいていた。ぼくは彼女を愛していた、すごく愛していた。おまえは知らないだろう、天使よ。ぼくらはアイランを飲んだ。食堂の埃っぽい夕方の光を、ぼーっと、疲れて、うとうとしながら眺めた。一種の存在の音楽。一種の生活の知恵。一種のテレビ画面もあったので、ぼくは近づいてそれを検分しようとしていた。

「この新しいテレビはナーリン医師の寄付です」と、蝶ネクタイをつけた男が言った。フリーメーソンだろうか？　フリーメーソンの人たちは蝶ネクタイをつけていると何かの新聞で読んだことがある。彼は「私はどなたと知り合ったことになるのでしょう」ときいてきて、ぼくの額をじろじろ見た。それは、ぼくを見るよりももっとよくジャーナンを見ていることを恥じたからかもしれない。

「アリ・カラとエフスン・カラです」とぼくは言った。

「とてもお若いのですね。四十人の傷心者の中に、こんなに若い人がいるというのは喜ばしいことです。」

「若さではなくて、新しい人生を代表しているんです、はい」と、ぼくは言った。

「傷心ではなくて、信念が強いんです」と、ある大柄な人が言った。愛嬌があって、道端で女子高校生が時間を尋ねたりできるような、人の好いおじさん。

こうしてぼくらもこの人ごみに加わった。髪にリボンをつけた少女が、夏のそよ風のようにそよそよと詩を読みあげた。国産映画でいい歌手役になれそうなハンサムな若者が、軍隊のような厳格さでこの地方について話した。それはセルジューク時代のミナレット、コウノトリ、建設中の発電所や、地方の生産性の高い牛のことなどだった。どの学生も、学校食堂のテーブルの上にのっている発明品を説明し、その父親や教師が彼らの傍に来て誇らしげにぼくらの方を見ていた。ぼくらは手にアイランやレモネードのコップを持って、隅のほうでいろいろな人と語らった。お互いにぶつかり合い、握手した。かすかにアルコールの匂いがした気がした。〈ＯＰＡ〉の匂いだ、でも誰から匂うのだろう、何人かいるのだろうか？　ぼくらはナーリン医師が寄付したテレビを見た。そこではほとんどナーリン医師のことばかりが話題になっていたが、本人はいなかった。

暗くなってくると、食堂に行くためにまず男性たちが、そのあと女性たちが高校から出て行った。町の暗い通りには、静かな敵意が感じられた。まだ開いている床屋と食料雑貨店《バッカル》の入り口から、テレビがつけっぱなしになったコーヒー店《カフヴェ》から、電灯が灯った郡庁舎の窓から、ぼくらは見張られていた。ハンサムな学生が話題にしていたコウノトリのうちの一羽が、広場の塔から、食堂に向かうぼくらの様子を覗っていた。好奇心から？　それとも敵意を抱いていたから？

食堂は、壁にトルコ民族の先祖たち、名誉を持って沈んだわが国の潜水艦、頭のひんまがったサッカー選手、紫イチジク、藁色の洋ナシと、幸せな羊たちの写真が掛けられていて、魚の水槽や植木鉢が置いてある、ほっとできる場所だった。そこが一瞬のうちに販売者とその妻たち、高校生や教師たち、ぼくらを好きで信じている人たちでいっぱいになると、ぼくはまるでこういった人たちを何ヶ月も待っていて、何ヶ月もこんな夜の準備をしていたかのような気がしてきた。ぼくは他の人たちと一緒に、他の人たちよりもたくさん飲んだ。男性用のテーブルで、ぼくの隣に座っては立ち上がる人たちと、ラクのグラスで乾杯しあいながら、名誉について旺盛に話した。人生の失われた意味、失われたなにかについても。いいや、この話題は彼らが先に出してきたのだった――ポケットから一組のトランプを取り出し、キングの代わりに描かれたイスラム教団の長《シェイフ》とクイーンの代わりに描かれた「人間」――イスラムでいうところの神の奴隷――を得意げに見せながら、わが国の一七〇万軒のコーヒー店《カフヴェ》の、二五〇万近くものテーブルでは、もういいかげんこのトランプを使うべきだということを長々と説明している人と、ぼくはあまりにも意見が合って、一緒に驚いた。ここには希望があった。ひとつの形として今夜、ぼくらの傍にあった。天使だったのだろうか、この希望は？　一筋の光だ、と彼らは言った。言ったんだ、それは息を吸って吐くたびに、また少し減っていく、と。言ったんだ、彼らは。自分たちの物を、埋められているところから掘り起こすのだ、と。誰かがあるストーブの写真を見せた。見たことがあるまた別の人が言った――自転車があるんですよ、大きさがちょうどわれわれにぴったりの。蝶ネクタイの紳士はポケットから液体の入った瓶を取り出した。それを歯磨き粉の代わりに、と……。夢を見たんだと、かわいそうに下戸で歯のないおじいさんがこう語った。彼は我々に恐がるなと言っているんだ、そうすれば君たちは傷つかない。彼とは誰だったのか？　もともと物品の秘密を知っているナーリン医師はなぜ来ていなかったのだろう？　なぜいなかったのだろう？　本来は、とある声が言った。ナーリン医師はこの信念を持った若者に会ったら、自分の息子のようにかわいがっただろう。この声は誰だったのか？　声の主はぼくが振り向くまでの間にいなくなっていた。シーッと何人かが言った。ナーリン医師のことをそんなにおおっぴらに話さないでおくれ。明日テレビで天使が見えたら、騒ぎが起こる！　全部、この恐怖は全部、郡知事のせいだ、とみな言っているよ。でも彼だって完全に我々に反対というわけじゃない。トルコ一の大富豪のヴェフビ・コチだって、この食卓に来て、この招待に応じるかもしれない。最大の販売店だよ、あれは、と誰かが言った。みなとお互いに頬に接吻し合ったのをぼくは覚えている――若いということでぼくを祝福する人たちや、はっきり物を言うというので抱きついてくる人たち――ぼくは彼らにバスの中のテレビの画面、色、そして時間について説明したから。画面か、と専売公社の販売者が言った。好感の持てる男だった――さて、我々の画面はぼくらを罠にかけようとしている奴らの最期になるだろう――新しい画面とは新しい人生なのだ。誰かがぼくの隣に座っては立ち上がった――ぼくも他の人の隣に座っては立ち上がり、説明した。いくつもの事故、いくつもの死、安らぎ、本、そしてあの瞬間を……ぼくはもっと色々なことを話してしまったようだ。「愛とは」とぼくは言い、立ち上がって彼女が座っている場所に視線を投げた。ジャーナンは、彼女を品定めする教師たちや女たちの中にいた。ぼくは座った――時間は、とぼくは言った。ひとつの事故だ。ある事故の結果、ぼくらはここにいる。この世にいるというのも事故のせいだ。皮のジャケットを着た農夫が呼ばれ、君、彼の言うことを聞きなさい、と言われた。彼はそんなに歳をとってはいなかったが、ふうふう言いながら「どうも、どうも」と言った。彼は「ささやかな」発明品を内ポケットから取り出した――それは懐中時計だったが、持ち主が幸せなときを感知して自動的に止まるものだった。そういうときは幸福も長引くのだった。幸せでないときは、時計の長針と短針はあわてて回り、誰もが、ああ、時間が過ぎるのは何て速いんだろう、とそのときは思うだろう。そして悩みもまばたきする間に無くなるんだ。それから夜、時計のそばで安心して眠っている間、自動的に時間の進みや遅れを調整するんだ。老人がぼくに向かって手のひらを広げて見せている、我慢強くタクタクと鳴っているこの小さなものは、朝になるとまるで何ごともなかったかのようにみなと一緒に起きるのだった。

時とは、とぼくは言ったことがある。ぼくは水槽でゆっくりと揺れている魚たちを見つめた。ひとりの男がぼくのそばに寄ってくると、その影がこう言った。「私たちは、西の文明を過小評価していると責められているんだ。本当はその正反対なのに……カッパドキアのウルギュップにある地下都市で何百年も生活していたキリスト教徒の遺跡のことを聞いたことがあるかい?」ぼくが魚に向かって話しかけていると、どれだったか、しゃべる魚は、ぼくがちょっと後ろを向いている隙にどこかへ行ってしまった。はじめ影だと思っていたが、後からあの恐ろしい匂いがしてきた。ぼくは恐怖を感じながらそれを嗅いだ——〈OPA〉。

椅子に座るとすぐ、巨大な髭をたくわえたあるおじさんが、一本の指でキーホルダーの鎖を神経質そうに振り回しながらこうきいた。ぼくがどこの家の子なのか、票は誰に入れるのか、どの発明を気に入ったのか、明日の朝何を決めるのか? ぼくの頭は魚のことでいっぱいだったが、もう一杯ラクを飲みますか、ときこうとした。声、声、声がきこえた。ぼくは黙った。それから感じのよい専売公社の販売者と隣同士になった。そして彼はもう誰のことも恐れないと言った。ウィンドウの三匹のネズミの剥製にこだわる郡長さえも。どうしてリキュールを売るのは専売公社だけなのか、この国では——政府の専売公社だ。ぼくはあることを思い出した。恐かった、恐かったから思ったことを口に出した——もし人生が旅ならば、六ヶ月もの間ぼくは道中にいるし、わかったこともある。それを話してもいいだろうか。ぼくは一冊の本を読んで、自分の世界をすべて失った。新しいものを探すために旅に出たんだ！　何を見つけたかって？　何を見つけたかはおまえが言ってくれるはずだったよね、天使よ！　一瞬ぼくは黙って考えた。天使よ、とぼくは口走った。何を言っているのかもわからずに。一瞬夢から覚めたように思い出し、人ごみの中で君を探し始めた——愛。そこで、冷蔵庫とストーブの販売店の人たちとその妻たち、そして蝶ネクタイの男とその娘たちの中で、教師たちと居眠りしているもうろく爺さんの控えめな視線にさらされながら、表に見えないラジオの音楽が流れる中で、ジャーナンは背の高い高校生の破廉恥野郎とダンスを踊っていた。

ぼくは椅子に座ってタバコを吸った。ダンスの踊り方を知っていたら……。映画の中で新郎新婦が踊るようなダンスだった。ぼくはコーヒーを飲んだ。すべての時計は、幸せの懐中時計でさえ、針を進めていたはずだった……。タバコをもう一服……。みなダンスをしたカップルに拍手を送った。またコーヒー……。ジャーナンは女たちの中に戻った。ぼくはもう一杯コーヒーを飲んだ……。

ホテルへ戻るとき、妻の腕に自分の腕を添える町の人たちのように、地方の販売者のように、ぼくもジャーナンと腕を組んだ。誰だ、あの高校生は。君とどこで知り合ったの？　町は暗闇に包まれ、コウノトリが町の塔からぼくらをうかがっていた。本当の夫婦のように、ぼくらはホテルの夜勤から十九号室の鍵をもらっていたが、誰よりも物事をよく知っていて、誰よりも意志の強そうに見える人物が、階段とぼくの間に、大きくて汗ばんだ胴体を割り込ませて行く手を遮った。

「カラさん」と彼は言った。「もしお時間があるのなら……。」警察か、とぼくは思った。女性とホテルに泊まるのに必要な結婚証明書が、事故の殉死者の形見としてあるのを思い出した。「もしいやじゃなかったら、少しお話できますか？」男同士のおしゃべりを意味しているようだった。ジャーナンは十九号室の鍵を持って長いスカートの裾を踏まずに、何て優美なんだろう、何て繊細なんだろう、階段を上ってぼくから遠ざかっていった。

ギュドゥルの町の人間ではなかった、その男は。名前もきいたそばから忘れた。夜しゃべった相手だから、そうだな、フクロウ氏としよう。待合室の鳥かごに入ったカナリヤのせいで思いついたのかもしれない。カナリヤが、さあ上だ、さあ下だと飛び上がって鳥かごの金棒にとまると、フクロウ氏はこう言った。

「今は我々に食事させたり、飲ませたりしているが、明日になれば票を入れてくれと言うに決まってるんですよ。そう思いませんか？　夜中、この地方だけでなく全国から来た全販売者のひとりひとりと話したんです。明日騒動が起こるかもしれませんよ。よく考えてください、考えましたか？　一番若い販売者はあなたですから……票は誰に入れるんですか？」

「誰に入れたらいいでしょうね、あなたならどうします？」

「ナーリン医師ではないですね。いいですか、弟よ、私に――弟と呼びますよ、あんたを――最後は冒険なんです。天使が罪を犯すでしょうか？　我々に対抗する全勢力を抑えることができますか？　もう自分自身でいることはできないんです。あの有名なコラムニストのジェラール・サリックも、それを知ってしまったから自殺したんですよ。今コラムは彼の代わりに他の人が書いています。どこからでも彼らが出てくるんですよ、アメリカ人が。自分自身でいられなくなることを知るってことは、そうです、運命なんです――でもこの達観が、我々を災難から守ってくれるんです。どうすることができましょう、我々の息子たち、孫たちも我々を理解してくれるといいのですが……。文明は築かれては、滅びます。築かれるときには築かれることを信じて、滅びるときには規則破りのラッパ吹きの子供のように、武器を取るんです。民衆のすべてが身分を隠してしまったら、あんたはその人たちのうち誰を殺すんですか？　天使をどうやって共犯者に仕立てるんですか？　そもそも、誰なんですか、天使って、ええ？　古いストーブや方位磁石、子供雑誌、洗濯バサミをため込んでいるとか、本やその文章の敵だとかケチをつけたりして。みんな意味のある人生を送ろうとしているっていうのに、どこか一点で止まってしまう。自分自身でいられるのは誰なんですか？　天使たちがささやきかけた幸運な人間は誰ですか？　根拠のないただの推測で、理解できない人間たちをだますための馬鹿な話ですよ――それは常軌を逸してますよ。ききましたか、コチが来ると言われています。ヴェフビ・コチが……。政府も群長も許可しませんよ――正しい人でも正しくない人といっしょくたにされてしまう――ナーリン医師のテレビは、なぜ特別のはからいで明日見せられるのでしょう？　みんな冒険の中に放り出されるんですよ。コーラの物語を説明するんだって、それはきちがい沙汰です。我々はそんなことのためにこの会議に来たんじゃないんです。」

放っておけば彼はもっとしゃべるつもりだった。そこへロビーとは呼べないようなサロンに、赤っぽいネクタイをした男が入ってきた……。フクロウ氏は、「夜の間ずっと目をつけているでしょう。もうそろそろ……」と言って、その場をこそこそと立ち去り、他の販売者の後を追って外へ、町の暗闇の中に消えていった。

ジャーナンが上がっていった階段はぼくのすぐ前にあった。ぼくは熱っぽくなってきた。脚が震えていた。ラクのせいかもしれないし、コーヒーのせいかもしれなかった。心臓がどきどきして、額には汗がにじんできた。階段にではなく、隅にある電話に向かって走り、番号をダイヤルした。混線した。またダイヤルした。番号を間違えた。またダイヤルしたんだ、母さん、あんたに――母さん、とぼくは言った。母さん、聞こえる？　ぼく結婚するんだ、今夜、もうすぐ。もう結婚しちゃったんだよ。上の部屋へ、階段を上っていくんだ、天使と。泣かないで、母さん、誓うから、家へ帰るよ。泣かないで、いつかぼくの腕に、天使を連れて。

カナリヤの鳥かごの裏に鏡があるのに、もっと前にどうして気づかなかったのだろう？　階段を上るとき、なぜか奇妙に見えた。

十九号室。ジャーナンがドアを開けて、手にタバコを持ってぼくを迎え、開け放たれた窓へ近づいて町の広場を眺めたこの部屋は、誰か他人がぼくらに開けてくれた特別な金庫のようだった。静寂。暑さ。薄暗闇。隣り合わせになったふたつのベッド。

開いた窓から苦悩する町の光が、ジャーナンの長い首や髪に、横から当たっていた。神経質そうでやるせないタバコの煙――ぼくにそう思えただけだろうか――、ギュドゥルの町の不眠症たち、死人たち、眠りの浅い人たちが何年も何年も息を吸っては吐いて、空にため込んだある種の不幸が、暗闇に向かって、ジャーナンが自分で見ることができないその口から立ち昇っていた。下から酔っ払いの高笑いが聞こえてきて――販売者のうちのひとりかもしれない――、ドアが何かに当たった。ジャーナンがまだ火の消えていないタバコを吸殻のように下へ捨てた。転がりながら落ちたタバコのオレンジの光を、子供のように眺めていた。窓に近づいてぼくも下を、外を、広場を眺めた。眺めている自分を自分では見られぬまま。その後、新しい本の表紙を眺めるように、ぼくらはずっとずっと窓から見えるものを眺めていた。

「君もずいぶん飲んだんだろう？」とぼくは言った。

「飲んだわ」ジャーナンはあっけらかんと言った。

「どこまで続くんだい？」

「旅のこと？」と、ジャーナンは楽しそうに言った、広場から出てターミナルへ行く前に墓地を通る道を指差しながら。

「どこまで行けば終わると思う、君は？」

「わからない」とジャーナンは言った。「でも行けるところまで行きたいわ。ただじっとして待っているよりいいじゃない？」

「財布の中のお金が終わりそうだ」とぼくは言った。

さっきジャーナンが指差した道の暗い街角が、一台の車の強いヘッドライトの光で明るくなった。広場に入ってきた車は空いた場所に駐車した。

「そこに行けることはないだろう」とぼくは言った。

「あなたは私より飲んだのね」とジャーナンが言った。

車から下りた男はドアをロックすると、ぼくらの方を見ずに、ぼくらに気づかずに、ぼくらの方へまっすぐ歩いてきた。ジャーナンが捨てた吸殻を、他人の人生を容赦なく踏みにじる人間がするように、何も考えずに踏み潰してから、〈繁栄《イクバル》〉ホテルに入った。

長い、本当に長い静寂が始まった――まるで小さなかわいいギュドゥルの町には人っ子一人いないようだった。遠くの街区で一、二匹の犬が吠え合い、また静寂が訪れた。ときどき広場の暗がりにあるすずかけや栗の木の葉が、吹いているかどうかわからないくらいの風に、カサ、とも言わずに揺れ動いていた。

ぼくらはかなり長い間そこで、窓際で、お楽しみを待っている子供のように静かに外を眺めながらたたずんでいたようだった。それはある種、記憶を詐欺にかけるかのような態度だった――毎秒を一秒一秒感じていたにもかかわらず、過ぎていった時間がどれくらいだったか言うこともできないかのようだった。ずいぶん経ってから――

「だめ、お願い、お願い、私に触らないで！」とジャーナンは言った。「まだ男の人に触られたことないの、私。」

ただ過去を思い出すときだけではなく、ときには人生そのものの中でも、そんな体験をすることがあるだろう、一瞬、体験したことや、窓から見える小さなギュドゥルの町が、実際のものではなくてぼくが空想したものだと感じてしまった。もしかしてぼくの目の前には小さな町ではなくて、郵政省が発行した故郷シリーズの切手に印刷されている町の写真があって、それをぼくは眺めていたのかもしれなかった。その切手にある小さな町のように、広場は歩道をうろついたり、タバコを一箱買って、埃をかぶったウィンドウを眺めたりするための場所ではなく、思い出の中の場所のようにぼくには見えていた。

幻の町、とぼくは思った、思い出の町。どこか深い場所から来る、自然と二度と忘れられなくなるような悲しい思い出や、視覚的な対象を自分の両目が探していることがわかっていた――広場の暗がりのそばにある木の下に、わずかなライトで光っているトラクターの泥除けに、薬局や銀行にかけられた看板の一部が隠れて見えない文字に、外を歩いている老人の背中に、そしていくつかの窓にぼくは視線を投げた……。それからぼくは、写真に写った広場ではなく、その写真を撮ったカメラの位置を探そうとする好奇心の強い輩のように、〈繁栄《イクバル》〉ホテルの三階の窓から外を眺める自分を空想の中で外から見始めた。バスの中でぼくらが見た一般的な外国映画のように――まず町の全体像が見えてくる。それから街区が、それから中庭が、家が、窓が……。そしてぼくはこの遠いへんぴな町のホテルの窓から外を眺めているとき、君がすぐに埃っぽくなってしまった服を着たまま、窓際のベッドのうちのひとつに疲れて横になって寝ているとき、ぼくらふたりを、窓を、ホテルを、広場を、町を、ぼくらが過ごしてきたかなりの旅程を、そして国を、外からも自分の中からも眺めていた。まるでぼくが想像して、断片的に思い出したあの町全部が、村が、映画が、ガソリンスタンドが、乗客が、深いある場所で、ぼくの内部で感じている痛みや喪失感と一緒になったみたいだった。町や壊れたがらくたや乗客から苦悩がぼくに伝染したのか、それとも心の中の痛みのせいで、国へ、地図へぼくが苦悩を撒き散らしたのか、わからなかった。

窓際から始まっている紫の壁紙をぼくは地図に見立てた。隅に置いてある電気ストーブの上には〈VEZÜV〉と書いてあり、そのストーブのこの地方の販売者と今晩新しく知り合ったことを思い出した。向かいの壁についている洗面台の蛇口からポタポタと水が滴っていた。タンスの扉はきっちり閉まっておらず、扉についた鏡は二台のベッドの間の引き出しと、その上にのった小さな電気スタンドを映し出していた。スタンドの光はそのすぐ隣にあるベッドの紫の葉の模様のベッドカバーと、そのカバーの上で服を着たまま横になって眠りこんでしまったジャーナンを照らしていた。

亜麻色の髪は少し赤っぽく見えた。今までなぜ、どうして気づかなかったのだろう、この赤っぽさに？

ぼくは他にもたくさんのことに気づいていないのでは、と考えた。頭の中は、夜の旅でバスを降りてスープを飲んだあの食堂のように、ピカピカで、しかも混乱していた。どこだかわからない交差点の食堂の前を通り過ぎる眠そうな幽霊トラックのごとく、疲れた思考が、やっとのことでギアチェンジしながら理性の混乱の中を通り過ぎていった。そしてぼくのすぐ後ろでは、空想の中の娘が別の人間のことを夢見ながら眠り、寝息をたてているのが聞こえていた。

横に行って抱きつくんだ、彼女に。これだけ一緒にいたのだから、身体だってお互いを求めるはずだ！ナーリン医師って誰なんだろう？　耐えられなくなって振り向き、ぼくのきれいな子、君の脚を眺めているうちに、ぼくは思い出した。同胞、同胞、同胞たちは、外で、夜の静寂の中で何かたくらんでいる。そしてぼくを待っている。その静寂の中から漏れてくる扇風機つき電灯の光が、電球の埃をまわりに撒き散らしながら痛々しく回っている。熱にうなされながら、ふたりとも火がつくまで、長い長い接吻をしろ。音楽が聞こえてきたのだろうか、それともぼくの理性が聴衆の要望に応えて「夜の誘い」という曲を弾いたのだろうか？　夜の誘いというのはもともとぼくぐらいの年頃の男子たちがよく知っているように、行き所のない性欲を抑えるために盲目的に暗い外へ行って、自分のような二、三人の絶望的な犬野郎を見つけて痛々しげに吠え、お互いにののしり合い、お互いをふっ飛ばすような爆弾をつくることだ。天使よ、君ならわかるだろう、ぼくらをこの低俗な生活に縛り付ける、国際的陰謀をたくらんでいる人たちについてうわさ話をすることだ。このうわさ話が「歴史」と言われているものだとぼくは思う。

三十分、もしかして四十五分、いやいやどんなに長くても一時間、眠っていたジャーナンをぼくは眺めていた。それからドアを開け、外へ出た。ドアに外から鍵をかけて、鍵をポケットに入れた。ぼくのジャーナンはそこに残った。拒否されたぼくは夜の中へ。通りを行ったり来たりして戻り、彼女に抱きつこう。タバコを吸ったら戻って、彼女に抱きつこう。開放的な場所へ行って少し頭を冷やし、戻ったら彼女に抱きつこう。

夜の陰謀家たちは、階段でぼくに抱きついてきた。「あんた、アリ・カラさん」ひとりが言った。「あんた、えらいねえ、こんなところまで来て。若いのに。」「我々と一緒に来たら」と、だいたい同じくらいの背丈で、だいたい同じ細めのネクタイと同じ黒いジャケットを着た同じ年頃の第二の山賊が言った。「あんたに明日起こる騒動のうちのいくつかを見せてあげられるんだけどね。」

彼らは手に持ったタバコの先端をぼくの額に照準を合わせた熱い銃身のように向け、挑発的に微笑んでいた。「あんたを恐がらせようってんじゃないんですよ、警告しておこうと思いまして」と、最初の男が付け加えた。夜半、彼らがここで一種のうわさ話、一種の「洗脳」の準備をやっていることがぼくには想像できた。

ぼくらはコウノトリがもう見張っていない路地に出た。リキュールのびんとネズミの剥製の前を通った。一本の裏通りに入って、二歩ほど進むか進まないかのうちにある入り口が開き、ラクと酒場の匂いがぼくらを迎えてくれた。ビニールのクロスがかかった小汚いテーブルにつき、二杯ずつラクを――薬のようにやってください！――速いピッチで飲んでから、ぼくは自分の親友たちについて、幸せについて、人生について、新しいことを学んだ。

ぼくに最初に口を開いたストゥク氏は、コンヤのセイディシェヒル市でビール販売店をやっていた。彼の仕事と彼の信仰の間には、何の矛盾もないことをぼくに話して聞かせた。なぜならビールは、ちょっと考えればわかることだが、ラクほどアルコールを含んだ酒ではなかったからだ。中の泡は「ソーダ水」だということを、ぼくに開けさせて中身をコップに注いだ一本の国産〈エフェス〉ビールを見せながら説明した。二人目の朋友はもしかしてミシンの販売者だからか、この種の敏感さ、過敏な反応、不穏さを気にせず、夜中に薄暗い電柱と盲目的に落ち合う、眠くて酔っ払ったトラックの運転手のように、人生の中心そのものに素早く潜っていった。

そう——安らぎ、安らぎがここにあった、安らぎが。この町に、この小さな酒場に——今現在の中に、つまりぼくら三人の信仰篤い仲間が分かち合った酒の席と人生の中心に。過去にぼくらの身に起こったこと明日起こることを考えれば考えるほど、今この瞬間はぼくらの勝利の過去と恐ろしく貧しい将来の間にあるということを、そしてこの無二の瞬間の価値を、ぼくらは知っていた。ぼくらはお互いにすべて真実を語ることを誓った。接吻し合った。涙を流しながら笑い合った。世界の、そして人生の崇高さを崇めた。酒場の狂った販売者たちとずるがしこい組織員たちの混雑に入り混じってぼくらは乾杯した。これが人生なんだ、そう。素晴らしい人生がそこにでも他の場所にでもなく、天国にでも地獄にでもなく、それはちょうどここに、この瞬間の中にあったのだ。どの気ちがいがぼくらが間違っていると主張できただろうか、どのあわてんぼうがぼくらに文句を言えただろうか、誰だ、ぼくらを憐れで低俗なクズだと言うのは！　ぼくらはイスタンブルでの暮らしも、パリでの、ニューヨークでの暮らしも要らなかった——サロン、ドル、アパルトマン、飛行機はそこに置き去りにされてしまえばいい——ラジオ、テレビ——ぼくらにもひとつ画面がある——、カラー印刷の新聞もいらない。ぼくらにはひとつだけあればいい——見て、見て、ぼくの心を。なんて風に沁みていくんだ、本当の人生の光が心の中に。

天使よ、一瞬ぼくは冷静になって、みななぜこんなことさえできないのか、と考えたのを覚えている。不幸の薬を飲むことがこんなに簡単なら——酒場から出て盟友とともに夏の夜に歩いている、偽の名を持ったアリ・カラは尋ねる——なぜこれほど痛々しく、悩ましく、貧しいのか、なぜ？〈繁栄《イクバル》〉ホテルの三階では、ジャーナンの髪を赤っぽく照らす電灯が灯っている。

それから共和国、アタテュルク、収入印紙のような雰囲気になったことをぼくは覚えている。ある建物に入って、郡長さんの部屋まで行くと、その人はぼくの額に接吻した。結局彼もぼくらと同じ種類の人間だった。首都アンカラから指示が来て、明日我々の誰にも危害が加えられることはないだろうと言った。彼はぼくに目配せし、ぼくを信用していることを示した。それに、そう、気が向けば真新しい機械が印刷した、アルコールで湿った通達を読み上げることもできた。それはこうだった。

「敬愛するギュドゥルのみなさん、ご先祖様、同胞の方々、お姉さん、お母さん、お父さん、そしてイスラム説教師養成高校の信仰厚い青少年たち！　昨日我が町にお招きした何人かのお客様たちは、今日お客様だということを忘れてしまいました！　彼らはどうしたいのでしょう？　何百年もの間モスクや礼拝所、宗教上の祭りや信仰、預言者、イスラム教団長《シェイフ》、そしてアタテュルクの像に忠実だった我が町が、神聖だとしてきたものを侮辱したいのでしょうか？　いいえ、我々はワインは飲みません、我々に〈コカ・コーラ〉を飲ませることはできません、偶像やアメリカ、悪魔ではなくて、アッラーを奉ります！　ユダヤ人スパイのマックス・ルロ、祖国解放戦争の英雄フェヴズィ・チャクマック将軍を侮辱しようとするマリとアリの偽者や折り紙つきの気ちがいたちは、なぜ平穏な我が町に集まったんでしょうか？　天使って誰なんでしょう、それをテレビに出して嘲笑する権利が誰にあるんでしょう？　二十年来この町を見守っている〈コウノトリ〉ハジじいさんや、実直な消防署員たちへの無礼な態度を黙って見ていろというのですか？　アタテュルクはギリシャ人をこのために追い出したんですか？　この恥知らずたちに客という分際をわきまえさせなければ、この人たちを我が町に招待した馬鹿に、それ相応の教育をしなければ、これからお互いの顔をどんな風にして見ればいいんです？　十一時に消防署広場に集まります。名誉を汚されながら生きるくらいなら、自尊心を持って死んだ方がましだからです。」

通達をもう一度読んだ。反対から読んだり、あるいは文字を組み換えたりしたら、新しい通達ができただろうか？　いや。郡長は消防車が朝からギュドゥル川から水を汲み上げていると言った。明日、可能性はほとんどないとはいえ、業務が滞るかもしれないし、火事が広がるかもしれないし、暑さの中では、上から水を振りまかれても困る人はいないかもしれなかった。市長は人々を安心させた――彼らは市役所と完全に協力し合っていた。そして県の中心にある憲兵の部隊が、騒動が起こったらすぐそれを抑える予定だった。「騒動が静まって先導者や共和国、国民の敵たちの仮面がはがれたら」と郡長は言った。「そうなったらどうなるでしょうね、壁に貼ってある石鹸の広告を、女性の写真があるポスターを誰が黒く塗りつぶすんでしょう？　そうなったら誰が仕立て屋の店から酔っ払って出てきて、郡長やコウノトリに毒づくでしょう？」

彼らはぼくが――ぼくのような勇気ある若者が――仕立て屋の店も見ておかなくてはいけないと、そのとき決定した。郡長はぼくに（現代文明到達委員会）の半分秘密の会員であるふたりの教師が書いた「反対通達」も読み上げさせてから、用務員をひとりあてがった。そしてぼくを仕立て屋に連れて行くように言った。

「郡長は我々全員に残業をさせるんです」と、外に出ると用務員のハサンおじさんは言った。紺色の闇の中でふたりの私服警官が、ふたりの泥棒のように布製のコーラン教室の広告をこそこそと取り外していた。「我々は政府、国民のために働いていているんだ。」

仕立て屋の布、ミシンや鏡に囲まれた台の上には一台のテレビ、その下にはビデオがあった。ぼくより少し年上のふたりの青年がテレビの裏で、ドライバーを持って金属線を使って機械をいじっていた。隅にある紫の肘掛け椅子に座って彼らを、そして向かい側にある全身鏡に映った自分を眺めている男が、ちょっとぼくに目をやり、それから何かを尋ねるような目でハサンおじさんを見た。

「郡長に言われて連れて来ました」とハサンおじさんは言った。「あなたに預けるそうです、この子を。」紫の肘掛け椅子に座った男は、車を駐車し、ジャーナンのタバコを踏みつけてから、ホテルに入ってきた男だった。ぼくにむかってやさしく笑いかけ、腰掛けるように言った。三十分後には手を伸ばしてボタンを押し、ビデオをつけた。

テレビの画面に別のテレビの画像が現れた。その画面の中にまた別の画面があった。と思ったら、青い光が見えた。死を思わせる何かが。でも、そのとき死はとても遠くにあるはずだった。光はしばらく、ぼくらのバスが走ってきた広大な草原であてもなくうろついた。それからひとつの朝が見えた。夜明けの光景が見えた――カレンダーでよく見るじゃないか、そういったものだった。それは世界が出来た最初のころの幻像だったかもしれない。なんて素敵なんだろう、知らない町で酔って、ホテルの部屋で恋する人が寝ている間に、見ず知らずの人たちとある仕立て屋の店で、人生が何であるかをまったく、そうまったく考えぬままにそれを突然幻像として見るのは。なぜ人間は言葉で考えるのに、幻像のために悲しむのか。「欲しい！　欲しい！」と自分に向かってぼくは言った、本当に何が欲しいのかもわからずに。それから白い光が画面に現れた。テレビに向かってかがみこんでいたふたりの青年たちも、ぼくの顔に当たった光のせいでそれがわかったのか、画面をのぞきこんで音量を上げた。すると光は天使になった。

「何て遠くにいるんでしょう、私は」と言う声が聞こえた。「あまりにも遠くにいるから、いつでもあなた方のそばにいますよ。聞いてください、今私をご自分の中に感じて、あなた方の唇を私の唇だと思ってモグモグさせてください。」

ぼくも唇をモグモグさせた。他人の言った言葉の下手な翻訳に自分を合わせようとする、不運な声優のように。

「時よ、あんたは耐え難いね」とぼくはその声色を使って言った。「ジャーナンが寝ているというのに、もうすぐ朝になるというのに。でも、歯を食いしばれば耐えられる。」

それから静寂が訪れた。まるで自分の頭の中にあるものをテレビで見ているようだった。だから、ぼくの目が開いているのか閉じているのかはどうでもいいことだった。全部同じ幻像だ、頭の中でも、外の世界でも、と思いながらまた言った。

「自身の無限の性質を見たくなったときに、自分自身を鏡に映して、自分の神秘をつくり出したくなったときに、アッラーは万象を創造した。こうして、夜、森の中で見たときに怖かった月は、画面や映画でたくさん見た大草原の朝、ピカピカの空、誰も手を触れたことがない水が洗い出した岩肌の海岸と同じように、肉体を備えた。夜、すべての家族がすやすや眠っている間に起こった停電が終わると、居間でひとりでについて世界を語るテレビはひとりぼっちでつき、月もひとりぼっちで暗闇の空に浮かんだ。月もそのほかのものもそのとき存在していたが、それらを眺める人はいなかったのだ。つまり、光沢のない鏡に映って見えるように、すべてのものに魂がないのだった。あなた方はあまりにもそれを観すぎたから、知っていると思うが。さあ、もう一度教訓のために観よう、この魂のない世界を。」

「兄貴、爆弾はほら、ちょうどここで爆発するんだ」と、ふたりの青年のうち、手にドリルを持っている方が言った。

以後の会話から、テレビに爆弾が取り付けられたのがわかった。誤解だろうか、いや、間違いない。一種の幻像付き爆弾。それは、天使の光が目をくらませながら画面に現れると爆発する仕掛けになっていた。自分が正しく理解しているということがわかった。一種の罪の意識が、幻像付き爆弾の技術的詳細に関して抱いた好奇心とともに、ぼくの理性をくすぐっていたから。その一方では「やっぱりこうじゃなくちゃ」とも思っていた。たぶん、こうなるだろう——朝の会議で販売者たちが画面に映った不思議な幻像に夢中になっているとき、天使と品物、光と時について議論が交わされているとき、ちょうど交通事故のように、爆弾がやわらかく、暖かく爆発するのだ。そして生きることや喧嘩すること、陰謀に飢えた烏合の衆の中に、何年も溜まってきた時が、突然貪欲に周囲に広がり、すべてを凍らせてしまうのだ。爆弾や心臓発作ではなく、本当の交通事故で死にたいと、ぼくはそのとき思った。天使がそのとき見えるかもしれないから——人生の秘密をぼくの耳元でささやいてくれるかもしれないから。それはいつなの？　天使よ。

画面にはまだ幻像が映っていた。一筋の光が、もしかすると色のない色が、もしかすると天使が。でも何なのかはどうしてもわからなかった。爆弾が爆発したあとの光景を見ることは、死後の人生を垣間見ることに似ている。この二度とない機会に恵まれたことに興奮しながら、画面に映った幻像に自分が声をあてがっているのに気づいた。誰か別の人がしゃべっているのをぼくが繰り返して言っているのか、それともふたつの魂が「向こうの国」で出会いうときような、友愛の瞬間だったのかどうかはわからなかった。ぼくらはこう言っていた。

「アッラーが息を吹きかけるのと同時に、万象は魂とともにアダムの目にも触れました。そのとき光沢のない鏡に映ったようにではなく、この世に在るように、そう、子供たちが見るように、我々も物事を見ました。見たものに名前をつけ、その名前で見たものを呼んでいた我ら子供たちは、その頃なんて楽しかったんでしょう！　その頃、時は時であり、事故は事故、人生は人生でした。これは幸せなことだったので、悪魔は不幸になりました。それに、あの男も悪魔でした、大陰謀を始めたのだから。大陰謀のコマのひとり、グーテンベルクという男が——印刷屋だといいますが、その模倣者も多い——働き者の手、忍耐強い指、几帳面なペンでも追いつかないくらいに増やした単語の糸を切り、単語、単語、単語がビーズ玉のように四方に散らばってしまいました。通りに面した入り口の下を、石鹸の型や卵のパックの上を、飢えて狂ったゴキブリのような単語や文章が取り巻きました。こうしてその昔、肉と骨のようだった言葉と品物は、お互いに背を向け合いました。こうして夜の月光の下で、時とは何なのか、と問うても、人生とは何なのか、苦悩とは何なのか、運命とは何なのか、痛みとは何なのか、と問うても、試験前に徹夜した睡眠不足の学生のように、昔我々が知っていた答えがすべてわからなくなってしまいました。ある阿呆が言いました、時は騒音だと。また別の不運な者は言いました、それは苦悩だと。三人目は言いました、それは本だと。我々のように当惑した者たちは、おわかりだと思いますが、正しい答えを耳元にささやいて欲しいと、天使を待っていたのです。」

「アリ、息子よ」と、紫の肘掛け椅子に座っていた男が、ぼくらの言葉を遮った。「信じているのかい？　アッラーを。」

ぼくはちょっと考えて、「ぼくのジャーナンが待っているんだ」と言った。「ホテルの部屋で。」

「みんなの愛する人《ジャーナン》なんだね、彼女は。行きなさい、彼女のところに」と彼は言った。「朝になったら〈金星《ヴェヌス》〉理髪店で髭をそりなさい。」

ぼくは暑い夏の夜の中に出た。爆弾と同じで蜃気楼なのだと思った。いつ現れるかわからない。歴史という博打に負けたぼくらのようなみじめな敗者たちは、何かを得たことを自分に信じさせて、勝利を味わうために、何百年もの間お互いに爆弾を投げ合い、アッラー、本、歴史、そして世界の愛のために、キャンディーの包み紙、コーランの巻末、ギアボックスに取り付けた爆弾に、ぼくらの魂と身体を木っ端微塵に吹き飛ばさせるのだということが、よくわかった。それはぼくにとってそう悪いことではないな、と思っていると、急にジャーナンの部屋の光が見えた。

ホテルへ行って部屋に入った。母さん、ぼくは酔っぱらっちゃったよ。ジャーナンの隣に横になり、眠った。彼女に抱きついていると思い込みながら。

朝起きると、すぐ隣で寝ているジャーナンを長いこと眺めた。バスの座席でビデオ映画を観ているとき、その表情にはときどき不安や集中が浮かんできた——彼女が見ている夢が衝撃的で驚くべき場面にさしかかっているかのように、栗色の眉をつりあげて見せるのだった。洗面台の蛇口からまだポタポタと水が滴っていた。カーテンの間から漏れてくる埃っぽい太陽の光が、蜂蜜色になって彼女の脚に当たると、ジャーナンは何かを尋ねながらぶつぶつ言った。彼女がベッドの上でちょっと寝返りをうつと、ぼくは部屋から出た。

朝のすがすがしさを額に感じながら〈金星《ヴェヌス》〉理髪店に行くと、昨日の男がいた。それはジャーナンのタバコを踏みつけた男だった。髭を剃らせていた。顔は泡だらけだった。ぼくは順番待ちのソファに座るとすぐ、髭剃り石鹸の匂いを恐る恐る嗅いだ。鏡の中で彼と目が合い、お互いに微笑みあった。この人だったんだ、そう、ぼくらをナーリン医師のところに連れて行ってくれるのは。

八

ぼくらをナーリン医師のところに連れて行ってくれる、後ろが長い六一年型シボレーの後部座席に座ったジャーナンが、せっかちなスペインの王女のようにイライラしながら手に持った『ギュドゥル・ポスト』紙を扇にして扇いでいるとき、ぼくは通り過ぎていく幻のような数々の村、疲れた橋、やつれた町を前の座席から数えていた。〈ＯＰＡ〉の匂いをさせている運転手はおしゃべりではなかった。ラジオをいじったり、同じようなニュースやどの局も違うことを言っている天気予報をきいたりすることが好きなようだった。中央アナトリア地方の予報は雨だったり、雨じゃなかったり、西アナトリア地方の内陸部はところによりにわか雨だったり、ときどき曇りだったり、雲ひとつなかったり。このときどき曇りの下を、海賊版の映画とおとぎ話の国から出てきた暗いにわか雨の中を通り過ぎながら六時間走った。シボレーの屋根に容赦なく打ちつける最後のにわか雨の後、ぼくらは突然、まるでおとぎ話のようにまったく別の国に来ていた。

ワイパーの奏でる苦しげな音楽が止んだ。左側の観音開きになる窓から、ピカピカで幾何学的な世界に太陽が沈むところが見えた。水晶のように透明で、明快で、静かな国よ、ぼくらに秘密を打ち明けておくれ！　木々には水滴がついていて、それはあるがままの姿の一本ずつの木だった。鳥や蝶は前の窓ガラスに近づかずに、利口で安らかな鳥や蝶としてぼくらの前を飛び交っていた。時の外側にいるおとぎ話の巨人はどこだろう、とぼくは言いそうになった。ピンクの小人や紫の魔女は、どの木の後ろに隠れているんだろう？　それに、ぼくらが見ている景色には何の文字も何の記号もない、と思ったとき、黒光りするアスファルトを一台のトラックがぼくらの横から通り過ぎていった。その後ろにはこんな言葉が書かれていた――追い越しの前に考えろ！　ぼくらは左へ曲がり未舗装の道へ出た。丘の上へ上り、夕暮れの中に消えてしまった失われた村々を通り過ぎ、暗い森を見ながら進むと、車はナーリン医師の家の前で止まった。

その木造の屋敷は、移住や死、不吉なことが起こって大家族がバラバラになったために〈愉快館〉、〈喜び館〉、〈世界館〉、それに〈快適館〉といった名前のホテルに改装された、古い町の屋敷に似ていた。でも辺りには地元の消防署や散水機も、埃をかぶったトラクターも、中央美味食堂も何もなかった。ただ静寂だけがあった……。上の階には、この手の屋敷にありがちな六つではなく、四つの窓があった。その中の三つから、家の前にある三本のすずかけの木の下部の葉にオレンジ色の光があたっていた。桑の木だけは半分影になっていた。カーテンが揺れ動いて、窓がバタンといって足音がし、ベルが鳴り――影が動いてドアが開いた。ぼくらを迎えたのは、そう、ナーリン医師本人だった。

彼は長身でハンサム、歳は六十五か七十歳ほどで、眼鏡をかけていた。でも後で部屋で一人になって考えたら、顔はよく覚えているのに眼鏡のことは覚えていなかった。それはよく知っている人に髭があったかどうか後で思い出せないような感じだった。彼はぼくらの前に大きな存在感を持って立っていた。後で部屋に入ってから「恐いわ」とジャーナンが言ったが、その言い方には畏怖の気持ちはなく、興味津々に言っているように思えた。

ガス灯の光がぼくらの影を長く伸ばす、長い、本当に長いテーブルで、ぼくらはみな一緒に夕食を食べた。彼には娘が三人いた。幸せで夢見がちな末娘のギュリザルは、年増なのに独身だった。真ん中のギュレンダムは父親よりも、ぼくらの前の大きな音をたてて鼻から息を吸っている彼女の医者の夫の近くにいた。長女の美しいギュルジハンは——六、七歳のふたりのおとなしい娘の話していることからわかったが——夫ととっくの昔に別れたらしかった。薔薇《ギュル》の娘たちの母親は、小柄で脅迫的な女性だった。彼女はただその目や視線だけでなく、そのたたずまいが、ほら見て、今泣きますよ、と言っていた。テーブルのもう片方の端には町から——どの町なのか知らないが——弁護士が来ていた。彼はしばらくある土地争いや、このあたりの政党、政治、賄賂、故人について話をした。そしてナーリン医師がそれを待っていたかのように、彼の期待通りに、興味を持つと同時にうんざりしながら、うんざりしていることを一種の承認であるかのように目で合図しながら聞いていると、彼は喜んだ。ぼくのすぐ傍に、力強く、影響力のある、大家族の活力の反射光を浴びる喜びとともに晩年を過ごすことが出来ている老人が座っていた。この家族にとって何者なのかは明らかでなかったが、彼が感じている幸せを、皿の横に添えられた小皿のような小さなトランジスタ・ラジオが強調していた。何回か彼は耳をラジオにぴったりとくっつけて——もしかして耳が遠いのかもしれない——何かをきいていた。「ギュドゥルのニュースはない！」と言い、ナーリン医師とぼくの方を向いて、入れ歯を見せながら笑った。そして言いかけたことを言い終えるようにしてこう付け加えた——「医者は哲学的な話を好むものだ。だから彼はあなたがたのような若者も大好きなのだ。

それにしてもなんて似ているんだろう、彼の息子に！」

　長い沈黙が訪れた。母親が泣きだすかと思われた。ナーリン医師の目に火花のような怒りが宿った。部屋の外のどこかで、振り子時計が九回、時と人生の一過性を思い出させながらボーン、ボーンと鳴った。

　ぼくはテーブルの上の、部屋の中の、物品や人間、食べ物を見回しながら、だんだんとわかってきた。そこには、ぼくらのただ中には、この屋敷には、夢か、あるとき深く感じた人生や思い出のようなものの跡や印があった。ジャーナンとバスで過ごした長い夜には、意欲的な乗客の欲求に従って、乗務員がビデオに二本目の映画を入れてから何分か経つと、ときには疲れた、どっちつかずの惑いや、はっきりとしているが目標のない意志のなさに押し流され、偶然と必然の意味を感じることが出来ないゲームに自分たちを投じ、以前に過ぎ去った時間を、別の座席で別のかたちでもう一度過ごしていることに対する驚きと、人生という計算されていない幾何学の隠された秘密を発見しそうになっているのを感じ、画面の中の木の影、銃を持った男の褪めた外見、ビデオのように赤いりんごや機械の音の背後にある深い意味に、興奮しながら完璧な名をつけようとするときに突然ぼくらは気づくのだった、この映画は前に見たことがある、と！

　この感情は食事の後までぼくをとらえて放さなかった。しばらくの間、老人客のラジオで、子供の頃聴いていたラジオ劇場を聴いた。ギュリザルはルフクおじさんの家にあったのと同じ銀の砂糖入れに、今ではすっかり忘れられた、ココナッツ入りの〈ライオン〉キャンディーと〈新生《イェニ・ハヤット》〉印のキャラメルを入れて、ぼくらに差し出した。ギュレンダムはコーヒーを持ってきた。母親はぼくらに、何か願い事があるかどうか尋ねた。台の上や鏡つきの扉が開いたままの戸棚には、全国各地で売っている挿絵入り小説があった。コーヒーを飲むとき、壁の時計のねじを回すとき、ナーリン医師は宝くじの券に印刷された幸せな家族の写真の中にいる父親のようにやさしく、繊細だった。部屋の中にあるものも、家父長的な家族の上品さをかもし出すもので、単純に名づけられないような理論の秩序がうかがえた。端にチューリップやカーネーションのモチーフが施されたカーテン、もう使われていないガスストーブ、その光と共に死んだランプに、ぼくらは囲まれていた。ナーリン医師はぼくの手を取って、壁に掛けられた気圧計を指差し、薄くて繊細なガラスを三回トントンたたけとぼくに言った。ぼくはたたいた。気圧計の針が動くと、「明日天気はまた悪くなるだろう！」と、父親っぽい声で言った。

壁の気圧計のすぐ隣には、ガラスがはまった大きな額に古い写真が入っていた。それはひとりの若者の写真だった。ぼくはそれに気づかなかったが、部屋に戻ったときにジャーナンがそう言った。映画をうとうとしながら観たり、本を不用意に読んで人生を台無しにしたりした人間や、情熱のない人間が尋ねるように、ぼくも額に入っていたのが誰の写真なのかを尋ねた。

「メフメットのよ」と、ジャーナンは言った。ぼくらはあてがわれた部屋のガスランプの褪めた光の下にいた。「まだわからないの？　ナーリン医師はメフメットのお父さんなのよ！」

ぼくの頭の中で、なかなかコインが落ちない不運な公衆電話から聞こえてくるような音がした。それからすべてがストンとあるべき場所にはまった。夜明けになって嵐がおさまったときのように、ありったけの明確さで真実を見ながら、驚きと言うよりも怒りを感じた。ぼくらのほとんどがそうなるし、なったことがあるはずだ。一時間もの間理解しながら観ていたと思っていた映画を本当は誤解していて、映画館の中の唯一のまぬけが自分たちだったことに気づけば、心底怒りがこみ上げてくる。

「彼の以前の名前は何だった?」

「ナーヒットよ」と、彼女はわかっているというようにうなずきながら、占星術を信じている人のように言った。「金星、という意味らしいわ。」

「そんな名前だったら、あんな父親がいたら、ぼくだって別の人間になりたくなっただろう」と言おうとしたときに気づいた。ジャーナンの目から涙があふれていた。

その夜その後に起こったことは思い出したくもない。メフメット、またの名をナーヒットのために涙を流すジャーナンを慰めなければならなかったからだ――それはなんでもないことだったかもしれない――でもぼくはジャーナンに、メフメット=ナーヒットがぼくらも知っているように、死んでおらず、ただ交通事故で死んだことにしているだけだということを思い出させなければならなかった――ぼくらはメフメットが大草原のど真ん中のどこかで、本から学んだ知識を生活に活かしているところを、新しい人生を生きている素晴らしい国の素晴らしい通りを歩いているところを見つけるはずだった。

このことをぼくよりもジャーナンのほうがもっと確信していたにもかかわらず、ぼくの美しい人の苦悩する魂には疑いが嵐のように吹き荒れたので、ぼくはずいぶん長いことそれが正しいことを説明しなければならなかった。ほら、どうやって泥沼に足を突っ込まないで販売店会議からうまいこと逃げ出せたか、どうやって偶然であるかのように秘密の理論の結論に従って、ぼくらが探している人物が子供時代を過ごした屋敷に、彼のいた痕跡がいっぱいのこの部屋に来たのか。ぼくのしゃべり方に怒りを含む嘲笑を感じた読者には、ぼくの目を覆っていた幕が上がって、魂を光で満たし全身を包み込むぼくの中のあの魅了された状態が、何と説明しようか、もしかして一種の方向転換をしたことがわかるだろう。メフメット=ナーヒットが死人扱いされることがジャーナンをあまりにも悲しませるのと同時に、もうぼくらのバス旅行が以前のようには行かないだろうということがぼくを悲しませていた。

朝、三人姉妹と一緒に食べた朝食——蜂蜜、白チーズ、チャイ——の後、ナーリン医師の若くしてバス事故で焼死した四番目の子供で唯一の息子ナーヒットのために、邸宅の三階に作らせた一種の博物館へ行った。「父があなた方にここを見て欲しいと言ったから」とギュルジハンが巨大な鍵を、驚くほど小さな穴に難なく差し込みながら言った。

魔法の静寂に向かって扉が開いた。古い雑誌や新聞の匂い。カーテンを通して漏れてくる薄暗い光。ナーヒットが寝ていたベッドと、花の刺繍が施されたベッドカバー。壁にはメフメットの子供時代や青年時代、つまりナーヒット時代の写真が額に入ってかかっていた。

ぼくの心臓は奇妙な鼓動を打って、ドクドクいっていた。ギュルジハンは、額に入ったナーヒットの小学校や高校の成績表、自慢の証明書をささやくように説明しながら指差した。ささやくように、オールAだったと。小さなナーヒットがサッカーで使った泥のついた靴、サスペンダーつきの半ズボン、アンカラの〈フルヤ〉百貨店から取り寄せた日本製の万華鏡。薄暗い部屋の中で鳥肌をたてながら、ぼくはそこに自分の子供時代を重ねていた。ジャーナンが言ったようにぼくは恐れていたのだ。ギュルジハンがカーテンを少し開けて、愛する弟が医学生だったころは、夏休みに一日中絶え間なく本を読み、この窓から桑の木を眺めてタバコを吸っていたとささやいた。

沈黙が訪れた。ジャーナンはメフメット＝ナーヒットがその頃読んでいた本を尋ねた。一番上の姉は不思議な沈黙と優柔不断さを示した。はじめ「父はその本がここにあることをよく思わなかったんです」と言って、慰めるように微笑んだ。「これだけ残っているんです、子供の頃読んでいたものが。」

彼女はベッドの端の小さな本棚に並んでいる子供雑誌を、挿絵入りの小説を指差していた。ある時代この雑誌を読んでいた子供たちに親近感を感じたり、この神経を逆なでする博物館でジャーナンが感情的になってまた泣き出したりすることをぼくは恐れたから、あまり深入りしたくなかった。でも本棚にきちんと並べられた雑誌の背表紙は、色あせてはいても、あまりにもなつかしい色彩を放っていた。だからぼくは本能的に手にとってしまった。思わず撫でた表紙の絵がぼくの抵抗を打ち砕いた。

表紙では、険しい岩山の崖っぷちで十二歳くらいの子供が、葉が一枚ずつ描かれているのに下手な印刷のせいで緑の色がはみ出している木の幹に片方の手でしがみつき、もう片方の手では底なしの谷に落ちそうになった自分と同じくらいの歳の金髪の子供の手をつかまえて、間一髪のところで助けていた。子供の英雄たちは、二人とも顔に恐怖の色を浮かべていた。背後には、鉛色や青色に塗られた野生のアメリカの自然が描かれ、一羽のハゲタカが何か悪いことが起きるのを、血が流れるのを待ちわびながら飛んでいた。

子供の頃よくやったように、表紙に書かれた見出しをまるで初めて見るという風に大きな声で読み上げた。「ネビ、ネブラスカへ行く。」雑誌のページをあわててめくりながら、ぼくはルフクおじさんの初期の作品のうちのひとつであるこの挿絵入り小説に描かれている冒険を思い出した。

少年ネビはシカゴで開催された世界万博で、ムスリムの子供を代表するスルタンのような任務を帯びた。シカゴで知り合ったインディアン系の子供トムは、彼に自分が困っていることを告げ、一緒にネブラスカへ行く。彼の祖先が何百年もの間バイソン狩りをしていた土地に目をつけた白人たちが、トムのインディアン部族を酒びたりにし、部族の中でも不良の若者たちにはコニャックと一緒に武器を与えていた。ネビとトムが暴いた陰謀はひどいものだった。それは穏やかなインディアンたちを酔わせて反乱を起こさせた上で、反乱者たちを連邦軍の兵に鎮圧させて、この土地から追い出すことだった。トムを崖から落とそうとして自分が落ちてしまった、金持ちのバーとホテルのオーナーが死んだお陰で、子供たちは部族をこの罠から救うことに成功したのだった。

ジャーナンがパラパラめくっているぼくも馴染みの『マリとアリ』も、アメリカに渡ったイスタンブルっ子の冒険だった。イスタンブルの古い波止場、ガラタから冒険を求めて蒸気船で行ったボストンの桟橋で、アリは泣きじゃくりながら大西洋を眺めていたマリと知り合う。継母に家から追い出されたこの娘の父親を探すために、一緒に西部に旅に出る。『トム・ミックス』誌の挿絵を思い起こさせるセントルイスの路地を通り、ルフクおじさんが暗い隅に狼の影を描いたアイオワの白い森を抜け、武装したカウボーイや列車を襲う強盗、隊商を待ち伏せするインディアンたちをやりすごして、やっと太陽の輝く天国へたどり着く。この緑いっぱいで明るい谷でマリは、父親を見つけたからではなく、アリから教わった伝統的な東方の思想や心の平安、諦観や忍耐心を理解したために幸せを感じ、使命感を抱いて彼女の兄弟が待つボストンに戻っていく。アリは「不公平や悪い奴らは、世界中どこにでもある！」と思い、なつかしいイスタンブルを目指して乗った帆船の上で、小さくなっていくアメリカを眺めながらこう言う。「大事なのは人間が内に持っている美しい部分を守りながら、人生を送ることだ。」

ジャーナンはぼくが心配していたほど悲しんではいなかった。むしろぼくに子供の頃の寒くて暗い冬の夜を思い起こさせる、インクの匂いがするページをめくりながら楽しそうにしていた。ぼくもこの雑誌を子供の頃読んでいたと言った。この言葉の含みに気づかないだろうと思って、それがメフメット、つまりナーヒットとぼくの間にある多くの共通点のうちのひとつだと付け加えた。おそらく、愛情の見返りを得られないと恋人を理解のない人間だと思ってしまう、恋に盲目になった人間のようにぼくは振舞っていたのだろう。この挿絵入りの小説を創り出した作家兼画家が、子供の頃慣れ親しんだルフクおじさんだというこことを打ち明ける気には全くならなかった。その頃ルフクおじさんは、この本や本の中の英雄を創造した理由をぼくらに打ち明けたかったということも。

「親愛なる子供たちよ」と、ルフクおじさんは初めての冒険の冒頭に小さな覚書を書いていた。「学校の帰り道に、列車の客室で、街区の下町で、私は君たちがいつもあのカウボーイ雑誌に出てくるトム・ミックスやビリー・ザ・キッドの冒険を読んでいるところを見かけます。私も君たちのように、あの正直で勇敢なカウボーイや保安官の冒険が好きです。だからトルコ人の子供がアメリカのカウボーイたちと一緒に行く冒険物語を創ってあげたら、たぶん君たちは嬉しいだろうと思いました。そういう風に描けば、キリスト教徒の英雄ばかり出てこないし、先祖たちが私たちに遺産として残してくれた道徳や民族的な価値を、勇敢なトルコ人の友達の冒険のおかげで、君たちはもっと好きになるでしょう。イスタンブルの下町の子供がビリー・ザ・キッドと同じくらいの速さで銃を撃つことが出来るのを、トム・ミックスと同じくらい正直だというところを見て君たちが喜ぶのなら、次の冒険も楽しみに待っていてくれたまえ。」

ぼくは長い間ジャーナンと一緒に、ルフクおじさんの描いた世界の白黒のヒーローたちを、影のついた山々を、恐ろしげな森を、奇妙な発明品や習慣があふれている都市を、まるでアメリカの未開の西部で出くわした不思議なものを眺めるマリとアリのように、我慢強く、注意深く、静かに眺めていた。弁護士の事務所で、帆船がたくさん並んだ港で、遠くの鉄道駅で、黄金を求めてなだれ込む人たちの間で、スルタンやトルコ人たちに挨拶をしている銃兵たち、奴隷になることから逃れてイスラムに改宗した黒人たち、シャーマン信仰のトルコ人たちにテントの作り方を尋ねるインディアン部族の酋長たち、天使のように純粋で心のきれいな農民たちや子供たちを見た。素早く銃を撃つ銃兵たちがお互いにハエ退治をするように捕まえ合った流血の冒険で、善と悪が頻繁にその姿を変えて主人公を驚かせ、東の道徳と西の合理主義が対比される部分が出てきてからは、卑怯にも後ろから撃たれて殺されてしまった心がきれいで勇敢な主人公は、夜明けに死ぬ前にこのふたつの世界とは別の世界の入り口で、天使と出会うんだろうと感じた。でもルフクおじさんはそこに天使を描いてはいなかった。イスタンブルっ子のペルテヴとボストンっ子のピーターが友達になって、アメリカのすべての黄金を持ち出す一連の冒険が描かれた号を次々とめくっていき、ジャーナンにぼくが一番好きな場面を見せた――少年ペルテヴはピーターの助けを借りて作った鏡の仕掛けを使って、町中のものを掠め盗る博打イカサマ師の悪事をばらし、彼にだまされてポーカーや賭博をしたことを後悔する人々と一緒にイカサマ師を町から追い出す。テキサスのある町の教会のど真ん中から石油が噴き出てきたために仲間割れしたり、殺し合いをしたり、石油成金と宗教を乱用する人間たちの仕掛けた罠にかかりそうになっている民衆を、ピーターはペルテヴから学んだ欧化主義、啓蒙主義、アタテュルク流の世俗主義の演説をして鎮める。天使は光で出来ていて、電気も魔法によって天使になるというペルテヴは、まだその頃列車の中で新聞を売って生活費を稼いでいた少年エジソンに、電球を発明するための最初のヒントをひらめかせてやる。

『鉄道の英雄』は、ルフクおじさんが自分の情熱や感動を一番よく表現していた作品だった。この冒険では、ペルテヴはピーターと共に、アメリカの東から西へ結ぶ鉄道建設計画の手伝いをしていた。まるで一九三〇年代のトルコの鉄道敷設時代のように、アメリカの端から端まで行く鉄道の建設は、国家にとって死活問題だった。でも、〈ウェルズ・ファーゴ〉自動車会社や〈モービル〉石油会社の人間、その他自分の土地に鉄道が通るのをいやがる牧師たち、ロシアのような国際的な政敵といった多くの邪魔者たちがインディアンたちを煽り、労働者たちがストライキをするように仕向けた。それにちょうどイスタンブルの郊外を通る列車でもやられているように、コンパートメントや座席をかみそりやナイフで傷つけ、鉄道建設者の啓蒙努力を妨害しようとしていた。

「鉄道建設が失敗したら」と、会話のふきだしの中でせっかちなピーターが言っていた。「わが国の発展は水の泡だ。事故が起こるのも時間の問題だ。最後まで戦い抜かなければならないよ、ペルテヴ！」

　大きなふきだしをいっぱいに埋め尽くす文字の終わりについている感嘆詞を、ぼくはどんなに好きだったことか！　ペルテヴはピーターに、「気をつけて！」と叫ぶのだった。そして全く信用がならない奴が後ろから投げたナイフが背中に届く前に体をかわすのだった。「後ろにいる！」とピーターはペルテヴに叫ぶのだった。そうするとペルテヴは振り向きもせずに後ろにこぶしを振り上げ、鉄道建設の敵の顎に一発くらわせるのだった。ときどきルフクおじさんは漫画の間に割り込ませた囲みの中に、自分の細い脚のような字で、突然、とか、しかし彼は何者か、とか、しかし突然、とか書き、巨大な感嘆詞を付け加えた。そうしてぼくを、それにきっと昔ナーヒットだったメフメットをも、物語の中に惹き込んでいったに違いない。

　ぼくらは感嘆詞のついた文に注目していたから、ジャーナンと一緒に最後が感嘆詞になっているふきだしのところを読みあげたこともあった。

「本に書いてあることは、ぼくにとってはもう過去のことだ！」と、識字率向上運動に自分を捧げたある主人公が、全人生が失敗して引きこもっていた小屋を訪ねてきたペルテヴとピーターに言った。

人の好いすべてのアメリカ人は、金髪でそばかす顔だった。悪い奴らはすべて口が曲がっていた。みなが機会があるごとにお互いに感謝していた。すべての死人を親戚たちが身ぐるみ剥がした。サボテンの中からは喉が渇いて死にそうになっている人を救う水が出てきた。そんなページを読んでいるうちに、いつの間にかジャーナンが遠ざかっていて、ぼくは我に返った。

ナーヒットとして人生を新たに始める空想にふける代わりに、ナーヒットの中学校の成績表や、身分証明書の写真を眺めて悲しんでいるジャーナンを、間違った空想から救ってやらなければならない、とぼくは心の中で言った。不運も手伝って敵に追い詰められた善人の主人公を、ルフクおじさんが囲みの中で突然！と言って救い出すように、突然部屋にギュリザルが入ってきて、父親がぼくらを呼んでいると言った。

それからぼくらの身の上に起こることについて、ぼくは何も予想できていなかった。ぼくの頭の中には、ジャーナンにこれから先どうやって近づいたらいいのかを計算するための、ほんの少しのとっかかりさえもなかった。あの朝、メフメットがナーヒットだった頃の博物館から出るとき、一瞬、本能的な考えが脳裏に浮かんできた――

この現場から逃げ出したい、そしてナーヒットになりたい、と。

九

その後ぼくらが未舗装の道に散歩に出たとき、このふたつの欲望はナーリン医師によってぼくに人生の選択肢として気前よく差し出された。父親が際限のない記憶と記録帳を持つ神のごとく、息子たちが思い浮かべたことをすべて知っているかに見えるのはただの偶然だ。たいていは自分の息子や、息子を思い起こさせるような平凡な他人に、実現できなかった情熱を反映させようとしているだけだ。

博物館を見せられてから、ナーリン医師がぼくと二人きりで歩きながら話したがっているのがぼくにはわかった。かすかな風にそよいでいる小麦畑の端を、まだ実が小さくて熟していないリンゴの木の下を、眠そうな何頭かの羊や牛がまばらな緑の香りを吸い込んでいる荒地を通った。ナーリン医師はぼくにモグラが掘った穴を指し示し、イノシシの足跡にぼくの注意を向けさせた。町の南にある土地の果樹園へ向かって、細かく不規則に羽ばたきながら飛んでいる鳥がビャクシンだということを、どういうふうにして見分けるかをぼくに説明した。教育的で我慢強く、それでいてやさしくないわけではない声で、他にも多くのことを説明してくれた。

彼は本当の医者ではなかった。ネジに合う八角形のナットはどれかとか、発電機付きの電話をダイヤルする速さのような、ちょっとした修理に役立つ詳細にこだわっていたので、兵役のときの友人たちがこのあだ名をつけたのだった。彼は物が好きで、物を眺めるのが好きで、すべての物の相違点を発見することを生きる悦びとしていたから、このあだ名を気に入っていた。彼は医学部ではなく、国会議員だった父親の希望で法学部へ進んだのだった。町で弁護士をしていて、父親が死ぬと今人さし指で指しているこの土地や果物畑が彼に遺され、それからは好きなように暮らしているのだった。好きなように――自分が選択した、慣れ親しんだ、理解した物に囲まれながら。町にある店もそのために開けたのだった。

優柔不断な太陽が照らして、その半分しか暖めていない丘を登っているとき、ナーリン医師はぼくに、物はひとつの記憶なのだと言った。ぼくらと同じように、物にも本来は起こった出来事や思い出を記録し、保存する機能があった。しかしぼくらのほとんどはそのことに気づいてもいなかった。「物はお互いに尋ねあうし、お互いに理解し合う。ささやき合うし、秘密の調和を生み出して、我々が世界と呼んでいる音楽を創り出すんだ」と、ナーリン医師は言った。「それに気がつくことができる人間には、聴こえるし、見えるし、わかるんだ。」そう言って彼は、地面から拾った乾いた枝についた白いしみを見て、ビャクシンがこのあたりに巣を作ったこと、そして泥の上の足跡から、二週間前に降った雨のことと、枝がどの方向から吹いた風でいつ折れたのかを説明してくれた。

町にある店では、アンカラやイスタンブルからだけではなくアナトリア各地にある製造所から取り寄せた品物を売っていた。全く減らない研ぎ石、絨毯、鍛冶屋手作りの錠前、簡易ガスコンロ用のいい香りがする芯、簡易冷蔵庫、最高品質のフェルトでできたとんがり帽子、〈ロンソン〉のライター石、ドアの取っ手、ガソリンのタンクを利用して作ったストーブ、魚用の小さい水槽、彼が思いつくものすべて、創意工夫されたものすべて。人間が必要とするものが人間的な暖かさで用意されている店で重ねてきた年月が、彼にとって一番幸せな時だったという。二人の娘の後に男の子が生まれると、より幸せになった。ぼくの歳を聞かれたので答えた。彼の息子が死んだとき、ちょうどぼくの歳だったという。

斜面下方のどこかから、ぼくらには見えない何人かの子供たちの遊ぶ声が聞こえた。かなりの速さで近づいてくるしつこくて暗い雲の裏側に太陽が隠れてしまうと、遠くのはげた地面でサッカーをやっている子供たちが見えた。ボールを蹴った瞬間と、蹴った音が聞こえるまでに一、二秒の間があった。彼らのうちの何人かは泥棒なのだとナーリン医師が言った。偉大な文明の崩壊、記憶の分解と共に、不道徳なことに慣らされた子供たちなのだ、ということだった。彼らは昔のことを何の痛みも感じずにすぐに忘れ、新しいことを簡単に夢見るのだそうだ。この子供たちが町から来たということも彼は付け加えた。

彼が息子のことを話しているとき、ぼくの心を怒りが覆った。なぜこれほど名誉にこだわるのか、父親というのは。なぜこれほど無意識に残酷なのか？　眼鏡の裏側の彼の瞳が——眼鏡のせいで——思いがけないくらい小さく感じられた。彼の息子も同じ瞳をしていたのをぼくは思い出した。

とても利口だったという、彼の息子は。とても輝いていて、四歳半で字を読み始めた。しかも新聞を始めから終わりまで読んでから、反対から読んでも文字を識別して読むことが出来た。ルールを自分で考えた小さな子供用ゲームを考え出し、チェスでは父親を負かし、三節からなる詩を二回しか読んでいないのにすぐに暗記してしまった。息子を亡くした、あまりチェスが得意でない父親の言っていることだというのに気づいていたが、それでもぼくはうなずいてあげた。彼がナーヒットと一緒にどうやって馬に乗ったかを説明しているとき、ぼくも空想の中で彼らと一緒に馬に乗っていた。また、ナーヒットが中学生のとき、どんなに宗教に傾倒したかを彼が説明しているとき、ぼくも空想の中で彼のように祖母といっしょに寒い冬の夜、断食月の朝早い朝食のために起きるのだった。自分の周りにあった低俗さや無知、馬鹿さ加減には、ぼくも憐れみが混ざった怒りを感じた——そう、感じたんだ！　ナーリン医師の説明が続いている最中、自分もナーヒットのように、輝かしい実績があるにもかかわらず、深い内面の世界を持った若者なのだということを思い出した。そう、ときどき、人ごみの中で、コップやタバコを持ちながらみなが冗談を言い合って刹那的な関心を引こうとしているとき、ナーヒットは隅の方へ引っ込んで、鋭い視線を和らげる内面的な考えに耽るのだった——。そう、一番予想もしなかったときに、ぼくらが全く気づかなかった人間の内部にある宝石を感じて、それを表に引き出し、その人と——町の高校の用務員の息子であれ、あるいは映写機にいつも間違ったフィルムを取り付けてしまう神秘主義にとりつかれた詩人である映写技師であれ——友達になるのだった。でもその友情は、自分の世界をあきらめるという意味ではなかった。もともとみな彼と親友に、友人に、つまりある意味で近い関係になりたかったからだった。誠実で、ハンサムで目上の人間を敬い、目下の人間にも……。

ぼくは長い間ジャーナンのことを考えた——ずっと同じチャンネルを映すテレビのように、ずっと考えていた。でも今回は他の座席に座っている様子を想った——もしかして自分を別の種類の人間とみなし始めていたからかもしれない。

「その後、急に私に反抗するようになったのだ」と、ナーリン医師は丘の頂上まで来ると言った。「ある本を読んだから。」

頂上のヒバの木が、強くはないが涼しく、香りのない風に吹かれてそよいでいた。ヒバの向こうにはある盛り上がりが——岩石が——見えた。最初は岩窟墓かと思ったが、頂上へ来てみるときちんと切断された大きな石塊で、その間を歩いているときナーリン医師が、昔ここにセルジューク時代の城砦があったと説明した。彼は向かい側の斜面を、ヒバと共に本物の岩窟墓がある暗い丘を、小麦畑や輝く平地、風が吹いて黒い雨雲が影を落としている盛り上がった土地を、そしてある村を指差した——城砦も含めて、今はすべてが彼のものだった。

この生き生きとした土地のすべて、ヒバ、ポプラ、愛らしいリンゴや松の木、この城砦、父親が彼のために用意してくれた思想、こういうすべてに見合った店いっぱいの品物に背を向けて、父親にもう二度と会いたくないと、誰かに自分の後をつけさせたり、見張らせたりしないようにと、行方不明になりたいと、ひとりの若者がどうして書いたりするだろう？　ナーリン医師の顔にはときどき何とも言えない表情が浮かんだので、ぼくのような人間たちには、彼が全世界に針を刺したのか、それともこの呪わしい世界をとっくの昔にあきらめて、ふさぎこんだ聾唖の人間になったのか、わからなかった。「すべて大陰謀のせいだ」と言った。ある大陰謀が存在し、それは彼のすべての思想に、彼が人生をかけたすべての品物に、この国にとって重要なことすべてに反対するものなのだという。

彼はこれから説明することを注意して聴いて欲しいと言った。これから言うことが、へんぴな町に隠居したモウロクじいさんのたわごと、息子を亡くした父親が悲しみのあまりに創り出した妄想ではないことを、ぼくは肝に銘じなければならないようだった。もちろん、とぼくは答えた。ぼくの意識が彼の息子やジャーナンの方へ向いてしまったからかもしれないし、こういうときにはみんなそうなってしまうものかもしれないが、ときどき聞き漏らしながらもぼくは注意して聴いた。

彼は長い間、品物の記憶について話した——まるで手に取ることができる物のことを話すかのように情熱と確信に満ちて、品物の中に詰め込まれた時間について話した。品物、ただのスプーンやハサミ、そういった物を所有して撫でたり使ったりしているぼくらに示される、すでに過ぎてしまった魔術的で必要で詩的な時間の存在に、大陰謀の出現の後に気づいたのだという。特に歩道などはすべて同じになっていた。魂も光もない新しい物体で、そういった物をウィンドウに飾り色も香りもない店先で売っている販売店で、あふれかえるようになっていた、と。はじめはガスコンロ、あのボタンで火をつける、目に見えない液状ガスを売る〈アイガス〉の販売店にも、人工の雪のように白い冷蔵庫を売る〈ＡＥＧ〉の販売店にも注意を払っていなかった。その上おなじみの生クリームの浮いたヨーグルトの代わりに出た〈ミス〉印ヨーグルト——さも汚らわしいという風にその名を発音した——、それからサワーチェリー・シロップやアイランの代わりに、きちんとしたきれいなトラックで、はじめはネクタイをしていない運転手が運んできた偽者の〈ミスター・トルコ〉コーラ、それからネクタイをした本当の〈コカ・コーラ〉氏が来ると、一瞬馬鹿馬鹿しい意欲が湧いてきて、自分も何かの販売権をとったらどうだろうと思った——例えば松脂の代わりに何でもくっつけたくなる可愛らしいフクロウのマークがついたドイツ製接着剤〈ＵＨＵ〉、漂土の代わりに香りも箱も破壊的な〈ラックス〉石鹸——。でもこういった物を、穏やかに別の時を生きている店に置くとすぐにわかった、違ってしまっているのは時間だけではなくて、時代もおかしくなってしまっていることが。ただ自分だけではなく、隣の鳥かごの中にいる恥知らずのヒワを邪魔に思っているナイチンゲールのように、この光のない、すべて同じ物の隣では、自分の品物たちも不穏になっているのがわかったので、販売店をやめたという。店にハエや年寄りしか来ないことをさほど気にせず、自分の人生を、時を生きたかったから、昔の人々が何百年もの間馴染んできた品物をまた売り始めた。

中には友人にもなってまだときどき連絡を取り合う販売者もいたが、彼らの手先である大陰謀に慣れてしまったら、それも忘れてしまうかもしれなかった。〈コカ・コーラ〉を飲んで気が狂ったが、飲んだみなの気が狂ったために自分が狂ったことに気づかない人間のように。その上、店や自分の品物は――アイロン、ライター、匂わないストーブ、鳥カゴ、木製の灰皿、取っ手、扇、その他にもいろいろ――、それら自身の間で創り出した魔法のハーモニーのせいだろうが、販売店陰謀に抵抗していたのだという。自分のような他人、コンヤのネクタイをした色黒の男、スィヴァスの退役将軍、トラブゾンや、テヘラン、ダマスカス、エディルネ、バルカン半島で、他にも傷心の販売者たちが組織を作っていたのだという。ちょうどそんな時、イスタンブルで医学を学んでいた息子から何通もこういう手紙が来た。「ぼくを探さないでください。ぼくを見張らせないでください。ぼくは消えますから！」と。ナーリン医師はそれを何度も嘲笑的に繰り返して言った。亡くなった息子の反抗的な言葉に対して感じた怒りをあらわにしながら。

店やそこに施した工夫、趣味に対抗することができないことがわかったので、大きな力、つまり大陰謀家たちは息子をさらって自分を――私、ナーリン医師を、と彼は誇らしげに言った――やっつけるためにこの手段に訴えたのだということがすぐにわかった。そこで、息子の手紙にするなと書いてあったことをして、状況を好転させようとした。息子の後をつけさせ、すべての行動を見張らせ、報告させた。最初の男では不十分と感じたので二人、三人と見張り番をつけ、彼らにも報告書を書かせ始めた。その後に雇った別の見張り番たちにも……。報告書を読むと、この国を、ぼくらの魂を破壊して無くし、ぼくらの記憶を消したいと思っている大陰謀の存在が、あらためて確信できた。

「あなた方も報告書を読んだら、私が言いたいことがわかるでしょう」と彼は言った。「彼らに関係する人間や事柄をすべて見張っていなければいけない。政府がしなくてはいけないことを、私がしているんです。私にはできるんです、私を愛してくれる、私を信じてくれる、多くの傷心者がいますから。」

ぼくらが登った丘から見える、すべてがナーリン医師のものである小さな絵葉書のような土地は今、鳩のような灰色の雲に覆われていた。はっきりした、鮮やかな景観は、岩窟墓のある頂上から始まって、ある種の色あせたサフラン色の振動の中に消えていった。「あそこで雨が降っている」とナーリン医師は言った。「でも、ここまでは雨はこないでしょう。」高い頂上から、自分の意思による存在の身じろぎを眺めている神のように彼は話した。でもその声には、そういう風に話したことに気づいていることを示す一種の陽気さや自分に対する嘲笑もあった。ぼくはこのかすかで繊細なユーモアは、息子には全く、そう全くないという判断をした。ぼくはナーリン医師を好きになり始めていた。

雲間に、か細くて割れそうな稲妻が見え隠れしていた。ナーリン医師は、息子を自分に反抗させたのが、ある一冊の本だったことをもう一度繰り返した。息子はある日ある一冊の本を読んで、彼の全世界が変わってしまったと思ったらしい。「アリさん」とぼくに呼びかけた。「あなたも販売者の息子でしょう、それに二十歳くらいでしょう。教えてください、私に——ひとりの人間の全世界を変えてしまうような本など、今どきそんな物があり得ますか？」ぼくは黙り込んだ、横目でナーリン医師に視線を走らせながら。「今どきそんなに強い呪いが、どんな処方箋があったら実現するんでしょう？」彼は自分の考えを支持してほしいからではなく、初めて本当にぼくから答えを引き出そうとしてきいていた。ぼくは恐くなって黙ってしまった。一瞬、ぼくの背後にある城砦の石の方に向かっているのではなく、ぼくの方に向かって、彼が覆いかぶさってくるような気がした。彼は突然立ち止まって、地面からちぎったものを手のひらに置いてぼくに見せた。「見てごらんなさい、何だと思いますか?」と言って、地面から何かをちぎった。「四つ葉のクローバーです」と言って彼は微笑んだ。

ナーリン医師は本やその文章の攻撃に対抗して、コンヤのネクタイの男、スィヴァスの退役将軍、トラブゾンのハリス氏、ダマスカスやエディルネ、バルカン半島から声を上げている他の傷心者の友人たちとの関係を強化した。大陰謀に対抗して、彼らはお互いの間だけで物品を売買し、傷心者の同胞たちを増やし、大陰謀の手先に対して注意深く、人間的に、控え目に、組織作りを始めた。自分たちの記憶を、「この最大の宝物」を失ったあわて者のように、途方に暮れたりしないために、この低俗と忘却の日々を経て損われ、「消されようとしている、自分の純粋な時への支配力」をもう一度獲得しようとして、ナーリン医師はすべての友人に、手や腕の延長である魂を詩のように形作るあの真実の物を、薄くてするどいチャイのグラス、油の瓶、筆箱、布団を、つまり「自分を真実に導いてくれる品物」を保管するように言った。こうして――もし自治体の規則という政府のテロのせいで店に置いておくことが禁止されたら――彼らの自宅や地下室、または庭に掘った穴に、土の下に、みな自分にとって大事なものを、古い計算機、ストーブ、無着色の石鹸、蚊帳、振り子時計を隠した。

ナーリン医師はときどきぼくから離れて丘を上ったり下りたりしたので、彼が城砦の跡の裏にあるヒバの林の中に消えていってしまうと、ぼくは彼を待った。しかし背の高い茂みやヒバの木の間に隠れたもうひとつの丘へ向かって歩いていくのが見えると、ぼくは彼に追いつくために走った。ぼくらはシダやとげのある茂みに覆われたゆるい坂を下り、それから急な上り坂を上り始めた。ナーリン医師はぼくの前を進んでいったが、ときどき彼は言っていることがぼくに聞こえるように立ち止まって待った。

大陰謀の意識的、あるいは無意識的な手先たち、コマたちは、私たちを印刷物や本で攻撃しているんです、私たちもそれにより対策を講じましょう、と友人たちに彼は言った。「でもどの印刷物でしょうか？」とぼくにきいた。彼は機敏なボーイスカウトのように岩から岩へと渡り歩きながら言った。「どの本なのでしょうか？」彼は考え込んだ。どれほど細部まで考えたか、それが自分にとってどれほど長い時間かかったかを言いたいかのようにしばらく黙った。棘のある茂みにズボンのすそがひっかかってしまったぼくを、手をとって引っ張り出しながら彼はこう言った。「ただ、あの本、息子をかどわかしたあの本だけではない。印刷所から出てくるすべての本は、我々の時や人生の敵なんです。」

彼は、ペンで書かれた文章、ペンを持っている手の一部になっている、手に動作の指令を出している脳を幸福にする、そしてその脳を照らす魂の苦悩を、好奇心を、やさしさを、表現している文章を敵視しているのではないのだった。ネズミに悩まされている無知な農民に知恵を与えたり、ぼーっとして道に迷った人間に行く道を、魂を失ったうっかり者に先祖たちを、世界を全く知らない子供に挿絵付きの物語で世界を、その中に表されている冒険を説明し、教育をする本に対しても敵対心は持っておらず、むしろそういう本は昔からあったように今でも必要で、もっとたくさん書かれたらいいのだ、ということだった。ナーリン医師が敵視しているのは、輝きを、明快さを、真実さを失った本なのだという。それらはこの限られた世界の壁に囲まれた天国の中での魔法や安らぎを提供する本であるから、大陰謀のコマたちが——このとき畑のネズミが、一瞬のうちに逃げていった——我々に人生の詩を、繊細さを忘れさせるために、印刷屋に印刷させて配っているのだった。「その証明は？」と、まるでぼくが尋ねたかのように、彼はぼくを疑いの目で見ながら言った。そして鳥の糞がこびりついた岩や痩せた樫の木の間を、体をくねらせながらすばやく上っていった。

その証明のために、ぼくはイスタンブルやすべての国の男やスパイの調査結果を読まなければならないらしい。本を読んでから息子は方向を誤って父親に、家族に背を向けただけでなく――この反抗は若気の至りだったとしても――、人生の豊かさすべて、「時に隠されたシンメトリー」に目を閉ざした、つまり「すべての品物の詳細」を見ぬふりをする一種の「盲目」、一種の「死の強迫観念」にとりつかれたらしい。ナーリン医師は「すべてが、すべてが一冊の本の仕業なのでしょうか？」ときいた。「あの本は大陰謀の小さな手先に過ぎないのです。」

それでも彼は、本や著者を馬鹿にしてはいないと言った。友人やスパイが書いた報告書を、彼らが書いた記録をぼくが読んだら、この本が著者の目的以外のことに使われているのがわかるのだという。著者は哀れな退職公務員で、自分が書いた本を弁護するほどの勇気もない弱い人間なのだそうだ。「西から吹く風とともに我々の記憶を空にする忘却ペストを我々に伝染させた人間たちが、我々になってほしいと思っている弱い人間……。弱い人間、消えそうな人間、何者でもない人間です！　彼は無くなって行ってしまった。破壊され、地上から消されたのです。」本の著者が殺されたことに遺憾の気持ちがないことを、彼は一字一句言葉を切りながらはっきり言った。

長い間全く話さずに、ぼくらはけもの道を上った。ゆっくりと場所を変えながら、近づくでもなく、遠ざかるでもない雨雲の合間に、絹糸のような稲妻がちらついていた。でも音量の小さいテレビを観ているときに聞こえるような騒音は聞こえてこなかった。頂上にたどり着くと、ナーリン医師の土地だけではなく、下方の平野には働き者の主婦が用意した食卓のように整然とした町が、赤い瓦の屋根が、細いミナレットのモスクが、自由に広がっている通りが、そして町の外側にはきちんとした境界線で分けられた小麦畑と果樹園も見えた。

「朝、一日が私を起こす前に目覚めて、私が一日を迎えるのです」とナーリン医師は景色を眺めながら言った。「山々の裏から朝が訪れるけれど、別の場所では太陽はもうとっくに生まれているということを、人々はキツツキと一緒に知るのです。朝ときどき、ここまで歩いてきて、私にあいさつをする太陽を迎えます。自然は静止していて、蜂や蛇もまだ外へ出てきていないんです。私と世界は、お互いになぜ存在するのか、なぜこの時間にここにいるのか、最大の目的が何なのかを尋ねます。命に限りがある生き物のうち、ごく一部がそういったことを自然と共に考えます。人間たちがもし考えるとしても、それは、他人から聞いたこと、でも自分たちで考えたと思い込んでいる哀れな思想でしょう。それは自然を見て発見したことではない。すべてが弱く、消えそうで、壊れやすいのです。」

「しっかりと地に足を付けるために、強くなり、決意を固くしなくてはいけないことを、西から来た大陰謀の存在を発見する前に私は知っていました」とナーリン医師は言った。「苦悩する通り、我慢強い木々、疲れた電灯は、私を気に留めていなかった。私も自分の荷物をまとめて、自分の時を整理した――歴史の、そして歴史を支配したい奴らの罠にはひっかからなかった。どうしてひっかからなきゃならないんでしょう？　私は自分を信じた。自分を信じたから私の意志や人生の詩を他人も信じたのだ。望んで彼らを自分に結びつけた。それゆえ彼らも自分の時を発見し、お互いに結束したのだ。暗号を使って連絡し合い、恋人たちのように手紙のやりとりをし、秘密裏に集まった。ギュドゥルでの最初の販売店会議は、何年も続けてきた闘争の、針で井戸を掘るような忍耐力で計画され、ひとつひとつの行動が蜘蛛が巣を編むような集中力、注意力で編まれた組織の勝利なのだよ、アリさん！　もう西洋が何をやっても我々をひるませることはできない！」いっときの沈黙のあと、彼はこう付け加えた。ぼくが若くて美しい妻と一緒に無事にギュドゥルを去ってから三時間後、町で火事が出たという。あれほど政府がてこ入れしている消防署が、役に立たなかったのは偶然ではなかった。反乱者たちには、それに新聞が煽った強奪者たちには、魂が、自分の詩が、そして思い出が盗まれたことを感じとって理解するぼくらの傷心の同胞たちと同じ、涙と怒りがあふれていた。自動車が焼かれ、銃が火を放ち、一人が——一人の同胞が死んだのを、ぼくは知っていただろうか？　もちろんこういった扇動行為すべてをアンカラや地方の政党と一緒に企てた郡長は、公の秩序を脅かしたという理由で傷心者たちの販売店会議を禁止してしまった。

「矢はもう放たれた」とナーリン医師は言った。「これに従うわけには行かない。会議で天使のことを討議するように、私が希望したんです。私があの道具を作らせたんです。自分たちの魂を、子供時代を映し出すテレビを作るようにと私が希望したんです。私があの道具を作らせたんです。息子を奪ったあの本のような悪が湧き出す性悪の巣に至るまで、調べつくして根絶やしにしてほしいと、私が希望したんです。毎年何百人もの若者が『全人生が変わった』とこの類の罠にひっかかり、彼らの手には何だかわからない一、二冊の本が渡され、『全世界が惑わされている』ことを我々は知ったのです。私はすべてをひとつずつ考えました。私が会議に行かなかったのは偶然のことではありません。すべて前もって計画していた通りに運んでいっています……。息子を交通事故に奪われたとき、あなたくらいの歳でした……。今日は月の十四日です。息子は月の十四日に亡くなったんです。」

　ナーリン医師が大きな手のひらを広げると四つ葉のクローバーが見えた。彼はその茎をつまんで一瞬注意深く観察してから、そよ風に放った。かすかな風が雨雲のある方向から吹いていた――でもそれはあまりにかすかだったので、冷たさを感じたことでぼくはその存在に気づいたのだった。鳩のような色をした雲はというと、一種の優柔不断さで同じ場所に留まっていた。町からかなり遠いある場所では、少し黄味がかった褪めた光が集まってちらついていた。ナーリン医師は雨が「今」そこで降っていると言った。ぼくらが丘の反対側の岩地の崖っぷちに来たときには、岩窟墓の上方にあった雲は晴れていた。ところどころ恐ろしげな岩の間に巣をつくった鷹が、ぼくらに気づくとあわてて飛んでいき、ナーリン医師の土地の上方で弓の形を描きながら飛び始めた。翼をほとんど羽ばたかせないその鳥を、静かに、恭しく、一種の感動を持ってぼくらは眺めていた。

「この土地には」とナーリン医師は言った。「何年もの間、唯一の絶対的な思想から影響を受けて私が成熟させてきた大きな思想やこの大きな動きを支える豊かさ、強さがあります。息子にはこんなにも輝やかしい蓄積があった。もし大陰謀の思い通りにならず、本にも誘惑されないほど強く、固い意志があったならば、この丘から辺りを眺めながら私が感じた力や創造性を、今日彼が感じるはずだった。私にはわかっています。あなたも同じ霊感を感じ、同じ視野を持っているでしょう。販売店会議のときのあなたが、いかに固い意志を持っているかを私に話してくれた人たちが、大げさではなかったことは、最初からわかっていましたよ。あなたの歳をきいても驚きもしませんでした――あなたの過去を知る必要もありませんでした。息子が策略にかかって非情にも私から奪われたときの年齢のあなたが、あの会議に参加しようと思うほどすべてを理解していたんです。あなたと一緒に過ごした一日が、歴史上の人物が中断せざるを得なかった意志の活動が、他の人間の中で再び始まったのを私に教えてくれた。息子のためにつくらせたあの小さな博物館をあなたに見せたのには意味があった。息子の母親と姉たち以外にあの部屋を見たのはあなたたちだけです。あなたは自分の過去と将来をそこに見出したでしょう。これから踏み出さなければならない一歩も。私を、ナーリン医師を見ながら理解したことでしょう。私の息子になってくれ！　彼の代わりになってくれ！　私が死んだらあとはすべておまえに任す。私は年老いているが、情熱は全く失っていない――この行動が続くことを私は信じたい。私は政府とも関係がある。私に報告書を送ってくる人間たちもまだ活動している。何百人もの誘惑された若者を見張らせているんだ。すべての資料をおまえに見せよう。息子の行動すべてを見張らせたんだ、読んでみてくれ。なんと多くの道を踏み外した若者がいることか！　お父さんや家族と縁を切る必要はない。武器のコレクションも見て欲しい。私に『はい』と言ってくれ！　そう、重い責任を背負ったことはわかっている、と、私に言ってくれ。私は馬鹿ではないから、何でも見ている。何年も男の子ができなかったので辛かった。その後息子は私から奪われてしまい、もっと辛い目に遭った。しかしこの遺産を相続する人間がいなくなることほど辛いことはないのだ、私には。」

遠くの雨雲にところどころ晴れ間が見えてきた頃、ナーリン医師の国に、舞台の隅を照らす照明の光のように太陽の光が差し込んできた。一瞬明るくなった土地の部分、リンゴやグミの木々に覆われた平地、息子が眠っているという墓、家畜囲いの周りのやせた土地はしばらくすると色を変え、円錐状の光の束があわただしく進む魂のように、境界線を無視して畑の上を早足で進みながら消えていくのが見えていた。頂上へ上るために進んできた道の大部分が、ぼくらが今いる地点から見えるということに気づくと、ぼくの視線は岩肌の斜面、けもの道、桑の木々、最初にいた丘、林、小麦畑を追った。そして突然、自分の家を飛行機から初めて見た人間のように驚いて、ナーリン医師の屋敷を見た。それは辺りが林に囲まれた広い平地の中央にあった。その平地にいて、町に行く道の松の木の方へ歩いている五人の小さな人間のうちのひとりがジャーナンだということが、最後に買ったさくらんぼ色のプリントのワンピース、いや、それだけではなく歩き方やたたずまい、繊細さ、優雅さのせいで、いや、ぼくの心臓の高鳴りのせいでわかった。突然ずっと遠くで、ナーリン医師の素晴らしい国が始まる山の端に、素晴らしい虹がかかっているのが見えた。

「他の人はこの自然を見ると」とナーリン医師は言った。「そこに自分の限界を、未熟さを、恐怖を見るんだ。それから自分の弱さを恐れて、自然の無限さだの、大きさだのと言い出すんだ。私はといえば自然の中に、私に語りかけ、私がしっかりと持っていなければならない意志を思い出させる、力強いメッセージ、豊かな文章を見出す。決心して、容赦なく、恐れずに読むのだ。偉人とは、まるで大きな時代や大きな国のように、自らの内部に破裂しそうなほど多くの力を蓄えることができた人間なのだ。ときが来たら、機会が訪れたら、新しい歴史が創られるときこの大きな力は、それが動かした偉人たちと共に容赦なく決定を下して動き出す。そのとき運命も同じ容赦なさで動き出す。その偉大な日に、世論や新聞、そのときの思想、〈アイガス〉、〈ラックス〉の石鹸、〈コカ・コーラ〉や〈マールボロ〉、西から吹いた風に誘惑された憐れな同胞たち、とるに足らない品物、とるに足らない道徳は価値を失うんだ。」

「記録を読むことは出来ますか?」とぼくはきいた。

長い沈黙が訪れた。虹がナーリン医師の埃やしみのついた眼鏡に、ふたつのシンメトリーな虹になって輝きながら映っていた。
「私は天才だ」とナーリン医師は言った。

十

ぼくらは屋敷に戻った。全員一緒に静かな昼食をとった後、ナーリン医師はギュレンダンが今朝メフメットの子供時代の部屋を開けた鍵と似たような鍵で、自分の書斎を開けてぼくを招き入れた。戸棚から取り出したノートや棚から下ろした資料を見せながら、目撃者たち、スパイたちに報告書を作成させたこの意思が、いつかひとつの政府の形で表れることも覚悟しているとぼくに言った。ナーリン医師が組織したスパイ官僚制が示しているように、大陰謀に対して勝利したら、彼は新しい政府をたてようと考えていた。実際、すべての報告書は細かく分類されていたので、出来事の心臓部に入って行くのは容易だった。ナーリン医師は息子の後をつけさせた調査員たちをお互いに会わせず、彼らひとりひとりに時計のメーカーのコードネームをつけたのだった。百年以上もの間ぼくらの時を刻んできたので、それらのほとんどが西のものだったにもかかわらず、ナーリン医師は時計たちを「我々のもの」として見ていた。

最初の調査員〈ゼニス〉は、最初の報告書を四年前の三月に書いていた。そのときはまだナーヒットだったメフメットは、チャパにあるイスタンブル大学の医学部に在籍していた。〈ゼニス〉は当時三年生だった彼が秋から極端に成績不振になったことをつきとめ、調査内容をかいつまんでこう説明した。「上記の者の最近の成績不振の理由は、カドゥルガにある学生寮からあまり外に出なかったこと、授業や診療所、病院にも全く来なかったことである。」資料は、ナーヒットが学生寮をいつ出て、どのピデ屋やケバブ屋、ムハッレビ屋、床屋、銀行へ行ったのかを詳細に渡って説明している報告でいっぱいだった。メフメットはいつも用をすませると、どこにも寄らず足早に寮へ戻った。〈ゼニス〉は彼が書いた報告の手紙の中でいつもナーリン医師に「調査」のため、より多くの資金を要求していた。

ナーリン医師が〈ゼニス〉の次に雇った〈モバード〉は、カドゥルガの学生寮の管理人だったらしく、たいていの寮管理人がそうであるように警察と関係があった。メフメットをどんなときも見張ることが出来る、この経験豊富な男は、以前も地方にいる心配性の父親たちに、もしくは政府諜報部（ＭＩＴ）に、学生について報告書を書いていたと思われた。寮内の政治勢力の均衡をプロフェッショナルな快活さで、短く、職人芸のように表現していた。結果として——学生寮で影響力を行使するために闘争している学生たちのうち、二人は極端に宗教に走っていて、ひとりはイスラム教スンニ派のナクシヴェンディ教団と関係があり、ひとりは穏健派左翼の学生グループに入っていたが、ナーヒットとは何の関係もなかった。青年はこういったすべてのグループと接触せずに、自分の中にこもって、自分の世界で、三人の友人と共にひとつの部屋で寝泊りしていた。ナーヒットは、朝から晩までコーランを読んでいるコーラン暗記者のように、（敬愛するお方へ、こう言ってよろしければ）顔を全く上にも上げずに読みふけっている本の他には何も見えていないのだった。〈モバード〉が、その政治やイデオロギーに関する思想を信用していた寮の管理人たち、警察、青年のルームメイトたちは、この本が政治的にも宗教的にも危険な本ではなかったことを証言していた。〈モバード〉がこの状況をあまり重要視していなかったことを示すように、この青年が何時間も部屋の机に向かって本を読んだ後、窓から外をぼーっと眺めていたこと、あるいは食堂で友人たちがつっついたり、からかったりしているのに微笑みながら、あるいは無関心そうに返事をしていたこと、それにもう毎日髭を剃らなくなったことなどには、ほんの少しの注意しか払っていなかった。彼の経験からすると、この青年の行動をいつも同じポルノ映画を観たり、同じカセットを何千回も聴いたり、いつも同じひき肉入り長ネギの料理を食べたがったりするのと同じ、「一過性のもの」だとかたづけて、雇い主に吉報をもたらしたのだった。

五月に仕事を始めた〈オメガ〉が、メフメット自身より、彼がいつも読んでいた本のほうに重点を置くようになったのを見ると、ナーリン医師から何か指令を受けたに違いなかった。これは始めの数ヶ月ですでに父親が、メフメット、つまりナーヒットの人生を狂わせたのがあの本だということを、正しく分析していることを示していた。

〈オメガ〉は、三年後にはぼくにも本を売ることになる露天書籍市など、イスタンブルで本を売っている多くの場所を見て歩いた。彼が行った忍耐強い調査の結果、二箇所の露天書籍市であの本を見つけ、そこで入手した情報に従って古本屋街のある店へ行き、そこで聞いたことをこのような結果にまとめた。本のうちの一部が——百五十冊あるいは二百冊ほどが——場所は不明だが、おそらく閉店した書店か、閉鎖してカビが生えた本の倉庫からキロ単位で物を買うガラクタ屋へ渡り、そこから古本屋街の書店や露天市へ流れたのだった。キロ単位で物を買っていた仲介人は仲間と喧嘩して店を閉め、イスタンブルを去った。だから彼を見つけて最初に本を売り始めた人間を見つけ出すことは不可能だった。〈オメガ〉は古本屋街の店主たちが、この本が警察から出回ったのではと思っていることをつきとめた――本はあるとき合法的に出版されたが、検事の要望で回収されて警察の本用倉庫に集められたのだ。よくあることだが、お金が足りなくなった警察官たちがそこから本を持ち出し、キロ単位でガラクタを買う業者に売ったので、本は再び流通するようになったのではないかと。

勤勉な〈オメガ〉は図書館でも調査をしたが、この本の著者の他の作品を見つけることはできなかった。著者の名は古い電話帳にも載っていなかったので、彼はこう思った。「電話を引くお金もないような人間が、本を書こうという気になるのは有り得ることですが、この特異な作品に使われている著者名はペンネームなのではないかと思います。」

夏中、誰もいない学生寮でこの本を何度も何度も読み返していたメフメットは、秋になると彼を本の源流に導く調査を始めた。今回父親が彼の見張り番につけた男のコードネームは、共和国の初期にイスタンブルで一般的に使われていたソ連製の懐中時計や卓上時計の名だった。その名はこうだった。〈セルキソフ〉。〈セルキソフ〉はまず、メフメットがベヤズィットの国立図書館で読書に没頭していたことをつきとめてから、ナーリン医師にこの青年が普通の学生生活に戻るために、途中で放棄した勉強の遅れを取り戻そうとしているという吉報をもたらした。その後青年が毎日のように図書館で『ペルテヴとピーター』や『アリとマリ』の類の子供向け雑誌を読み耽っていることに気づくと〈セルキソフ〉はがっかりしたが、自分を慰めるためにある理論を組み立てた。それはこうだった。この青年はもしかして子供の頃の思い出にひたることで、自分が陥った事態から抜け出そうとしているのかもしれない、と。

報告書によると、十月にメフメットは出版社の集まる地区、バーブアリで子供向け雑誌を出版している出版社を、そしてこういった雑誌にちょこちょこ書いているネシャティだとかいう名の使い古された作家を訪ねていた。ナーリン医師が見張らせた若者の政治的、思想的な関係をつきとめたと思い込んだ〈セルキソフ〉は、こういった人物たちについて、「ええ、どんなに政治と関係があるように見えても、今日の政治、思想について何か書いているにしても、本当はこのペンの騎士が心から信じている思想などないのです。たいていはお金のため、そうでなければ自分が嫌っている人間に嫌がらせをするために書いているのです」と報告した。

ある秋の朝、メフメットがアジア方面への始発駅ハイダルパシャにある国鉄の人事部へ行ったことが、〈セルキソフ〉と〈オメガ〉の両方の報告書からわかった。お互いに気づかずにいる二人の調査員のうち、正しい情報を入手したのは〈オメガ〉のほうだった。「青年は定年退職した職員について調べていました。」

ぼくはファイルされた報告書をパラパラとめくり、目はせっかちに自分の住んでいた地区、通り、子供時代に関することを追った。メフメットがぼくが住んでいた通りを歩き、ある晩、ある家の三階の窓を眺めていたことを読むと、ぼくの動悸は激しくなった。まるでぼくが呼ばれようとしている不思議の国を準備している人間たちが、ぼくにはわかりやすいように、ぼくのすぐそばで自分たちの手腕を発揮することを決めたかのようだった。でもその頃高校生だったぼくは、そんなことをまったく知らないでいた。

メフメットがルフクおじさんと会ったのは、その翌々日だった。それはぼくが思ったとおりだった。メフメットを見張っている人間たちはふたりとも、彼がエレンキョイのテッリ・カヴァック通り二十八番にあるアパルトマンに入ったこと、そして中に六分、いや五分いたと書いていた。でもどの家のベルを鳴らしたのか、誰と会ったのかはわからなかったようだ。勤勉な〈オメガ〉は角にある食料雑貨《バッカル》店の手伝いに探りを入れ、そのアパルトマンに住んでいる三家族について情報を得た。たぶんナーリン医師が得たルフクおじさんに関する情報は、これが最初のものだったはずだ。

ルフク氏と会ったあとメフメットは、あの〈ゼニス〉が見てもわかるほど落ち込んでいた。〈モバード〉は、彼が寮の部屋に引きこもり、食堂にも下りて来なかったが、それでもあの本を一度でも読んでいる姿は見かけなかったと書いていた。〈セルキソフ〉によると、彼は寮から目的もなく不規則な時間に出るのだった。ある夜は、朝まで名所旧跡の集まるスルタン・アフメットの裏通りをうろつき、公園に座って何時間もタバコを吸っていた。また別の夜は、紙袋いっぱいに入った干しブドウを持って、そのひと粒ひと粒をまるで宝石を眺めるようにつぶさに観察してから、ゆっくりと噛みしめて飲みこみ、それを四時間かけて食べ終わってから寮に戻るところを〈オメガ〉が目撃している。髭は伸び、身なりにはかまわなくなった。調査員たちは若者が寮から出る時間が不規則なので困ると、料金の値上げを要求してきた。

十一月半ばのある昼下がり、メフメットはフェリーでハイダルパシャへ渡り、電車に乗ってエレンキョイの駅で降り、路地を長いこと歩いた。後をつけていた〈オメガ〉によると、青年はその地区の全部の通りを大またで歩き回り、ぼくの家の窓の前を——たぶんぼくが中にいたとき——三回通り過ぎてから、夕暮れが迫ってくる頃テッリ・カヴァック通り二十八番のアパルトマンの向かいに立ってその窓を眺め始めたという。暗闇でか細い雨が降る中、何かを決めるでもなく、あるいは〈オメガ〉によると明かりがついている窓に、期待していた合図が見えないまま二時間待っていたメフメットは、その晩アジア側の波止場カドゥキョイの酒場で泥酔して寮に戻った。それから〈オメガ〉も〈セルキソフ〉も、青年が同じことをあと六回やったとし、常に賢明な〈セルキソフ〉は、青年がいつも眺めていた明るい窓の向こうにいる人物を正しく確定した。

ルフクおじさんとメフメットの二回目の会合は、〈セルキソフ〉の見える場所で行われた。三階の明るい窓を、はじめ向かい側の歩道から、その後低い庭の塀の上からのぞいていた〈セルキソフ〉は会合——ときにはランデヴーとも言われる——をその後の手紙で何度も解説していた。でも最初の印象が、彼が見たことや起こった事実に基づくものだったので、より正しいものだった。

まず始めに、老人と青年（彼らの間にはカウボーイ映画が映っているテレビ）が、向かい合った肘掛け椅子に座っていた。七、八分の間、ふたりは全く話さずにいて、そこに老人の夫人がコーヒーを運んできた。それからメフメットは立ち上がって、身振り手振りで情熱的に激しく何かを説明した。それは〈セルキソフ〉が、青年が老人に手を振り上げているのかと思わせたほどだった。それを悲しそうに微笑んで聴いていたルフク氏は、青年の話が激しくなってくると立ち上がって、青年と同じように興奮して答えた。それからふたりとも、壁の上で彼らをそっくりに真似する影と共にに肘掛け椅子にまた身を沈めた。そして忍耐強くお互いの話を聴きあい、黙り込み、悩ましげに少しテレビを見つめ、また話し始めた。その後しばらく老人が話し出し、青年はそれを聴き、また黙り込んで悩ましく窓の外を眺めたりしたが、彼らは〈セルキソフ〉に気づかなかった。

でも隣のアパルトマンの意地悪な女が〈セルキソフ〉に気づいて、ありったけの声で、「誰か！　アッラーよ、罰を与えたまえ、変態！」と叫んだので、調査員は残念なことに彼が重要と思っていた、それにこの後の手紙に書く予定だった様々な秘密組織、国際的な政治的宗教団体、陰謀、といった仮説をたてるための会合の最後の三分を見れずに、都合のいい見張り場所からあわてて逃げ出さなければならなかった。

その後の資料からわかったことによると、ナーリン医師はその頃息子をもっとしっかり見張らせるようにし、調査員も彼に報告書の雨を降らせた。ルフク氏と会ってから、〈オメガ〉によると目がうつろになり、〈セルキソフ〉によると異常に苦しんでいて決意が固くなったメフメットは、探せるだけの書籍市で本の別の版を購入し、「この作品」をカドゥルガ学生寮で（〈モバード〉）、学生喫茶で（〈ゼニス〉と〈セルキソフ〉）、そしてバスの停留所、映画館の入り口、フェリーの船着場（〈オメガ〉）のような、町の中の思いつく限りの場所で配ろうとし、部分的にしか成功しなかった。寮の部屋で若い学生たちをやみくもに感化しようとしていたことが、〈モバード〉にはわかりすぎるほどわかっていた。その他に、学生たちが立ち寄る場所に若者たちを集めようとしていたことが書かれていた。でも彼はそれまでこの世界に引き込まれたただひとりの学生だったから、十分に影響を与えられなかった。それでも寮の食堂や、この目的のために行き始めた学校で、ひとりふたりの学生を感化して本を読ませることに成功したのがわかった。と、そのときある新聞の切り抜きに目が留まった。

エレンキョイで殺人（アナトリア通信発）――退職国鉄監査長ルフク・路線《ハット》氏が昨晩九時頃、身元不明の人物の拳銃で殺害された。昨晩自宅からコーヒー《カフヴェ》店へ行く途中、テッリ・カヴァック通りでハット氏を待ち伏せしていた人物に三度撃たれた。身元不明の容疑者は現場からすばやく立ち去った。銃傷のために即死したハット氏（六十七歳）は、国鉄で複数の役職を歴任し、監査長として定年退職した。周囲に愛されていたハット氏の死が悼まれる。

ぼくは顔を資料から離して思い出した——あの日は、夜遅くに父さんがボロボロになって戻ってきた。葬式ではみな泣いていた。嫉妬による犯行だといううわさが流れた。そんなに嫉妬深い奴とは誰なんだ？ ぼくはナーリン医師の整理された資料を貪欲にめくりながら考えた。勤勉な〈セルキソフ〉か？ 気弱な〈ゼニス〉か？ 几帳面な〈オメガ〉か？

どれだけお金を使ったか知らないが、他の資料から、ナーリン医師がやらせた調査が意外な結果にたどり着いたことがわかった。おそらく政府諜報部（ＭＩＴ）で働いている〈ハミルトン時計《サート》〉という名のスパイがナーリン医師に次のような情報を提供していたらしい。

ルフク・ハットは本の著者だった。この作品を十二年前に書き、意欲的だが内気な人間にありがちなことだが、本に自分の本名を載せることができなかった。その頃息子や学生たちの将来を心配する密告屋の父親たちや教師たちの苦情をきいていた諜報組織の広報担当は、この本が一部の若者を惑わしていることを知り、アマチュア作者の身元を印刷所からつきとめた。そして問題解決をその道の専門家である出版検事に委ねた。十二年前に検事は本を静かに回収させ、倉庫に集めさせた。意欲的な著者を訴えて脅す必要もなかった。というのは、著者である退職国鉄監査役ルフク・ハットは、検事に初めて呼ばれたとき本の回収に異議はなく、回収に反対ではないことをあたかもうれしいかのような態度ではっきりと表明したからだった。自身の希望で書かれた調書にもすぐに署名し、その後新たな本も執筆しなかった。〈ハミルトン〉の報告書は、ルフクおじさんが殺される十一日前に書かれていた。

メフメットの反応からして、彼がルフクおじさんが殺されたことを事件のあとすぐに知ったことがわかった。〈モバード〉によると、「固定観念にとりつかれた青年」は、病気になったように部屋に閉じこもり、一種の宗教にとりつかれたような荒々しさで、朝から晩まで休まずに本を読み始めた。それから大分たって寮から外へ出たと報告している〈セルキソフ〉も〈オメガ〉も、この青年には何の目標も目的もないという大まかな結論に至ったのだった。下町ゼイレッキの裏通りである日、あてのない浪人のように何時間もうろうろしたかと思うと、ベイオウルの映画館でポルノ映画を観て時間を潰したりしていた。〈セルキソフ〉は、彼がときには寮から出ることがあったと報告していたが、どこへ行ったのかはつきとめられないでいた。一度など昼ごろ、〈ゼニス〉は彼がすっかり弱っているのを見かけた――髪や髭は伸び放題になり、服装もヨレヨレだった。道路や歩道にいる人間たちを「日光が嫌いなフクロウ」のように眺めていた。学生が集まるコーヒー店《カフヴェ》、本を読ませるために行った学校の廊下、それに知り合いたちからも次第に離れていった。誰か女性と関係を持ったり、そういう関係を持とうという気もなかった。寮の管理人である〈モバード〉は、メフメットがいないとき彼の部屋を調べ、裸の女の写真が載っている雑誌を何冊か見つけたが、それが普通の学生たちがたいてい利用しているものだと付け加えていた。お互いの存在を知らない〈ゼニス〉と〈オメガ〉の努力の結果わかったのは、メフメットはいっとき酒に溺れたということだった。学生たちがよく行く〈陽気なカラス《シェン・カルガ》兄弟〉ビヤホールで嘲笑的な言葉を吐いて喧嘩をし、その後裏通りのもっとうらぶれたひどい酒場に行くようになった。ある時期は他の学生たちや酒場で知り合った神秘主義にとりつかれた人間とまた接触しようとしたが、できなかった。それから書籍市の前で何時間も立ち尽くし、自分のように本を買って読む魂の同胞を探しながら過ごしていた。友情を深めて本を渡し、読ませることができた何人かの若者を再び探し出したが、〈ゼニス〉によると彼は強情だったからすぐに喧嘩になってしまうということだった。〈オメガ〉は大学近くのアクサライの裏通りにある酒場で、彼が口論しているのを遠くからではあるが聞き取るのに成功した。もう青年のように見えなくなった「我らの青年」が、本の中の世界、そこへ行き着くこと、入り口、安らぎ、無二の瞬間、事故、感動について話しているのを聴いた。でも興奮は一時的なものにちがいなかった。〈モバード〉が明らかにしていたように、髪や髭、汚れにだらしなさのせいで友人たちに——もしまだ友人がいたならだが——疎まれるようになったメフメットは、もう本を読んでいなかった。「私が思うには」と、若者があてもなくふらふらすること、最後にはどこにも行き着かない放浪について、ときどき〈オメガ〉はこう書いていた。「この若者は運命を軽くしてくれるものを探しています。何を探しているのか私にははっきりわかりませんが、本人にもわかっているとは思いません。」

イスタンブルの路地であてもなくうろついていた頃、〈セルキソフ〉が近くから見張っていたある日、若者の苦悩を軽くしてくれる、魂に少しでも安らぎを与えてくれる「あるもの」をバスターミナルで、いやちがう、バス自体に見出していたのだった。準備したことを示す鞄も持たずに、目標があることを示す切符も持たずに、メフメットはひらめいた瞬間に、ターミナルから出発しようとしているバスにやみくもに乗り込み、一瞬どうしようか決めかねた〈セルキソフ〉も彼の後から〈マギルス〉に飛び乗った。

どこへ向かっているのかも知らずに、どこへ連れて行かれようとしているのかもわからずに、この町からあの町へ、このターミナルからあのターミナルへ、このバスからあのバスへ、彼と彼を追いかけるもうひとりは何週間も旅をした。ブルブル震えるバスの座席で〈セルキソフ〉が震える字で書いた調書は、この行く先不明の旅の魔法やあてのない放浪の色彩を、その内部から証言していた——行く先や荷物を見失った乗客、世紀を見誤った神秘主義かぶれの人間を彼は見た——カレンダーを売る定年退職者、兵役へ行くのに意欲的な人間、大惨事の接近を知らせる若者たちに出会った。バスターミナルの食堂に座る婚約中の若者たち、修理屋の見習い、サッカー選手、密輸タバコの売人や、雇われ殺し屋、小学校の教師、映画館の支配人などと一緒に食事をし、何百人もの人間と待合室で、バスの座席で、肩を寄せ合って眠った。一度もホテルで夜を明かしたことはなかった。一度も長い関係や友情を育んだことはなかった。一度も目標があるような旅ができたことはなかった。

「我々がやっていたのは、バスを降りて次のバスに乗ることだけでした」と〈セルキソフ〉は書いていた。「我々は何かを待っていました――もしかして奇跡を、もしかしてある光を、もしかして天使を、もしかして事故を――私にはわかりませんでしたが――。しかしこう書かずにはいられません……。あたかも未知の国に我々を連れて行ってくれる標識を探しているかのようでしたが、全く運がよくありませんでした。これまでほんの小さな事故にも遭わなかったのは、もしかして天使が我々を守っていた印かもしれません。青年が私の存在に気づいているかどうかまだわかりません。私だって最後まで耐えられるかどうかわかりません。」

彼は耐えられなかった。半端な単語で綴られたこの手紙を書いてから一週間後のある夜中、メフメットはある休憩所で飲んでいたスープを半分残して立ち上がり、〈青色《マーヴィ》ヴァラン〉社のバスに飛び乗った。隅のテーブルで同じスープをすくっていた〈セルキソフ〉は、逃げ去っていくメフメットを驚きながら眺めていた。それから彼は落ち着いてスープを飲み終え、それをちっとも恥じていないということをナーリン医師に正直に告白していた。その後彼はどうすればよかったのか？

それからメフメットがどうしたのかは、ナーリン医師にも調査を続けるように指示された〈セルキソフ〉

にもわからなかった。

　メフメットかと思われる別の学生の死体に出くわすまで、〈セルキソフ〉は六週間の間バスターミナルや交通課、運転手たちの溜まり場になっているコーヒー店《カフヴェ》で時間を潰した。胸騒ぎがすると、交通事故が起こった場所へ駆けつけ、遺体の中から青年を探した。この間、ナーリン医師が他の時計たちにも息子を見張らせていたことが、バスの中で書かれた他の手紙からわかった。手紙のうちの一通を書いているとき、バスが一台の馬車に追突し、〈ゼニス〉の正確な心臓は止まってしまった。〈早々《エルケン》ヴァラン〉社の役員たちが、彼が書きかけた手紙をナーリン医師宛に投函したのだった。

　メフメットがナーヒットとして生きていた最初の人生を勝利で終わらせた交通事故に、〈セルキソフ〉は事故の四時間後に駆けつけることが出来た。〈無事《セラーメット》エキスプレス〉社のバスは、印刷用インクを積んだタンクローリーに後ろから追突し、叫び声の中、真っ黒な液体を浴びてしばらく光ってから、夜中に炎を上げてメラメラと燃えたのだった。〈セルキソフ〉は、「もう誰だかわからないほどに焼けてしまった、固定観念にとりつかれた不運なナーヒット」を実際に確認できなかったことを、唯一残った証拠は運よく燃えなかった身分証明書だけだったことを書いていた。事故で生き残った人たちが、青年が三十七番の座席に座っていたことを確認した。ナーヒットが三十八番の座席に座っていたなら、鼻血ひとつ出さずに助かっていたはずだった。ナーヒットと同じ年頃で、三十八番に座っていたのがメフメットという名のイスタンブル工科大学で学ぶ青年だったということを、〈セルキソフ〉は生き残った他の乗客にきいて知った。ナーヒットの最期がどうだったのかをきくために、はるばるカイセリの青年の実家まで行って探したが彼は見つからなかった。この恐ろしい事故で生き残ったこの若者が、彼を泣きながら待っている父母のところに戻っていないところを見ると、事故に相当な影響を受けたにちがいなかった。でも〈セルキソフ〉が困っていたのはこのことではなかった。何ヶ月も後をつけていた若者が死んでしまったということは、他の人間の後をつけるためにナーリン医師からの指令と資金を待たなければならないということだった。というのは、彼の調査によれば、アナトリア中が、もしかして中東全土やバルカン半島までもが、この類の本を読んで何も見えなくなってしまった若者たちであふれていることを彼に示していたからだった。

　息子の死の知らせが届き、焼け焦げた遺体が家へ運ばれてきてからのナーリン医師は、その身を怒りの激情に任せるままになってしまった。ルフクおじさんが殺されたこともこの激情を鎮めてはくれず、ただ怒りの焦点をあいまいにし、その対象を社会全体に広げさせただけだった。葬式の後の日々、ナーリン医師はイスタンブル担当だった顔の広い退職警官の助けを借りて、新たに七人の調査員を雇った。彼らにもコードネームとして様々な時計のブランド名を授けた。また、共通の敵である大陰謀に対抗して、傷心の販売者たちとの関係を強化し、彼らからたまに報告の手紙を受け取るようになった。特に国際的なストーブ、アイスクリーム、冷蔵庫、ソーダ水、金貸し、キョフテサンドイッチ会社との競争のために、一軒、また一軒と店を閉めざるを得なくなったこの人物たちは、ただルフクおじさんの本だけではなく、一般的に奇妙で変わった、馴染みのない本を読んでいる若者たちをいぶかしく思い、彼らに目をつけていた。彼らはナーリン医師に勧められ、この若者たちの後をつけ、生活ぶりを見張って、怒りに満ちたパラノイア的な報告書を書く任務を喜んで負うのだった。

　ギュリザルが、「父があなたが調査を中断したくないだろう思ったので」と言って、盆に載せて持ってきてくれた夕食を食べながら、ぼくは報告書のあちこちを拾い読みしていた。この地方都市で、あるいは退屈な学生の寄宿舎で、イスタンブルのはずれの地区で、ぼくのような人間が、ぼくが本を読んだように読んだんだろう。ナーリン医師のスパイたちのうちのひとりが見つけて見張っていたんだろう……。魂の同胞に出会うことが出来るのでは、という期待で素早くめくったページの中に、ぼくは鳥肌がたつような事柄をひとつふたつ見つけた。でもそれがどの程度魂の同胞だったのかはわからなかった――。

例えば、父親が西黒海の炭鉱町ゾングルダックの炭鉱夫である獣医学科の学生は、本を読み始めてからすぐに、他には何も手がつかなくなった。食べること、眠ることなど、生きる基本の他の時間をすべて本を読み返すことに費やしていた。この若者はときには何日もの間同じページを何千回も読み返し、それ以外何もしないのだった。自殺願望を隠すことが出来ない酔っ払いの高校数学教師はというと、学生たちが怒り出すまで本の中のいくつかの文を読み、その後神経を逆なでするような高笑いをすることに授業の最後の十分間をあてていた。東部の町エルズルムで経済を学んでいる若者は、寮室の壁いっぱいに壁紙のように本のページを貼り付けた。そのせいでルームメイトと頻繁に喧嘩になった。そのうちのひとりは、本が預言者ムハンマドを侮辱したと主張し、それを聞いた学生寮の管理人は、他のことには全く関心を示さないくせに椅子の上に乗ってストーブの煙突と天井の間の隅を虫眼鏡で読み始めた。このことをナーリン医師に知らせてきた傷心の施設工事人は、本のことをこうやって知ったのだった。「検事に苦情を出すかどうか」という討論にまで発展した、エルズルムの若者の人生を台無しにした本が、ルフクおじさんの書いた本なのかどうかぼくにははっきりしなかった。

偶然に出会ったり、興味を持ったりした読者が話題にし、書籍市で目を引き、まだ百冊から百五十冊が、地雷のように世の中で人々の手から手に渡っている本は、あるいは同じく魔法のような機能を果たすことが出来る他の本は、一部の読者に興奮の波、一種のひらめきを起こさせるのだった。何人かは本とともに引きこもってしまい、深刻な鬱になりかけているときに世界へ向かって抜け出し、病から回復するのだった。本を読んですぐ動揺し、憤怒に身を委ねた者もいた。彼らは、本の中の世界を知らず、見たこともなく、探してもいないということで周りの人間たちや恋人を非難し、本の世界の中の人間に似ていないために彼らを容赦なく批判していた。別のグループは、本を読むとすぐ、文章自身ではなく人間の方を標的にする組織者タイプたちだった。この意欲的な人間たちは本を自分たちと同じように読んだ他の人間を探し始め、それが不成功に終わると──だいたいいつもそうなるのだが──本を他の人間に読ませ、こうして狩った人間に一緒に行動を起こすように仕向けようとしていた。しかし、この行動が何なのかということに関しては、活動家にも彼らを見張っていた密告者にもわからなかった。

その後二時間の間に、報告の手紙の中に丁寧にきちんとしまわれていた新聞の切り抜きから、本に影響を受けていると思われる読者のうちの五人が、ナーリン医師の時計たちによって殺されたことがわかった。殺人がどの時計によってどんな目的、指令で行われたのかは不明だった。ただ新聞から切り抜かれた短い殺人事件の記事は、日時の順に報告調書の間にはさまれていた。二件の殺人事件については詳しい情報があった。それはこうだった。ひとつは、殺されたジャーナリズム専攻の学生が『ギュネシ』紙の外報の翻訳をやっていたので、愛国ジャーナリスト協会がこの事件に注目したらしく、トルコのマスコミは気の違ったテロリストには屈服しないという表明を出した。もうひとつには、ある給仕が、働いていたドネルケバブ屋で、空になったアイランの瓶を両手いっぱいに持っているときに撃たれた、とあった。イスラム若者侵入者の会は、この殉教者が組織の会員であったことを明らかにし、事件がＣＩＡか〈コカ・コーラ〉の手先によるものだと記者会見で発表した。

十一

小ぎれいな人々が、世の中にないといって嘆いている読書の喜びといわれるものは、そのときナーリン医師の気ちがいじみていて整然とした資料の中にある証明書や、殺人事件の記事に目を通している間、聴こえていた音楽であったに違いない。ぼくは少し夜の涼しさを腕に感じ、耳には存在しないある夜の音楽を聴いていた。そして同時に、若くして出遭った人生の不思議を前に、決意を固く持とうとしている若者のごとく、これから何をしようかと頭をひねっていた。将来を考える責任感ある若者になろうと決心したので、ナーリン医師の資料から一枚の紙を引き抜いて、役に立ちそうな小さな手がかりを書き取り始めた。

ぼくがやっかいになっているこの家の哲学的な父親や世界というものが、どれほど現実的でどれほど非情なものかを、自分の中で感じすぎるほど感じていたこの時に、ぼくは耳にまだあの音楽を聴きながら資料室を出た。陽気な魂の勇気づける挑発が聞こえてくるかのようだった——楽しい気持ちにさせてくれる、希望を与えてくれる映画を観た後ぼくのような人間が感じる、軽い音楽ほどに軽い、あの俳優になったような気分が、ぼくの中のある場所で身じろいでいた。ほら、よくやるじゃないか——映画の中のあの知的な冗談、主人公に対して自然と湧いてくる親しみ、信じられないほどお決まりの返事を返すようなことを、だいたいいつもやっていたらしい、この思い違いをぼくは……。

「ぼくと踊ってくれますか？」と言いそうになった、こっちを心配そうに見ているジャーナンに。

彼女は三人のバラ姉妹と一緒に食卓につき、手編み細工のカゴの中にある、豊かで幸せな季節の熟したリンゴやオレンジのように食卓に色彩を添えている丸い毛糸玉を見つめていた。昔母も購読していた、カゴの横にある『家庭と女性』誌の真ん中のページにはさまれた洋裁や編み物の型紙、四角く刺繍された花々、ガアガア鳴くアヒル、猫、犬、これらすべてをドイツの雑誌から盗んでトルコの女性たちに紹介する出版社が、自分たちで付け加えたのはモスクのモチーフだけだった。一瞬ぼくもガスランプの光の下で、こういった色彩に目をやった。さっきぼくが読んだ本当の人生の場面が、この生々しい色彩で構成されていたのを思い出した。それからあくびをしながら母親に近づいてきて、目をしばたかせながら幸せな家族の図の中に溶け込んでいくギュルジハンのふたりの娘の方を向いて、ぼくはこう言った。

「お母さんは君たちをまだ寝かせないのかな？」

すると彼女たちは驚いて恐がり、母親に寄り添った。ぼくはもっと愉快になった。「君たちは、君たちはまだ枯れていない花だねえ」とさえ言ってもよかった、ぼくを疑いの目で見ていたギュレンダンとギュリザルに。

しかし、隣の客間に行って「そうですね」とだけナーリン医師に言うことが出来た。「そうですね、息子さんのこと、遺憾に思いながら読みました。」

「すべて資料としてとってあるのだ」とナーリン医師は言った。

彼は薄暗い部屋にいたふたりの暗い男をぼくに紹介した。違う、このタクともいわない男たちは、あの時計たちではなかった。ひとりは誰なのかわからなかったが、もうひとりは公証人で、ナーリン医師がぼくを彼らにどういう風に紹介するかを注意して見ていたから、こういう暗い状況でよく陥るようなパニック状態にならなかった。ぼくは、かなり大きな仕事を成功させそうな、落ち着きのある、真面目で情熱的な若者だったからだ。そして今や彼の親族になろうとしているのだった。あのアメリカ映画から出てきた、長髪で誰かに憧れている若者たちのような風情はぼくには全くなかった。彼はぼくをすごく信用していた、すごく。

どうやってすぐにこんな自信が湧いてきたんだろう！　ぼくは手や腕をどこへ置いたらいいのかわからなかった。こういう若者にみなが浴びせるような賞賛の前で、謙虚さを失わないようにするために、上品に首を傾けて話題を変えようとした。話題を変えようとしていることを分かってもらおうと思いながら。

「ここは夜、なんて静かなんでしょう」とぼくは言った。

「桑の木の葉だけがサラサラいう」と、ナーリン医師は言った。「最も風のない、最も静かな夜でさえ。耳を澄ましてごごらん。」

ぼくらはみな一緒に耳を澄ましてみた。部屋の鳥肌がたつような薄暗さは、遠くのどこかからかすかに聞こえてくる木の葉の擦れあう音よりも、もっとぼくの内部に沁みてきた。静寂が続く中、一日中この家では誰もがいつもささやくように話していたことを思い出した。

ナーリン医師はぼくに決意を促し、「我々は今トランプをするために座っている」と言った。「私に返事をして欲しい、息子よ。私の時計を見たいのか、それとも武器を見たいのか？」

「時計を見たいんです、はい」とぼくは言った、本能的に。

もっと暗い隣の部屋で、ひとつが銃声のような音でガタガタいっている、〈ゼニス〉の置時計が二台見えた。同じものがトプカプ宮殿のハレムにあるとナーリン医師がいう、イスタンブルのガラタの時計屋街製の引き出し式時計が見えた。飾りのついた木製のホルダーに入っていて、自動的に音楽を奏で、週に一度ぜんまいを巻けばよかった。胡桃の木でできた蓋に飾りがついていて、戸棚になっている振り子式の壁時計を製作してサインをしたトルコ在住外国人のシモン・S・シモニエンがどの港町から来たのかは、七宝焼きの文字盤の部分に書いてあるイズミルの旧称、「ア・スミルナ」という言葉からわかった。月と暦がついた〈ユニバーサル〉社製の時計が、月夜の日々を表現していることがわかった。十八世紀末からオスマン帝国の近代化を始めたスルタン・セリム三世の奨励で、前面がイスラム神秘主義メヴレヴィ教団の三角帽子の形につくられた、振り子式のスケルトン時計を、ナーリン医師が巨大な鍵を使って巻いているとき、時計の内臓がキリキリ言っているのが感じられた。まだ多くの家で鳥かごの中のカナリヤのように運命と共にタクタク言っている〈ユンハンス〉社製の振り子の壁時計の音を、子供時代からどんなに多くの場所で聞いていたかを思い出した。粗野な〈セルキソフ〉印の置時計の文字盤の部分にある蒸気機関車と、その下に書かれたUSSRの文字を見るとゾッとした。

「時計がタクタクいう音は私たちにとって、まるでモスクの中庭にある噴水の水音のようで、世界に気づくときの音ではなく、内部の世界へ入り込む音なのだ」とナーリン医師は言った。「一日に五回の礼拝、日の出と日の入りの時刻……。我々の天体観測所と時計は、西においてそうであるように世界に追いつくためのものではなく、アッラーへ向かって走るための手段なのだ。どんな国の人間も我々ほど時計に執着しなかった。ヨーロッパの時計製造者にとって一番の顧客はいつも我々だった。彼らから取り入れて我々の魂に馴染んだ唯一の物は時計だ。だから、武器と同じように、時計には国産も外国産もない。我々がアッラーへ近づくためにはふたつの道がある。聖戦の道具である武器と礼拝の道具である時計だ。我々の武器は壊されてしまった。そして今、我々の時計をも壊そうと電車が出現した。礼拝の時刻を告げるアザーンの一番の敵は、電車の時間だということを誰もが知っている。亡くなった息子もそれを知っていたから、失われた時を何ヶ月もバスで探していたのだ。だから彼を私から遠ざけようとしていた人間たちは、わが子の命をバスの中で奪ったのだ。しかし私、ナーリン医師は、彼らの魂胆にのるほど馬鹿ではない。私は忘れない。なぜなら何百年もの間、我々のような人間が少し裕福になると初めて買ったのは、時計なのだから……。」

ナーリン医師はささやきながらもっと多くを語ろうとしていたのかもしれなかった。でも金メッキで、七宝焼きの文字盤の、ルビー色のバラがあしらわれて、ナイチンゲールの声を出す英国〈プライオール〉社製の時計がトルコの古い唄、「キャーティビム」のメロディーを奏でると、彼は言葉を切った。

ウスキュダルへ舟で渡る書記官のことをうたったこの甘いメロディーにトランプ仲間が耳を傾けていると、ナーリン医師はぼくの耳元にささやいた。

「決めたかい？　わが子よ。」

そう、ちょうどそのとき、開いたままの入り口から隣の部屋の飾り食器棚の鏡に、ガスランプの光で震えているジャーナンのピカピカの幻が見えたので、混乱してぼくはこう言った。

「資料をもっと調べなければなりません、はい。」

ぼくは何かを決めるためにではなく、どちらかというと決めることから逃れるためにこう言った。隣の部屋を通り過ぎるとき、子供たちを寝かしつけて戻ってきたギュルジハン、気難しいギュリザル、神経質なギュレンダンの視線をぼくは感じた。ジャーナンの蜂蜜色の瞳が、どんなに興味津々で、どんなに意志が固かったことか。美しく満ち足りた人生を送っている女性を傍らに携えた男性は大事業を成功させるのだろうが、そういう人間に自分がなったように感じた。

ところがそういう男になるにはどんなに程遠かったことか！　ぼくはナーリン医師の資料室に座り込んで、目の前に報告書のファイルを広げ、隣の部屋の飾り食器棚の鏡に映った、より美しさを増したジャーナンの幻を嫉妬しながら自分の中に秘めつつ、もっと嫉妬したら最後には決められると思って、ページを素早くめくっていた。

もうそれ以上調べる必要はなかった。息子だと思って埋葬したカイセリの不運な若者の葬式の後、本を読んだ人間すべてを見張らせるためにナーリン医師が雇った新しい時計たちのうち、最も勤勉で意欲的な〈セイコー〉が、本を読んだ人間に遇えるだろうと期待して行ったイスタンブルの学生寮、カフヴェ、学生協会、学部の廊下で行った調査の結果、建築学科にいたメフメットとジャーナンを見つけたのだった。それは十六ヶ月前のことだった。春だった。ジャーナンとメフメットはお互いに恋し合っていて、隅のほうに引っ込んではあの本を読んでいた。あまり近くからではなかったが八ヶ月の間見張っていた〈セイコー〉の存在に、彼らは全く気づいていなかった。

彼らを発見してから、ぼくが本を読んでメフメットがミニバスの停留所の前で撃たれるまでの八ヶ月間に、〈セイコー〉はナーリン医師に不定期に二十二の報告書を書いた。夜中をかなり過ぎるまで、ぼくはこの報告書を何度も何度も集中して、忍耐強く、嫉妬しながら読んだ。そしてそこから行き着いた結果のぼくにとっては毒の部分を、資料の秩序に合った理論で自分に納得させようとした。

一、ギュドゥルの町のホテルの十九号室の部屋から、夜町の広場を眺めているときにジャーナンが言った、まだ男に触られたことがないという言葉は本当ではなかった。春だけでなく彼らを夏中何回も見つけては後をつけていた〈セイコー〉は、ふたりの若者がメフメットが働いていたホテルに入って行き、中に長い間いたことを明らかにしていた。もちろんぼくは予想していたが、ぼくが予想していたことを他人はとっくの昔に知っていて、それを書いていたということで、自分の馬鹿さ加減に嫌気がさした。

二、メフメットが、ナーヒットとして人生を終わらせてから手に入れた新しい身分と、彼が始めた新しい人生を、父親や彼が働いていたホテルの支配人も、建築学科の学生課も、〈セイコー〉本人も全く疑っていなかった。

三、恋する者たちは、お互いに恋しているということ以外に特に目立つ点はなかった。最後の十日間を抜かせば、彼らは持っている本を他の人間に見せようとはしていなかった。本もいつもは読んでいなかった。だから、だいたい〈セイコー〉は彼らが本を使って何をしているか、あまり注意を払っていなかった。彼らは平凡な、結婚を夢見る、よくいるふたりの大学生といった風体だった。大学の友人たちとのつきあいも普通で、成績もよく、若者にありがちな興奮した様子も控えめだった。政治的なグループとの関係や、特筆すべき状況もなかった。その上〈セイコー〉はメフメットについて、本を読んだ人間の中で最も静かで最も固定観念が少なく、最も情熱的でないとまで書いていて、そのためにあまりにも驚いたし、喜びさえしていた。

四、〈セイコー〉は彼らに嫉妬していた。他の報告書と比べて見ると、ジャーナンについて必要以上に詳しく、詩的な言葉で描写しているのがぼくにもわかった。最初はこうだ。「本を読んでいるとき、若い娘はかすかに眉間にしわをよせ、その顔には優雅さや威厳がくっきりと浮かんでいました。」「それから独特の仕草をしてみせ、何気なく髪を耳の後ろにかけました。」「食堂の行列に並んで待ちながら持っていた本を見るとき、上唇を少し前に突き出し、目は突然輝き始めるのです。するとまるで大きな涙の粒が、その美しい瞳からあふれてきそうに見えました。」それにこの驚くべき文章。「そうです、娘が本に夢中になっているときの顔の輪郭は、始めの三十分であまりにも柔らかくなり、あまりにも奇妙で変わった表情に包まれました。一瞬魔法がかった光が、窓からではなく、この天使のような顔の人物が読んでいる本のページからほとばしってきているのかと思ってしまいました。」ジャーナンが天使に見立てられたのとは対照的に、隣にいる青年はあまりにも現世のものとして捉えられていた。「きちんとした家庭の若い娘と、どこの馬の骨ともわからない貧しい家庭の若者の恋です、これは。」「青年はいつも、より慎重で、より神経質で、より打算的でした。」「娘はもしかして友人たちともっと交流したい、近づきたいと思っていて、しかも彼らと本のことを分かち合いたがる傾向にあったかもしれません。でもホテルの事務員は彼女を抑えていました。」「誰が見てもわかるように貧しい家庭の子ですから、娘のいる環境に入っていくことをはばかっています。」「正直言って、この若い娘がこの冷たく存在感のない男に何を感じているのか理解しかねます。」「ただのホテルの事務員にしては自意識過剰です。」「静かに沈黙を守ることでまるで自分を徳のある人間のように見せかけている、器用な奴であります……。」「計算高い変わり者。」「もともと何の変哲もない人間です、はい。」ぼくは〈セイコー〉に好感を持ち始めた。それならぼくを納得させられればよかったのに。でも彼は別のことでぼくを納得させた。

五、ああ、なんて彼らは幸せだったんだろう！　授業の後ベイオウルの映画館に行き、手に手をとって「終わらない夜」という名の映画を観ていた。大学のカフェテリアの隅のテーブルに座って、行きかう人々を眺め、それからふたりきりでメロメロになってしゃべっていた。一緒にベイオウルのショーウィンドウを眺め、一緒にバスに乗り、あるスタンドで低い椅子に座って膝を突き合わせ、鏡に映った自分たちを眺めながらサンドイッチを食べているかと思うと、娘の鞄から取り出した本を読んでいた。それになんという夏の日だったんだろう！　〈セイコー〉はメフメットをホテルの入り口から見張り始めたらしく、ビニールの袋を持ったジャーナンと会っているのを見ると、彼らが何かをつかんだのだと思って後をつけた。彼らはフェリーでマルマラ海に浮かぶビュユック・アダへ行き、小船を借りて海へ入った。馬車に乗り、とうもろこしとアイスクリームを食べ、帰りには青年が働いているホテルの部屋へ入っていった。こんなことを読むのはぼくには辛かった。彼らがささいな喧嘩をして口論になると、〈セイコー〉はそれを悪く取るようなこともあった。でも秋までは彼らの間に緊迫感はなかった。

六、あの十二月の雪の降る日、ミニバスの停留所のところで、ビニール袋から取り出した拳銃でメフメットを撃ったのは〈セイコー〉だった。ぼくはそれをすっかり確信していたわけではなかったが、彼の怒りや嫉妬はそれを裏づけていた。ぼくが窓から見た影を、雪の積もった公園を通って飛び跳ねながら逃げていく様子をまぶたに浮かべて見ると、〈セイコー〉は三十歳前後だと思われた。三十歳くらいで、少ない収入の足しにしようと副業をしている建築学科の学生を「変わり者」と決め付ける、警察学校出の貪欲な公務員。では、彼はぼくについてはどう思っていたのだろう？

七、罠にかかった哀れな狩りの獲物だった、ぼくは。〈セイコー〉もこういう結論にあまりにも簡単に行き着いたから、ぼくのことを心配さえしていた。でも娘と青年の間に秋以降始まった緊迫感が、ジャーナンが本に関して何か行動を起こしたがったせいだということが彼にはわからなかった。それから彼らは、ジャーナンが懇願したので本を他の人間にも渡すことを決めたようだった。もしくはメフメットはジャーナンが懇願したせいでしぶしぶ承知したのかもしれなかった。しばらくの間彼らは、まるで特別な会社でひとつだけ空いたポストに殺到した応募者たちを吟味する雇用者のように、学部の廊下で出くわした若者たちを吟味していた。彼らがぼくをなぜ選んだのかは全くわからなかった。でもしばらくしてから、彼らがぼくを観察していたこと、見張っていたこと、ぼくについて話していたことを、〈セイコー〉は間違いのない形で明らかにしていた。それからは狩りの場面が展開されていた。ぼくを選んでからはそれは簡単だった。こんなに簡単だったのだ――ジャーナンは何回か、本を持って廊下でぼくに近づきながら歩いていた。一度などはぼくに向かってかわいく微笑んだりした。その後、本当の芝居を愉しんで演じた――カフェテリアの行列に並んでいるとき、ぼくが彼女を見ていることに気づき、鞄の中の財布を探すのに手に持っていた本を置かなければならない風を装って、ぼくが座っていたテーブルの上に、ぼくのすぐ目の前に置いた。九、十秒ほど後、あの繊細な手でそれを再び手に取った。それからふたりは、ジャーナンとメフメットは、憐れな魚が騙されたのを確認すると、それ以前に調べておいたぼくの帰り道にある露天の書籍市に本を只で置かせ、ぼくはそれを夕方家へ帰る途中にぼーっと見つめて、「ああ、あの本だ！」と言って買ってしまうという筋書きだった。そして事実そうなった。〈セイコー〉はそれを報告するとき、ぼくについて当然のように、「何の変哲もない夢見がちな若者」と言っていた、憐れみとともに。

同じような表現をメフメットにも使っていたが、ぼくは気にしなかった。それどころか少し慰めになったほどだったし、こんなふうに自問する勇気さえ湧いてきた。あのきれいな娘に近づく口実になるかもしれないと思って本を買ったことを、ぼくはどうしていままで自分自身に告白しなかったんだろう、と。

最も耐えがたかったのは、ぼくがジャーナンをうっとりして眺めているとき、自分がそうやって眺めていることさえ気づかずに彼女を見ているとき、本が魔法がかかった、おびえた鳥のように机の上にとまって羽ばたくとき、自分の人生が魅了されているときに、メフメットがぼくらふたりを、〈セイコー〉はぼくら三人を遠くからうかがっていたということだった。

「ぼくが人生そのものと思い込み、幸福に浸りながら迎え入れた愛とぼくの愛する偶然は、他人の想像の産物だったのだ」と、騙された主人公は言った。そしてナーリン医師の武器を見るために、部屋から出ようと決心した。

でももう少し考え、もう少し調査しなければならなかった。つまり少し時計になることが必要だった。ぼくはすごい速さで調べ、ナーリン医師の勤勉な時計たちや傷心の販売者たちがアナトリアの各地で、本を読んでいるのを見て洗い出した、疑わしい若者である「メフメット」たちのリストをつくった。〈セルキソフ〉はぼくらのメフメットの名字を書いていなかったので、ぼくの手元にはあまりにも長いリストができていた。それをどうやって潰していけばいいのか見当がつかなかった。

もうかなり遅い時間になっていた。でもナーリン医師がぼくを待っていることは確かだった。時計が時間を刻む音と共に、トランプゲームが行われている部屋へ向かってぼくは歩いた。ジャーナンもナーリン医師の娘たちも各自の部屋へひっこんでしまっていた。トランプ仲間ももういなくなっていた。ナーリン医師は部屋の最も暗い隅で、ガスランプの光を避けるように巨大な肘掛け椅子に座って本を読んでいた。

彼はぼくに気づくと、本の読んでいたページに螺鈿細工のしおりをはさんで隅に置いた。そして立ち上がってぼくを待ち、もう準備万端だと言った。ぼくの両目は資料の読みすぎで疲れすぎるほど疲れていたから、少し休ませてもらってもよかった。でもぼくが読んで知ったことに満足していることを、彼は確信していた。どんなにか驚くべき事柄や悪事であふれているのだろうか、人生は？　でも彼は、この混沌を整理することを自分の任務だと思っていた。

「資料やリストは、ギュレンダムが刺繍をする娘のように注意深く作成した」と、彼は言った。「ギュリザルはすべての手紙のやりとりを指示し、私から返事や要望の大筋をきいて親愛なる従者である時計たちに手紙を書くことを、彼女が父親に誓っている忠誠ほどに愉しんでいる。毎日午後チャイを飲みながら、ギュルジハンが私にすべての手紙を一通一通その美しい声で読む。ときどき君が作業している部屋に行ったりする。夏には、それに春のあたたかい日には、桑の木の下にあるテーブルについて、何時間も過ごす。私のように平穏を愛する人間にとって、その時間は本当に至福のときなのだ。」

こういったすべての犠牲心や愛情、このすべての注意力と心遣い、このすべての秩序と安らぎを賞賛する言葉を、ぼくは頭の中で探していた。ナーリン医師がぼくを見ると読むのをやめた本が、『ザゴール』

の一巻だということがその表紙からわかった。彼が手下たちに殺させたルフクおじさんがぱっとしなかった時代、この挿絵つきの小説を愛国的に脚色しようとしていたことを、彼は知っていたのだろうか？　でも自分がこんな偶然の細かい細部にこだわったりするとは思えなかった。

「あの、武器を見ることはできますか？」

彼は愛情深く、ぼくに信頼を注射するようなやさしい声で応じた――ぼくは彼に向かって「父さん」とも言えたし、「ドクター」とも呼ぶこともできた。

ナーリン医師はぼくに、警察が一九五六年に行った入札でベルギーから輸入された自動装填式の〈ブローニング〉銃を見せて、つい最近までこれを階級の高い警官だけが持っていたことを説明した。一度など、長い銃身のホルダーがハンドルになりライフルに変えることもできるドイツ製の〈ペラベラム〉が誤って火を噴き、九ミリ弾が二頭の馬鹿でかいハンガリー馬に穴をあけ、窓から家の中へ飛び込んで反対側から出て行き、桑の木に刺さったことをぼくに説明し、武器を運ぶのは大変だと言った。彼は実用的で信頼性のあるものがいいなら、引き金に安全装置がついている〈スミス＆ウェッソン〉を勧めた。ひっかかったりする可能性がないというので勧められた他の自動拳銃は、武器マニアが夢中になるようなピカピカの〈コルト〉だった。これを運ぶときは、自分が、過剰にアメリカ人になったような、過剰にカウボーイになったような気になれるのだった。それから、ぼくらの魂に非常に馴染んだ一連のドイツ製の〈ワルサー〉と、国産の偽物でパテント付きの、軍需工場がある町クルクカレで製造された銃のほうにぼくらの興味は移った。それは四十年もの間、軍から警備員、警察からパン屋に至るまで数々の武器愛好家たちに広まっていて、多くの反政府主義者、泥棒、女ったらし、政治家、それに空腹の国民の胴体を使って何十万回も試されているということで、ぼくの目にはこの銃が洗練されたもののように映っていた。

ナーリン医師が〈ワルサー〉とクルクカレの間には何の違いもないと、それらがぼくらの魂と同じように、胴体の一部であると何度も言ったので、ポケットに簡単に入って、しかも絶対的な結果を得るために近くから撃つ必要のない、九ミリの撃鉄がついた〈ワルサー〉をぼくは選んだ。もちろん、ぼくがあまりしゃべる必要はなかった。ナーリン医師は祖先の武器に対する情熱にメッセージを送るような控えめな手振りで、この道具を中がいっぱいになった自動装填装置ふたつと一緒にぼくにくれた。そしてぼくの額に接吻した。彼は作業を続けようとしていたが、ぼくはもう寝なければならなかった。休まなければ。

睡眠はぼくの頭に最後に浮かんだことだった。銃の保管庫とぼくらの部屋の間にある十七歩分の距離を歩いているとき、ぼくの脳裏には十七のシナリオが浮かんできた。資料を読んでいた長い時間、すべてを頭の片隅で組み立てていた。ぼくは最期の瞬間、最期の場面にふさわしい組み合わせを選んだ。夜のこの時間にこれほどのページを読むことで酔ってしまった理性のこの不思議を、ジャーナンが鍵をかけたドアを三回ノックしてからもう一度思い返したことをぼくは覚えているが、思い返したものとは何なのか、全く思い浮かばなかった。ドアをノックするとすぐ、「暗号は？」と、ぼくの中のある声が言ったからだった。もしかしてジャーナンがそうきいてくると思ったから、「スルタン万歳！」とぼくは言った、まるで待っていたかのように。

ジャーナンがぼくを不安にさせる半分楽しげな、いや、半分悩ましげな、いや、全体的に神秘的な顔で、はじめに鍵を、それからドアを開けると、ぼくは自分を、何週間も暗記してきた台詞を舞台照明に照らされたとたん突然忘れてしまったような、新米役者になったかのように感じた。こういうときには、うろ覚えのはっきりしない言葉に頼るよりは、気の確かな人間なら自分をその本能に任せるだろうということを想像するのは難しいことではなかった。だからぼくもそうした。少なくとも自分が罠にかかった獲物だということを忘れようとした。

ぼくは長い旅を終えて家へ帰ってきた若い夫のように、ジャーナンの唇に接吻した。そう、ついにあれだけの出来事の後、ぼくらふたりは一緒にぼくらの家のぼくらの部屋にいた。ぼくは彼女をすごく愛していた。他のことはどうでもよかった。人生において解決しなければならないささいなことがひとつふたつあるにしても、これだけの道を進んできたぼくには簡単に解決できただろう。彼女の唇は桑の実の香りがした。遠くの、どこだかわからない所の偉大な思想に、この思想に惑わされて人生を踏み外した人間に、自分の固定観念を世界に反映させせようとしている敬愛すべき情熱的な愚か者に、献身的にぼくらを悲しませようとしている人間に、そこにある到達不可能な、そして主張の激しい人生の呼びかけに、ぼくらふたりは、この部屋の中でお互いに抱き合いながら背を向けなければならなかった。大きな夢を分かち合い、何ヶ月もの間昼夜問わずに旅仲間だった、共にあれほどの距離を歩んできたふたりが、ドアや窓、外の世界を忘れてお互いに抱き合うことを、ああ天使よ、何よりもそれが現実になることを、あの無二の時を見つけることを、何が邪魔できるだろう？

ある第三者の幻。

いや、愛しい人よ、もういいよ、君の唇に接吻しよう。だって報告書に名前があるあの幻は、現実になることを怖がっているのだから。ぼくはと言えば、ここにいるよ、見て、知っているんだ、時はゆっくりゆっくり消耗していく。一緒に乗ったバスが走ってきた全行程は、ぼくらがその上をすべって行ってしまってからは、ぼくらを全く気にせずに、夏の夜、星の下でアスファルト、石、そして熱い感触として自分たちで満ち足りて、安心して寝転がっている。それならぼくらも、ここで、もう時間を無駄にせずに、一緒に寝転がろう……。いや、愛する人よ、時間を無駄にせずにすぐにでもぼくの手が、君の美しい肩を、細くて折れそうな腕をつかむと、君に近づくと、あのすべてのバス旅行が、すべての乗客が探していたあの無二のときに、見てごらん、ぼくらはゆっくりゆっくり到達しようとしている。ぼくの唇を君の耳と髪の間の半透明の部分に押し付けると、君の髪の静電気におびえる鳥が一瞬ぼくの顔で、額の上で秋の香りと一緒になると、翼を羽ばたかせている強情な鳥のようにぼくの手の平の中で君の胸がふくらむと、ほら見てごらん、今、あの到達不可能な時がぼくらのところに、いっぱいに、元気に生き生きとしているのがこの目に見えてくる――ほら、今ここでも他の場所でもなく、ぼくが想像した国でもなく、バスと薄暗いホテルの部屋でもなく、ただ本のページにだけ存在する将来にぼくらはいるんだ。今、ここでふたりだけが、この部屋で、あわただしい接吻、内部のせめぎ合いと両端がどこまでも続いている時の中にいるかのように、お互いに抱き合って奇跡を見ようと待っている。満たされた瞬間！　ぼくを抱きしめてくれ。時よ止まれ。さあ、ぼくを抱きしめてくれ、愛する人よ。奇跡よ、終わらないでくれ！　やめてくれ、止めないでくれ、思い出してくれ――ぼくらの身体がバスの座席でゆっくりゆっくりお互いに消えて行き、ぼくらの夢がぼくらの髪のようにお互いに混ざり合った夜を――君が唇を離す前に思い出してくれ――ぼくらの頭を一緒に冷たく暗い窓ガラスに寄りかけたときに、ちいさな町の裏通りで見た家の中を――思い出してくれ、手に手をとって観たあれだけの映画を――雨のように降る銃弾を、階段から下りてくる金髪たちを、君が夢中になったクールなハンサムたちを思い出してくれ。思い出してくれ、宗教上の罪を犯すかのように、罪を忘れるかのように、他の国を夢見るように、静かに眺めたキスシーンの数々を。唇がお互いに近づいていくところを、彼らの目がカメラから遠ざかっていくところを思い出してくれ——思い出してくれ、ぼくらの乗ったバスのタイヤが毎秒七・五回回っている間、ぼくらがどうやって一瞬も身じろぎもせずに全く動かないでいられたのかを。でも彼女は思い出さなかった。最後にもう一度、ぼくは絶望しながら彼女に接吻した。ベッドはめちゃくちゃになっていた。ぼくの〈ワルサー〉の硬さに彼女は気づいただろうか？　ジャーナンはぼくの隣で横になり、星を眺めるように考え込んで天井を見つめていた。それでもぼくはこう言った。

「ジャーナン、ぼくたち、バスで幸せじゃなかった？　またバスに戻ろう。」

もちろん、こんなことを言っても何の理屈もなかった。

「何を読んだの？」とぼくにきいてきた。「何がわかったの、今日？」

「人生について多くのこと」とぼくも映画のアフレコのように、メロドラマの雰囲気を醸し出しながら言った。「すごく役に立つものだった、本当に。多くの人が本を読んでいるんだ。みんなある場所へ向かって走っていっている……。全てが複雑で、本が人々にひらめかせた光は死のように目をくらませる。人生はなんて驚くべきものなんだろう。」

ぼくはこういった言葉で会話を続けることができると、愛ではだめならば、少なくとも言葉を使って子供たちが好きな奇跡を起こせると思っていた。ぼくのお人好しさやこのどうしようもなさに訴えかけた芝居を許してくれ、天使よ。だってぼくは七十日後にして初めてジャーナンにこれほど近づくことが出来、隣に横になっていたのだから。それに少し本を斜め読みしたら誰でもが知っているように、子供時代の真似をするのは真実の愛の天国の入り口を目の前で閉められたぼくのような人間が、最初に試す手段だった。豪雨のようなにわか雨が降る夜、エーゲ地方のアフヨンとキュタフヤの間を走る、天井や窓から洪水のように水が漏れてくるバスの中で観た「偽の天国」という名の映画を、一年前にジャーナンは恋人と手を取り合って、もっと幸せでもっと穏やかな環境で観ていたことを、〈セイコー〉がついさっきぼくに教えてくれたばかりではなかったのか？

「天使って誰？」と彼女はぼくにきいた。

「こういう風に理解したんだけど」とぼくは言った。「本に関係があるんだ。それを知っているのはぼくらだけじゃない。他の人間もその後を追っているんだ。」

「それは誰に見えるの？」

「本を信じる人に。それを集中して読む人に。」

「それから？」

「それから本を読むごとに君もそのものになっていくんだ。ある朝起きて本を読んでいる君を見た人間は、ああ、と声を上げるんだ。ああ、本が放っている光でこの娘は天使になってしまった！　ということは、天使は女の子なんだ。でもこんな天使が他人をどうやって罠にはめることができるんだろうと、後で考えるんだ！　天使がいけない遊びをすると思うかい？」

「わからないわ。」

「ぼくにだってわからない。ぼくだって考えているよ。ぼくだって探しているよ」とぼくは言った。天使よ、もしかしてこの旅がぼくを連れて行ってくれる唯一の天国の一部が、ジャーナンと一緒に横になっているこのベッドなのかもしれないと思った。危険で信用できない地域に足を踏み出すことを恐れながら。やめよう、この無二の瞬間よ、このまま支配し続けておくれ。部屋にはかすかに木の匂いと、子供の頃に使ったけれど今は見てくれがよくないと言って食料雑貨店《バッカル》からは買わなくなった、古い石鹸やガムの香料を思い起こさせるような爽やかさも漂っていた。

本の深い部分まで行けず、ジャーナンの真剣さほど真剣になれないでいるぼくは、夜遅い時間のある中間地点でいくつかの言葉を拾うことが出来ると感じた。そしてぼくは、時が最も恐ろしいものだとジャーナンに言った。ぼくらはそれから逃れるためにこの旅に出たらしいのだが、そのことを知らなかったのだ。だからぼくらは行動していたし、それが身じろぎもしない瞬間を探していたんだ。無二の瞬間はこの満足感だった、そうなんだ。それに近づいたときが脱出のときだと感じて、この信じられない地帯の奇跡を、死んだ人、死にそうになっている人と一緒に、この目で十分に見た。朝ちょっとめくった子供向け雑誌では、本の中の知識はひとつの核の状態になって、最も子供っぽい形で存在していた。そしてぼくらは頭を使ってそれを把握しなければならなかったんだ、いよいよ。ずっと先の遠い場所には何もなかった。ぼくらの旅の始めも終わりも、ぼくらが居る場所にあった。それは正しかった——道や暗い部屋は武器を持った殺人者たちでいっぱいだった。本から、何冊もの本から人生に死が漏れてきていた。ぼくは彼女を抱きしめた。愛する人よ、ここにずっといよう。ぼくの美しい人よ、この部屋の価値を知ろう——見てごらん、ひとつのテーブル、ひとつの時計、ひとつのランプ、ひとつの窓——毎朝起きるとぼくらは感動して桑の木を眺める。ほら、それがこの部屋にあるなら、ぼくらはここにいる。窓枠、テーブルの脚、ランプの芯——光と匂い——なんて素朴なんだろう、世界は。本のことはもう忘れてくれ。彼女だって忘れたがっている。存在するということは君を抱きしめることだ。でもジャーナンは心ここにあらずといった様子だった。

「メフメットはどこ?」という質問に対する答えをそこで読み上げるかのように、彼女は熱心に天井を見ていた。眉間にしわをよせた。額を伸ばした。唇が、まるで何か秘密をうち明けるかのように一瞬わないた。部屋の羊皮紙のような黄色の光のせいで、彼女の肌ははじめ、今までなったことがないようなピンク色になった。すべてのあの旅、バスで過ごした数々の夜の後、ある日穏やかさにあふれた環境で、家庭料理を食べて寝ると、ほら、ジャーナンの顔に色がさしてきた、ほら。幸せで規則正しい家庭生活をしようとしているのに、娘たちの中には突然するのがいるじゃないか、すぐにぼくみたいな男と結婚してしまうんだよ、とぼくは言った。

「具合が悪いの、だからだわ」と彼女は言った。「雨で冷えたらしいわ。熱があるの。」

なんてすてきだったんだろう、彼女が横になって天井を見つめているとき、隣に横になって彼女の顔色に見入って、自分の手を医者の手のように傲慢な額に押し付けるのは。ぼくは自分の手がぼくから逃げて行かないことを確かめたいかのように、そこで凍り付いてしまった。子供時代の思い出を回想していた。感触の味わいが空間を、ベッドを、部屋を、匂いを、そこら中にあるものを、どうやって頭からつま先まで変えてしまったかをぼくは発見していた。他の考えや思いが理性の中にあった。彼女が顔を軽くぼくの方に向けて問いかけるように見たから、ぼくは自分の手を彼女の額から離した。そして本当のことを言った。

「熱がある。」

一瞬のうちに、全く計算になかった山のような可能性が目の前に現れた。ぼくは夜中の二時に台所へ下りていった。恐ろしい形相を呈している鍋や亡霊の中から、薄暗闇の中でぼくの前に現れた大きなコーヒー沸かし鍋の中の瓶にリンデンティーが入っているのを見つけ、それを沸かした。そして毛布にくるまって誰かに抱きつくことが風邪の特効薬だとジャーナンに言うところを想像していた。その後ジャーナンがぼくに説明した場所の、飾り食器棚の上の薬箱の中でアスピリンを探しているときは、ぼくも病気になれば何日もあの部屋にいることができると考えていた。カーテンが揺れ動いた。スリッパの足音がした。ぼくは先にナーリン医師の夫人の影に、それから神経質な本人に遭遇した。ちがうんです、はい、とぼくは言った。心配するようなことないんです、ちょっと冷えただけで。

彼女はぼくを上階に行かせ、押入れの中から分厚い毛布を下ろさせた。それにカバーをかけながらこう言った。「ああ、かわいい子。あの娘は天使なのだから悲しませないでね。気をつけてあげて」その後ぼくの脳裏を離れなくなったことを口にした——あなたの妻の首はなんてきれいなんだろう、と。

部屋に戻るとぼくは彼女の長い長い首を眺めた。なぜもっと前に気づかなかったのだろうか？　気づいていた。好きだった。首の長さがあまりにも衝撃的だったから、ぼくは長い間他には何も考えられなくなった。彼女がゆっくりとリンデンティーを飲み、アスピリンを飲むと、すぐに「いい」何かが起こることを期待している無邪気な子供のように毛布にくるまって、楽観的に待っている様子にぼくは見入った。

長い静寂が訪れた。ぼくは自分の両手を両目の脇に押し付け、窓から外を見やった。桑の木の葉がかすかにそよいでいた。愛しい人よ、ぼくらの桑の木がそよ風にさえこんなにも震えている。静寂。ジャーナンは震えていた。時間はなんて速く過ぎるんだろう。

こうして部屋、ぼくらの部屋は短い間に「病室」と言われるあの特異な空気と光景の場所に変身した。うろうろしているうちに、テーブル、コップ、台がゆっくりとあまりにも見慣れた、あまりにも社交的なものに変身したのをぼくは感じていた。四時になった。彼女はぼくに、ここに座って、と言った。ベッドの端に、彼女の横に。ぼくは毛布の上から彼女の足に触った。彼女はぼくに微笑んで、ぼくをとてもかわいいと言った。彼女は目を閉じて眠るようにした、いや、うとうとした。眠った。眠っただろうか？　彼女は眠った。

ぼくは自分がうろうろしていることに気づいた。時計を見ていることに、水差しから水を汲んでいることに、ジャーナンを眺めていることに、何も決められないでいることに。

速く流れろと時間を急かすと、まるで時間が止まってしまったみたいだった。ぼくが中に落ちていった半透明の膜が破れてしまうと、ジャーナンはベッドの中で居ずまいを正した。突然精力的なバスの乗務員たちについてぼくらは語りだした。ひとりは、いつか運転席を占拠して、未知の国を発見するんだと言っていた。別の乗務員は黙っていられずに、バス会社が、あなた方貴重なお客様に贈り物です、無料です。どうぞ、お取りになってください、チューインガムを。そこのお兄さん、あまり噛みすぎないでくださいよ、アヘン入りですから。乗客のみなさんがすやすや眠れるように差し上げるんです。それが、バスのクッションや全く追い越ししない運転手の能力、それにわが社や車両の優秀さのおかげだとみなさんに思っていただくようにね、と言っていた。ほら、ジャーナン、それから他にもいたじゃないか――なんて面白そうに笑ったことか――思い出したかい、二台の別のバスで見たじゃないか。それで彼は言ったんだ、お兄さん、最初はあんたがこの娘と駆け落ちしたんだと思ったんだ。今はもうわかったよ、おめでとう、お姉さん、結婚したんだねえ。

ぼくと結婚してくれるかい？　この言葉が輝きながら活気を帯びる場面をぼくらはたくさん観てきた。抱き合った恋人たちが木の下で歩いているとき、夜、電信柱の下で、車の中で、後ろの方で、もちろん、ボスフォラス大橋が見えてきたとき、外国映画の影響か、雨が降っているとき、愛嬌のあるおじさんとお人よしの友人が娘と青年を突然ふたりきりにしたとき、金持ちの青年がバシャンとプールに落ちるとき魅力的な娘にこう言う。ぼくと結婚してくれますか？　美しい首を持つ娘に病室でこの質問が投げかけられる場面をぼくは観たことがなかったから、ぼくの言葉がジャーナンの中で、映画にあるような種類の魔法の何かを思い起こさせることができるとは信じられなかった。しかもぼくの頭の中は、部屋にいる気まぐれな蚊のことでいっぱいだった。

ぼくは時計を見てあわてた。彼女の熱を診て心配した。君の舌を診てみようとぼくが言うと、彼女は舌を出した。先が尖っていてピンク色をしていた。ぼくはその上に顔を寄せ、彼女の舌を自分の口の中に入れた。しばらくそうしていたんだ、ぼくらは。天使よ。

「やめて、いけない子」と、それから彼女は言った。「とてもかわいいのね、でもやめときましょう。」

彼女は眠った。ベッドの端に、彼女の隣にぼくは横になって彼女の寝息を数えた。だいぶ経ってから、空が白み始めた頃、ぼくはこんな風なことを考えに考えた。彼女にこう言おう、最後にもう一度考えてごらん、ジャーナン、ぼくは君のためならなんでもする。ジャーナン、わからないのかい、ぼくが君をどんなに愛しているか……ずっと同じ理屈を繰り返す、この類のこと……いっときぼくは、何か口実をつくって彼女をまたバスに連れて行こうと思った。でももうどこへ行ったらいいのかあらかたわかっていたし、ナーリン医師の非情な時計たちを知ってから、ジャーナンとこの部屋で一夜を過ごしてからは、死ぬことが怖くなり始めたことにもぼくは気づいていた。

天使よ、知っているだろう、ほら、憐れなぼくは恋人の隣に横になって、日が昇るまで寝息を聴いていたんだ。ジャーナンの形のよい個性的な顎を、ギュリザルが貸してくれたネグリジェから出ている腕を、枕に広がっている髪を、そして桑の木がゆっくりゆっくり日に照らされていく様を眺めていたんだ。

それからすべてが速く過ぎた。家の中がガタガタいった。入り口の前を通り過ぎる年老いた足音、また吹き始めた風にバタバタいう窓、一頭の牛がモーといった。自動車がガスを出す音、咳をする声、そしてぼくらのドアがノックされた。医者用の鞄を持った、誰よりも医者らしい、髭を剃ったばかりの中年の人物が、外から漂ってくるトーストの匂いと共に中に入ってきた。彼の唇はついさっき血を飲んできたように真っ赤だったし、その端に醜いおできができていた。熱のあるジャーナンを恥ずかしげもなく脱がせ、震える首や背中にこの唇で接吻するのでは、とぼくは思った。彼がその憎々しい鞄から聴診器を取り出しているとき、ぼくは一瞬のうちに〈ワルサー〉を隠してある場所から取り出し、ドアのところで心配げに立っている母親に目もくれずに、部屋から、そして屋敷から外へ出た。

ナーリン医師がぼくにおしえてくれた土地へ、誰にも見られずに急いで飛び込んでいった。誰もぼくを見ることが出来ない、風も噂話を運んでいかないことがわかっているポプラ林に囲まれた人気のない場所で、拳銃を出して連続して撃った。こうしてぼくはナーリン医師の贈り物である銃弾で、けち臭く、短くて悲しいほど不器用な射撃練習をしたことになった。標的に選んだポプラの木に四歩ほどの距離から三発撃ったが、ひとつも当たっていなかった。少し狙いを定めるのに躊躇したのと、北から流れてくるせっかちな雲を眺めながら、考えをやるせなくまとめようとしていたのを覚えている。若い〈ワルサー〉の苦悩……。

前方のある場所に、ナーリン医師の土地の一部を望む岩山の高台があった。ぼくはそこに上って、そこからの風景の広さや豊かさを眺めて崇高な考えに耽るよりも、自分の人生がどんなに低俗な場所に行こうとしているのかを考えた。かなりの時間が経ったが、こういう苦境で預言者、映画スター、聖者や政治のリーダーたちを助けたりする天使、本やひらめきの妖精、そして村の賢者は、全く、そう全くぼくのところには現れなかった。

ぼくは途方にくれて屋敷に戻った。紅い唇の狂った医者はジャーナンの血をおいしく吸ったらしく、今は母親と一緒にくつろいでバラ姉妹の淹れたチャイを飲んでいた。ぼくを見ると何か忠告をするときの悦びを表して、目を輝かせた。

「そこの若い人!」とぼくに言った。ぼくの妻は身体を冷やして、かなり重い風邪をひいているらしい――それよりも疲れてだるく、身体に気をつけてこなかったために衰弱してしまっているようだった。ぼくが何をしたらこんなに彼女を疲れさせ、どうしたらこんなに彼女を弱らせることができるのか? 娘たちや母親は、新婚夫婦の夫を疑いのまなざしで見た。

「彼女に強い薬をあげておきました」とやぶ医者は言った。「一週間、安静にして寝かせなさい。」

一週間! 医者が狼狽のチャイを飲みながら食べていたアーモンドクッキーをのどに詰め込み、逃げ去るように出て行くとき、七日間はぼくにとって十分すぎるほど十分だと思った。ジャーナンはベッドで寝ていた。ぼくは部屋からぼくが必要と思った一、二枚の覚書き、お金を持ち出した。ジャーナンの首に接吻した。祖国の防衛に駆けつける志願兵のように急いで部屋を出た。それからギュリザルと母親に、どうしても行かなくてはならない急用ができたと告げた。ぼくは妻を彼女らに託した。彼女たちはジャーナンを自分たちの嫁のように看病すると言った。五日後には戻るということをぼくは特に強調して言った。ぼくは残してきた魔女、亡霊、山賊たちの国に、そしてナーリン医師の息子になったつもりでカイセリの若者が眠る墓を振り返り、でもこの町を全く振り返りもせずに、まっすぐバスターミナルに向かって屋敷を去った。

十二

ぼくはまた旅に出ることになった！　古いバスターミナルよ、おんぼろのバスよ、苦悩する乗客たちよ、こんにちは！　ほら、あるじゃないか――自分でも気づかないうちに慣れ、慣れたことを自分でも知らないうちに病みつきになってしまっていた儀式から遠ざかり、人生がもう昔のようではなくなったのを感じると、悲しみが心の中を覆うことが。古い〈マギルス〉のバスが、ナーリン医師が気づかないうちに支配していたチャトゥックの町から、文明に取り残された場所へぼくを連れて行くとき、この悲しみから逃れられると思っていた。咳やくしゃみをしながらであっても、山道を歩く老人のように息を切らせながらうめいていても、それでも最後にはぼくはバスに乗っていたから。でもぼくが後にしてきたおとぎ話の国の心臓部で、ジャーナンは熱にうなされながらあの一室に寝ている。ぼくが殺せなかった蚊も、同じ部屋でひっそりと夜を待っていた。ぼくは一刻も早く用を済ませて凱旋し、新しい人生を始められるように、自分の計画と何枚かの紙切れをもう一度見直した。

夜中、睡眠と覚醒の狭間で、ぼくが乗った別のバスの震える窓ガラスから顔を離して目を開けたとき、天使よ、もしかしてここで初めておまえと目を合わせられると楽観的に思ったのかもしれない。でも魂の純粋さと無二の瞬間の魔法を結合させるひらめきは、ぼくにはどんなに程遠いものだったのだろう。ぼくはバスの窓からおまえを見ることは、しばらくはできないだろうということを知っていた。暗い平野、恐ろしい崖、水銀色の川、そして忘れられたガソリンスタンド、文字がさびて朽ち果てたタバコやコロンヤの看板が、ぼくの座っている窓の外を通り過ぎていくとき、頭の中には悪い予感、自分勝手な考え、そして死と本があった。ぼくの想像したことに命を吹き込む、ビデオのザクロ色の光が見えていたわけではなく、屠殺所で行われている日々の殺戮を終えて家へ帰る、イライラした肉屋の身の毛がよだつようないびき声が聞こえていた。

早朝にバスがぼくを下ろした山間のアラジャエッリの町は、何か違うな、夏の終わりも秋もすっとばして、大急ぎで冬を連れて来てしまっていた。役場が開くのを待つために入った小さなカフヴェで、チャイを蒸らし、コップを洗い、髪の毛がほとんど眉の真上から生えているので額が全くない従業員が、ぼくに教団長様《シェイフ》の話を聴きに来たのかどうか尋ねた。ぼくは時間を潰すために、彼にそうだと答えた。彼はぼくに特別濃いチャイを持ってきて、病人を治し、不妊の女に子宝を授ける以外のシェイフの本来の能力を、つまり見ただけで手に持ったフォークを曲げたり、指先でちょっと触っただけで〈ペプシ・コーラ〉のボトルを開けたり、といった奇跡をぼくと分かち合って愉しんだ。

カフヴェから出ると冬はもう去っていて、秋を飛び越して、暑くてハエが飛び交う夏の日がとっくに始まっていた。問題を一瞬で解決してしまう、あの決意の固い成熟した人物たちがするように、ぼくも真っ直ぐ郵便局へ行った。そしてかすかな興奮を感じながら、机で新聞を読んだり、カウンターでチャイを飲んだり、タバコを吸ったりしている眠そうな公務員たちを注意深く観察した。でもその中に彼はいなかった。ぼくの目にとまったやさしそうなお姉さんといった風体の公務員は、本当は完全なヒステリー女だった。というのは、メフメット・見つけた《ブルドゥム》氏がついさっき郵便配達に行ったことを、ぼくになかなか教えてくれなかったからだ——あなた、彼の何なんですか、ここで待っててください、でも今仕事中ですから、後でいらしてくれますか——。イスタンブルから来た、郵政総局にかなりの数の友人がいる兵役時代の友人だ、とぼくは自己紹介しなければならなかった。こうしてついさっき、今しがた、郵便局から出て行ったメフメット・ブルドゥムには、ぼくが希望もなく行ったり来たりし、名前も混乱してしまった数々の通りや街区に消えるための時間ができた。

それでも道を尋ねながら——おばさん、郵便屋メフメットはここを通った？——中心街で、狭い裏通りでぼくは迷子になることに成功しては立ち止まった。三毛猫が陽の下で怠け者よろしく体を舐めまわしていた。一本の電信柱にはしごをかけている自治体の人間たちが、シーツや枕カバーをバルコニーに干している一見きれいな若いおばさんと視線を交わしていた。ぼくは黒い瞳の子供を一人見かけた。子供にはぼくがよそ者だということがすぐにわかった。「何だい？」と、ぼくに雄鶏のような態度で言った。ジャーナンがいたらすぐにこの抜け目のない子供と仲良くなって、機知にあふれたおしゃべりを始めただろう。彼女が美しくて抗いがたく、神秘的だからというだけではなく、こういう子供とすぐに話すことができるから、彼女にぞっこんなのだ、ぼくはそう思った。

郵便局の向かいの〈エメラルド《ズムルット》〉コーヒー店《カフヴェスィ》の歩道の栗の木の下に置かれたテーブルに、アタテュルクの像の真向かいにぼくは座った。しばらくしてぼくは『アラジャエッリ・ポスト』紙を読んでいる自分に気づいた――〈湧き水《ブナル》〉薬局はイスタンブルから〈ストロプス〉という便秘薬を取り寄せた。新シーズンに自信を持って準備しているアラジャエッリ瓦青年サッカーチームがボル・スポーツから引き抜いてきた監督が、昨日我が町にやって来た。ということは、ここには瓦工場があるのだ。そのとき、メフメット・ブルドゥム氏が巨大な郵便鞄を担いで、ふうふう言いながら町役場に入っていくのが見えた。ぼくの期待を裏切りながら。この足取り重く疲れたメフメットは、ジャーナンの脳裏からどうしても離れないメフメットとはかけ離れていた。ここにはもう用はない、まだリストにはぼくを待っている数々の若いメフメットがいるのだから、この控え目で平穏な町をこのままそっとして、すぐにここを去らなければならなかった。でもそのとき悪魔がささやいて、ぼくはメフメット・ブルドゥムが町役場から出てくるのを待った。

　彼が郵便配達人独自の小刻みですばしこい歩みで、歩道の影になった部分へ向かって歩いているところをぼくは呼び止めた。彼が驚いてこっちを見ると、ぼくは彼を抱きしめて接吻し、親愛なる兵役仲間がまだ誰だかわからないでいるのを責めた。彼は罪の意識を持ちながらコーヒー《カフヴェ》店のテーブルにつき、ぼくの「せめて名前だけでも思い出してくれよ」ゲームにひっかかって、あてずっぽうな予想をし始めた。しばらくしてぼくは彼をビシッと黙らせ、何か偽の名を語って、郵便局に知り合いがいると説明した。彼は本当に正直で、郵便局での昇進の可能性にさえあまり興味を示さなかった。暑さと重い郵便物のせいで汗だくになっていたから、給仕が持ってきてすぐに開けた氷のような〈ブダック〉印のソーダのビンを感謝しながら見つめ、全く思い出せないこの疑わしい兵役仲間からも、バツの悪い気持ちからも、一刻も早く逃れたがっていた。もしかして寝不足のせいだったのかもしれないが、ぼくをくらくらさせるような恨みをはっきり感じていた。

「ある本を読んだらしいじゃないか！」と、ぼくはチャイをごくりと飲んで大真面目に言った。「ある本を読んでいるそうじゃないか？　ときどき大勢の前で読んでいるそうじゃないか、それを。」

するとと彼の顔は一瞬灰のような色に変わった。そのことはよく分かっているらしかった。

「あの本はどこで見つけたのかい？」

ところが彼は素早く落ち着きを取り戻した。ある親戚がイスタンブルの病院に行き、その名前にだまされ、健康関係の本かと思って歩道の露天書籍市で買ったらしい。捨てるのももったいないというので持って帰って彼にくれたというのだ。

ぼくらはちょっと黙り込んだ。一羽のスズメがテーブルの横の二脚の椅子のうちの一脚にとまり、もう一脚の椅子へ飛び移った。

ぼくは衿に名前が小さくていねいに書かれたこの郵便配達人をじっと見た。ぼくと同い歳くらいに見えるが、もしかして何歳か年上かもしれなかった。ぼくの全人生を脱線させた、ぼくの世界をめちゃめちゃにした本は、この男のところにも現れ、ぼくがよく知らないような――知りたいのか知りたくないのか決められない――かたちで彼に影響し、衝撃を与えたのだった。ぼくら二人をある種の犠牲者、あるいは幸運な人間にする共通点があった。そしてそれはぼくの神経に触るのだった。

この件を軽視して、持っていた〈ブダック〉印のソーダ水のフタのように、無関心に隅の方へ放り投げられないところから、本が彼の中で特別な場所を占めているということが見て取れた。どんな男なんだろう、この男は？　長い指の、均整のとれた思いがけなく美しい手をしていた。優美ともいえるほどの肌、感情豊かな顔と、いい加減少し怒って心配になってきたことをあらわにするアーモンド型の目をしていた。

彼もぼくのように本に捕まったんだといえるだろうか？　彼の全人生も変わってしまったのだろうか？　彼も本が与えた孤独感のせいで、苦悩にもがく数々の夜を過ごしたのだろうか？

「どっちにしても」とぼくは言った。「友人よ、会えてとてもよかった。でももうバスが出発してしまうんだ。」

この無礼を許してくれ、天使よ。だってそのとき突然、計算に全くなかった何かを自分がしでかすのではないかと、この男がぼくに心を開いてくれるようにと、自分の魂の貧しさを彼にまるで古傷を見せるように見せることができるんじゃないかと感じてしまったのだから。最後が酒の席で、苦悩、涙、そして多くの説得力のない兄弟愛の感情で終わるこの種の誠実さの儀式を嫌っていたからではない——反対に本当は幼なじみたちとそれをうらぶれた酒場でするのを気に入っていた——その瞬間、ぼくはジャーナン以外何も考えたくなくなったからなのだ。一刻も早くひとりきりになって、ジャーナンといつかつくる予定の、幸せな家庭の空想に耽りたかった。

ぼくが席を立つと、「この町でこの時間にどこかへ出るバスなんかないけど」とぼくの兵役仲間は言った。ほら！　利口だったんだ、彼は。タイミングよくうまいことを言ったことに満足し、その美しい手でソーダ水のビンを撫でていた。

ぼくは、拳銃を引き抜いて繊細なその肌を穴だらけにしてやるのと、彼の一番の親友、秘密を分かち合う仲良し、同胞になるという考えの狭間で揺れた。もしかして両方を満たす道が見つかるかもしれなかった——例えばまず肩だけを撃って、それから後悔したらあわてて病院に連れて行き、夜になったら彼が肩を包帯でぐるぐる巻きにされている状態で、一緒に袋いっぱいの手紙を全部一通一通開けながら読み、狂ったように楽しむこともできた。

「どうでもいいんだ」と最後にぼくは言って、チャイとソーダ水の代金を気取った仕草でテーブルに置き、くるりと後ろを向いて歩き始めた。こういったすべての動きがどの映画の真似だったか思い出すことができないでいたが、ほら、それほど悪くはなかった。

常に何かを追いかけていて、思い込んだらまっしぐらにそれを実現させる人間のように、ぼくは急ぎ足で歩いた。彼はというと、ぼくを後ろから見ているはずだった。ぼくはアタテュルク像の横の、陰になった狭い歩道に上がってターミナルに向かった。ターミナル、それは成り行きで行ったのだが——貧しいアラジャエッリの町——郵便屋の友人はここを都市、と呼んでいた——に、ぼくが夜を明かすことができる不運なバスがあったらよかったが、バスを雪や泥はねから守る屋根のついた小屋さえあるとは思えなかった。二歩歩くと壁にあたるような小さな部屋で一生乗車券を売るはめになった傲慢なひとりの男は、ぼくに次のバスは早くても昼より前には来ないと嬉しそうに言った。もちろんぼくは彼の頭の禿げが、後ろにかかったカレンダーの〈グッドイヤー〉タイヤの広告の美女の脚とまるで同じ、メロンの真ん中の部分のような色だということは口に出さなかった。

だって、どうしてぼくは怒っているんだろう、と自分に問いかけていたからだ。どうして怒りっぽくなっているんだろう、おしえてくれ。誰なのか、どこの何者なのかわからない天使よ、おしえてくれ！ 少なくともぼくに注意してくれ、ぼくに警告してくれ、ぼくが怒りでなにかしでかす前に。家庭を守ろうとする不幸な父親のように、悪と不運をぼくなりの秩序に従わせ、炎の中のぼくのジャーナンに一刻も早くめぐり合おうじゃないか。

でもぼくの中の怒りは留まることを知らなかった。〈ワルサー〉を持ち始めた二十二歳の若者はみんなこうなるのだろうか？

ぼくは覚書きをちらりと見て、そこに書いてある通りや店をすぐに見つけた。それは〈無事《セラーメット》〉手芸店だった。小さなウィンドウにていねいに並べられた手編みのテーブルクロス、手袋、赤ちゃん用の靴、レース編み、イスラムの数珠《テスビヒ》などが、ナーリン医師が興奮するような別の時の詩に、忍耐強くメッセージを送っていた。ぼくが中へ入ろうとしたとき、店の作業台のところで『アラジャエッリ・ポスト』を読んでいる男が見えた。ぼくは驚いて入るのをやめた。この町ではみんなこんなに自信過剰なのだろうか？　それともぼくだけがそう感じるのだろうか？

ぼくは少し気を悪くして、あるコーヒー店《カフヴェ》に行った。〈ブダック〉印のソーダ水を飲んで、理性の軍隊を召集した。陰になった狭い歩道を歩いているとき、〈プナル〉薬局の埃をかぶったウィンドウでぼくの目にとまった黒眼鏡を買った。勤勉な店主はとっくの昔に新聞から便秘薬の広告を切り抜いて、ウィンドウに貼り付けてさえいた。

黒眼鏡をかけると、ぼくも自信過剰な人間として〈セラーメット〉手芸店に入ることが出来た。柔らかな声で手袋を見たいとぼくは言った。母はいつもこう言っていた。「自分用に革の手袋が欲しいんですけど」とか、「兵役に行っている息子に革の手袋が欲しいんですけど」とは言わずに、「手袋が見たいんですけど！」とだけ言うのだった。それは店を活気づけるあわただしさをつくりだしていた。

でもひとりできりもりしている店の店主で、売り子でもあるこの男には、ぼくの命令はただ甘い音楽のように聞こえただけのようだった。彼は神経質な主婦の注意深さを思い起こさせる繊細さと、参謀に入りたがっている軍人の昇級への情熱に近い秩序で、すべての商品を、引き出しや手芸用品の入った袋、それにウィンドウから出してきて見せた。六十歳くらいであるはずだった。髭は剃っていなくて、その声は手袋に対する執着を全く表に出さないほどはっきりしていた――手でつむいだ毛糸で編まれ、指が一本一本違う色になっていて楽しい、小さな女物の手袋をぼくに見せた。羊飼いが使う太い毛糸の手袋の手のひらの部分に使ってある、マラシュ地方のフエルトを見せようとして手袋を裏返した。自分が集めた羊毛毛糸を使って、村の女たちに注文して編ませた手袋には、全く化学染料は使っていないということだった。毛糸の手袋の破れやすい指先の部分には、内側から裏地が縫いつけられていた。何か飾りがあるのがいいなら、最も素朴なクルミの染料で色をつけた、手首のところにレース編みがついているこれを買わなくては。いや、あなたが頭に特別な何かを思い描いているなら、スィヴァスのカンガル犬の革でできたこの素晴らしい一品を、お願いします、黒眼鏡を取って御覧にならなくては。

ぼくは品を見てから眼鏡をまたかけた。

「〈孤児の五十〉」とぼくは言った――こうだったかな、ナーリン医師が送ってきた通告書の中で使われていたコードネームは――「ナーリン医師に言われて来ました。彼はあなたにまったく満足していません。」

「どうしてかな？」と彼は冷静に言った。まるでぼくが手袋の色を気に入らなかったとでもいうように。

「郵便配達人のメフメットは欲のない一国民です……彼を陥れようとして通告してきたのはどうしてですか？」

「欲のない人間なんかではない」と彼は言った。そして手袋をひとつひとつ見せるときに出して見せた声でこう説明した。彼はわざと他人の注意を引くような読み方で本を読んでいるという。彼の頭にはこの本と、この本が撒き散らす悪に関係する醜く暗い考えがあるということは明らかだった。一度などは手紙を配りに行くという口実で、ノックもせずに未亡人の女の家へ入ろうとするところを見つかったらしい。また別のときには、ひとりの小学生とコーヒー店《カフヴェ》で膝を突き合わせて、頬に頬を寄せて座り、挿絵つき小説を読んでやっているところを目撃されている。その挿絵つき小説というのはもちろん、山賊や不道徳な奴らをキリスト教やイスラムの聖人たちと同じ天秤で評価するような類のものだったらしい。「これでわかったかね？」と彼はぼくにきいた。

ぼくは決めかねて黙った。

「今日、この町で」——そう、彼は「町」と言った——「最低限の食事をしたり、衣服を着たりするのが贅沢だと言われるならば、そして手にヘンナを塗りつける女性たちが馬鹿にされるならば、あの郵便屋やカフヴェのテレビがアメリカから持ってきたもののせいだ。あんた、どのバスで来たのかね？」

ぼくはバス会社の名を言った。

「ナーリン医師はまぎれもなく偉大な人物だ。彼の指令や通達を受けることは私に安らぎをもたらすんだ。感謝する。しかしあんた、若い人よ、あの人に言っといてくれ、私のところにやたらと人間を送ってこないで欲しいと」彼は手袋をしまい始めた。「それから——あの郵便屋がムスタファ・パシャ・モスクの便所でせんずりしているところも私は見たことがあるんだ。」

「あのきれいな手でね」と、ぼくは言って外へ出た。

ぼくは外に出たらすっきりすると思っていたが、太陽の下で皿のように横たわっているブロック敷きの歩道に一歩足を踏み出すとすぐ、この町にまだあと二時間半もいなければならないことを忌々しく思い出した。
ぼくは胃には何杯ものリンデンティー、チャイ、〈ブダック〉印のソーダ水を、記憶には『アラジャエッリ・ポスト』紙の小さな「町のニュース」を、目の前には町役場の建物の瓦と農協銀行のプレキシガラスの看板の蜃気楼のように現れては消える赤と紫の色を、耳には鳥のさえずる声、自家発電機のうなる音、咳払いを、ある種のめまい、ある種の疲労、それよりも睡眠不足をかかえて、待っていた。やっと派手に駐車したバスの入り口に飛びついて開けると、中からは押し合いへし合い人がわらわら外へ出てきた。外にいる人たちはありがたいことにぼくの〈ワルサー〉に気づかずに、ぼくをバスの入り口から下へ引っ張った。バスから降りるシェイフ様に道を譲るために。シェイフのバラのようなピンク色の顔には光がさし、ぼくらのような泥沼にはまった人間たちを心配しているように厳粛だが、自分の人生や注目されることに満足しきって、ゆっくりゆっくり体をゆすりながらぼくの前を通り過ぎて行った。ぼくは武器を腰のところに感じながら、なぜそれに手を伸ばそうとするのか、と自分自身にきいた。誰にも目をくれずにぼくはバスに乗り込んだ。

　バスには全く出発する気配はなかったし、全世界と共にジャーナンもぼくをもう忘れてしまうんじゃないかと思うくらい長い間待っていた三十八番の席から、ぼくは教団長《シェイフ》を出迎えに来た人だかりを眺める羽目になった。シェイフの手に接吻しようと並んだ人たちの中に、あの額のないコーヒー店《カフヴェ》の従業員がいた。彼はシェイフの手にしつこく接吻し、ていねいに自分の額に押しつけていた。と、そのときバスが動き出した。ぼくはざわめく人だかりの中でうごめく数々の頭の間に、傷心の手芸店主がいるのにも気づいた。彼は人ごみの中の政治家を暗殺しようと決心している暗殺者のように前へ進んでいた。そしてぼくらのバスがそこを去るときにぼくはわかったのだが、彼はシェイフにではなくぼくの方へ向かってきていた。

町を後にするとぼくは、忘れろ、と自分に言い聞かせた。何本もの木を通り過ぎ、いくつものカーヴを曲がる度に、座席に座っているぼくに容赦ない太陽があたり、うなじや腕をトーストのように焦がしているときも。忘れてしまえ。でも家もなく、煙突もなく、木もなく、岩もない真っ黄色の乾いた土地で、怠慢なバスがのろのろと進んでいるとき、そしてぼくの睡眠不足の目が光にくらむとき、忘れるどころか、ぼくの中に沁みてきた他の何かをもっと深くから感じた——。傷心の手芸店主が報告書に郵便配達人の名前がメフメットだと書いたために来てしまったこの町で、ぼくが過ごした五時間は、これからアマチュア探偵になった気持ちで行こうとしている数々の町で見るだろう人間たち、遭遇するであろう数々の場面との関係の——何といったら言いか——、色彩や調和を今から表していた。

例えばアラジャエッリを去ってからちょうど三十六時間後、空想から抜け出てきたように現実離れして見える、埃っぽくて煙たい村から町に昇格した町のターミナルで、夜中にバスを待って、全く過ぎない時間を潰すのに、そして空っぽの胃の痛みをやわらげるために、チーズ入りのピデを噛んでいるとき、悪意のあるひとつの影が近づいて来るのを感じた。それは手袋好きの手芸店主だったか？　違う、彼の魂だ！いや、立腹した傷心の販売者だ！　いや、〈セイコー〉にちがいない、とぼくが考えていると、突然パタン、と便所の扉がぶつかる音がした。そしてすべての光景は変わった。レインコートを着た〈セイコー〉の幻は、レインコートを着たひとりの穏やかなおじさんの姿に変わった。それから手にビニール袋を持って、頭にスカーフを被った疲れたおばさんとその娘がおじさんに加わると、ぼくはなぜ〈セイコー〉が灰色のレインコートを着ているところを想像したのかと考えた。傷心の手芸店主の同胞も、ターミナルの人ごみの中で同じ色のレインコートを着ているのを見たからだろうか？

　また別のときには、脅迫的でレインコートを来た〈セイコー〉ではなく、ひとつの工場全体の幻が見えたこともあった。すやすや眠れる静かなバスに乗った後、ぼくはもっと車体のクッションがきいた、ゆったりとした別のバスに乗り換えてぐっすり眠っていた。朝になると、急いで結果を知ろうとして行った小麦粉工場で、傷心のバクラヴァ、ボレッキ屋が報告した、工場の若い会計士に一刻も早く会うために、兵役時代の友人が訪ねてきた、という嘘をついた。ぼくが追いかけている様々なメフメットたちは、本物のメフメットと同じく二十三、四歳くらいだったので、兵役仲間という嘘はいつも役に立ったが、小麦粉で真っ白になった工員にあまりにも真実っぽく聞こえたから、彼までもがぼくらと同じ部隊にいたかのような同朋意識や親近感を目に浮かべ、驚きに目を輝かせながら奥の事務所へ入っていった。ぼくは端のほうに寄って待ったが、なぜか脅迫的な雰囲気を感じた。工場という名の間に合わせの建物の電気粉挽き機のモーターに動かされている巨大な鉄のパイプが、ゴロッキ、ゴロッキと言いながらぼくの頭上で回っていた。薄暗い光の下で白くて恐ろしげな作業員たちの亡霊が、口にピカピカのタバコをくわえ、ゆっくりゆっくり動いていた。亡霊たちが敵意を持ってぼくを見ているのに、それにぼくを指差しながら自分たち同士で何か話しているのに気づいた。でもぼくは身を寄せている隅のところで、そんなことは気にしていない風を装っていた。その後、彼らが小麦粉の大袋の山や壁の間から見える暗い滑車の上に来たのにぼくは気づいた。すると勤勉な亡霊のうちの一人はこっちの方にふらふらしながら近づいてきて、ぼくがどこでひっかかっていたのかを尋ねた。亡霊は工場の騒音でぼくの声が聞こえなかった。ぼくは怒鳴り声で、ひっかかってなどいないと言った。亡霊は、いや、と言った。どういう風の吹き回しか、と。ぼくはさっきと同じうるさい声で答えた。兵役仲間が懐かしくなったんだ——メフメットは冗談好きで、すごく仲良くしていて、信用できる友人だった。ぼくは生命保険と災害保険を売るためにアナトリアの地方を回っていて彼のことを思い出したんだ。小麦粉の亡霊はぼくに保険販売員の仕事のことをこうきいてきた。泥棒、下卑たいかさま野郎、フリーメーソン、拳銃を持ったオカマ、それから騒音のせいで聞き間違えたのかと思ったが、悪徳の宗教団体や祖国の敵もこの仕事に関係しているのか、と。ぼくは途方にくれて長々と説明し、亡霊は親友のようなまなざしでぼくの言うことを聞いていた——そして、どんな商売だって同じだよ、という雰囲気になった——。正直な国民も世の中にはいるが、何を追いかけているのかわからない、うそつきの悪党もいる、などと言っていたが、ぼくはまた兵役仲間のメフメットのことをきいた。まだ来ないの？「ちょっと聞けよ」と亡霊はぼくに言った。彼はズボンのすそを引き上げて奇妙な脚を見せた。「メフメット・読者《オクル》はびっこの足で兵役に行くほど馬鹿な奴じゃないんだ、わかったか？」それならこのぼくはいったい誰なんだ？

どうしていいかわからなくなったからではなく、驚いたので、一瞬この質問の答えをぼくも忘れたふりをするのは簡単だった。頭が混乱していたから、住所や名前を間違えたんだ、と言った。それが全く説得力のないいいわけだと知りながら。

殴られる前にその場から逃げ出してから、町の中心街にある傷心の報告者の店で、口の中に入れるととろけるようになるス・ボレイを食べているときには、びっこのメフメットは全くもって本を読んだ人間のように見えないとぼくは思っていた。でもぼくの経験が、人間を見る目があると自負することがどれほど間違っているかを教えてくれた。

また例えば、街中がタバコの葉の匂いでいっぱいのインジルパシャの町では、本はただ報告されていた若い消防署員だけではなく、自治体の全消防課でも大真面目に読まれていた。町がギリシャ軍の占領から解放された記念日の準備として、同胞たる消防署員たちが消防署の敷地で鉄製のヘルメットを頭にかぶり、それに釘付けされた小さな簡易ガスコンロから炎を噴きあがらせ、「炎、炎、炎の中にある祖国」の歌を、そのメロディーに合わせて走りながら完璧に歌っているところを、子供たちやおとなしい大型犬と一緒にぼくは眺めた。それから全員食卓についてヤギ肉の炒め物を食べた。黄色や赤の新品の半そでシャツの制服を着て、すべてにおいて幸せそうに見える消防署員の同胞たちは、冗談を言うために、あるいはぼくへのあいさつのつもりで、ときどき本から引用したひとつふたつの言葉をつぶやいていた。本はというと、その後に見せてくれた。一台の消防車の運転席に、コーランがしまってあるかのように、ていねいにしまわれていた。ピカピカの夏の夜、天使たちが――ひとりの天使ではなく――数々の星の間から現れて、町のタバコの匂いを嗅ぎ、悲しんでいたり悩んでいたりする人間たちにちらっと姿を見せ、彼らに幸福への道を示すのだと信じているこの消防署員たちが、本を誤解しているのか、それともぼくがだろうか？

ぼくはある町の写真屋では写真を撮った。また別の町では医者に肺を診てもらった。三つ目の町の宝石商では指輪を試して買わなかった。そしてこの悲しくて、埃っぽくて、貧乏ったらしい場所を去るたびに、いつかジャーナンとこんな場所で、一緒に幸福の写真を撮り、彼女の美しい肺の房に愛情を示して、ぼくらをお互いに死ぬまで結びつけるような指輪を買いに行く場面を空想した。写真屋メフメットやアフメット医師、宝石商ラフメットが誰なのか、どれほどの情熱を持って本を読んだのかを知るためにではなく。

それからぼくは町をうろつき、アタテュルク像に糞をする鳩たちをけなし、時計に目をやり、〈ワルサー〉

を持っていることを確認し、ターミナルへ向かうのだった。ちょうどそういうときに、あの悪い奴らの、レインコートを着た女性たちの、時計の亡霊たちや意志の固い〈セイコー〉の後を追っているような気持ちになるのだった、ときには。アダナ行きのバスに乗ろうとしたとき、ぼくの方を見て後ずさりし、バスから降りたあの影は、政府諜報部（MIT）の〈モバード〉だったのだろうか？　そう、彼であるはずだった。彼だ。ぼくは一刻も早く行く先を変えなければならなかった。ぼくは、予定を変えて臭い便所に身を隠し、出発寸前に静かに乗り込んだ〈早速《ヘメン》ヴァラン〉の窓際で希望もなく天使を待っているときに、自分のうなじにじりじり感じるふたつの目の視線を感じて振り向き、今度は一番後ろの席で〈セルキソフ〉が悪意あるまなざしでぼくを見張っていると思ってしまうのだった。こうして夜中の「休憩」所のフォーマイカのような色の食堂で、チャイを半分しか飲まずに立ち上がり、自分が乗ってきたバスが行ってしまうまで、ビロードのような紺色の空に浮かんだ星々を眺めていた——町の繁華街にある店に、真っ白な服を着て笑顔で入り、赤いシャツ、紫のジャケット、そしてビロードのスラックスをはいて、不機嫌そうな顔で出た。何度かは背後に暗い影を感じながら、町の喧騒の中を掻き分けてターミナルへまっすぐ、ハアハア言いながら走っている自分に気づいた。

　こういたすべての追っかけ合いの後、ぼくの背後の武装した亡霊をまいたと確信し、ナーリン医師の狂った時計たちがぼくを殺す理由などないという結論に達したときには、外からぼくを見張っている悪意の視線のかわりに、ぼくが来ることを喜んでいる、数々の同胞の町の包容力のあるまなざしを感じるようになった。

　一度などは、おしゃべりなおばさんの向かいに引っ越してきた、でも今はイスタンブルにいる叔父のもとへ身を寄せているというメフメットが、あのメフメットではないことを確かめるために、おばさんが市場から帰るときに聞き込みをした。ぼくが彼女と一緒に運んであげた野菜の網袋やビニール袋からは、太ったナス、陽気なトマト、緑のとうがらしが、ピカピカの太陽に向かって顔を見せていて、おばさんはぼくに兵役仲間を訪ねることはよいことだと言った。彼女は家でぼくを待っている妻が病気だということを気にしつつも、人生がどんなに素晴らしいものかを説明していた。

もしかしてそうなのかもしれなかった——カラチャルでは、巨大なすずかけの木の下の〈庭付き優良《バフチェリネファーセット》〉食堂で、ナスのペーストが添えられた、オレガノの香りがする素晴らしくおいしいドネルケバブを食べた。木の葉を表裏に揺らすそよ風が、厨房からぼくの方に幸せな思い出のように心地よいパンの匂いを運んできていた。アフヨン近くの、名前を忘れてしまったある不穏な町では、頻繁に自分の直感に頼って方向を変えるぼくの脚が、ぼくをひとりでに連れて行った菓子店で、干したバラの花びらが中に入った、みかんの皮色をした飴でいっぱいの広口ビン、そしてピカピカの広口ビンほど丸くてきちんとした母親を見た。するとぼくは一瞬立ち止まり、レジの方に振り返って動揺した。色褪せた母親のミニチュアは、小さな手、小さな口、張った頬骨、少し釣りあがった目をしていた。このふたりといないミニチュア美人は、彼女が読んでいる写真つき小説から顔を上げて、信じられないことだがアメリカ映画に出てくるあの自由で悪魔的な女たちのように、開けっぴろげに微笑みながらぼくを見ていた。

ある夜は、イスタンブルの金持ちの洒落た家の平穏で静かな居間のような、柔らかい光に照らされたターミナルで、バスを待っているときに知り合った三人の士官候補生と、彼らが自分たちで考え出したカードゲーム、「王様が驚いた」をやった。その一枚一枚〈新しそう《イェニジェ》〉印のタバコのカートンの蓋から切り取ったカードには、シャー、龍、スルタン、神霊、恋人たち、天使たちが書かれていた。彼らがお互いに仲良くしゃべりあっているところを見ると、それぞれ方向とやさしさを示す雌のジョーカーの役割になっている天使は、彼らが住んでいる地区にいる恋人か、あるいは若い頃経験した最大の恋愛や、彼らの中で一番の冗談好きでもやっているように、せんずりするときに思い描くような国産映画やショーのスター歌手を表していた。四番目の天使をぼくに残してくれたが、ぼくがその天使を誰に見立てているのかということを誰もぼくに尋ねなかった。そんな配慮は、利口で理解のある友人でさえもなかなか見せないものだった。

傷心の報告屋たちの嘘を暴いているとき、それにそれぞれがそれぞれにへんぴな場所所で、扉が閉まっていて、庭の壁には棘のあるつるがからまり、そして道もだいぶ曲がりくねっている、様々なメフメットたちの中からぼくに必要な人間を探しているとき、町の広場で、バス休憩所の食堂でぼくの後をつけている現実のレインコートを着た人間たちと、想像の中の悪人の時計たちから逃げるために走り回っているときに目撃した、幸福の光景の中のひとつがぼくを随分と痛めつけた。

旅に出て五日目だった。ぼくは『チョルム自由の声』紙のオーナーが読んだ詩をもっとよく理解しようとして、彼がぼくにチャイのコップで出してくれたラクを飲んだ。この新聞屋が本から引用した部分は、「家庭と家族」のコーナーで取り上げられなくなった、というのはもう鉄道建設問題にも、チョルムにアマスヤから鉄道をひいてくる件にも役に立たないことがわかったからだった。そして町で何かの手がかりや行き場所を求めて六時間もうろついてから、傷心の報告者がナーリン医師からお金を引き出そうとするためだけに、存在もしない本の読者を報告して、その人物を存在もしない通りに住んでいることにしたことを、怒りとともに発見した。そして両側にある岩と崖だらけの山のせいで、夕暮れが早く訪れているアマスヤの町に逃げ込んだ。ぼくのリストのメフメットたちは何の結果も出せぬままその半分を調べ終わってしまい、まだ熱にうなされながらベッドに寝ているジャーナンの様子が、ぼくの両脚をあわただしくチクチクさせたから、この町で行かなければならない場所へ行き、兵役仲間を訪ね、その人物があのメフメットでないことがわかったら、ぼくを黒海沿岸の方へ連れて行ってくれるバスにすぐ乗ろう、と計画していた。

全く緑色でない濁った水に――緑　川《イェシルウルマック》というのだが、この川は――架かった一本の橋を渡って、山肌に掘られた岩窟墓のすぐ下にある地区へぼくは向かった。ここにある古くて派手な邸宅は、ある時代に羽ぶりの良い人物が――宰相なのか地主なのかは知らないが――この埃っぽい地区に住んでいたことを物語っていた。ぼくはそんな邸宅のうちの一軒の戸をたたき、兵役仲間のことを尋ねた。戸口に出てきた人は、彼が車でどこかへ行ったと言ってぼくを中へ招き入れた。そしてさんさんと輝く家族生活の中から、ぼくにピカピカの場面を見せてくれた。

一、貧民の訴訟を無料で引き受けた弁護士の父親は、出口から送り出した苦悩する依頼人の悩みを思ってため息をつきながら、素晴らしい図書室から出してきた判例集の一巻を調べた。

二、訴訟のことを知った母親が放心している父親に、神霊のまなざしを持つ妹に、老眼鏡をかけた祖母に、そして切手のコレクション――メフメット・シリーズの――をつぶさに眺めている小さい少年にぼくを紹介すると、全員が西洋人が書いたトルコ旅行記にあるような、あの本当のもてなし心と興奮のおかげで幸せになった。

三、母親と神霊のような娘は、アタテュルクの母と同じ名を持つズヴェイデ叔母さんがオーブンに入れた香ばしい匂いのするボレッキが焼けるのを待っているとき、ぼくに尋問をしてきた。それからアンドレ・モーロワの『気候』という名前の小説について議論した。

四、丸一日をリンゴの木に囲まれた庭で過ごす勤勉な息子メフメットは、ぼくを兵役に行っていたときの記憶から全く思い出せないことを正直に告げた。そして彼は人の好さから共通の話題を見つけようとし、見つけた。こうしてぼくらは、鉄道政策がなくなり、村で農協による農業が奨励されていることが、わが国にとってどれほど有害なことかを議論する機会を得た。

ぼくは幸せな邸宅から出て、せまってくる暗闇に通りが溺れそうになっているとき、この人たちはたぶんファックなんかしないんだろうと考えていた。家の玄関をたたいて彼らの顔を見たとたんにぼくにはわかった、あのメフメットがこの家にはいないことを。それならなぜぼくはそこにとどまったんだろう。どうして住宅公庫の広告にある幸せそうな写真に魅了されてしまったんだろう？　〈ワルサー〉のせいだ、とぼくはつぶやいた、自分の拳銃を腰のところに感じながら。ぼくが出て来た幸せな邸宅の安らいだ色をした窓を振り返り、九ミリの銃弾を撃ち込んだら、と思ったが、わからない、思ったのではなく、一種のささやきだったのだ、それは——ぼくの想像の中の暗い森の心臓部にいる黒い狼を眠らせるんだ。眠れ、黒い狼よ、眠れ！　ああ、そうだ、眠ろう。ある店、あるウィンドウ、ある広告。ぼくの両足は、狼を怖がる子羊のようにおとなしいぼくの両足は、ほら、ぼくをどこかへ連れて行こうとしていた。でもどこへ？　〈快楽《セファ》〉映画館、〈春《バハル》〉薬局、〈死亡《オルム》〉乾物屋《バッカル》。タバコを持った乾物屋の手伝いは、ぼくのことをなぜそんな風に見ているのか？　乾物屋の後食料雑貨店だの菓子屋だのを見ていると、大きなウィンドウに置かれた〈アルチェリック〉の冷蔵庫、〈アイガス〉のガスコンロ、パンの箱、肘掛イス、長イス、ホウロウ製品、電灯、〈モダン〉のストーブ、毛並みが豊かで幸せな犬、つまり〈アルチェリック〉のラジオの上にちょこんと乗っている置物を眺めていると、もう自分を抑えられなくなってきたのがわかった。

こうしてふたつの山に挟まれたアマスヤの町で、天使よ、ぼくは夜中にウィンドウの前でワアワア泣き始めたんだ。ほら、子供たちによくきくじゃないか。どうして泣いているのかい、いい子よ、と――深い傷の中から血が出ているから泣いているのだが、きいてきたおじさんにはこう言うんだ、青い鉛筆削りを失くしたからと。そう、ぼくもそんな風に悲しくなったんだ、ウィンドウにあるすべての品物に対して。無駄に人殺しになるところだった、そして生涯の最期まで魂にこの痛みを感じながら生きていくはめになるところだった。乾物屋からひまわりの種を買ったとき、食料雑貨店《バッカル》のウィンドウにある鏡に自分を映してみたとき、冷蔵庫やストーブの間にある幸せな人生の中の自分の胴体が見えたとき、自分の中の下劣で陰険な声は、見てみろよ、と、そして歯をむいている憎たらしい狼も、おまえは罪深い、とぼくに言うはずだった。

それにしても、天使よ、ぼくは昔人生を、そして人生で善人にならなければいけないことを、どんなにか信じていたことか。今はといえば、ぼくが信じられないジャーナンと、彼女を信じたらきっと殺すだろうメフメットの間で、くねりにくねった、あまりにもずるい打算が約束した霧の中にある幸福の空想と、〈ワルサー〉の他には頼れるものは何もなかった。ぼくの目の前を冷蔵庫やオレンジ搾り器、分割払いのソファが、聞こえない弔辞ともにゆらゆら揺れながら通り過ぎていった。

そんなとき、国産映画に出てくる鼻水をすすりあげる子供や、涙を浮かべた美女の悩みをきいてやるおじさんが、ぼくのようなボロボロの雄鶏を助けに来て、こう言った。「息子よ、なぜ泣いているのかね、何か悩みがあるのかい？　……泣かないでおくれ。」

この利口で髭をたくわえたおじさんは、モスクに行くところか、さもなければ誰かの首を絞めに行くところだった。ぼくはこう言った。

「おじさん、昨日父さんが死んだんだ。」

おじさんは信じていないようで、「あんた、誰の息子かね？」ときいた。「ここいら辺の子じゃないね？見かけないもの。」

「継父はぼくらをここに住まわせなかったんです」とぼくは言って、こう言おうかとも思った。「おじさん、メッカにハッジの巡礼に行こうとしていたんだけど、バスに乗り遅れちゃったんです。お金を貸してください！」

ぼくは悩みすぎて死にそうになって歩いた。暗闇に向かって苦悩のせいで死にそうになりながら。

それでも何もないところにひとつふたつ嘘をついたので気が晴れた。それから、いつもぼくが信用している〈安心《ギュヴェンリ》ワラン〉のテレビの画面で、小柄な女性が悪人たちの間を非情な決意で車を走らせている場面を観ると、随分楽になった。朝、黒海の海岸沿いの〈黒海《カラデニズ》〉食料雑貨店《バッカル》からイスタンブルの母に電話した。そして用を済ませて天使の花嫁と家に帰るから、と伝えた。母が泣くとしたら、幸せすぎて泣くはずだった。ぼくは旧市街のある菓子店に座って、覚書きを開いた。そして一刻も早く用を済ませるために計画を練った。

サムスンにいた本の読者は、社会保障病院でインターンをしている若い医者だった。彼があのメフメットではないことは、さっぱりと剃られた髭からか、手入れの行き届いた自信たっぷりな様子からか、理屈では言えないが、彼を見た瞬間に理解できた。あの本を、ぼくのように人生を誤った人間がするようにではなく、確かな方法でたっぷりと消化器官に取り入れ、それと同時に安らぎや情熱とも一緒に生きていかれるのだ、この男は。ぼくはすぐに彼が嫌いになった。ぼくの全人生を変えてしまった、ぼくの世界を狂わせたあの本は、この男にはどうやってビタミン剤のような効果をもたらしたのか？　それが気になって悶えるだろうということがわかったから、肩が広くハンサムなこの医者に、大きな目をした硬い輪郭を持つキム・ノヴァックの三流コピーのような、色黒の看護婦が色目を使っているとき、ぼくは、机の上に置いてある薬のカタログの間に薬のカタログのような偽りの純真さではさまっている本を指差すと、本について話し始めた。

「ああ、先生はとてもお好きなんですよ、読書が！」と、力強くて決意の固いキム・ノヴァックはクスクス笑った。

看護婦が行ってしまうと医者はドアに鍵をかけ、成熟した男のように儀式的に椅子に腰掛けた。男同士タバコを吸いながら、彼はすべてを語った。

彼は家族の影響で一時期宗教に傾倒し、青年時代のはじめモスク通いし、断食月には断食していた。それからある娘に恋をし、信仰を失った。その後マルクス主義にかぶれた。この嵐が傷跡を残して去っていってから、彼は魂に空虚感を感じた。ある友人の本棚で見かけて借りたこの本を読むとすべてが、「あるべき場所に収まった」。死が人生の中で占める位置をもう知っていた――その存在を、庭になくてはならない木、通りにいる友人のように受け入れ、反抗しなくなり、子供時代の大切さがわかった。過去のものとなった小さな品物を、チューインガムを、挿絵つき小説を思い出して愛することをこうして学んだ。最初に読んだ本の、人生における初恋のような位置も。狂った、苦悩するバスも、未開の国も、だいたい子供時代から好きだった。天使のことはというと、一番大事なのはこの奇跡的な天使の存在をも、理性で理解して心で信じたことだった。こうしたすべてが混ざり合って、彼は、天使がある日やって来て自分を見つけることを、そして一緒に新しい人生へ向かって上っていくのを、例えばドイツで仕事を見つけられることを、もう知っていたのだ。

ある幸福の処方箋を書いて、ぼくがどうやって健康になれるのかを説明するかのように、こうしたことを説明した。処方箋が理解されたことを確かめた医者が立ち上がると、良くなる気配のない患者も出口に向かって行くしかなかった。ぼくが出て行こうとしていたら、彼は錠剤は食後に飲むようにと言い、こう付け加えた。

「ぼくはいつも下線を引きながら本を読むんです。あなたもそうしなさい。」

ぼくは町から出る最初のバスで南へ向かった。天使よ、逃げるように南へ。黒海の海岸にはもう来ないだろう、とぼくは思った。まるでぼくの幸福の計画の中に色とりどりではっきりした幻があるかのように、ジャーナンとぼくは黒海では、はじめから全く、そう全く幸せにはなれなかっただろう、とも思った。ぼくの横の暗いガラス窓を、暗い村々が通り過ぎた。暗い家畜囲い、不死の木々、苦悩するガソリンスタンド、がらがらの食堂、静かな山々、あわてんぼうのうさぎたち。これに似たものを以前にも見たことがあった、とぼくはつぶやいた。バスの画面に映っていた映画で、心がきれいで人の好い青年がひどく騙されたことがわかってからだいぶ後、悪い奴らに仕返しし、銃弾を彼らに浴びせ始めたときに。彼らを殺す前にひとりずつ尋問し、懇願させ、後悔させ、だまし討ちできるほどの隙を与えて許しそうになるが、このだまし討ちとともにぼくら観客も男が殺されるに値するほど悪い奴だという結論に達したときに、運転手のちょっと上にある画面から決意に満ちた銃声が聞こえてくるのだった。そんなとき、悪趣味な流血や殺人が嫌いな人のように、ぼくは画面から目をそらして窓から外を見た。天使よ、ぼくに本の処方箋をくれたときに、おまえが誰なのかをハンサムな医者にどうしてきかなかったのだろうと考え、銃声やエンジンのうなる音、タイヤが回る音の中で奇妙に作曲された歌をきいているような感じがした。その歌詞はこういう風に始まっていた。

天使とは誰?と若い患者がきくと、天使?と医者は聞き返す。自分自身で満ちあふれた男が自信を持って一枚の地図をテーブルに広げている。そして可哀想な患者のレントゲン写真に写った希望のない内臓を見せるかのように、ここは〈意味の丘〉、そこは〈無二の瞬間市〉、あそこは〈無邪気谷〉、ここが〈事故地点〉なら、ほらこれは、〈死〉だ、と言う。

天使に出会ったように、お医者さん、死とも愛とも出会わなければだめなのかい、人間は?

ぼくが持っていた覚書によると、イキズレルの町で本を読んだ新聞販売者に会わなければならなかった。バスを降りてから十分後、繁華街の中ほどにある店で、ジャーナンの恋人に似ても似つかない背の低い、大柄で太った胴をシャツの上から気持ちよさそうに掻いている彼を見かけた。そして決意が固く機敏な探偵であるぼくは、十分後に出るバスに乗ってその町を去った。バスを二台乗り換えて四時間後に行った、県庁所在地にいる疑わしい人物はというと、ひとり前の人物よりももっと手がかからなかった。というのは、ターミナルのすぐ向かいの床屋で勤勉な店主が誰かの髭を剃っているとき、彼は片手にちりとりを持ち、清潔でまっさらなエプロンをつけて、バスから降りてきたぼくら幸せな乗客たちを、深い苦悩を表しながら眺めていたからだ。「おいで、兄弟よ、バスに。君と行きたいんだ、一番知られていない国に!」

と心の中で言いそうになったとき、この台詞が韻を踏んでいるのに気づいた。そしてひらめきの妖精がぼくのもとを去る前に、行ける所まで行きたくなった。こうして一時間後に着いた町で、疑わしい失業者を、十分に疑わしい疑惑の人物と思ったから、ぼくが探している傷心の報告者の自宅の裏庭にある乾いた井戸に吊り下げられた古い鳥かごを、懐中電灯を、はさみを、バラの木からキセルの吸い口を、驚くべきことだが、手袋を、傘を、扇を、そして〈ブローニング〉の拳銃を調べなくてはならなくなった。傷心で歯が折れた販売者は、ナーリン医師に対する敬意と憧れのささやかな表現として、一個の〈セルキソフ〉時計を彼に贈った。救済の日のために、彼が三人の友人と一緒に金曜礼拝の後、菓子店の裏にある部屋でどんな風に会っていたかを説明しているとき、突然夕方になっただけでなく、秋も一瞬のうちに訪れてしまったと思った。黒く低い雲がぼくの理性にたれこめるとき、隣の家の一室で電灯が点き、一瞬、秋の枯葉の中から半裸の女のがっしりした蜂蜜色の肩が、窓に身震いのように現れて消えた。それから、天使よ、空を駆けずり回っている黒い馬をぼくは見たんだ。せっかちな怪獣たち、ガソリンスタンドのポンプ、幸福の空想、閉鎖された映画館、別のバス、別の人間、別の町を。

その日だいぶたってから、あのメフメットではないことがわかったのに、がっかりするというより、なぜか希望を与えてくれたカセットテープ屋と、彼が売っている物が醸し出している楽しさ、雨が降って止んだこと、そしてまだ来たばかりの町の苦悩について、枝から枝に飛び移るように話していた。と、そのとき、苦悩する電車の発車の笛の音が聞こえ、ぼくはあわてた——名前さえ記憶にとどめることができないような、この忘れられた町を一刻も早く去って、バスがぼくを連れて行ってくれる、愛するビロードの夜に戻らなければならなかった。

電車の笛の音が聞こえてきた方向へ、ターミナルの方へ向かって歩いているとき、最初とめてあったピカピカの自転車のミラーに、歩道を歩いている自分が映っているのが見えた――拳銃を隠して――新しく買った紫のジャケットを着、ポケットにはナーリン医師への贈り物の〈セルキソフ〉を入れ、脚にはジーンズをはき、不器用な両手をぶらぶらさせて、ぼくは行ったり来たりした。と、そのとき、店やウィンドウが後ろへ、後ろへ後退して行ってしまった。そして闇の中に一瞬のうちにサーカスのテントが、入り口の上にはひとりの天使の絵が浮かび上がってきた。天使は、ペルシャの細密画と国産映画のスターを足して二で割ったようなものだったが、心臓が飛び出すかと思った。授業をすっぽかした学生がタバコを吸ってますよ、ほら、それに見てください、サーカスにも入っていきますよ、こっそりと。

ぼくはチケットを買って座った。カビや汗、土の匂いの中ですべてを忘れる決心をして待ち始めた。まだ部隊に戻らないでいる血気盛んな兵士、時間を潰している男たち、老人や苦悩する人たち、子供を連れて間違って来てしまったかもしれない一、二の家族。テレビでも観た素晴らしい曲芸師がいたわけでもなく、自転車に乗る熊がいたわけでもなく、トルコ人の手品師がいたわけでもなかった。ひとりの男が汚れて鉛色になった幕の下からパッと一台のラジオを出した。それからラジオは飛んで音楽になった。トルコ風の歌が聞こえた。とそのとき、その歌を歌いながら中から出てきた若い女が、悩ましい声でその次の歌を歌って去った。チケットは指定席制だった。女は座席番号がくじになっているから辛抱して待つように、と言った。

ついさっき歌を歌った女がまた現れ、今度は天使になっていた。目の端には、つり目に見せかけるアイラインをひいていた。彼女はぼくの母がかつてイスタンブルのスレイヤ海岸で着ていた、ずいぶんと布の部分が多いビキニの類似品を着ていた。奇妙な服の切れ端、マフラーかおかしなショールかとぼくが思ったものは、首に巻きつけて細い両肩からたらした蛇だった。全く観たこともないおかしな光を見ていたのだろうか、それともこの光を待っていたのだろうか。ぼくはその光のことを考えていただけかもしれなかった。そこで、そのテントの中で、天使と蛇、それに他の二十、二十五人ほどの人と一緒にいることに、ぼくはあまりにも幸福を感じたので、目から涙がほとばしってくるかと思った。

それから女が蛇としゃべっているとき、ぼくの脳裏にあることが浮かんできた。人間は忘れ去られた遠い昔の思い出を、ときどき突然思い出す。このことをなぜ今思い出したのだろう、と自分に問いかけ、頭が混乱してしまうんじゃないか、と思う。でもぼくは、頭が混乱するというより、安心した。一度、父とルフクおじさんのところへ行ったとき、彼はこう言った。「世界の反対側であっても電車が走っているところならば、ぼくはどこででも暮らせる」と。「だって、眠る前に電車の発車の笛が聞こえない人生など、想像もできないから。」そのとき、この町で、この人たちの中で、ぼくは人生の終わりまで暮らすことができると、すごくよく想像できた。すべてを忘れることがもたらす平穏に勝るものはない。蛇とやさしく、やさしく会話している天使を見ながら、ぼくはそんなことを考えていた。

一瞬光が弱くなり、天使は舞台から去っていった。あたりが明るくなると、十分間の休憩だというアナウンスが入った。ぼくも全人生を一緒に過ごすだろう同郷人たちと交わろうと、外へ出ようと思った。

木のような茶色をした椅子の列の間を通り抜けようとしたとき、舞台と言っている地面を高くしたところから三、四列後ろに座って『ヴィランバー・ポスト』を読んでいる人物を見かけ、ぼくの心臓はドクドクいった。あのメフメットだった。ジャーナンの恋人で、ナーリン医師の死んだ息子が、脚を組んで、世界を忘れて、ぼくが求めている安らぎの中で新聞を読んでいた、そこで。

十三

外へ出るとすぐ、そよ風がぼくのうなじから入り込んで全身を駆け巡り、鳥肌がたった。将来の同郷人たちは疑惑の敵に成り代わってしまっていた。心臓がドクドクいいつづけているとき、ぼくは拳銃の重さを腰のところに感じながら、タバコと一緒に全世界をつかんでいるかのようだった。

開始のベルが鳴り、ぼくはテントの中を見た。彼はまだ新聞を読んでいた。人ごみとともにぼくもテントの中へ戻り、彼の三列後ろに座った。「プログラム」が始まり、めまいがした。ぼくは何を見て、何を見なかったのか、何を聞いて、何を聞かなかったのかを思い出せないでいた。ぼくの脳裏にはあるうなじが浮かんできた。善人の、きれいに剃られた謙虚なうなじ。

だいぶたってから、紫の袋のくじ引きの様子を眺めた——当選者の番号がアナウンスされた。歯が抜けたある老人が、喜びながら舞台に飛び出した。天使はあの同じビキニを着たまま、花嫁のベールを被って彼を祝福した。と思ったら、テントの入り口でチケットを売っていた男が、巨大なシャンデリアを持って現れた。

「アッラーよ、こりゃ七つの蜀台《すばる》を持った星だ《スレイヤ》！」と、歯のない老人はかん高い声を上げた。後ろのほうから何人かの観客が叫んだので、くじがいつもこの男に当たって、シャンデリアも毎晩行き来しているビニール袋に入った同じものだということがぼくにもわかった。

天使は先にケーブルのついていない、音声も大きくならないマイク、もしくはマイクの偽物を持ってこう言った。「どんな気持ちですか、幸運に恵まれるとはどんなことでしょう、興奮していますか？」

「とても興奮してるねえ、とても幸せだ。アッラーがあんたたちをお認めになりますように！」と老人はマイクに向かって言った。「人生とは素晴らしいものだなあ。問題や悩みがあっても、わたしゃ幸せになることを恐れていないし、恥ずかしいこととも思いませんよ。」

何人かが彼に拍手した。

「シャンデリアをどこで使うつもりですか？」と天使がきいた。

「こりゃちょうど偶然だったなあ」と老人は言った。あたかもマイクが入っているかのように注意深くそれに顔を近づけた。「わたしゃ、恋してるんだよ、婚約者もわたしをとても愛してるんだ。近々結婚するんでねえ、新しい家へ引っ越すんだよ。そこで使いますよ。この七つの電球がついたやつを。」

拍手が起こった。それから「キス、キス」という声が上がった。

天使が老人の両頬に接吻すると、みな黙った。この沈黙の中で老人はシャンデリアを持ったままそっと舞台を去った。

「ぼくらには全然当たらないじゃないか」と、後ろから怒った声が聞こえた。

「静かに」と天使が言った。「よく聴いてください。」接吻したときと同じ奇妙な沈黙が始まった。「いつかあなた方にも幸運が訪れます。忘れないでください、あなた方にも幸せの時が来るのです」と、天使は言った。「じれったがらないでください、人生に背を向けないでください、誰のことも嫉妬しないで、待つのです！　人生を喜んで生きることを学んだら、幸せになるために何をしたらいいのかわかるでしょう。そのとき、あなたが道に迷っても、迷わなくても、私が見えるでしょう」と言って、彼女は魅惑的に眉を動かした。「だって毎晩アルズ天使はここにいるのですから。かわいらしいヴィランバーの町に。」

　彼女に当たっていた魔法の光が消え、裸電球がついた。ぼくは標的との間に距離を置きながら、人ごみと一緒に出口から出た。風が強くなっていた。ぼくは右の方を見た。一瞬ぼくの前に少し人がたまっていたので、気づくとぼくは彼の二歩ほど後ろにいた。

「どうでした？　オスマンさん、面白かったですか？」とフェルトの帽子をかぶった男が言った。

「まあまあですかね」と彼は言った。脇の下に新聞をはさみ、だんだんと足取りを速くしていた。ナーヒットであることから逃れたように、メフメット役からも降板し、また別の人間の名を彼が名乗ることを、ぼくはなぜ思いつかなかったのだろう？　思いつくことができたかもしれないことを、どうして思いつけなかったのだろうか？　思いつけなかったのだろうか？　考えさえ及ばなかった。ぼくは後ろで彼がもう少し遠ざかるのを待った。ぼくは少し前へかがんだ彼の細い胴体を注意深く見つめていた。彼だった、ジャーナンが気が狂うほどに恋している奴は。ぼくは彼の後をつけた。

　ヴィランバーの町は、ぼくが今まで見た何十もの町の中でも、最も通りに木が植えられている町だった。標的は早足で歩きながら、一本の街灯の下に来ると、まるで色褪せた舞台照明に照らされているようになり、それから栗と菩提樹の木のうちの一本に近づくと、ふるふる震えている葉や風のそよぐ暗闇のあわただしさの中に消えていった。ぼくらは町の広場や〈新世界《イェニ・ドゥンヤ》〉映画館の前を、標的の白いシャツに少し黄色がかった、それからオレンジ色の、そして青っぽい、赤っぽい色を落とす菓子店、郵便局、薬局、茶屋など商店街の褪めたネオンの光の下を通り過ぎて、ある裏通りに入った。どれも似たような三階建てのビルや街灯、カサカサと音をたてる木々が創り出した完璧なパースペクティヴに気づくと、あの〈セルキソフ〉たちが、〈ゼニス〉たちが、〈セイコー〉たちが味わったと思われる、追跡の悦びに鳥肌がたった。そしてぼくは用を済ませるために、標的の無個性な白いシャツに向かって素早く近づき始めた。

　何が起こったにせよ、それは終わった。大きな騒音が起こった――一瞬あの時計たちのうちのひとりもぼくを追いかけているのではと思い、あわてて隅へ隠れた。風が吹いてどこかの窓がバタンといい、窓ガラスがガシャンとわれた。暗闇の中にいる標的は一瞬後ずさりし、立ち止まった。ぼくに気づかずに歩き始めるかと思ったら、ぼくがまだ〈ワルサー〉の安全装置を解除できないうちに、彼は突然鍵を取り出してある入り口を開け、みな似たようなコンクリートの建物のうちのひとつに入っていってしまった。三階の窓の電灯が灯るまでぼくは待った。

　それから一瞬目を上げた。人殺しや人殺し予備軍のように、ぼくは世界でたったひとりぼっちになったような気持ちになった。一本向こうの通りで、あのパースペクティヴに敬意を表して頭をたれている〈安全《エムニェット》〉ホテルの、風のせいで前後に揺れている謙虚なネオンの文字が、ぼくにもう少しの辛抱、もう少しの賢さ、もう少しの安らかさ、それに一台のベッドとぼくの全人生と人殺しになる決意を、それからジャーナンのことを新たに想うための長い夜を約束していた。途方にくれてホテルに入り、事務員がきいてきたのでテレビ付きの部屋を頼んだ。

ぼくは部屋に入るとすぐテレビをつけた。白黒の画像が映ると、テレビ付きの部屋にしてよかったと独り言を言った。凶暴な人殺しの孤独を感じながらではなく、それは全く重要ではないかのように、そういうことを頻繁にやっている白黒の親友の楽しそうな喧騒とともに夜を過ごすことができそうだったから。ぼくは少し音量を上げた。しばらくしてから手に拳銃を持った男たちが突然叫びだし、アメ車がスピードを出して走って行き、すべるようにカーヴを曲がり始めると、ぼくはほっとして窓の外の世界や、怒った栗の木を安らかに眺めた。

ぼくはどこにもいなかった、そしてどこにでもいた。そのせいでこう感じられたのだが、自分は世界には存在しない中心部にいた。この中心部にあって、それはもうかわいらしく、それはもう完全に死んだホテルの部屋の窓から、ぼくが殺したがっている男の部屋の灯りが見えていた。ぼくには彼自身が見えていなかったが、彼は今のところ部屋に、ぼくも今夜のところはここにいることに満足していた。しかもテレビの中の親友たちもお互いに銃弾を浴びせかけ始めてさえいた。標的の灯りが消えてから少したって、人生の、愛の、そして本の意味について考えることなしにぼくは寝入ってしまっていた。銃声を聞きながら。

朝起きてシャワーを浴び、髭を剃った。そして全国で雨が降ると予報を伝えているテレビを消さずに、ホテルを出た。〈ワルサー〉を確認もせず、愛や本のための殺人の準備をしている若者よろしく部屋の鏡や世界を眺めてイライラすることもなかった。ぼくは着ていた紫のジャケットのせいで、夏休みにいろいろな町を回って『共和国・人名百科事典』を売ろうとしている、楽観的な大学生に見えたに違いない。楽観的な大学生は、地方都市で名前をきいたことがある本好きの家を訪ねていき、文学や人生について長々とおしゃべりをしたいと思わないだろうか？　奴をすぐに殺すことはできないことは、とっくの前からわかっていた。ぼくは階段を一階分上がり、ブーっとブザーを押した。と言いたいところだったがブザーからそういう音は出てこず、ジッ、ジッというカナリヤの声のつもりの電子音がした。最新型のものはヴィランバーにさえ来ていた。そして人殺しも、犠牲者を地獄の底であっても見つけるのだ。こういったとき、映画の中の犠牲者たちもすべてを知っていることを感じさせる雰囲気に包まれ、「わかっていたんだ、来ると思っていた」と言うのだ。でもそうならなかった。

彼は驚いた。でもその驚愕に驚いたわけではなく、普通のことのようにそれをやっていた。顔はぼくの記憶に残っているような、ぼくの想像の中にあった意味深げなものとはかけ離れていたが、一応整っていて、そうだな、ハンサムだった。

「オスマンさん、来ました」とぼくは言った。そして沈黙した。

すると二人とも気が落ち着いた。ぼくを中に入れるつもりはないという風にぼくを、それにドアをすまなそうに一瞬見た。そしてこう言った――

「来て、一緒に出よう。」

彼は銃弾を通す灰色のジャケットを着た。そして一緒に外へ出て、通りのふりをしている通りを歩いた。歩道で疑わしそうな犬がぼくらをじっと見た。一本の栗の木のてっぺんにいたコジキバトは黙った。見てごらん、ジャーナン、見てごらん、こんなに仲良くなったよ、彼と。彼の背はぼくよりほんの少しだけ低いということを、ぼくは判断しようとしていた。そしてぼくのような輩の最も目立つ個人的な特徴である歩き方――何と言ったらいいか、ほら、肩の上下運動と、足を差し出すときの大胆さとの調和――もぼくに似たところがあるという判断をぼくが下していたところ、彼はぼくに、朝食を食べたか、それともこれから食べるつもりなのか、駅にコーヒー店《カフヴェ》があるが、きみはチャイを飲むだろうか、と言った。

パン屋から熱々の丸パン《アチマ》をふたつ買って、食料雑貨店《バッカル》に寄って百グラムのチーズをスライスしてもらい、油紙に包んでもらった。そのときそこにあったサーカスのポスターから、天使がぼくらに向かって手招きしていた。一軒のコーヒー店《カフヴェ》の前の入り口から入ってチャイをふたつ頼んだ。後ろの入り口から駅が見える庭へ出て、そこへ座った。栗の木か屋根にとまっていたコジキバトたちは、ぼくらに気もとめずにため息をついていた。やさしくやわらかな朝の涼しさ、静寂、遠くのラジオからかすかな音楽が聞こえていた。

「毎朝仕事の前に、まず家を出てからコーヒー店《カフヴェ》に寄ってチャイを飲むんだ」と、彼はチーズの包みを開けながら言った。「ここは春になるといいところなんだ。雪が降ったときも。朝、駅で雪の上をカラスが歩いているのを、雪をかぶった木々を眺めるのが好きなんだ。それから広場のあの大きな〈祖国《ユルト》〉コーヒー店《カフヴェ》もいいんだよ。ストーブが大きくてよく燃えている。そこでもぼくは新聞を読んで、ときには流れているラジオを聞き、ときには何もしないでただ座っているんだ。」

「新しい人生は秩序正しく、規律があって、几帳面なんだ……毎朝九時近くになるとカフヴェから腰を上げて家へ戻る。九時になったらぼくはもう机に向かっていて、コーヒーも用意できていて、書き始めている。他人にはぼくがやっていることは単純なことのように見えるが、これには注意が必要だ。ひとつの点も見逃さずに、ひとつの文字も、丸の位置も間違えずに、本をもう一度始めから書くんだ。丸から点にいたるまで、すべて同じにしたいんだ。これもいつも同じ霊感や意欲がなければできない。他人はぼくのやっていることを、本をコピーしているだけだと言うかもしれないが、単純な写しを超えたものなんだ、ぼくの仕事は。感じながら、理解しながら、そして毎回それぞれの文章、それぞれの単語、それぞれの文字を自分が考え出したかのように書くんだ。こうしているうちに朝九時から昼の一時まで精力的に作業する。他には何もしない。何もぼくの仕事を邪魔できない。午前中のほうがたいていはかどる。」

「それから昼食をとるために外へ出る。この町には二軒の食堂がある。〈アスムの場所〉は混んでいる。〈鉄道食堂〉は落ち着いていて酒を出す。あるときにはこのうちの一軒に行き、別の時にはもう一軒へ行く。コーヒー店《カフヴェ》でチーズをはさんだパンを食べることもある。家から全く出ないことも。昼は全く飲まない。たまにちょっとやることもあるが、それくらいだ。大事なのは、時計が二時半を指したら、また机に向かうことだ。夕方六時半か七時まできっちり作業する。調子がよかったらそれ以上続けることもある。書いたものを気に入ったら、人生に満足しているなら機会を逃したらだめだ。書けるだけ書かないといけない。人生は短いんだ、仕事とはこういうものだよ、知っているだろう。チャイが冷めるよ。」

「一日中作業したら、書いたものを気分よく眺めて、また外へ出るんだ。だって夕方新聞をめくっているとき、テレビを観ているとき、ひとりふたりは傍にしゃべりかけられる人にいてほしいから。ひとりで暮らし、ひとりでいることに決めているから、そうしなければならない。人間たちに会い、彼らとおしゃべりをし、少し飲んだり、ひとつふたつ話をきいて、ときにはぼくが語って、というようなことすべてが気に入っているんだ。それからたまに映画を観に行ったり、テレビ番組を観たりする。コーヒー店《カフヴェ》で夜トランプ遊びをすることもある。新聞を持って早めに家へ帰ることも。」

「昨日はテントでやっているサーカスに行っただろう」と、ぼくは言った。

「彼らはこの町に一ヶ月ほど前にやってきて、ずっといるんだ。晩になるとまだ行く人がいるんだ。」

「あそこにいた女」と、ぼくは言った。「ちょっと天使に似ているみたいだった。」

「天使なんかじゃない、町の重要人物や金を払う兵隊と寝てるんだよ、わかったかい?」

沈黙が訪れた。その「わかったかい?」という言葉は、何日もあちこちへ引っぱり回されながら酔っ払いの浮かれ気分で味わった嘲笑的な怒りという居心地のよい肘掛け椅子からぼくを追い出して、駅が見える庭の、固くて居心地の悪い板の椅子のガタガタいう不穏さに取って代えてしまった。

「本に書いてあることは」と彼は言った。「ぼくにとってはもう昔のことなんだ!」

「でも一日中あの本を書いているじゃないか」と、それでもぼくは即座に返事することができた。

「お金のために書いているんだ」と彼は返事した。

勝利の気持ちも、羞恥心もなく、むしろ、まるで釈明しなければならなくなったから謝るように彼は説明した。ぼくも馴染みの新品のノートに、本を手書きで新たに書いているという。毎日平均して八時間から十時間書き、一時間平均三ページ書くことができるので、三百ページの本の手書き版を十日間で楽に書き終えるという。ここにはそういうことに「見合った」お金をくれる人たちがいるという。町の名士たち、伝統を重んじる人たち、彼を気に入っている人たち、彼の努力と信仰への忠誠心、忍耐強さに感心している人たち、人の真似をしてばかりの人間たち、針で井戸を掘るような辛抱強い人間たちの中で、安らかに暮らしていることにある種の幸せを感じている人たち……。しかも全人生をかけてこういう地道な努力をしているというと――彼は遠慮がちにそう言った――なりたいとも思わないのに周囲にある種の「軽めの伝説」と見えていたらしい――。彼に敬意を抱いていたのだ、彼がやっていることに――彼もぼくのように、「何て言ったらいいのか」と言った――周囲は彼に神聖な側面を見出していたらしい……。

これらすべてを、ぼくが無理強いして、ほじくり返すように質問したから彼は答えたのだった――でなければ自分自身のことを語るのは全く好きでないようだった。本の手書き版を買った客の中の好奇心の強いお人好しが彼に示した敬意に対する感謝の意を表してから、こう言った。

「とにかく、ぼくは彼らに奉仕してるんだ。本物を彼らに提供してるんだ。信仰で、血で、命でできてるんだ、すべての単語は。だからこの本は手書きなんだ。彼らもぼくの誠実な労力に対して報酬をくれるんだよ。少しのときもあるし、たくさんのときもある。誰の人生でもこうなるだろう、最期には。」

ぼくらは黙った。焼きたてのアチマをスライスしたチーズと一緒に食べながら、彼の人生がもうとっくの昔にあるべき場所へ収まり、本が語っているように「軌道に乗って」いるのがぼくには見えた。彼もぼくのように本を読んで旅に出、冒険を経てから、ぼくができなかったことに成功して、何もかもが何年もの間同じ状態でいる均衡を、そして内面の平穏を見つけたのだ。スライスしたチーズを注意深く噛み締め、コップの底に残った指一本分のチャイを味わいながら飲んでいるとき、彼がこの手、指、口、顎、そして頭の細かな動作を毎日繰り返しているのをぼくは感じた。彼が見つけた均衡の安らぎは、彼に終わりのない時をもたらしてくれたのだ。ぼくはといえば、心配そうに、不幸そうにテーブルの下で両足をブラブラさせていた。

一瞬ぼくの中に嫉妬心が浮上してきた。それは何か悪事を働く欲望だった。でももっと悪いことにも気づいた。拳銃を取り出して、今彼の目の真ん中に向かって撃ったとしても、書くことで終わりのない時の安らぎにめぐり合ったこの男に、何もしたことにならなかった。同じく身じろぎもしない時の中で、少し違う形であったにせよ、彼は自分の道を進み続けるはずだった。ぼくの留まることを知らない不穏な魂はというと、あのバスの運転手のように、どこへ向かっているのかを忘れ、どこかへたどり着くためにじたばたしていたのだった。

ぼくは多くのことを彼に尋ねた。彼はぼくに「そうだね」「いや」「もちろん」というような短い返事をし、ぼくの質問に彼が答える前にもうぼくにはわかっているということが毎回わかっていた——彼は自分の人生に満足していた。人生に他にはなにも求めていなかった。まだ本が好きだったし、それを信じていた。誰にも怒っていなかった。人生が何であるのかを理解していた。でもそれが何なのかを説明することはできなかった。ぼくを前にしてもちろん動揺していた。誰かに何かを教えられるとは思っていなかった。誰にでも自分なりの人生があり、彼にとっては、すべての人生はもともとお互いに平等だった。孤独が好きだった。でもこれはあまり重要なことではなかった。だって人間たちも好きだったから。ジャーナンのこともかなり気に入っていた。そう、彼女に恋もした。でもその後逃げおおせた。ぼくが彼を見つけたのに驚いてはいなかった。ジャーナンにどうかよろしくと言っていた。書くことが人生における唯一の仕事だったが、それが唯一の幸福ではなかった。みなのように何か職業がなければならないことを知っていた。他の仕事を気に入るかもしれなかった。そう、その仕事が日々の糧になるのなら、それをすることもできた。たとえば世界を眺めること、本当の意味で見ながら眺めるのはとても愉快なことだった。

駅の方では一台の機関車が方向転換をしていた。ぼくらはそれを眺めた。ポッポッと大きな煙を噴き上げながら、年老いて疲れていてもまだ丈夫で、自治体のオーケストラのようにチンチンと鍋、鉄、それにうめき声のような音を出しながらぼくらの前を通り過ぎると、ぼくらの頭は機関車を追って横へ向いた。

彼が本を何度も何度も書くことで見つけた安らぎを、ぼくはもしかしてジャーナンと見つけられるかもしれない。ぼくが拳銃で心臓をぶち抜こうと思っていた男の瞳に映った機関車が、少したってアーモンドの並木の中央に消えていくと、苦悩が頭をもたげてきた。一瞬兄弟愛のような感情を抱きながらこの瞳にある子供っぽさを、そして悲しみを眺めていると、ジャーナンがこの男をなぜそんなに好きなのかがわかった。ぼくがわかったことはあまりにも真実で、正しいことのように思えたから、愛を貫くジャーナンに敬意を感じた――でもまた少し後、ぼくには重過ぎるこの敬意は嫉妬心にとって代わられて、ぼくは井戸に転がり落ちるようにそこに落ちていった。

人殺しは犠牲者に、このへんぴな町で忘れ去られた存在になることを決めたとき、偽の名としてなぜオスマンという自分の名を選んだのかを尋ねた。

「わからない」と偽のオスマンは言った、本物のオスマンの瞳に宿った嫉妬心の雲を見ることなく。それからやさしく微笑んで付け加えた。「君に会えてうれしかったから、もしかしてそのせいかも。」

アーモンドの並木の向こうに他の線から戻ってきた機関車を、彼は敬意と言ってもよいくらいの注意力で見つめた。人殺しは、機関車が陽の下でピカピカに輝いているのに目を釘付けにされている犠牲者が、その瞬間全世界を忘れてしまったと誓うことができた。でもそうでもなかったらしい。朝の爽やかさが晴れた一日の重さに変わって来ると――

「九時をだいぶ過ぎてしまった」とぼくの敵は言った。「机に向かっていなければならない時間だ……君はどこへ行くの?」

自分が何をしているのかを認識しすぎるほどしつつ、あわてて、途方に暮れて、それでも何も考えずにではなく、ぼくの人生で初めてひとりの人間に心の底から懇願した――「お願いだからもう少しいようよ、もう少し話そう、もう少し分かり合おうじゃないか。」

彼は驚き、多少不安になったようだったが、ぼくを理解してくれた――ぼくのポケットにある拳銃をではなく、ぼくの渇きを。彼が寛大な笑顔を投げかけたので、ぼくが〈ワルサー〉の存在を腰のところに感じながら、ぼくらの間に生み出すことができていた平等の感情は、粉々に砕けてしまった。こうして次第に人生の心臓部にではなく、自分の貧しさの限界にだけたどりつくことが出来た不運な旅人は、この限界で出会った賢者のシェイフに人生の、本の、時の、文章の、天使の、すべての意味を尋ねなくてはならないような焦りに襲われた。

ぼくは彼にこういったことすべての意味をきいた。彼も「すべて」というのが何を意味しているのかをきいてきた。そのとき彼にすべての始まりになることができる質問が何なのかをぼくはきいた、というのはその質問を彼にきくためだった。彼はぼくに、ぼくが見つけるものは、始まりと終わりのない場所であるはずだと言っていた。ということは、もしかしてぼくが彼にきくことが出来る質問などひとつもないのかもしれなかった。では、何があるのか？　何があるかというのは、その人間がどういう見方をしているかによった。ときには静寂が訪れても、人はそれから何かを引き出そうとするのだ。ときには今ここでぼくらふたりがやっているように、朝あるコーヒー店《カフヴェ》でチャイを飲み、楽しくしゃべり、機関車や電車を眺め、コジキバトのさえずりを聴くのだった。これらはすべてではなかったかもしれない、もしかすると。でも何か特別なことでもなかった。それでは、あちら側のどこかに、あれだけの旅の後に見た新しい国はなかったのか？　あちら側にある場所が存在するならば、文章の中にあったはずだったが、文章に彼が見つけたものを文章以外に、人生に捜し求めることは無駄なことだと彼は決めたのだった。それは世界も少なくとも文章と同じく無限で、間違いだらけで、不完全だったから。

そこで彼に、ぼくらふたりが本になぜこれほど影響を受けたのかをぼくは尋ねた。彼はぼくに、その質問は本を全く、そう全く影響力のないものと思っている人間がする質問だと言った。そういう人間たちは世界中にたくさんいたが、ぼくもそういう人間のうちのひとりだったのか？　ぼくは自分がどういう人間だったのかも忘れてしまった。ジャーナンに自分を好きになってもらい、本の中の国と敵を見つけ、それから彼を殺すために超えてきた道のりで、自分の魂の中心が揺すぶられて無くなってしまったのだ。そのことはぼくは彼にきかなかった。天使よ、君が誰なのかを彼にきいたんだ。

「本に書いてある天使には全く会わなかった」と、彼はぼくに言った。「もしかして、人間が死ぬときバスの窓から見えるのかも。」

彼はなんて素敵に、なんて容赦なく微笑んでいたんだろう。ぼくは彼を殺すはずだった。でもすぐにではない。まだ話すことが残っている。ぼくの魂が消えて行った焦点を見つけるために、彼の口から何かを引き出さなければならなかった。でもぼくが陥った貧しさは、必要で正しいことをぼくに全く質問させないのだった。ラジオが雨ときどき曇りの予報を伝える、平凡な東アナトリアの朝、平穏な駅のピカピカの明るさ、ホームの端で首を上下させるのに夢中になっている二羽の鶏、一台の手押し車で駅のビュッフェに〈ブダック〉印のソーダ水の箱をしゃべりながら運んでいる二人の幸せな青年たち、タバコを吸っている発車係は、過ぎていく一日の存在をぼくの中のすべてに染み込ませ、混乱しきったぼくの理性に、人生と本についてぴったりの質問を考えるための力を何も残してくれないのだった。

随分長い間ぼくらは黙っていた。ぼくは彼にどの質問をどんな風にするかを頭の中で組み立てていた。彼ももしかしてぼくの質問を予想し、ぼくをどうやってはぐらかすかを考えていたのかもしれない。ぼくらはさらに黙っていた。そのとき、災難の瞬間がやってきた。彼はチャイの代金を払った。ぼくに抱きついて頬に接吻した。彼はなんて嬉しそうだったんだろう、ぼくに会えて！　ぼくはなんて彼を憎んでいたんだろう！　いや違う、好きだった。違う、なんで好きになるんだ？　殺すつもりだったのに。

でも今じゃない。パースペクティヴの秩序と平穏に身をまかせた通りにあるねずみの巣に、あの気ちがい沙汰の仕事をするために家に帰る途中、彼はテントの芝居小屋のところを通るはずだった。鉄道のレールに沿って歩き、近道を通って追いつき、彼が馬鹿にしているアルズ天使の見ている前で彼を殺すつもりだった。

ぼくは彼を解放した。行っちまえ、こんな自信過剰な男など。ぼくは彼を好きになることができたジャーナンに怒りを感じていた。でもジャーナンが正しいことを理解するには、壊れそうで悲しげな影に遠くから視線を投げかけるだけでよかった――なんて優柔不断なんだろう、あなたが読んでいる本の主人公、オスマンは……なんて可哀想な……。憎もうとしている男が「正しい」ことが、心の底からわかっていた。彼をすぐに殺すことは出来ないということも。コーヒー店《カフヴェ》の壊れかけた椅子に座って、二時間近くも両足をブラブラさせ、頭を前につきだして、ルフクおじさんはぼくの新しい人生にもっと多くの罠を用意しているんだろうと思った。

昼近くになって、ぼくはおどおどした人殺し候補者のように、〈安全《エムニイエット》〉ホテルにおどおどしながら帰った。事務員はイスタンブル人の客がもう一晩泊まることをとても喜び、チャイをご馳走してくれた。ぼくは部屋でひとりきりになるのが怖かったので、事務員の兵役時代の話を聞いて時間を潰した。話がぼくに及ぶと、「清算したいことがある」と、「でもまだ終わっていない」と、言うだけに留めておいた。

ぼくは部屋に入るとすぐ、消えていたテレビをつけた——画面では、武器を持った人間の影が、色黒の壁に沿って歩いていた。角に着くとすぐ銃弾を標的に撃ち放った。このカラー場面をジャーナンと一緒にバスで観ただろうか、とぼくはひとりつぶやいた。ぼくはベッドの端に座って、それから次の殺人場面を忍耐強く待ち始めた。と、そのとき、窓越しに彼の窓の方を眺めている自分に気づいた。あの影が、ぼくが見たのが彼だったかどうかわからなかった。でもそこでぼくを意気沮喪させるために、安らかに本を書いていているんだと思った。しばらく座ってテレビに気をとられていたが、立ち上がったとたんに何を観ていたのか忘れてしまった。そしてまた窓から外を、彼の窓を眺めている自分に気づいた。彼はあの旅の最後に行き着いた安らぎの地点にいた。ぼくはといえばお互いに撃ち合っている白黒の影の中にいた。彼は知っていた。あっち側に行ってしまっていた。新しい人生がぼくに隠していることを彼は知っていた。ぼくの方には、ジャーナンを手に入れるというかすかな希望の他には何もなかった。

なぜホテルの部屋で観るこういった映画では、自分の憐れさに溺れた悲惨な人殺しの苦悩を見せてくれないのだろう？　ぼくが監督だったら映画の中で、カバーがまくれあがったベッド、ペンキがはげた窓枠、屍のように臭いカーテン、人殺し候補者の汚れてしわだらけのシャツ、中に手をつっこんで何かを探している紫のジャケットのポケットの中、ベッドの端に猫背になって座っている姿、時間を潰すためにせんずりしようかどうか迷っている様を撮ったのに。

ぼくは長い間、理性の中の声と、この件について公開会議を開いた——どうして美しくて敏感な女たちは、人生を脱線して傷ついた男たちに恋するのだろう？　ぼくが人殺しになったら、その形跡が一生ぼくの目に残るなら、ぼくは可哀想な男に見えるだろうか？　それとも苦悩する男に？　ジャーナンはぼくのことを本当に好きになるだろうか？　もうすぐぼくが殺す予定の男を愛した半分くらいであっても。ぼくもナーヒット＝メフメット＝オスマンのように行動できるだろうか？　鉄道屋ルフクおじさんの本を繰り返し繰り返しノートに書くことに、全生涯を費やせるだろうか？

太陽が見事なパースペクティヴの通りから消えて行き、長い影とともに身軽で涼しげなずるい猫のように通りをうろうろし始めると、ぼくは自分の窓から彼の窓を、まったくよそ見もせずに見つめ始めた。彼は見えなかった。ぼくは見えていると思いつつ、通りにまばらにいる若者たちにさえ一瞬も注意を払わず、窓を、窓の裏側にある部屋を眺め、そこに誰かがいるのを見ていると信じようとした。

それがどれくらい続いたのかわからない。あたりはより暗くなっていた。彼の部屋にはひとつの電灯もついていなかった。ぼくは自分が外に出て、彼の窓の下から声をかけているのに気づいた。影の映った窓に誰かが現れ、ぼくを見るとすぐに消えた。ぼくは建物に入り、階段を勢いよく上った。ジックジックという音を鳴らすまでもなくドアが開いた。でもぼくには一瞬彼が見えなかった。

ぼくは家の中へ入った。机の上に緑色の羅紗布が敷いてあった。その上には開かれたノートと本があった。鉛筆、消しゴム、タバコの箱、散らばったタバコの葉、灰皿の横に置かれた腕時計、マッチ、カップに入った冷めたコーヒー。これらは全生涯を文章を書くことを運命付けられた哀れな人間の、幸せの道具なのだ。

彼が中から出てきた。ぼくは彼の顔を見るのが怖かったからだと思うが、ノートに書かれたことを読み始めた。「ときどき点を打つのを忘れてしまうんだ」と彼は言った。「単語ひとつ、文字ひとつ間違えてしまうこともある……そんなときは、感じながら、信じながら書いていないことがわかるから、書くのをやめるんだ。また同じ集中力で書き始めるのに何時間も何日もかかるときがある。感じないで、力を心の中で感じないで単語ひとつでも書きたくないから、ひらめくまで辛抱強く待つんだ。」

「ちょっと聞いてくれ」と、ぼくは言った。自分のことではなく、他人のことを話すような冷静さで。「自分になれないでいるんだ。何にもなれない。助けてくれ、ぼくを。助けてくれたら、君が書いているものを、この部屋を、本を頭の中から追い出せるんだ。昔の人生に安らかに戻れるんだ。」

人生の、そして世界の心臓部を目撃することができた、成熟した輩のように、彼はぼくのことを理解できると言った。たぶん、すべてを分かっていると彼は思っていた。なぜそこで彼を撃たなかったのだろう。彼がこう言ったからだろうか。

「鉄道食堂に行ってしゃべろうか。」

食堂に座ると、彼は九時十五分前に電車があるとぼくに言った。ぼくを送ってから映画館に行くつもりだと言った。とっくの前からぼくを追い出そうと計画していたのだろう。

「ジャーナンと知り合ったときには、本を他人に説明したり、本のことを広めたりするのはやめていたんだ、もう」と言った。「みんなのようにぼくにもひとつの人生があったらいいと思っていた。他の人より一冊余計に本を持てるはずだった。本がぼくに開いて見せた世界に到達するために経験したことも、ぼくにとっては有益すぎるほど有益になるはずだった。でもジャーナンがぼくに火をつけた。閉ざされているぼくの人生を開かせると言ったんだ。ぼくの後ろのある場所に、ぼくの向こう側に、ぼくは知っているけど彼女にはおしえていない庭があるんだ。それを彼女には隠していた。その庭の鍵を彼女があまりにもしつこくぼくから欲しがったから、彼女に本のことを説明し、渡さざるを得なくなった。彼女は本を読み、繰り返し繰り返し読んだ。彼女の本への忠誠心と、そこで見た世界への切望に、ぼくは折れた。そしてある時期、本の静寂を、そこに書かれていることを——何と言ったらいいか——自分の内部の音楽を忘れてしまった。まるで本を初めて読んだ日々に聴こえていたこの音楽を、外で、遠くのある場所で、どこでもいいから聴くことができると期待して、馬鹿みたいに溺れた。本を他人に渡すというのは、そのとき彼女の思いついたことだった。君が本を読んで、それをすぐに信じてしまったことは、ぼくを不安にさせた。本がどんなものなのかをぼくは忘れかけていたが、ありがたいことに、ぼくは撃たれたんだ。」

もちろんぼくは本が何であるかを彼にきいた。

「いい本はぼくらに世界すべてを思い出させるものだ」と言った。「もしかしてどの本もそうなんだろう、そうでなきゃいけないんだ。」そしてしばらく黙った。「本自身の中になくても、本で語られていることによってその存在や継続性を感じさせてくれるものの一部なんだ、本というのは」と、彼は言ったが、自分の言った言葉に満足していないのがぼくにもわかった。「世界の静寂から、あるいは喧騒から出たものなのかもしれない、もしかすると。でもあの沈黙や喧騒そのものではない。」それから、彼がでたらめを言っているとぼくが思うかもしれなかったので、最後にもう一度説明すると言った——「いい本は、存在しないものが、ある種の不在が、ある種の死が語られている文章なのだ……。でも単語の向こう側に存在する国を、文章や本以外に求めることは無駄なことだ。」本を繰り返し繰り返し書いているときに、そのことに気づき、もう十分学んだと彼は言った。新しい人生と国を文章の向こう側に探すのは無駄なことだった。それをやったから罰を受ける羽目になったのだった。「でも狙撃者は無能だったんだ。ぼくの肩を傷つけただけだった。」

ミニバスの停留所のところで撃たれたとき、彼をタシュクシュラの窓から見ていたことをぼくは告げた。

「長い調査、放浪、バスの旅は、本に対してある陰謀がたくらまれていることをぼくにおしえてくれた」と彼は言った。「ある気ちがいが、本に真面目な興味を持っている人間をすべて殺したいと思っている。それが誰なのか、なぜそんなことをするのか、ぼくにはわからない。でも本のことを他人に明かさないというぼくの決意を、まるで支持するかのようにやっているんだ。誰もやっかいなことに巻き込みたくなかったし、誰の人生も台無しにしたくなかった。ぼくはジャーナンから逃げた。彼女が行きたがっている国を見つけられないとぼくは知っていたように、本からほとばしってくる死の光に、ぼくと一緒に彼女もつかまってしまうということがぼくにはよくわかっていたんだ。」

一瞬彼を驚かせ、ふいうちをかけて、ぼくに伝えていない隠しごとを彼から引き出すために、鉄道屋のルフクおじさんのことを話題にした。本の著者はこの人かもしれないとぼくは言った。子供の頃彼を知っていて、彼が書いて挿絵を入れていた小説を、狂ったように読んでいたことを話した。本を読んでから、この挿絵つき小説を、たとえば『ペルテヴとピーター』をもう一度注意して読み直し、多くのことが前にそこでとりあげられているのがわかったとぼくは言った。

「それは君にとってがっかりすることだった？」

「いや」とぼくは言った。「ぼくに彼との出会いを話してくれ。」

彼が語ったことは、〈セルキソフ〉の報告書にあったことを論理的に補足していた。本を何千回も読んでから、あるとき子供の頃読んだ挿絵つき小説を思い出しそうになった。図書館に行ってこの雑誌を出してもらい、いくつもの驚くべき類似点を見つけ、著者が誰なのかわかったという。初めて彼のところへ行ったときは、夫人に邪魔されてルフク氏と少ししか話すことができなかった。玄関口のところで行われたこの面会の間、ルフク氏は彼の目の前に現れた若者が、本に興味があるのを見て取ると、すぐに話題をそらそうとした。メフメットが食い下がると、もうこの件には関係がないと言ったらしい。玄関口の前で、若いファンと老人作家の間の心を揺り動かすような場面が、もしかしてちょうどそのとき繰り広げられようとしていたのだが、ルフク氏の夫人が——ラティベおばさんだね、とぼくは口をはさんだ——今のぼくのように割り込んできて、夫を家の中へ引っ込め、ドアをこの招かれざる客に対してバタンと閉めてしまったのだった。

「あまりにも失望してしまったので、そんなことをされたとは信じたくなかった」と言った、ナーヒットというか、メフメットというか、オスマンというべきか、ぼくが一向に決められないでいる敵は。「しばらくの間あの地区へ通い、彼を遠くからうかがっていた。それからまた別の時には、勇気を出してまた玄関をたたいた。」

ルフク氏は今度は彼を寛容に迎えたらしい。本とは関係が無くなったが、このしつこい青年とコーヒーを飲むことくらいは出来ると言った。もう何年も前に書いたこの本を、どこで見つけて読んだのかと彼に尋ねた。他にもいい本がたくさんあるのに、どうしてこの本を選んだのかを知りたがった——この若者はどの大学で勉強しているのか、将来は何をしたいのか、なども。「何回か本の秘密を教えてくれと頼んだが、真面目に受けとってもらえなかった」と、かつてのメフメットは言った。「叫びながら言ったんだ。ぼくにおしえるような秘密は何もないと。でも今ならその通りだとわかる。」

そのときはそのことがわからなかったので、しつこくきいたのだった。年老いた男は本のせいで困ったことになり、警察や検事に問い詰められたと言っていた。「赤ん坊をあやして楽しませるように、もしかして何人かの大人も楽しませることができるかもしれないと思って書いたあの本のせいなのだ、すべて」と、言ったらしい。鉄道屋のルフクおじさんは、それでもまだ言い足りないかのようにこう付け加えた。「自分が楽しもうと思って書いたこの本のせいで全人生が台無しになるなんて、もちろん受け入れられなかった。」検事に対して、本を否定し、本の新しい版を出さないこと、二度とこういうものを書かないことを約束したと言っている老人が、どんなに悲しげだったことか、怒ったナーヒットにはそのときわからなかった。けれども、ナーヒットではなく、メフメットでもなく、オスマンになっている今は、この苦悩があまりにもよくわかったので、そのときの無礼を思い出すたびに恥ずかしく思うのだった。

この本に信念を持って惹きつけられた平凡な若者がするであろうように、彼は年老いた作家を無責任、移り気、裏切り者、臆病、と罵った。「ぼくは怒りに震えながら、彼に向かって叫んでいた。彼はぼくを理解していて、怒ってさえいなかった。」一瞬ルフクおじさんは立ち上がって、「いつかわかるだろう。でもそのときにはもう役に立たないほど年をとっているだろう」と言ったらしい。「今はぼくもわかる。でも役に立つのかどうかはわからない」と、ジャーナンが気が狂うほど愛している男は言った。「それから、あの本を読んだ人間を殺させようとしている正真正銘の気ちがいの手先たちもぼくの後をつけて、あの老人を殺したんだと思う。」

人殺し候補者は適切な被害者候補者に、自分が誰かが死ぬ原因になったことが、生涯背負いきれないほどの重荷になったのではないかと尋ねた。被害者候補者は黙ったが、人殺し候補者は彼の瞳に現われた苦悩を見て、自分の将来を危ぶんだ。彼らはゆっくりゆっくり、もったいぶってラクを飲んでいた。そして壁にかかった列車の写真、各地の風景、芸能人の写真と並んで、額に入った写真のアタテュルクが、酒に溺れる酒場の群衆に共和国を託したことに対する信頼感を示しながら微笑んでいた。

ぼくは時計を見た。彼がぼくを乗せて送り出してしまおうとしている列車の発車時刻までは、まだ一時間と十五分あった。そしてぼくらはすべてを話しすぎるほど話したし、ほら、いろいろな本にも書いてあるように、「もう言うべきことは言ってしまった」ような雰囲気になっていた。自分たちの間に訪れた沈黙を空虚なことと思ってあわてたりしない本当の旧友のように、長い間ぼくらは黙っていた。そしてぼくにしてみれば、この沈黙が最も意味のあるおしゃべりなのだと思った。

それでも、彼に感心してその真似をするか、彼を始末してジャーナンを手に入れるかという想像の煙の中で、どちらかに決めかねていたぼくは、一瞬、本を読んだ人間をすべて殺させる正真正銘の気ちがいが彼の父親、ナーリン医師であることを彼に告げる場面を想像した。イライラしていたから、というそれだけの理由で彼を傷つけるために。でも言えなかった。では、では、大事をとって、とぼくは考えていた――均衡をあまりくずさないようにしなければ。

彼はぼくの考えのうちの少なくともひとつから響いてくるものを、漠然と汲み取っていたに違いない、父親が後をつけさせていた男たちから逃れられる原因になったバスの事故について語りだした。初めて微笑みを浮かべながら。インクを浴びて真っ黒になったバスの中で、隣にいた若者が事故で即死したことが彼にはわかった。彼はメフメットという名のこの若者の身分証明書をポケットから抜き出し、バスが業火に包まれ始めると外へ出た。火事の後、彼の脳裏にその輝かしい考えが浮かんだ。自分の身分証明書を焼けた遺体が着ていたジャケットのポケットに入れ、遺体を自分の座席に座らせて、新しい人生に向かって走って行ったのだ。こういったことを説明するとき、彼の目は子供のようにキラキラ輝いていた。父親が彼のためにつくった博物館にあった、彼の子供の頃の写真でもそんな楽しそうな顔をしていたことを、もちろんぼくは胸にしまって黙っていた。

沈黙、沈黙、沈黙——給仕さん、ぼくらにナスのドルマをください。

時間が過ぎるようにと、ほら、何か話題を持ち出そうとして、自分たちの近況、つまりぼくらの生活を見直してみよう、とぼくらは言った。しかし彼の目は時計をちらちら見ながら、ぼくの目は彼の目を見ながら、お互いに、そういうことだねと言っていた——そう、人生とはこういうものだった。もともとすべては単純なものだった。鉄道雑誌に書いていた、バスやバス事故を憎む狂信的な鉄道屋だった年老いた輩が、自分が書いた子供向けの本からヒントを得てこういう本を書いていた。それから、何年もたって、子供の頃にその挿絵つき小説を読んだぼくらのようなお人好しの若者がその本を読んで、人生が頭のてっぺんからつま先まで変わってしまった。なんという魔法があったのか、この本には。なんという人生の奇跡なのか！　どうしたことか、これは？

ぼくは彼に、鉄道屋のルフクおじさんを子供のときに知っていたことをもう一度伝えた。

「それを聞くのはどうしてか妙な気持ちだ」と彼は言った。

でもぼくらは知っていた。何も妙なことはなかった。すべてがそうだった。そうだったんだ、すべてが。

「ヴィランバーの町では、そう、もっとそうなんだ」と、ぼくの親愛なる友人は言った。

それがぼくに何かを思い起こさせることになったにちがいない。彼の顔を見ながら、音節のひとつひとつを正しく発音してぼくはこう言った。「知ってるかい？　何度も本がぼくのことを語っていたことを。

あの物語はぼくの物語だと思ったんだ。」

沈黙。瀕死の魂が浮遊する酒場の、ある小さな町の、ある世界の最後の内なる声。フォークやナイフがカチャカチャいう音。テレビのニュース。あと二十五分ある。

「知ってるかい」ともう一度ぼくは言った。「ぼくがアナトリアを回っているとき、多くの場所で〈新生《イェニ・ハヤット》〉印のキャラメルに出くわしたんだ。イスタンブルではもう何年も前に売られなくなったが、へんぴな場所では広口ビンや箱の底にまだ入っているんだ。」

「君はすべての源に、最初の原因に、根本に行き着きたいんだろう、そうじゃないのか?」と、あっちの人生でかなりの光景を見てきた敵は言った。「君は純粋なものに、壊されていないものに、本当のものに到達したいんだろう。でも無いんだ、そんな始まりは。ぼくら全員がその複製であるようなひとつの起源、ひとつの鍵、ひとつの根本を捜し求めるなんて無駄なことだ。」

それで天使よ、ジャーナンを手に入れるためにではなく、彼がおまえを信じていなかったから、彼を駅への道で穴だらけにしてやろうと思った。

擦り切れた沈黙を破るために、彼はこんなことも言っていた。でもどうしてか細心の注意を払っていても聞くことができなかった、この悲しげでハンサムな男の言葉を——

「ぼくが子供だったとき、読むということは将来いつか、他の職業と同じようにひとつの仕事として選べるもののように思えていた。」

「楽譜の写譜をしていたルソーも、他人が創造したものを何度も繰り返し書くとはどういうことかを知っていた。」

そんなことを言っていたら、ただ沈黙だけではなく、すべてが擦り切れた雰囲気に包まれてしまった。誰かがテレビを消してしまって、ラジオから、メラメラ燃える愛と別れの民謡番組が流れていた。人生のうちで人間は何回お互いの沈黙をこれほど愉しめるだろうか。彼が給仕に勘定を頼んでいると、中年の招かれざる客がぼくらのテーブルに座ってぼくを舐めるように見た。オスマン氏の兵役仲間のオスマン氏だということがわかると、「ここではオスマン氏はとても好かれているんです——このご友人と兵役のときに一緒だったんですね！」というおしゃべりをした。それから秘密を打ち明けるような注意深さで、本の手書き版を欲しがっているお客のことを彼に尋ねた。こういう仲介人に手数料を払っていることがわかると、ぼくの利口な友人に心からの愛情を感じる権利を、最後にもういちど自分に与えた。

別れの場面は、〈ワルサー〉の爆発音以外はだいたい『ペルテヴとピーター』シリーズの最後のようになるだろうと想像していたが、そうはならなかった。あの最後の冒険で、同じ目的のために一緒にいくつもの戦いをしてきた、いくつもの冒険をくぐり抜けてきた竹馬の友は、同じ国の同じ娘を好きになってしまったことがわかると、テーブルについて問題を仲良く解決するのだ。より繊細で内向的なペルテヴは、娘が友人と一緒にいるほうがより幸せになれるとわかっていたから、人生に対してより開放的で楽天的なピーターに娘をそっと託した。そしてぼくのように涙を流している読者のため息の中、主人公たちは昔勇敢に守り抜いた駅でお互いに別れを告げる。けれども今ぼくらの間には、いかなる種類の過敏さも怒りも表明する機会を与えない仲介人が存在していた。

ぼくら三人は駅に向かって黙って歩いた。ぼくは乗車券を買った。朝も食べたアチマをふたつ自分に買った。ペルテヴはぼくのためにヴィランバーの有名なチャヴシュブドウを一キロ買った。ぼくが風刺雑誌を選んでいるとき、彼はブドウを洗うために手洗いへ行った。ぼくは仲介人と目を合わせた。電車は二日でイスタンブルへ着くらしい。ペルテヴが戻ってくると、発車係は父を思い起こさせる頑固で優雅な手振りで合図した。ぼくらは接吻し、別れた。

それから起こったことは、ルフクおじさんの挿絵つき小説よりも、むしろ、ジャーナンと一緒にバスの中で観たサスペンス映画のようだった——愛のために人殺しになる決意をした狂気の若者は、濡れたブドウでいっぱいになったビニール袋と雑誌をコンパートメントの隅に放り投げ、電車がまだスピードを出す前にホームの一番端で電車から飛び降りた。ぼくは誰にも見られなかったことを確かめてから、犠牲者と仲介人を注意深く見張った。ふたりはしばらく話し、誰もいない悲しげな通りを歩き始め、郵便局の前で別れた。人殺しは犠牲者が〈新世界《イェニ・ドゥンヤ》〉映画館へ入るのを見ると、一本のタバコに火をつけた。この種の映画で人殺し候補者がタバコを吸っているときに何を考えていたのかは全くわからないが、吸い終わったタバコの吸殻をぼくがしたように地面へ投げ捨て、その上を踏みつけたことを自信たっぷりに見せつける歩き方で「終わりのない夜」の映画の券を買って中へ入るのを、ホールに入る前に出口や逃げ道を確認するために便所へ入って出てくるのを、ぼくら観客は観るのだ。

それからは、夜に相伴う静寂のようにぼろぼろだった。ぼくは〈ワルサー〉を取り出し、安全装置を外し、映画を上映しているホールに入った。中は湿っぽくて暑く、天井も低かった。武器を持ったぼくの暗い影が映画のスクリーンに映り、ぼくのシャツや紫のジャケットの上で、カラーの映像が動き始めた。映写機の光がぼくの目の中に入ってきたが、中はあまりにもガラガラだったので、ぼくは犠牲者をすぐに見つけた。

彼はたぶん驚いたのだろう、座った場所から身動きもできないようだった。

「ぼくのような人間を見つけて、本を読ませ、それから人生を台無しにさせるんだよな」とぼくは自分につぶやいた。

彼を撃ったことを十分に確実するために、至近距離から、胸に向かって、そしてぼくには見えない顔に三発撃った。〈ワルサー〉の銃声に続いて、暗闇にいた観客にぼくはこう言った。

「ぼくは人を殺してしまった。」

スクリーンに映ったぼくの影と周りの人たちが「終わりのない夜」が流れつづけているホールから外へ出るとき、「映写技師《マキニスト》!」と誰かが叫んだ。「映写技師《マキニスト》! 映写技師《マキニスト》!」

バスターミナルへ行ってすぐに乗り込んだ最初のバスで、人殺しらしい多くの疑問とともに、電車を動かしている人間と、映画を映写する人間が、なぜ同じ西洋の単語《マキニスト》で呼ばれているのかと、ぼくは自分自身に問いかけていた。

十四

ぼくはバスを二台乗り換え、殺人の夜を寝ずに明かした。そして休憩所の便所の割れた鏡に映った自分を眺めた——鏡に映った人物は、人殺しというよりも殺された被害者の亡霊のようだったと言っても、誰もぼくを信じないだろう。でも被害者が書くことを通じて見つけた内なる安らぎは、この便所や不穏なバスのタイヤの上にいるぼくにはなんと程遠いものだったことだろう！

ナーリン医師の屋敷に戻る前に、朝早く町の床屋へ寄り、散髪して髭を剃った。そうしてぼくは、幸せな家庭を築くために死の淵から戻った、数々の冒険をくぐり抜けてきた、気まぐれで楽天的な青年のようになって、ジャーナンの前に現われよう。ナーリン医師の土地に入り、屋敷の窓から中をのぞいた。ジャーナンが暖かいベッドの中でぼくを待っていると思うと、ぼくの心臓は二倍にも膨れ上がってドクドクいった。そしてすずかけの木にとまったスズメが、ジック、ジックとぼくの心臓の音の真似をした。

ギュリザルがドアを開けた。半日前、彼女の兄弟を映画の上映の真っ最中に穴だらけにしたため、ぼくは彼女の顔に現われた驚きの色をまともに見ることができなかった。そのせいかもしれないが、ぼくは彼女の疑いを含んだ眉の動きに気づかず、言うことを聞き流し、まるで自分の父親の家へ入るように中へ入って、病気のジャーナンを残してきた部屋へ、つまりぼくらの部屋へまっすぐ向かった。ぼくは恋人を驚かせるためにドアをノックせずに開けた。ところが部屋の隅にあるベッドが空、まったく空っぽなのを見て、ぼくが入ってきたときにすぐギュリザルが言ったことが、それに今も言い続けていることがやっとわかった。

ジャーナンは三日間も熱が下がらなかったが、その後回復した。よくなると、町へ下りて行ってイスタンブルへ電話をし、母親と話した。そのときぼくから何の連絡もなかったので、突然戻る決心をしたらしかった。

空っぽの部屋の窓から、裏庭で朝日に輝いている桑の木を見ていたぼくの目は、ていねいにカバーがかけられたベッドの方をちらちら見た。ここへ来るときに乗った車の中で彼女が扇のかわりにしていた『ギュドゥル・ポスト』が、空っぽのベッドの上に置いてあった。ぼくの内なる声が、ジャーナンがぼくが忌むべき人殺しだということをとっくの昔に知っていたこと、だからもう彼女に二度と会えないこと、こうなったらぼくにできる唯一のことはドアを閉めてまだジャーナンの香りが残っているベッドに横たわり、泣きながら寝ることだけだと言っていた。ぼくの内なる別の声はこれに反対した。人殺しは人殺しらしい態度をとらなければならなかった。冷静を保って、あわてたりしてはいけなかった――ジャーナンは母親と父親の家、ニシャンタシュでぼくを待っているのだ、きっと。ぼくは部屋を出る前に、そう、最後にあの人でなしの蚊が窓の端にいるのを見つけ、手のひらで一気にたたき潰した。蚊の腹からぼくの手のひらの愛情線についた血が、ジャーナンの甘い血だということをぼくは確信していた。

反・大陰謀の心臓部にあたる屋敷からこっそり抜け出す前に、そしてぼくのジャーナンにイスタンブルで会う前に、ナーリン医師に会うことが、ぼくの将来だけでなく、二人の将来にとっても有益なことだろうと思った。ナーリン医師は桑の木の少し先にあったテーブルにつき、食欲旺盛にブドウを食べながら片手には本を持って、ぼくと一緒に歩いた丘の方を眺めて疲れた目を休めていた。

彼と、人生の非情さ、自然が人間の苦悩を本来いかに支配しているか、時といわれる圧縮されたものが人間の魂にいかに平穏と静寂をもたらしているのか、強い意志と決意がなければ、人間はこの熟れたブドウの粒の味さえもわからないこと、何の真似でもない本当の人生の真髄に到達するための高い意識と願望、ぼくらの傍らをカサカサと行き来するちっぽけなハリネズミが、どれほど大きな秩序や非対称な偶然のもとで生まれた遊び心からくる媚なのか、そういったことを時間に余裕のある人間らしい安らぎの中で語り合った。人を殺すことは人間を成熟させるのだろう、驚くべきことに、彼に感じ続けている敬意を、ぼくの魂の深いところから、突然隠れた病気のように表に出てきた理解と寛容に結び付けることができた。だからナーリン医師が午後予定していた息子の墓参りに一緒に来てくれと言っても、彼の気分を害さずに、でも断固としてこれを断ることが出来た——忙しくて疲れたこの一週間は、ぼくを十分に憔悴させていたからだ。一刻も早く家へ、妻のもとへ戻って休まなければならなかったし、ぼくに与えられるはずだった大きな任務について決心するためにも、考えをまとめなければならなかった。

ナーリン医師が、ぼくにくれた贈り物を試す機会があったかどうかときいたとき、〈ワルサー〉を試して、とても満足したと言った。そして二日間もポケットに入れっぱなしになっていた〈セルキソフ〉の時計のことを思い出して取り出した。これが、歯の欠けた傷心の販売者が彼に感じている敬意と感心の表れだということを伝えながら、ブドウが入っている金色の入れ物の横に時計を置いた。

「この傷心の不幸な人たち、哀れな人たち、弱い人たちはみんな」と、ナーリン医師は言って、時計をちらりと見た。「自分が慣れ親しんだ品物と一緒にいられるようにと、私のような人間が彼らに公平な希望を与えたら、どんなにか情熱を持ってそれにすがりつくことだろう。我々の人生や思い出をめちゃめちゃにしたがっている外力は、なんて容赦ないのだろう！　イスタンブルに戻ったら、決心する前に、この人間たちの傷ついた人生のためにできることを考えてみてくれ。」

　イスタンブルでジャーナンをすぐに見つけて説き伏せ、この屋敷に連れてきて、彼らは願いを叶え、ぼくらも仕事を終えて、反・大陰謀の心臓部で何年も、一緒に暮らせるだろうと一瞬考えた……。

「愛らしい君の妻のところに戻る前に」とナーリン医師は、人生について語るというよりも、翻訳のフランス小説の語調を真似しながら、言った。「君を英雄というより人殺しのように見せている、紫のジャケットをやめたらいいんじゃないか？」

　ぼくはすぐにバスでイスタンブルに戻った。朝のアザーンが聞こえる頃、玄関の戸を開けてくれた母には、黄金郷を追いかけていたことも、天使の花嫁のことも口にしなかった。

「二度とこんな風に母さんを置いて行かないで！」と、石炭ガスのコンロに火をつけ、風呂に熱い湯を入れながら母は言った。

　母と息子は以前のように静かに朝食をとった。息子が政治や宗教の団体に入ってしまった多くの母親のように、ぼくの母もぼくが国の暗部に存在する焦点の引力に引きつけられたと思っていて、ぼくが彼女にきかれたことに答えようものなら、自分が聞いたことに恐れおののいてしまうだろうと思ったので黙っているのが、ぼくにもわかった。母の素早く軽い動きをする手が、つるこけももののジャムの横で止まると、その手にいくつかのしみが見えた。それでぼくが昔の生活に戻ったのだと実感した。何もかもが、何も起こらなかったかのように過ぎていくことは可能だっただろうか？

朝食の後ぼくは机に向かい、ぼくが置いていったときと同じように開いたままになっている本を長い間眺めた。でもぼくがやっていたのは読むということとは違っていた。ある種の回想、ある種の受苦……。

ジャーナンを見つけるために家から出ようとすると、母が出てきてこう言った。

「夕方には家へ戻ると誓っておくれ。」

ぼくは誓った。二ヶ月間、毎朝家を出るとき誓った。でもジャーナンはどこにもいなかった。ニシャンタシュにも行き、通りをうろついた。彼女の家の前で待ち、ベルを鳴らしたりした。橋を渡り、フェリーに乗り、映画館に行き、電話をかけた。でも何もわからなかった。十月の末に授業が始まると、タシュクシュラの廊下に現れるかもしれないと自分を奮い立たせたが彼女は来なかった。一日中タシュクシュラの廊下をうろつき、ときには彼女に似た影が廊下側の窓にちらつくと、教室から走って飛び出したりもした。ときには公園やミニバスの停留所が見える空き教室のうちのひとつに入って、外や歩道を行く人々をぼーっと眺めたりした。

秋になって暖房が入り始めたある日、ぼくは巧妙に計画したつもりのシナリオを実行し、この失踪したクラスメイトの母親と父親のところへ行ったが、詳細に渡って考えたうそを話して大失敗した。彼らはぼくにジャーナンがどこにいるかについての情報を何も与えてくれず、どこから情報を得られるかについても何のヒントもくれなかった。それでもある日曜日の午後、テレビで放送されている平穏なサッカーの試合が様々な色で彩られているとき、ぼくの彼女の家への二回目の訪問によって不安の核心に触れた。ぼくから情報を得ようとしていたことから、彼らが多くのことを知っているのがわかった。電話帳から探し出せた親戚から情報を得ようとしたぼくの努力も実を結ばなかった。あの意地悪な叔父、好奇心旺盛な義理の叔母、用心深い使用人、嘲笑的な甥っ子や姪っ子に電話をかけたが、その結果は、ジャーナンはタシュクシュラで建築を勉強しているとみなが言うだけだった。

建築学科のクラスメイトたちはというと、ジャーナンについてと同じくらい、何ヶ月も前にミニバスの停留所のところで撃たれたことを知っているメフメットについても、自分たちがひねり出した伝説を信じきっているようだった。メフメットが、彼が働いていたホテルにいたヘロインの売人たちの内部組織の衝突に巻き込まれて撃たれたと言っている者もいた。狂乱した宗教教団の犠牲者になったということをささやく者も。いい家庭の娘が陰のある男に恋するとそうされてしまうように、ジャーナンもヨーロッパのどこかへ留学させられたのだと言う者もいた。でも学生課でぼくが行ったちょっとした調査は、うわさされていることがすべて本当ではないことを示していた。

一番いいのは、何ヶ月も何年もの間ぼくがやったその他の探偵調査の天才的な詳細にも、ひとりの人殺しにふさわしい冷静な計算にも、希望のない人間の夢を思い起こさせる色彩にも、全く触れないことだ。ジャーナンはいなかった。彼女からは何の連絡もなかった。彼女に関する手がかりもなかった。ぼくは欠席していた前期の授業に出て、その後の学期も終わらせた。ぼくはナーリン医師や彼の手下たちに連絡しなかったし、彼らもぼくに連絡してこなかった。彼らが殺人を続けているのかどうかも知らなかった。ジャーナンが去るのと同時に、ぼくの空想や怖しい夢も去っていった。夏が過ぎ、秋になって新学期が始まった。ぼくはそれも終えた。その次の年も。それからすぐに兵役に行った。

兵役があと二ヶ月で終わるというとき、母が死んだという知らせが来た。ぼくはイスタンブルでの葬式に駆けつけ、母を埋葬した。友人たちとその晩を過ごし、家へ帰った。そしてぼくの部屋の空虚さと静けさに気づくと怖くなった。台所の壁にかかっているフライパンとコーヒー沸かしを眺めていると、冷蔵庫があのよく知っている馴染みの声で苦悩しながらうなっているのが、悲しみながらため息をついているのが聞こえた。ぼくは人生でたったひとりになってしまった。ぼくは母のベッドに横になって少し泣いた。テレビをつけ、母がしていたようにその向かい側に座り、運命に身を任せてある種の存在することの幸せを感じながら、長い間それを観ていた。寝る前に本をしまってあった場所から取り出し、机の上に置いた。そして初めてそれを読んだ日のように影響を受けることを期待しながら読み始めた。顔に光がほとばしってくるような、またはぼくが向かっていた机や座っていた椅子から胴体が切り離されて、遠くへ行ってしまったような感じはしなかったが、内なる安らぎを感じた。

ぼくはこうして本を何度も繰り返し読み始めた。でも読むたびに、どこから吹いてくるのかわからない強い風とともに、ぼくの人生が知られざる国へ向かって吹き飛ばされて行ってしまうとはもう思えなかった。とっくの昔に清算されてしまった勘定の、ある物語の、秘密の幾何学を、肝心なところを、それを経験するときには感じなかった内なる声を感じようとしていた。わかるだろう、まだ兵役を終えてもいないのに、年老いてしまったのだ、ぼくは。

そしてぼくは、自分を他の本にも向けさせた——夕方、自分の中に居座っている別の魂を自分のものにする欲望を、そして世界の全く、そう全く見えないあっち側にある秘密の祭りに幸せに参加できる興奮を煽り立てるためではなく、それにそうだな、どこかでジャーナンに会える新しい人生に走っていくためでもなく、ぼくが経験したことや本当に深くから感じていたジャーナンの不在を、学識や用心深さによって紳士のように受け入れるために、ぼくは読み続けていた。アルズ天使がぼくを慰めるためにくれる、ジャーナンと一緒の家へ吊り下げることができる電球が七つついたシャンデリアへの欲望ももうなくなった。夜中に、精神の均衡を保つため、そして楽しみとして読んだ数々の本の中の一冊から顔を上げると、外の静寂に感じ入り、突然あの終わりがないように思ったバス旅行で、ぼくのすぐ横でジャーナンの眠っていた様子を、まぶたの裏に再現してみせるのだった。

思い出すたびに天国の幻のようにぼくの目の前で色とりどりに再現されるあのバス旅行でのある日、バスの暖房が思った以上に熱くなっていて、ジャーナンの額やこめかみが汗びっしょりになり、髪の毛もくっついてしまったのを見て、キュタフヤで買ったタイル模様のハンカチで額の汗の玉にそっと触れた。すると夢の世界にいた恋人の顔に——一瞬ガソリンスタンドからぼくらのところにさした薄紫色の光も手伝って——濃厚な幸福と驚きの表情が浮かんだのに気づいた。その後ある食堂でバスが止まり、汗でびっしょりになった〈スメルバンク〉のプリントワンピースを着たまま、何杯もチャイを飲んだ。ジャーナンは楽しげに、夢の中で父親が彼女の額に接吻したと、でもちょっとたってからそれが父親ではなく光でできた国の郵便配達人だったことがわかったと、微笑みながら言った。ジャーナンは微笑んでから、たいてい微笑んだあとにするように、耳の後ろに髪の毛をかける仕草をし、その仕草を彼女がするたびにぼくの脳、ぼくの心臓、ぼくの魂の一部が溶けて、夜の静寂《しじま》へ消えていくのだった。

そういう数々の夜を過ごしたあとで、ぼくの魂、脳、心臓に残ったもので、ぼくが我慢して生きていこうとしているのがわかった読者たちが、眉をひそめて悲しんでいるのが見えるようだ。辛抱強い読者、理解のある読者、敏感な読者よ、こんな風になったぼくのために泣いてくれ、もし泣くことができるなら。でも泣いてやった人間が人殺しだということも絶対に忘れないでくれ。いや、もし平凡な人殺しに慈悲、理解、愛情を感じるような理由がいくつかあるというなら、ぼくがもう深入りしてしまったこの本にそれも付け加えて欲しい――。

その後、結婚したにもかかわらず、ぼくが人生の最後までにやり遂げようとしているすべてが、多かれ少なかれジャーナンと関係があるということを、もうぼくはわかっていた。結婚する前にも、また、父が遺して、母が逝った後の「家」へ花嫁が難なく引っ越してきて何年か経ってからでさえも、ジャーナンに会えるという希望を持ちながら、ぼくは長いバス旅行に出た。バスがより重く、より大きくなっているのを、内部にも防腐剤の匂いがするのを、ドアも自動で油圧式になってボタンをひとつ押すだけで静かに開閉するようになったのを、運転手が自前の色あせたジャケットや汗で濡れたシャツから抜け出て、肩章つきのパイロットのような制服を身に着けているのを、ごろつきのようだった乗務員が、もう毎日髭を剃り上品になっているのを、休憩所も明るく楽しそうになって、でもどこも同じ空間に変わり果てているのを、アスファルトで舗装された道路が広くなっているのを、ぼくは何年もの間この旅で確認していた。でもジャーナン自身どころかその痕跡にさえも会えなかった。彼女自身やその痕跡を探すのはあきらめ、彼女と一緒にバスで過ごしたあの素晴らしい数々の夜から抜け出てきた品物に、あるバスターミナルでチャイのグラスを片手におしゃべりをしたおばさんに、そして彼女の顔に反射してぼくの顔を照らしたのがはっきりと分かっている一筋の光に出会うために、あの光の力で一瞬でも彼女を傍らに感じるために、ぼくは何でも差し出すつもりだった！　でも子ども時代の思い出を黒く塗りつぶすアスファルトで覆われてしまった道路の標識、点滅する信号、容赦ない広告パネルで周りを囲まれた、あの黒光りする新しい道路のように、ぼくには、すべてが思い出から、急ぎ足であわただしく逃れようともがいているように見えた。

　気持ちを暗くさせるこのいくつかの旅のうちのひとつを終えてしばらくして、ジャーナンが結婚してこの国を去ったという知らせを受けた。既婚で子供がいて、家庭の良き父親で人殺しの主人公が、役場の土木建設課の仕事から夕方家へ帰るとき、鞄の中には子供のために買った〈彗星《ウルケル》〉社のチョコレート菓子《チョコメル》、心には憂鬱な雲、顔には濁った疲れを浮かべ、視線はカドゥキョイ行きフェリーの人ごみに向けると、突然大学時代のおしゃべりな同級生とばったり会った。「ジャーナンも」と、女友達の結婚をひとつずつ数えてから、このおしゃべりな女は言った。「サムスン出身の医者と結婚してドイツに行ったのよ。」これ以上いやな知らせを聞かないように、目線をこの女からそらしてフェリーの窓から外を見やると、夕暮れ時にイスタンブルやボスフォラス海峡にまれにかかる霧が出ているのが見えた。そして、「これは霧か？」と人殺しはひとりでつぶやいた。「それとも不幸な魂の静けさか？」

　ジャーナンの夫が、サムスンの社会保障病院に勤務していた、本を読んだことを誰もがやったのとは全く違う方法で消化器官に流し、何もなかったかのように安らいで、幸せに暮らしていた肩幅の広いハンサムな医者だということを知るのに、あまり詮索する必要はなかった。この医者と何年も前に病院の診察室で人生や本の意味を男同士話し合ったことの悲しい詳細を、非情なぼくの記憶を次々に思い出したりしないように、一時期酒に逃げたりしたが、その結末もあまり輝かしいものではなかった。

　家族がみな部屋へひっこみ、日常生活のわずらわしさの他には、ふたつの車輪がとれてしまった娘の消防車のおもちゃと、ついていないテレビを逆立ちして上下反対に見ている青いクマの人形と、ぼくだけが残ったときなどは、ぼくは台所で神経を使って用意したラクのグラスを片手に、クマのとなりに上品に座ってテレビをつけ、音量を小さくして、あまり攻撃的でない、何かが行き過ぎていない一連の画像を見ることに決めると、煙のたちこめた頭でテレビを眺めながら、頭の中の煙の色を見極めようとするのだった。

自分を憐れむな。自分の人格と存在が唯一のものだということを信じるな。自分が感じた愛の力が理解されないことをもどかしく思うな。みなさん知っているかな、ぼくはある時ある本を読んである娘に恋をして、いろいろな深いことを経験した。みな、ぼくのことを理解できずにいなくなってしまった。今頃何をしているのだろう？　ジャーナンはドイツにいる。バーンホフシュトラッセに。医者の夫はどうしているんだろう、そんなことは考えるな。本に下線を引きながら読んでいた、いやみな奴でハンサムな医者のことなど、考えるな。夕方家へ帰るとジャーナンが迎えてくれる、きれいな家、新しい車、それにふたりの子供のことなど考えるな。いやな夫とは、市役所の視察団がぼくをドイツに派遣してくれたら、ある晩領事館で出会うだろう。こんにちは、幸せかい？　君をすごく好きだった。今は？　今もすごく好きだ。好きなんだ、君が。何もかも捨ててドイツにとどまることもできる。君がすごく好きなんだ、君のせいで人殺しになってしまったんだ。いや、何も言わないでくれ、なんて君はきれいなんだろう……。考えるな。誰もぼくほど君を愛せない。覚えているかい、一度バスのタイヤがパンクしたとき、真夜中に酔っ払った結婚式帰りの団体に出くわしたじゃないか……。考えるな……。

飲んではときどきうとうとし、何時間もたってから目が覚めて長椅子の上に座ると、頭をさかさまにした青いクマの人形がテレビの向かいにきちんと座っているように見えたので驚いた――ぼくはいつ、怒ってクマを肘掛け椅子にきちんと座らせたのだろうか？　画面に映ったある外人歌手のクリップを、それからまた別のをぼーっと眺めているときには、ジャーナンとバスの座席で、お互いの胴体が寄り添っていたのを、そしてぼくの肩に彼女のか細い肩のぬくもりを感じながら、こういった歌を一緒に聞いたことを思い出すのだった——一時期一緒に聞いたあの音楽がテレビの上で色彩を帯びてくると、ほら見て、ぼくはこんな風に泣くんだ、ここで。一度などは部屋で子供が咳をしたのを、どうしたことか母親よりも前に聞きつけ、目を覚ました娘を抱いて居間へ連れて行き、そしてあの画面に映った色彩を眺めながら、ぼくは、大人の手の完璧なコピーである小さな手や指を、爪が驚くほど小さく、それでいて細かいカーブを描いているのを感心して観察し、人生といわれる本について考え始めたら……。

「あの人はパフになっちゃった」と娘が言った。

だいぶ殴られて血だらけになって倒れ、人生がパフになった不運な男の不幸な顔を、ぼくらは興味津々に見つめた。

ぼくの冒険を読み続けている敏感な読者のみなさんは、ぼくの人生もとっくの昔に「パフ」になってしまって夜中に酒に溺れている様子を見ても、決してぼくが自分を捨てていると思わないように。世界のこの端っこにいる男たちがたいていそうであるように、ぼくもまだ三十五歳にならないうちに四十一歳になってしまっていた。それでも自分を立ち直らせ、読むことによって自分の理性に秩序をもたらすことができたのだ。

ぼくはたくさん読んだ。ただ全人生を変えてしまった本だけでなく、他の本も。でも読むときに、壊れた人生に深い意味を与えたり、慰めを求めたり、さらには苦悩のいい点、尊重すべき点を探そうとは全くしなかった。チェーホフに、あの有能で結核に犯された謙虚なロシア人に、人間は、愛着や感動以外の何を感じることができるというのだろう。でも、無駄になった、壊れた哀れな人生を、チェーホフ的といわれる敏感さで美化し、人生の貧困をひとつの美、ひとつの崇高さとして自慢する読者には悲しみを覚えるし、そんな読者の慰められたい心を満たすことを職業にしてしまった抜け目のない作家たちも嫌いだ。だから多くの現代小説や物語を途中で読むのを止めてしまったのだ。ああ、馬と話しながらさびしさを紛らわそうとしている悩める男。ああ、しょっちゅう水をやっている植木鉢の花に愛情を注ぎながらため息をつく領主の子息。ああ、古道具に囲まれて絶対に来ることのない、そうだな、一通の手紙を、昔の恋人を、あるいは理解のない娘を待っているデリケートな男。ぼくらに絶え間なく傷や痛みを晒すこうした主人公たちをチェーホフから盗んで、乱暴に変えた他の場所や気候の下でぼくらに提供する作家も、もともと口をそろえてこう言いたいのだ。見てください、私たちを。私たちの痛みや傷を見てください。私たちはなんてデリケートで、なんて繊細で、なんて特別なんでしょう！　痛みが私たちをあなた方よりももっと繊細で敏感にしたんです。あなた方も私たちのようになりたいし、あなた方の貧困を勝利に、それどころか優越感に変えたいでしょう？　それならば私たちを信じてください。私たちの痛みが人生の秘密や喜びなんかよりももっと愉快なものだということを、信じさえすればいいのです。

読者よ、そう、だから、君よりも全く敏感でないぼくをではなく、ぼくが語った物語の激しさを、ぼくの痛みをではなく世界の非情さを信じてくれ！　だいたい小説といわれるモダンなおもちゃ、この西洋文明最大の発明は、ぼくらのものではない。この本のページの中ではぼくの声が読者に大きながなり声に聞こえるのも、もう本で汚されてしまい大きな思想でいっぱいになった平面からぼくが語っていたからではなく、この外国のおもちゃの中をどうさまようべきかを、まだどうしても決められないでいるからだ。

ぼくはこう言いたいのだ。ジャーナンを忘れるため、ぼくの身に起こったことを理解し、到達できなかった新しい人生の色彩を夢見るため、すてきにもう少し賢く――いつでも賢くというわけにはいかないが――時間を過ごすために、あまりにもたくさん読んだので、最後には一種の本の虫になってしまったんだ。でも自分を知識人に見せかけようという気になったことはない。もっと重要なのは、そういうふりをしている人間たちを馬鹿にしたこともないということだ。本を読むことが、まるで映画館に行ったり、新聞や雑誌をめくったりすることと同じように好きなんだ。それを何かの利益、何かの結果を期待したからやったのでもなく、そうだな、自分を他人より上の、もっと知識がある、もっと奥深い人間だと思うためにやっていたのでもなかった。さらに、こう言うこともできる。本の虫になったことでぼくは謙虚さを学んだ。ぼくは本を読むのが好きだった。あとで、ルフクおじさんもそうだったとぼくも知ったが、自分が読んだ本のことを誰にも語りたくなかった。本が、ぼくの中で語りたい衝動を駆り立てているとしても、ぼくの頭の中で、自分たちの間だけで駆り立てているのだった。ときには、その頃に次々に読んだ本たち同士がささやきあっているのを、それがぼくの頭の中で、何か楽器がカチャカチャいっているオーケストラボックスに変わってしまったのを感じて、この頭の中の音楽のおかげで人生を辛抱できているのにぼくは気づくのだった。

ほら、例えば、ある晩家で妻と娘が寝てから始まる、あの魅惑的な痛みを誘う静けさの中で、ジャーナンを、ぼくを彼女と引き合わせた本を、つまり人生を、天使を、事故を、時を、テレビの万華鏡のような色彩を、放心して感心して眺めながら考え込んでいるとき、この音楽が愛についてぼくにささやいたことを集めて、ひとつの詩集を編纂することを思いついた。若くして全人生を愛のために――わかったかな、読者よ。本のためにと言わないくらいにはぼくは正気だ――台無しにしたから、愛について新聞や本、雑誌、ラジオ、テレビ、広告、コラム、芸能欄、小説が語られたことが、ぼくの頭から全く離れなくなってしまった。

愛とは何か？

愛とは身を委ねることである。愛とは愛の理由である。愛とは理解することである。愛とは音楽である。愛と崇高な心は同じものである。愛とは悲しみの詩である。愛とは傷つきやすい魂が鏡を見ることである。愛とは一過性のものである。愛とは決して後悔しないものである。愛とは結晶化することである。愛とはひとつのチューインガムを分け合うことである。愛とは全くはっきりしないものである。愛とは中身のない言葉である。愛とはアッラーにめぐり合うことである。愛とは痛みである。愛とは天使と目を合わせることである。愛とは涙である。愛とは電話が鳴るのを待つことである。愛とは全世界である。愛とは映画館で手を握り合うことである。愛とは心の声を聴くことである。愛とは神聖な静寂である。愛は歌の題材になる。愛は肌にいい。

自分のすべてを委ねて信じてしまわずに、魂が行き場所を奪うような嘲笑にすべて覆われてしまわずに、つまりまるでテレビに映った画像を眺めるときのように、だまされていながらだまされていることを自覚し、だまされたいと思いながらもだまされていないときに、この真珠のように輝くものを手に入れた。自分の少ないが濃厚な経験から、このことに関するぼくの考えを加えることにする。

愛とは誰かを激しく抱擁すること、その人と同じ場所にいたいと思うことである。その人を抱きしめて、その他の世界を外に追いやってしまいたい欲望である。人間の魂に安全な避難所を見つけたいという願いである。

おわかりだろうが、ぼくは新しいことを何も言っていない。それでも何かを言っているのがわかるだろう！　それが新しいかどうかはぼくにはもうどうでもいいんだ。人まねの愚か者たちが思っているのとは正反対に、ひと言ふた言の言葉でさえ、沈黙よりはましだ。ありったけの容赦なさでゆっくりゆっくり進んでいく列車のように、人生がぼくらの魂そして身体を小さくすり減らしていくのを見ながら、沈黙すること、口を開けてひと言も発しないこと、それが何の役に立つんだろう？　お願いだよ。ぼくはある男と知り合った。ぼくと同じくらいの歳だった。沈黙が上に、上にのしかかってきていたが、ぼくらを穴だらけにするあの暴力や悪と戦うよりはましだとでも言いそうだった。言いそうだったとぼくが言ったのは、それさえも言わなかったからで、彼は朝から晩まで机に向かって誰か他人の言葉をノートにおとなしく、静かに書いていたんだ。ときどき彼が死んでいないと、まだ書いているんだと思って、彼の沈黙がぼくの中で大きくなっていき、鳥肌が立つほど恐ろしい形になることを恐れた。

ぼくは彼の顔や胸に銃弾を浴びせた。でも彼を本当に殺せたのだろうか？　ぼくが撃ったのは三発だけだった。その上映画館は暗くて、映写機の光が目に当たって周りがよく見えなかった。

彼が死んでいないと信じたときには、彼がまだあの部屋で本を写しているところをぼくは想像するのだった。この考えはぼくにとってなんと耐え難いことだったのだろう！　ぼく、人の良い妻、かわいい娘、ぼくのテレビ、ぼくの新聞、ぼくの本、ぼくの市役所での仕事、ぼくの仕事仲間、ぼくのうわさ話、ぼくのコーヒー、そしてぼくのタバコで、自分に慰めの世界を創り出そうとして、手で触れることができるもので自分を囲って守ろうとしているのに、彼はあのまるごとの沈黙に自分を断固として委ねることができるのだった。夜中、彼が信じた、そして謙虚に身を投じた沈黙のことを考え、本を書き写しているところをぼくの目の前で再現させると、ぼくの理性の中で最大の奇跡が実現した。彼がそこで、机で、あの忍耐強さでいつも同じことをやっているとき、沈黙が彼と話し始めたのを感じたのだ。ぼくが到達できなかった、でもぼくの希望と愛が見たものの秘密は、この沈黙と暗闇の中にあった。そしてジャーナンが愛した男が書き続ければ書き続けるほど、ぼくのような人間が全く、そう全く到達できない深い夜の本当のささやきが聞こえるのだ、と思うのだった。

十五

ある夜、このささやきを聞いてみたいという欲望があまりにも頭をもたげてきたので、テレビを消して、早くに寝た妻を起こさないように本をベッドの枕元から静かに取り上げた。そして毎晩テレビを観ながら食事をするテーブルについて、新鮮な欲望で読み始めた。今娘が寝ている部屋で、何年も前に本を初めて読んだことをぼくは思い出した。同じ光が本からほとばしってきてぼくの顔に当たるようにと、あまりにも強い願望を抱いたからか、新しい世界の空想が一瞬ぼくの中で身じろぎした。ある動き、あるもどかしさを感じた。ぼくを本の心臓部に連れて行ってくれるささやきの秘密を伝える、あのピクリという動きを……。

本を初めて読んだ日の夜にしたように、ぼくはいつの間にか自分が近所の路地を歩いているのに気づいた。秋の晩、暗い路地は濡れていた。歩道には帰宅途中の人が何人か歩いていた。エレンキョイの駅前広場に来ると、馴染みの食料雑貨店《バッカル》、ウィンドウ、古びたトラック、八百屋の前の歩道に並べられたオレンジとリンゴの箱を覆う古いビニールシート、肉屋のウィンドウから漏れてくる青い光、薬局の古くて大きなストーブ、そういったすべてがそれにふさわしい場所にあるのが見えた。大学時代、幼馴染みたちに会いに行ったコーヒー店《カフヴェ》には、色彩豊かなテレビを眺めている若者が一人、二人いた。路地を歩いていると、まだ寝ていない家族たちの居間の、半分開いたカーテンの間からは、あの頃と同じようなテレビ番組の、すずかけの木や濡れた電柱、ベランダの手すりを照らす、ときには青、ときには緑、それから赤くなる光が見えた。

半分閉まったカーテンの間から漏れてくるテレビの光を見つめながら歩き続け、ルフクおじさんの家の前でぼくは立ち止まった。そして三階の窓を長いこと眺めた。一瞬、まるでジャーナンと適当に乗ったバスを適当に降りたときのように、向こうみずで自由な気持ちになった。カーテンの間から、テレビの光に照らしだされた部屋が見えた。でも肘掛け椅子への座り方が想像できるルフクおじさんの未亡人の妻は見えなかった。テレビの画面の画像により、部屋はときにはうるさいピンク色に、ときには死の黄色の光に照らされ、本とぼくの人生の秘密がそこに、その部屋に眠っているという考えがぼくを襲った。

ぼくは決心して、アパルトマンの庭を歩道と隔てている塀の上に上った。ラティベおばさんの頭と、彼女が観ているテレビが見えた。亡くなった夫の肘掛け椅子に斜め四十五度に座ってテレビを眺めながら、まるでぼくの母がやっていたように頭を両肩の間に埋めていた。でも母のように編み物をせずに、フカフカとタバコをふかしていた。ぼくは長いこと彼女を眺め、この塀に上って家の中を覗っていた人間が、ぼく以外にあと二人いたことを思い出した。

ぼくはアパルトマンの入り口のベルを鳴らした——ルフク・ハット。少ししてから三階の窓が開いて、女性が下へ向かってこう話しかけた。

「ぼくです、ラティベおばさん」とぼくは言った。彼女によく見えるようにと、街灯の光の下へ向かって何歩が後ろへ下がりながら。

「どなた?」

「ぼくです、鉄道屋のアーキフの息子、オスマンです。」

「あら、オスマン!」と彼女は言って、家の中へ入った。アパルトマンの入り口用のボタンを押し、ドアが開いた。

彼女は自分の部屋の入り口で微笑みながらぼくを迎え、ぼくの両頬に接吻した。「頭もよく見せてごらん」と彼女は言った。ぼくがかがむと、子供の頃よくやったように、おおげさにぼくの髪の毛の匂いをかいで頭に接吻した。

この仕草は最初ぼくに、ルフクおじさんと全人生を分かち合った苦悩と、彼らに子供がいなかったことを思い出させた——それから母の死以来七年の間、誰もぼくを子供扱いしなかったことも。突然ぼくは気が抜けてしまったので、中に入るとき彼女が何かきいてくる前にぼくが何か言おうと思った。

「ラティベおばさん、外を通っていたらおばさんの家の灯りが見えたんだ。夜遅いけど、ちょっとあいさつしようと思って。」

「ああ、それはよかった! 座んなさい、ほら、テレビの向かいに。夜、眠れないんだよ。だからこういうものを観るのよ。観てごらん、機械のところにいる女はまるで蛇だよ。こっち側の人間がいつだってひどい目に遭うんだ、あの警官みたいにね。あいつらは町全部を爆破するつもりなんだ……。チャイ、飲むかい?」

そう言ったものの、おばさんはすぐにはチャイを淹れに行かなかった。しばらく一緒にテレビを観た。「観てごらん、この恥知らずを……」と言った、画面に映る赤い服を着たアメリカ美人を指差しながら。きれいな服を少し脱ぎかけて、ある男に長いこと接吻した。ラティベおばさんとぼくのタバコの煙の中で、彼らは愛し合った。と思ったら、画面に映った多くの車、橋、拳銃、夜、警官、美女のように、それも消えてしまった。ジャーナンと一緒にこの映画を観たかどうか、全く思い出せなかったが、ジャーナンと一緒に座って観た映画の思い出が、痛みを与えながらぼくの中で激しく身じろぎしているのを感じた。

ラティベおばさんがチャイを淹れに奥へ行くと、この痛みから逃れ、ぼくを傷ついた男にした人生を、本の秘密を暴くことで少しでも楽にするために、ここで、この家で、何かを見つけなければならないと思った。隅で眠っているカナリヤは、子供の頃ルフクおじさんがぼくをこの部屋で楽しませてくれたときに、いらいらと上下に飛び交っていたあの鳥と同じ鳥だろうか。それとも、それやその後来たのも死んだ後に来て、カゴに入れられた新しい鳥だろうか？　ていねいに額にしまわれ、壁にかけられたワゴンと機関車の写真も昔のままの同じ場所にあったが、子供の頃いつも幸せな日の光の中で、ルフクおじさんの冗談をききながらクロスワードパズルの答えを埋めようとしているときにそれを見ていたから、もうほとんど使われていないこの疲れた車両が、テレビの光の下で忘れられて、埃をかぶっているのを見るのはぼくには辛かった。ウィンドウになった飾り棚の半分に、リキュールセットと半分しか入っていないラズベリーのリキュールの瓶があった。その横には、ぼくが子供の頃ここに父と来たときにルフクおじさんが取り出して遊ばせてくれた切符切りが、鉄道功労メダルや機関車の形のライターの間に置いてあった。ミニチュアの無蓋貨車、偽クリスタルの灰皿、そして二十五年前の時刻表が後ろにある鏡に映りこんでいる、飾り棚のもう半分には、二、三十冊の本があった。ぼくの心臓は高鳴った。

これらは、ルフクおじさんが『新しい人生』を書いた頃に読んでいた本であるはずだった。あれだけの旅、あれだけの年月を経て、ジャーナンの手に触れることができるとっかかりに出会ったかのような興奮の波が、ぼくの全身に押し寄せた。

ぼくらがチャイを飲み、テレビを観ている間、ラティベおばさんはまずぼくの娘のことをきいてきた。それから妻がどんな人なのかを。彼女を結婚式に招待しなかったことを申し訳なく思いながら、ぼくはもぞもぞと答えた。妻はもともとぼくらの通りに住んでいた家族の娘だと話しながら、後でぼくの妻になった人物を最初に見たのは、本を初めて読んだ時だったことを思い出した。どちらが本来の、驚くべき偶然だったのだろうか、今振り返ると。ぼくらの家の向かいの空き部屋に引っ越してきて、あの晩、素っ裸で力強い電球の光の下で、テレビに向かってみな一緒に食事をしていた家族の娘を、何年も経ってからぼくが結婚するはずの、あの悩める娘を、ぼくが本を初めて読んだ日に初めて見たことだろうか？ それともこの初めての偶然を、結婚してから何年も経って、ぼくの人生の隠された幾何学を見つけ出すために、ルフクおじさんの肘掛け椅子に座っているときに思い出したことだろうか？ 娘の髪の毛は薄茶色だ、と思ったことを覚えている。テレビの画面はといえば緑色だった。

こうして記憶、偶然、人生についての切ない混乱に自分を見失いかけながら、ラティベおばさんと近所のうわさ話、新しく出来た肉屋、ぼくが行っている床屋、古い映画館、父親が靴屋を拡張して製造所も作り、金持ちになったらこの地区を去って行った友人のことなどについてしゃべった。ところどころ黙り込んで中断された穴だらけのぼくらの会話で、「人生はなんて穴だらけなんだろうね」と話していると、銃声、激しいラブシーン、叫び声、墜落した飛行機、爆発したタンカーであふれかえるテレビが、「それでも穴だらけにならなきゃだめなんだ！」と言っていた。でもぼくらは気にしなかった。

かなり遅くなってからテレビが、うなされ声、断末魔のうめき声のかわりに、インド洋のクリスマス諸島にいる、陸に上がった赤い蟹の生態についての教育映画を映し始めると、ふてぶてしい探偵であるぼくは、画面に映った繊細な蟹のように、自分が本当にききたいことに話を持って行こうとした――

「昔はどんなによかったんだろう、すべてが」と言う勇気を、ぼくは見せた。

「若いうちはいいものよ、人生は」と、ラティベおばさんは言った。でも夫と過ごした若き時代については――もしかして子供向けの物語や鉄道屋魂、ルフクおじさんの文章、挿絵つき小説のことを尋ねたからからもしれないが――幸せだったとは言えなかった。

「あんたのルフクおじさんは、あの文章を書いたり絵を添えたりする趣味のせいで、私らの若い頃を台無しにしたのよ。」

もともとは、夫が鉄道雑誌に寄稿したり、雑誌の仕事をすることを、おばさんはいいことだと思っていた。それは、ルフクおじさんが鉄道監査の仕事であの長い旅に出るのを少しでも免れることができ、ラティベおばさんも家でひとりぼっちになって、何日も窓の外を見ながら夫の帰りを待つこともなくなるからだった。そんなとき、鉄道屋の子供たちも雑誌を読むようにと、この国を救うのは鉄道の発達だということを信じるようにと、雑誌の最後のページに挿絵つき小説を描くことを決心したのだった。「中にはそれをとても好きになった子供たちもいたんだよねえ？」と、ラティベおばさんは初めて笑いながら言った。ぼくもその冒険をどんなに夢中になって読んだかを、特に『ペルテヴとピーター』の連載などは暗記してしまったくらいだと話した。

「でもそれくらいで終わりにすればよかったんだ。あんなに入れ込まなければよかったよ」と、彼女はぼくの言葉を遮った。彼女によれば夫の犯した過ちは、挿絵つき小説で成功したせいで、バーブアリの抜け目のないある出版社の申し出に騙され、別の雑誌でもそれをすることに同意したことだった。「もう昼も夜もなくなったよ。監査の出張や仕事場から疲れ果てて帰ってくるとすぐに机に向かい、朝まで書いていたわ。」

この雑誌はある時期だいぶ売れたが、最初のいい時期を少し過ぎて、昔の挿絵つき物語、あのカーンやケルオーラン、ハーカンたち、つまりビザンツ人たちと戦うトルコ人戦士が流行るようになると、すぐに廃れてしまった。「一時期『ペルテヴとピーター』が少し流行ってお金も儲けたけれど、本当に儲けたのは、あの山賊まがいの出版社だったのよ」と、ラティベおばさんは言った。山賊まがいの出版社はルフクおじさんに、アメリカでカウボーイになったり、鉄道で旅をしたりするトルコ人の子供の物語をやめて、その頃流行っていたケルオーランやカーン、アディル・クルチのようなものを描いて欲しがったらしい。「一度も鉄道が出てこない話など私は書けない」と、ルフクおじさんは答えたという。こうして恩知らずの出版社との関係は終わってしまった。しばらく挿絵つき小説を勝手に家で書き、他の出版社を当たったが、どこにも相手にしてもらえないと関心を失ってしまった。

「出版されなかったその冒険物語は、今どこにあるんですか?」と、ぼくは部屋の中を見回しながらきいた。

返事はなかった。ぼくらはお腹の中の受精卵を満潮の適切な時間に産み付けられるように島全体を巡り、苦境に陥ったメスの黒い蟹の波乱万丈の旅を、しばらく観続けた。

「それは全部捨てちゃったわ」と、彼女は言った。「戸棚にいっぱいのイラスト、雑誌、カウボーイの冒険、アメリカ人やカウボーイの本、服装を真似するための映画の本、それにあの『ペルテヴとピーター』も全部、その他にもたくさん……。あの人は私じゃなくて、そういうものが好きだったのよ。」

「ルフクおじさんはとても子供が好きだった。」

「そうよ、好きだったわ。いい人だった。みんなを好きだった。そんな人間が今どきいるかい？」

もしかして死んだ夫についてひとつふたつ悪いことを言ってしまった罪の意識があったからかもしれないが、彼女は少し涙ぐんだ。高い波とカモメの餌食にならずに陸へ上がることが出来た、何匹かの幸運な蟹の赤ちゃんを眺めながら、一瞬のうちにどこからともなく取り出したハンカチで目を拭き、鼻をかんだ。

「それから」と、ちょうどそのとき慎重な探偵は言った。「ルフクおじさんは大人のために『新しい人生』という本を書いて、別のペンネームで出版したらしいんだけど。」

「どこできいたの？　そんなこと」と、彼女はぼくの言葉を遮った。「そんなことはないよ。」

彼女はなんとも言えない風にぼくを見て、怒った様子でタバコに火をつけ、煙をフーっと吐き出し、怒りの沈黙に身を包んでしまったから、ふてぶてしい探偵も黙るしかなかった。しばらくは全くしゃべらなかった。それでもぼくは立ち上がってそこを去ることができずに、何かが起こることを期待しながら、人生の見えないシンメトリーがそろそろ現れてくれないものかと待っていた。

テレビの教育番組が終わると、蟹であることは人間であることよりもつらいことだと考えながら、ぼくはそこに慰めを見出そうとしていた。するとラティベおばさんは厳しく断固とした態度で立ち上がり、ぼくの腕をつかんで飾り棚の方へ引っ張って行くと、「見てごらん」と言った。頭が垂れ下がったスタンドの電灯をつけると、壁にかかっている額入りの写真が照らし出された。

ハイダルパシャ駅の前にある階段で、同じジャケットを着て、同じネクタイをしめ、同じズボンをはいた、そしてほとんどが同じような口ひげをはやした、三、四十人の男たちが、カメラに向かって微笑んでいた。「鉄道監査役たちよ」と、ラティベおばさんは言った。「彼らはこの国が鉄道で発展すると信じていたのよ。」そしてその中のひとりを指差した。「ルフクよ。」

そこに写っていた彼は、ぼくが子供の頃に知っていた、そして何年も思い描いていたとおりの彼だった。真ん中のあたりにいて、背が高く、痩せていて、少しハンサム、少し苦悩している様子。他の人たちと一緒にいるのが、彼らに似ていることがうれしくて、かすかに微笑んでいた。

「ねえ、私には誰もいないんだよ」と、ラティベおばさんは言った。「あんたの結婚式に行かれなかったから、せめてこれを持っていって頂戴！」と、飾り棚から取り出した銀の砂糖入れをぼくの手に持たせた。「この前、駅であんたの奥さんと娘さんを見たよ。なんてきれいな人だろう！　彼女のよさをわかってるの？」

ぼくは自分の手にある砂糖入れを見つめていた。罪の意識、煮え切らない気持ちにもだえていた、とは言わないでおこう、読者は信じないかもしれないから。ぼくは思い出していた、と言っておこう。何を思い出していたのかわからないが。銀の砂糖入れの鏡のような表面に、部屋全体とぼく、ラティベおばさんが小さくなって、丸くなって、平らになって映っていた。なんて魔法がかったことなんだろう、一瞬世界を、目といわれる鍵穴からではなくて、他の理論のレンズから見るのは。利口な子供はそれを理解し、利口な大人はこれを笑う。ぼくの理性の半分は別の場所にあったんだよ、読者のみなさん。もう半分は他のことに執着していた。君たちにだってこう思うことがあるだろう。何かを思い出しそうになったのに、思い出せないいいいいいいいいいいいいことが何なのかを思い出すことをどうして別の機会に回してしまったのか、と。

「ラティベおばさん」ぼくはありがとう、と言うのも忘れて言った。そして飾り棚の片方の棚にある本を指差した。「この本を持って行ってもいいかな？」

「どうするの？　あんた、こんなもの。」

「読むんだ」と、ぼくは言った。ぼくは人殺しだから、夜寝付けないんだ、とは言わなかった。「夜は本を読むのを習慣にしているんだ」とぼくは言った。「テレビは目が疲れるから、観られないんだ。」

「それならもっておいき」と、彼女は疑り深く言った。「でも読んだらまた持ってきておくれ。棚のその段が空になったらいやだから。亡くなったあの人はいつもそれを読んでいたわ。」

こうして、天使の街ロサンジェルスの悪人、コカイン屋の金持ち、ぼくらには娼婦にしか見えない不運なスター候補、がんばりやの警官、それに罪のない子供が感じるような天国の幸福の中で、お互いにすぐに愛し合い、それからお互いの背に向かってかなり失礼で悪い言葉を浴びせかける、美女とハンサムたちが出ている映画をラティベおばさんと観た。それからだいぶ夜遅くなって、本がいっぱい入った大きなビニール袋、その袋の上には、世界を、本を、街灯を、葉が落ちたポプラの木を、暗い空を、苦悩の夜を、濡れたアスファルトを、そして袋を持っている手を、腕を、上がったり下がったりする脚を映し出している銀の砂糖入れを載せて、ぼくは家へ帰った。

母が生きていたときは裏の部屋にあって、その上で何年も学校や大学の宿題をして、『新しい人生』を初めて読んだが、今は居間にある机の上に、ぼくは本をていねいに並べた。銀の砂糖入れの蓋はきつくて開けられなかった。それも本の横に置き、タバコに火をつけてすべてを眺めて悦に入った。本は三十三冊あった。『イスラム神秘主義の原理』『児童心理』『世界史概説』『偉大な哲学者と受難の人々』『挿絵と解説つき夢占い』のようなハンドブック、文部省が出版し、ときどきいろいろな省や役所に無料で配布された古典文学のダンテ、イブン・アラービー、リルケの翻訳本、『最高の愛の詩』『祖国の物語』のような詩集、色とりどりの表紙のジュール・ヴェルヌ、シャーロック・ホームズ、マーク・トウェインの翻訳本、それに『コン・ティキ号探検記』『天才も子供だった』『終着駅』『飼い鳥』『私に秘密をおしえて』『千一のなぞなぞ』のような本も混ざっていた。

ぼくはその本をその夜に読み始め、『新しい人生』の中のいくつかの場面や表現、空想が、この数々の本からヒントを得て書かれていることが、あるいはそっくりそこから引用されているのことがわかった。ルフクおじさんは、『トム・ミックス』『ペコス・ビル』『ひとりぼっちの保安官』といった雑誌から素材や挿絵を、彼が書いていた子供本に取り入れていたときの気楽さと習慣で、『新しい人生』を書くときにもこういった本を利用していたのだった。

いくつか例を挙げてみると――

「天使たちは、人間と呼ばれるカリフが創造された秘密を見抜けていないのだ。」

イブン・アラービー『叡智の台座』

「我々は運命共同体、道づれだった。我々はお互いに無条件に支え合っていた。」

ネシャティ・アクカレム『天才も子供だった』

「私の室の一のさみしいところに身を寄せてこのいと優しい婦人のことを考え始めた。彼女のことを考えている間に、一の爽やかな眠りが私を襲った。そして、そのうちで一の不思議な異象が現れた。」

ダンテ『新生』

「たぶんわれわれが地上に存在するのは、言うためなのだ。家、橋、泉、門、壺、果樹、窓——と、もしくはせいぜい円柱、塔と……。しかし理解せよ、そう言うのは、物たち自身もけっして自分たちがそうであるとはつきつめて思っていなかったそのように言うためなのだ。」

リルケ『ドゥイノの悲歌』

「しかしこの地方には全く家はなかった。瓦礫の他には何も見えなかった。これは時が経ったからではなく、一連の災害のせいで廃墟になったように見えていた。」

ジュール・ヴェルヌ『名前のない家族』

「私は一冊の本を手に入れた。読むときには厚い表紙の本のように見え、読んでいないときには緑の絹でできた布の塊の形になった……。と思ったら、本の数字、文字を見ていて気づいた。手書きの字から、アレッポの法官、シェイフ・アブドゥルラフマンの息子が書いたのだとわかった。われに返ると、今あなたがたが読んでいる章を書いている自分に気づいた。そして突然わかったが、シェイフの息子が書いた、夢の中で読んだ章は、今私が書いている本の章と全く同じなのだ。」

イブン・アラービー『メッカ啓示』

「『愛』は、堪え難いほどの福祉を私のために与う便とならないのみか、嬉しさの余りからであろう、その時全くかれの支配下にあったわが身をしばしば重い無生物の如く動くにいたらせる者となった。」

ダンテ『新生』

「一歩進めば戻れる見込みのない生命の涯に私は足をとめたのだ。」

ダンテ『新生』

十六

我々の物語が本の解説部分にさしかかっていることが、みなさんにもわかったかと思う。ぼくは机の上にある三十三冊の本を何ヶ月もの間に何度も何度も読み返した。黄ばんだページに並んだ単語や文に下線を引いた。ノートや紙切れにメモをとった。用務員が、本を読みに来ている人たちを「こんなところに何の用があるんだ!」という目で見ている図書館にも行った。

ぼくは人生といわれるあの荒波に、ある時期意欲的に我が身を投じたものの、求めていたものを見つけられなかった多くの人間のように、自分が読んだもの、互いに比べたいくつかの空想、表現、文章の中に、秘密のささやきを発見した。そういった秘密を暴いてそれらを並べ、それぞれの間に新たな関連付けをし、針で井戸を掘るような忍耐強さで築き上げたこのネットワークの複雑さを誇らしく思いながら、人生の的をはずしてしまった意趣返しをしようとしていた。イスラム教徒の町の図書館の棚に、手書きの解説本がどんなにかぎゅうぎゅうに並べられているのかを見た人間は、それに驚いているのだったら、外にいるあの傷ついた男の人だかりを少し見やってくれればいいのだ。

ぼくがこういった努力をしていた間中、ルフクおじさんがこの小著に他の本から失敬した新しい文、イメージ、アイデアに出くわすたびに、その空想の中の天使の娘がそんなに純粋なものでは全くないことを知った空想好きの青年のように、まずはがっかりした。それから本当の愛の犠牲者のように、一見純粋には見えないものが、本当はもっと深いところにある魅惑的な秘密の、比類のない知識の証だということを信じようとした。

他の何冊もの本とともに『ドゥイノの悲歌』を繰り返し繰り返し読みながら、ぼくはすべてを天使の助けを借りて解決しようと決心した。もしかして、悲歌の天使が、ルフクおじさんが本に書いている天使ではなく、ジャーナンと一緒に過ごした数々の夜をなつかしみ、彼女が天使について話している様子を思い起こさせたからかもしれない。夜半をかなり過ぎて、タク、タクという音の止むことがないあの長い貨列車が東に向かって通り過ぎて行ってしまうと、辺りを包み込む静寂の中で、ぼくが好んで思い出した一筋の光を、身じろぎを、ぼくがその思い出を思い出すことを好んだ人生の呼びかけを聴きたくなって、つけっぱなしになったテレビを、何枚もの紙やノートで散らかった机に向かっているぼくを、ぼくがタバコを吸う様子を映し出している砂糖入れに背を向けて、窓の方へ近づき、カーテンの間から暗い夜の内部をぼくは覗き込むのだった——街灯、あるいは向かいのアパルトマンから放たれた褪めた光が、一瞬窓ガラスについた水滴に反射した。

誰だったんだろう、この天使は？　静寂の心臓部からぼくに声をかけてほしいと思っていたのは？　ルフクおじさんのように、ぼくもトルコ語以外の言語は知らなかった。でも偶発的に訪れる一過性の興奮のせいで流れが滞ってしまっている、あまり知られていない言語の下手で適当な翻訳に囲まれていることも、ぼくは気にしなかった。ぼくはいろいろな大学へ行き、ぼくを素人だと思って追い払おうとする意地悪な教授たちや翻訳家たちに質問をした。ドイツでも天使のことを知っていそうな人の住所を見つけて手紙を書き、親切で繊細な人物たちから返事をもらうと、ある秘密の中心に向かっているのだと、自分を信じさせようとした。

ポーランド人の翻訳家にリルケが書いた有名な手紙では、『ドゥイノの悲歌』に出てくる天使はキリスト教の天使よりもイスラムの天使に近いと言ったようで、それをルフクおじさんは翻訳者の書いた短いまえがきを読んで知ったらしかった。『悲歌』を書き始めた年、ルー・アンドレアス・サロメにスペインから送った手紙から、リルケがコーランを「驚きに驚きながら」読んでいたことを知って、一時期ぼくはコーランに出てくる天使に夢中になった。でも祖母や近所のおばさんたち、知ったかぶりの友人たちからきいた話は、そこにひとつも出てこなかった。新聞の風刺画や社会科の授業で使う交通ポスターに頻繁に描かれている天使アズラーイールの名前さえコーランにはなく、ただ死天使だと書かれていた。ミカールと最後の審判の日にラッパを吹くイスラーフィルについて、ぼくが知っている以上のことには出くわさなかった。コーランの三十五章のはじめにある、「二枚ずつの、三枚ずつの、四枚ずつの翼を持つ」天使についての表現が、イスラム独自のものなのかどうかをぼくが尋ねたドイツ人のペンパルは、美術書からコピーしたキリスト教の天使の絵でいっぱいのファイルをぼくに送りつけ、話題をおしまいにした――コーランでも、別の天使たちの階級について語られていること、地獄の番人も天使に数えられていること、聖書によると、天使はアッラーとその創造物の中では、他のものよりももっと強いつながりがあることなどの細かい点以外は、キリスト教の天使とイスラムの天使の間には、リルケの言っていることを正当化するような重大な相違点はなかった。

それでも、「中に何でも書いてある」本が降りてきたことと、流れていった、消えていった、そして明るくなった星の間に、暗い夜と夜明けの間に、コーランをもたらす天使ジブリールをムハンマドが地平線上に見たことを語っている、コーランのエル・テクヴィル章の中のいくつかの文を、リルケでなくても、ルフクおじさんは本の仕上げをするときに思い出したのかもしれないとぼくは思った。でもそれは、何ヶ月もの間読んできたすべてを何かに置き換えながら、ルフクおじさんの小さな本を、ただ三十三冊の本だけでなく、すべての本から抽出された本だと考えていた頃のことだった。机の上にたまった下手な翻訳、コピー、覚書きがぼくに、リルケの天使についてだけでなく、天使たちがなぜ美しいのかについて、事故や偶然を論外にしてしまう絶対的な美について、イブン・アラービーについて、天使の人間を超える優位な性質と限界について、罪について、ここにもいることができ、そこにもいることができることについて、時、死、死後の人生について語れば語るほど、ルフクおじさんの小さな本でだけではなく、ペルテヴとピータ一の冒険でもそれを読んだことをぼくは思い出すのだった。

春も近くなったある晩、夕食の後に、何度読んだか知れないリルケの手紙がぼくに語った——「我々の祖先にとってさえ、ひとつの家、ひとつの井戸、馴染みの塔、自分の服、ジャケット——これらは計り知れないもの、計り知れないほど個人的なものだった。」

一瞬あたりを見まわすと、心地よいめまいがしたのをぼくは覚えている。ただ古い机の上や数々の本の中からだけではなく、すべてを散らかしてしまうぼくの娘が天使の資料を持っていった場所、窓際、埃をかぶった暖房のラジエーター、脚が一本短い台、絨毯の上からも、何百もの白黒の天使の影がぼくを見ていて、銀の砂糖入れに映りこんでいた――何百年も前、ヨーロッパのある場所で描かれた本物の油絵にある天使の複製の、白黒になった褪めたコピー。それをぼくは本物よりもっと好きだと思った。

「天使をかたづけなさい」と、ぼくは三歳の娘に言った。「駅に行って電車を見よう。」

「キャラメルも買ってくれる?」

ぼくは娘を抱いて、洗剤と焼き肉の匂いがする台所の母親のところへ行き、電車を見に行くと伝えた。彼女は洗っていた食器に向けていた顔をこちらに向けて微笑んだ。

ぼくが胸にしっかりと抱いた娘は、春の柔らかな冷気の中で駅まで歩いていくことを喜んだ。家へ帰ったらテレビで今日のサッカーの試合を観て、そのあと妻と日曜映画劇場を観ようと考えると、ぼくはうれしくなった。駅前広場の〈人生《ハヤット》〉菓子店はウィンドウのガラスを閉め、アイスクリームの入れ物とコーンをしまったまま冬越ししていた。百グラムの〈マーベル〉印のキャラメルを計ってもらった。その中の一粒の包み紙をむいて、娘が待ちきれないように開けている口の中に入れてやった。それからホームへ上がった。

ちょうど九時十六分に南急行が、はじめはどこか深いところから、まるで大地の魂からきこえてくるような重いエンジンのうなる音で、それから橋の壁や鉄骨の脚に反射する光で自己主張をした。駅に近づくときにはまるで静かになったようだった。すると列車はお互いに抱き合っているぼくらふたりの生き物の前を、エンジンの衝撃的で、止めどない力で埃っぽい煙を撒き散らしながら通り過ぎていった。その後の余韻の人間的なうなり声に包まれて、タク、タクという音とともに通り過ぎるピカピカの客車の中に金切り声をあげて座っている乗客たちが見えた。窓に寄りかかって、ジャケットを吊り下げている、しゃべっている、タバコに火をつけている、ぼくらを見ていない乗客たちは、瞬きする間にするすると通り過ぎていった。列車が残したかすかな風と静寂の中で、最後の車両の後ろについていた赤い光をぼくらは長いこと眺めた。

「どこへ行くのか知ってるかい？　この列車は」と、ぼくは本能的に娘に言った。

「どこへ行くの？　この列車は。」

「はじめイズミットへ行ってからビレズィッキへ。」

「それから？」

「それからエスキシェヒルへ、それからアンカラへ。」

「それから？」

「それからカイセリへ、スィヴァスへ、マラトゥヤへ。」

「それから？」と、幸せそうに繰り返しながら亜麻色の髪の娘は言った。まだかすかに見えている最後の車両の赤い光を、遊びか魔法であるかのように眺めながら。

そして父親は、列車がその後行く駅をひとつずつ思い出していた。思い出せない駅もあったが、思い出しているうちに、自分の子ども時代が脳裏に浮かんできた。
十一、二歳くらいだったと思う。ある晩、父と一緒にルフクおじさんの家へ行った。ルフクおじさんと父がバックギャモンをやっているとき、ぼくはラティべおばさんがくれたクッキーを手に持って、鳥かごに入ったカナリヤを眺めていた。どうやって読むのか未だにわからない気圧計のガラスをカタカタたたいたり、棚に並んだ古い雑誌を取り出して、『ペルテヴとピーター』の昔の冒険に夢中になったりしていたら、ルフクおじさんがぼくを呼んだ。そしていつもぼくらが来ると尋ねることを尋ね始めた。

「ヨルチャトゥとクルタランの間の駅を言ってごらん！」

「ヨルチャトゥ、ウルオヴァ、キュルク、スィヴリジェ、ゲズィン、マーデン」と、ぼくはすべての駅をぬかさずに答えた。

「アマスヤとスィヴァスの間は？」

ぼくはつっかえずに答えた。ルフクおじさんが、利口なトルコの子供は暗記していなければならないと言っていた時刻表を、ぼくは暗記していた。

「キュタフヤから発車した電車がウシャックに行くのに、どうしてアフヨンを通るんだい？」

これは、時刻表からではなくルフクおじさんから答えをおしえてもらった質問だった――

「残念なことに政府が鉄道政策から手を引いたので。」

「最後の質問」とルフクおじさんは、目をキラキラ輝かせて言った。「チェティンカヤからマラトゥヤへ行こう。」

「チェティンカヤ、デミリス、アクゲイック、ウルギュネイ、ハサン・チェレビ、ヘキムハン、ケスィックキョプル……」と、ぼくは数え始めたものの、最後まで言えずに黙りこんでしまったものだった。

「それから？」

ぼくは黙ったままだった。父は手に持ったサイコロや、バックギャモンの板の上のコマを眺め、追い詰められたゲームの突破口を探していた。

「ケスィックキョプルの後は？」

鳥カゴの中のカナリヤがカツカツと音を立てた。

「ヘキムハン、ケスィックキョプル」と、ぼくは希望を持ってまた言い始めたが、その後の駅はやっぱり頭に浮かんでこなかった。

「それから？」

それから長い沈黙になった。ぼくが泣きそうになると、ルフクおじさんはこう言った。

「ラティベ、この子にキャラメルをあげておくれ。もしかして思い出すかも。」

ラティベおばさんはぼくにキャラメルを持ってきてくれた。ルフクおじさんが言ったように一粒を口に入れると、すぐケスィックキョプルの後の駅を思い出した。

二十三年後にかわいい娘を抱いて、南急行の最後の車両の後ろの赤い光を眺めながら、我らのうっかりオスマンは、やっぱり同じ駅の名前を思い出せなかった。でも思い出すために長いこと頭をひねり、居眠りしているぼくの連想を撫でて奮い立たせ、動すためにぼくはひとりごとを言った――何という偶然なんだろう――一、今ぼくらの前を通った列車は、名前を思い出せなかったあの駅から明日戻って来る。二、ラティベおばさんはキャラメルを、何年も経ってからぼくにくれた銀の砂糖入れに入れて持ってきた。三、娘の口には一粒、ぼくの手には百グラムのキャラメルがある。

ある春の夜、事故とは程遠い、はるか遠い交差点で、ぼくの過去と将来のこの邂逅と途切れた記憶の痺れがあまりにもうれしかったから、親愛なる読者よ、駅の名前を思い出すためにぼくは立っていた場所に固まってしまった。

「ワンちゃん」と、娘がぼくの胸に抱かれたまま言った。

あまりにも汚く、あまりにもみすぼらしい野良犬が、ぼくのズボンの裾に鼻を近づけてきた。つつましい夕暮れが駅や地区の上を覆い、そよ風に吹かれてあたりは涼しくなっていった。ぼくらはすぐに家へ戻ったが、ぼくはすぐには銀の砂糖入れのところへ行かなかった。娘をくすぐり、その香りを吸い込み、寝かしつけてから、妻と一緒に日曜映画劇場でのキスシーンや殺人を観て、と思っていたら妻も寝てしまい、そしてぼくは机の上の本や天使、紙切れを整理整頓してから、思い出が十分に濃厚になってちょうど良い具合になるのを、心臓をドキドキさせながら待った。

それから、おいで、連想よ、おいで、と呼んだ。愛と本の犠牲者である傷心の男は。そしてぼくは銀の砂糖入れを手に取った。ぼくの仕草は、意欲的な自治体の劇団員がハムレットに出てくるヨリックの頭蓋骨のように、憐れな遊牧民の頭蓋骨を大げさに手にとって見せるのを彷彿とさせた。でもそれはわざとらしい仕草ではなかった。最後には、みなさん見てください。何と柔軟なんだろう、記憶といわれるこの不思議なものは――ぼくはすぐに思い出した。

偶然と事故を信じる読者も、ルフクおじさんは物事を偶然や事故に委ねたりしないということを信じる読者も、みな一緒に予想したと思うが、ヴィランバーだったのだ、その駅の名前は。

ぼくはもっと多くのことを思い出した。二十三年前に口にキャラメルを入れたまま、銀の砂糖入れを眺めながら、「ヴィランバー」とぼくが言うと、「よくやった」とルフクおじさんは言った。

それから六、五と打って父のコマをふたついっぺんにとってしまうと、こう言った。

「アーキフ、とても利口だね、あんたの息子は！　知ってるかい、私が何をしようとしているか？」とられたコマと、目の前にあるドアを見ていた父は、おじさんの言うことを聞いていなかったが。

「私はいつか本を書くよ」と、ルフクおじさんはぼくに言ったのだった。「主人公におまえの名前をつけよう。」

「ペルテヴとピーターみたいな本なの？」と、ぼくは心臓をドキドキさせてきいた。

「いや、挿絵なしの本だ。でもおまえの物語を書くよ。」

ぼくはそれを信じないで黙り込んだ。その本がどんなものになるのか予想できないでいた。

「ルフク、また子供をだましたりしないでよ」と、そのときラティベおばさんが声をかけた。

この場面は現実だったのか？　それともぼくのような傷心の男を慰めるために、心がきれいで人の好いぼくの記憶がそのときにでっちあげた空想だったのか、わからなかった。すぐに走って行って、ラティベおばさんにききたかった。ぼくは銀の砂糖入れを持ったまま窓辺へ近寄り、人気の途絶えた通りを眺めながら考えに考えた。でもこれを考えるというのだろうか、半分うなされているというのだろうか、わからない――一、突然同時に三軒の家の電灯がついた。二、駅のみすぼらしい犬が自慢げに入り口の前を通り過ぎた。三、理性が混乱したせいで動き出したぼくの手、指は、どうやったにしても、やってしまった。銀の砂糖入れの蓋をあまり苦労しないで、ああ、見て、ひとりでに開けてしまったのだ。

一瞬、物語でもあるように、砂糖入れから魔よけのお守りや魔法の指輪、毒入りブドウが出てくるのでは、と思わなかったわけではない。中からは、もうへんぴな食料雑貨店《バッカル》や地方の町の菓子屋でさえも見かけない、子供時代の〈新生《イェニ・ハヤット》〉印キャラメルが七つ出てきた。それぞれに登録商標の天使が、合計七つの天使が、Hの文字の端に上品に座っていて、イェニとハヤットの間の空間にきれいな脚を優雅に伸ばし、二十年も我慢していた砂糖入れの暗闇から、彼女たちを救ってやったぼくを、感謝しながら見上げて微笑んでいた。
あまりにも古くなって、大理石のように硬くなったキャラメルの包み紙に印刷された天使を破らないようにして、難儀しながら注意深く紙をはがした。どの包み紙の内側にも四行詩が書いてあったが、世界や本の意味についてぼくにヒントを与えてくれたとは言えない。一例——

家々の裏側には
セメント工場
恋人よ、あなたに買って欲しいの
ミシンを一台

その上、夜の静寂の中で、ぼくはとりとめのないことを心の中で繰り返し始めた。理性を失わないようにと、最後の希望を持って娘が寝ている部屋へ行った。薄暗い部屋にある古いタンスの下の引き出しを静かに開けて、手探りで、一方に定規、もう一方に製本が悪くてつながった本のページを切るブックオープナー、奥のほうの虫眼鏡、そしてあのプラスチックの何とかいうものなど、子供の頃にいろいろなことに使った道具を取り出して、卓上の電灯の光の下で、偽札を調べる財務局の監査官のように、キャラメルの包み紙にある天使を細かく観察した——それはぼくにアルズ天使を思い起こさせるわけでもなく、四枚の翼を持つ天使が動かずにじっとしているペルシャの細密画や、何年も前にバスの窓から見えると思っていた天使、その白黒コピーを思い起こさせもしなかった。ぼくの記憶は、その機能を果たすために、小さかった頃このキャラメルを電車の中で子供が売っていたことをぼくに無駄に思い出させた。天使の姿は外国の雑誌から盗んできたものだとぼくは思っていたら、包み紙の隅からぼくに手招きしている生産者が頭に浮かんだ。

「内容物――ブドウ糖、砂糖、植物油、牛乳、バニラ。〈新生《イェニ・ハヤット》〉印のキャラメルは〈天使《メレッキ》〉飴・ガム株式会社の製品です。チチェッキリデレ通り十八番エスキシェヒル」

次の日の夕方ぼくはエスキシェヒル行きのバスに乗っていた。市役所の上司には、遠くにいる身寄りのない親戚が病気になったと伝えておいた。妻には市役所の頭がおかしい上司が、ぼくを遠くの誰も知り合いがいない町に出張させたと言っておいた。分かりますね?――人生が正真正銘の気ちがいが語ったでたらめな物語ではないなら、人生がぼくの三歳の小さな娘がやったように、ペンを持った子供が紙に描いたでまかせのキャラメルではないなら、何の理屈もない非情なでたらめではないなら、ルフクおじさんは『新しい人生』を書いたときに、偶然のように見えるあのすべての笑い話の裏に何か理屈をつけていたに違いなかった。それなら、天使を何年もの間至るところに、ぼくの目の前に出現させてきた偉大な設計者の意図もあるに違いなかった。そしてそのときぼくのような平凡で傷心の主人公は、子供の頃好きだったキャラメルの包み紙にどうして天使の絵が描かれているのかを、それを決めたキャラメル屋のおじさん本人の口から聞くことが出来たら、残りの人生のある秋の晩に、思いつきで偶然の容赦なさについて語るよりは、人生の意味について好き勝手なことを言いながら何か慰めを見つけられるかもしれない。

ぼくは偶然と言ったが——ぼくをエスキシェヒルに連れて行く最新のメルセデスのバスの運転手が、十四年前にジャーナンとぼくを繊細なミナレットが並ぶ草原の町で乗せて、雨や洪水で沼のようになった町に降ろした運転手だということを、ぼくが見る前に、二回ドクドクいったぼくの心臓が気づいた。ぼくの目はというと、胴体と一緒に最近のバスのモダンな快適さ、あのウーウーいう換気装置、各座席についた読書灯、ホテルの若い新米従業員のような服装をした乗務員、観光業者の翼のマークがついたお盆に紙ナプキンと共に供される、プラスチックの味がする食べ物の色彩豊かな袋に慣れようと努力していた。もう座席も、指一本で後ろにいる不運な人の胸元にばったり倒れてベッドのようになるのだった。ハエが飛び交う食堂に止まらずにターミナルからターミナルへ「急行」で行く便ができたので、何台かのバスには、電気椅子を連想させる、衝撃的な事故のときに人間が絶対に入っていたくないような小さな便所の独房がつくられていた。テレビの画面には、ぼくらをアスファルトで覆われた草原の心臓部に引きずっていく観光業者の車両の広告がひっきりなしに現れ、こうして人間がバスでうとうとしながら旅をし、テレビを眺めることがなんと気分がいいことかを、何度も確認することができるのだった。いつだったか窓からジャーナンと眺めた誰もいない草原はというと、タバコとタイヤの広告で穴だらけにされ、人間向きにされていた。それから、日光を遮るようにと色がつけられたバスの窓ガラスが、気分しだいでときには泥まじりの茶色、ときにはカーバ神殿のような緑色の、ときには墓地を思い起こさせるガソリンの色に包まれるのだった。それでもすべて遠ざかっていってしまったぼくの人生の秘密に、文明の残りかすにも忘れ去られたようなへんぴな町に近づくにつれて、まだ自分が生きていることを、まだ意欲的に呼吸していることを、まだ——昔の言葉で言うと——いくつかの欲望を追いかけているということを感じるのだった。

ぼくのこの旅がエスキシェヒルで終わらなかったことは、みなさんは予想しているだろう。その昔〈メレッキ〉飴・ガム株式会社の事務所と工場があったチチェッキリデレ通り十八番には、イスラム説教師養成学校の寮として使われている六階建てのビルが建っていた。エスキシェヒル商工会議所の資料室で、ぼくに〈サンティ〉印ソーダ水入りのリンデンティーをごちそうしてくれた年老いた事務員は、何時間も帳簿をめくってから、〈メレッキ〉飴・ガム株式会社がキュタフヤ商工会議所に属して操業を続けるために、二十二年前にエスキシェヒルからキュタフヤへ引っ越したことをつきとめた。

キュタフヤではというと、会社がここで七年間生産をしてから廃業したことがわかった。タイルで飾られた役場の戸籍課に、そしてメンズィルハーネ地区に行くことを思いつかなかったら、〈メレッキ〉飴・ガム株式会社の創設者スレイヤ氏が十五年前に一人娘の夫の故郷、マラトゥヤに引っ越したこともわからなかっただろう。マラトゥヤでは、今から十四年前、〈メレッキ〉飴・ガム株式会社が最後の黄金時代を過ごしたことがわかった。そしてジャーナンとバスターミナルでその最後のキャラメルに遭遇したことを思い出した。

まるで瀕死の帝国が鋳造した最後の金貨のように、〈新生《イェニ・ハヤット》〉印のキャラメルがマラトゥヤとその周辺で最後にもう一度広まると、商工会議所の『ニュース広報』に一時期トルコ全土に広まったキャラメルの、そして会社の歴史についての記事が載った。〈新生《イェニ・ハヤット》〉印のキャラメルが、一時期食料雑貨店《バッカル》やタバコ屋で小銭の代わりになっていたことが記述されており、『マラトゥヤ・エキスプレス』誌には天使が並んで描かれた広告が出ていた。ということは、この地方ではこのキャラメルは、まるで昔そうだったように、誰もがポケットに小銭のように持っていて使っていたものだったのに、世界的な大企業の多大に宣伝されているフルーツ味の製品を、きれいな唇をしたアメリカ人スターがテレビでさもおいしそうに食べると、すべてが終焉を迎えてしまったのだ。生産用の大鍋、包装用機械、それに会社の名も売られてしまったことが地方紙に書かれていた。ぼくは婿の親戚から、〈新生《イェニ・ハヤット》〉印のキャラメル生産者のスレイヤ氏が、マラトゥヤの後どこへ行ったのかを探り出した。この調査はぼくをもっと東へ、へんぴな町へ、中学校の地図帳にも名前がないような失われた町に連れて行った。その昔ペストから逃げて田舎の町へ来た人のように、スレイヤ氏とその家族も、広告やテレビの後押しで西から広がり全国にはびこった、死に至らしめる伝染病のような、外国名の、色とりどりの消耗品から逃げるように、遠くの影の町へ消えていってしまったのだった。

　ぼくは何台ものバスに乗っては降りた。ターミナルに入り、繁華街を通った。戸籍課へ、町内会へ、裏通りへ、泉のある、並木のある、猫のいる、コーヒー《カフヴェ》店のある地区の広場をうろついた。ぼくが足を踏み入れたどの町でも、歩道を歩いたどの通りでも、立ち寄ってチャイを飲んだどのコーヒー《カフヴェ》店でも、十字軍やビザンツ、オスマン朝に結びつく陰謀の痕跡が常に見えるかのようだった——ぼくを旅行者だと思って、新しい偽のビザンツ貨幣を売りつけようとする抜け目のない子供に微笑み、尿のような色の〈新ウラルト〉コロンをうなじから下にぶちまける床屋に気を止めず、どこにでもきのこのように増えている見本市のうちのひとつの素晴らしい入り口が、ヒッタイトの遺跡から持ち出されて取り付けられているのを見ても驚かなかった。〈科学的眼鏡店ゼキ〉の、人間の身の丈ほどもある眼鏡でできた看板の埃をかぶったレンズに、十字軍の騎兵が走り去るときに残していった砂埃の名残りがあると判断するのに、ぼくの想像力が、昼の暑さの中歩いているアスファルトのように柔らかくなる必要もなかった。

でもときには、この土地を変化させようとしなかったあの歴史そして保守的な陰謀のすべてが、破綻したことを感じ、十四年前のジャーナンとぼくにはセルジューク朝の城のようにしっかりしていて変わらないように見えた市場の場所が、昔ながらの食料雑貨店《バッカル》が、洗濯物が干された通りが、西から吹く風の力に吹き飛ばされて消えて行ってしまったのがわかった。町の中心地にある食堂の、あの最も派手なところの中で、静寂の安らぎで包み込まれたあの水槽も、中を泳ぐ魚と一緒に、まるで秘密の指令によっていなくなってしまったようだった。十四年のうちに、大通りだけではなく埃っぽい裏通りまでを、棘のある種のように無数のプレキシガラス看板の上で怒鳴っている文字で囲んでしまうことを誰が決めたのか？　誰が広場の木を切ってしまったのか？　アタテュルクの像を刑務所の壁のように囲む、コンクリートのアパルトマンのベランダにつけられた鉄の手すりを、全部同じ形にしろと誰が命令したのか？　通り過ぎるバスに石を投げろと誰が子供たちに言ったのか？　ホテルの部屋に消毒薬の匂いをさせることを思いつき、アングロ・サクソンのモデルの長い脚の間からトラックのタイヤがのぞいているカレンダーを全世界に配布し、エレベーター、両替所、待合室のような新しい空間で身の安全を感じるためには、お互いを敵のように見なければならないと決めたのは、誰だったのか？

ぼくは早く歳をとりすぎた――すぐに疲れてしまい、少ししか歩こうとせず、信じられないほどの人ごみの中で胴体が重苦しく引きずられていく様、消えていく様にもまるで気づかず、狭い歩道でぼくの肩にぶつかってくる人間の、ぼくがぶつかった人間の顔も、ぼくの頭上を通り過ぎていく広告の看板に書かれた数え切れないほどの弁護士、歯医者、財務相談役の名前も、見るそばから忘れてしまった。いつだったか人の好いおばさんがぼくらを招いてくれた裏庭を、ジャーナンとともに遊び心で、魅了されるような気持ちでうろつくように歩いた、あのすべての子供じみたちいさな町や、細密画から抜け出してきたような裏通りが、今どうなってしまったのかわからないが、全てが互いに真似し合う、危険の印や感嘆詞であふれる恐ろしげな装飾に成り代わってしまったのだ。

　ぼくは、モスクの中庭、あるいは養老院に面した角といった一番あり得ない場所にできた、暗いバーやビヤホールを見かけた。服がいっぱいにつまったスーツケースを持ち、数々の町を回って町の映画館や市場でひとりきりでファッションショーをし、それから展示した服を、スカーフをかぶった女性たちや黒装束の女性たちに売る、鹿のような目をしたロシア人のモデルを見かけた。バスに乗って小指ほどの大きさのコーラン本を売るアフガニスタン移民の代わりに、プラスチックのチェスセット、雲母の双眼鏡、戦争功労メダル、カスピ海のキャビアを売るグルジア人やロシア人の家族が来ているのを見かけた。ジャーナンとともに雨の降るある夜に経験した交通事故の後、死んだ恋人の手を握りながら息を引きとったジーンズをはいた娘を、まだ探している父親を見かけた。公表されていない紛争のせいで住民がいなくなった、ゴーストタウンのようなクルド人の村々を、遠くの岩山の暗がりに砲弾を打ち込む大砲隊を見かけた。学校から逃げてきた子供たちが、若い失業者たちが、地元の天才たちが集まって、その能力を、運を、怒りを試しているゲームセンターにあるゲームでは、二万点に到達すると日本人が考えてイタリア人が描いたピンクの天使が、かび臭くて埃っぽいサロンの暗がりでボタンを押しハンドルを回しているぼくらのような不運な人間たちに、幸運を約束するようにやさしく、やさしく微笑むのを見かけた。〈ＯＰＡ〉の髭剃り石鹸の揮発性で包み込まれるような匂いにすっぽりと埋もれている男が、死んだジャーナリスト、ジェラル・サリッキの、のっとられた新しいコラムを音節ごとに読んでいるのを見かけた。古い木造の邸宅が壊されてコンクリートのアパルトマンになり代わった、最近裕福になった町の広場のコーヒー店《カフヴェ》で、金髪の美人妻たち、そして子供たちと一緒に座って〈コカ・コーラ〉を飲んでいる、最近移籍してきたボスニア人とアルバニア人のサッカー選手を見かけた。うらぶれた酒場で、すごい人ごみの繁華街で、ヘルニア用サポーターを飾っている薬局の向かいの店を映し出しているウィンドウの中に、夜ホテルの部屋あるいはバスの座席でぼくが埋もれてしまった悪夢の、色彩豊かな幸福の空想の中に、〈セイコー〉か〈セルキソフ〉のように思える影を見かけて恐れた。

　このことに触れたついでに言うが、最終目的地ソンパザル——最後の市という意味だが——へ行く前には、ナーリン医師が国の心臓部にしようと願っていた、へんぴなチャトゥックの町にも立ち寄ったことも言っておかなければならない。でもそこで紛争や移民、奇妙な記憶喪失、人ごみ、恐怖など、何のせいかわからないが、町があまりにも変わってしまっているのにぼくは気づいた。ぼくの書き方からみなさんおわかりだと思うが、通りにいる目的のない人ごみの中で、居場所や行き先がわからなくなったぼくの理性のように、ジャーナンの思い出も傷つけられてしまうのではないかとあわててしまった。薬局のウィンドウに並べられた日本製のデジタル時計は、ナーリン医師の反・大陰謀や彼の手下の時計たちの組織がとっくの昔に崩壊していることを、現実としても象徴としても、ぼくに知らせてくれた——繁華街に立ち並ぶ外国語の文字や単語で書かれたソーダ水、車、アイスクリーム、テレビの販売店も、それに拍車をかけていた。

　それでもジャーナンの顔や微笑、彼女が言った言葉のうち、自分の記憶に残っていることを頭の中で再現して火をつけ、この消えてなくなっていった記憶の国で人生の意味を捜し求めている、不運で馬鹿な主人公は、幸せな空想の避難所になる涼しくて薄暗い影を見つけようと、ナーリン医師がかわいい娘たちと一緒に一時期住んでいた屋敷に、そして思い出の幸せな桑の木に向かって歩いていった。谷には柱が立てられていて、電線が通り、電気が来ていた。でもこのあたりには全く家はなかった。遺跡の他はなにも見えなかった。この遺跡は、時間が経過したせいではなく、自然災害のせいで崩壊したように見えた。

このとき、ナーリン医師といつだったか上った丘に設置された〈アク〉銀行の広告を眺めながら、同じ行を何年も書き続け、終わりのない時の安らぎを、人生の秘密を——これを何と呼んでもいいが——見つけられると思っていたジャーナンの昔の恋人を殺してよかったと、ぼくは驚きとともに考え始めた。ぼくは、この汚れた光景を見たり、あのビデオや氾濫する文字の中で干上がったり、溺れたり、このつやも光もない世界で盲目になったりすることから彼の息子を救ってやったのだ。この境界づけられた奇妙さ、謙虚な残酷さの国から、誰がぼくを光で包み込んで救ってくれるのだろう？　以前、ぼくが空想の映画館でそのやさしい、すばらしい色を見、心の中でもその言葉を感じた天使からは、何の声も聞こえず、何の合図も来なかった。

クルド人の反乱者たちのせいで、ヴィランバーの町を通る列車は中止されていた。人殺しには何年も経ってからであっても殺人現場に戻るつもりはなかったが、キャラメルに〈新しい人生《イェニ・ハヤット》〉という名をつけて、その包み紙に天使を座らせることを思いついたスレイヤ氏が、孫と一緒に住んでいるとわかった最後の市《ソンパザル》の町に行き着くには、政府には認められていないクルディスタン労働者党ＰＫＫの影響力が強い地方を昼間のバスで通らなければいけなかった。バスターミナルから見た限り、ここにも思い出すべきことはもう残っていなかったが、念のため誰かが人殺しを見て思い出すことのないように、バスが早く出発することを祈りながら、ぼくは頭を『ミッリイェット』紙の間に埋めた。

北へ向かって行くと、最初の朝日が昇ると同時に山々がいきり立ってきて、力強さを帯びてきた。そしてバスの中を恐怖による静寂が包み込んだのか、それとも険しい山々の急カーブを曲がり続けていたのでみなめまいがしたのか、ぼくにはわからなかった。ときどき兵隊が乗客の身分証明書を検めるために、あるいは人里はなれた村に雲と仲良くしながら歩いて行く国民を下ろすためにバスが止まった。自分の殻に閉じこもり、何百年もの間見続けてきた容赦なさの前に聾になった山々を、感動しながらぼくは眺め入った。罪をうまく隠している人殺したちにも、この種の下卑た文を書く権利があるだろう、と言っておこう。この最後の文を読んで眉をつりあげている読者が、辛抱強くここまで読んできた本を罵って放り投げてしまわないように。

おそらくソンパザルの町はＰＫＫの影響力が及んでいる地域外にあった。町は近代文明にとりのこされた場所であるといえた。バスから降たぼくを「あれだけいろいろなところを回ったのに、また同じところへ来てしまった」という気持ちにさせるあの銀行やアイスクリーム、冷蔵庫、タバコ、テレビの販売店のやかましい文字、マークに囲まれることなく安らかな町が、幸せなスルタンのことが語られている忘れられた物語から抜け出てきた魔法の静寂が、ぼくを迎えた。猫が一匹見えた——町の広場にちがいない交差点に面したコーヒー店《カフヴェ》の静かなぶどう棚の下で、人生に満足しきって体を舐めまわしていた。肉屋の前では幸せな店主が、食料雑貨店《バッカル》の前には悩みのない店主が、眠そうな八百屋と眠そうなハエが、やわらかい朝の陽の下に座り、大地に存在すること、誰もがやっている簡単なことがどんな恩恵をもたらすのかということを賢明にも理解して、通りを照らす金色の光の中で安らかに溶け合っていた。彼らが目の端にとらえている、町へやってきたよそ者はというと、この場違いな物語の場面に自分をいっぺんに捕らわれ、その昔気が狂うほどに愛したジャーナンが、手には祖父の形見の古い時計とひと束の雑誌、顔にはからかうような微笑をたたえて、最初の通りから自分の前に飛び出してくるような気がしていた。

最初の通りでぼくは自分の精神の静けさに気づいた。二本目では、地面まで垂れ下がったしだれ柳の枝がぼくを撫でた。三本目の通りで長いまつげをした世にもかわいい子供を見ると、ポケットに入っていた紙きれを取り出して住所をきくことを思いついた。ぼくの汚れた世界の文字たちがその子に馴染みがなかったのか、それともその子が読み書きができなかったのか、ぼくにはわからなかったが――たしかに二百キロ南にいた町内会長から聞き出した住所は、ぼくもちょっと見では読めなかった。「ズィヤ・テペ通り」と、ぼくが一字一字言うと、まだ言い終わらないうちに、ある出窓から頭を出した魔女のような中年女が、「ちょっと」と言った。「ほら、坂のあそこだよ。」

十七

何年も続いた旅がこの坂道で終焉を迎えるのだ、と思っていると、水がいっぱいに入ったブリキ缶を積んだ馬車がぼくより先に坂道へ入った。上方のどこかの建設現場に水を運んでいるらしかった。馬車が揺れながら坂道を上がっていくと、缶からバシャバシャと水がこぼれ、ブリキ缶はなぜ亜鉛板でできているのだろう、とぼくはつぶやいた。プラスチックはこの国にまだ来ていないのか？　ぼくは水を運ぶのに忙しい御者ではなくて馬と目が合って、自分が恥ずかしくなった。馬のたてがみは汗びっしょりで、怒りで途方に暮れていた。積荷を引っ張るのにあまりにも難儀していたから、ただひたすらに苦しそうだったといえる。苦悩する悲しい大きな目の中に一瞬ぼくは自分を見た。そして馬の状況がぼくよりもひどいことがわかった。騒音の中でガランガランいっている亜鉛板と、石畳の石の上でガタゴトいう車輪、そしてぼくのフンフンいう人生は、ふうふういいながら意味《アンラム》丘に向かって上っていった。馬車はセメントを混ぜている小さな庭に入った。太陽が黒い雲の後ろに隠れそうになったとき、ぼくは〈新生《イェニ・ハヤット》〉印のキャラメルの生みの親の、壁の向こう側にある薄暗い神秘的な庭へ、そして家へ入った。庭にあった石造の家に、ぼくは六時間留まった。
〈新生《イェニ・ハヤット》〉印キャラメルの生みの親、ぼくに人生の秘密についての鍵をくれるはずのスレイヤ氏は、一日にふた箱の〈サムスン〉タバコを、寿命を延ばす魔法の薬を飲んでいるかのように幸せそうに吸うことができる、八十歳になろうかという老人だった。孫が昔から知っている親しい人か、家族ぐるみで付き合っている親友のようにぼくを歓迎し、まるで昨日途中まで話していた物語を続けるかのように、キュタフヤである冬の日に店に来たナチのハンガリー人スパイのことを、長々と語り始めた。それからブダペストにある菓子店のこと、一九三〇年頃イスタンブルのある舞踏会で女性たちがみなかぶっていた帽子のこと、トルコ人女性たちが自分を美しく見せようとして犯している過ち、刑務所に入ったり出たりしているぼくと同じ年頃の孫がなぜまだ結婚しないのかということを——だめになった二回の婚約話の詳細を説明しながら——語った。ぼくが結婚していることがわかると喜び、ぼくのような若い保険販売員がこの国を組織化し、来たるべき災害に備えて国民に警告を与え、秩序を与え、妻や子と離れて旅に出ることを厭わないことが、本当の愛国心だと語った。

話し始めて二時間を過ぎる頃だった。ぼくは生命保険の販売者ではなく、〈新生《イェニ・ハヤット》〉印のキャラメルに興味があると言った。彼は座っていた肘掛け椅子の上で身じろぎした——その顔は庭から差し込む鉛色の光に濁って見え、唐突にぼくにドイツ語がわかるかどうか尋ねた。彼はぼくの答えを待たずに「シャッハマット」と言った。この単語がペルシャの王「シャー」と、死んだという意味のアラビア語「マテ」とでできている、ヨーロッパ人のつくった合成語だと説明した。西へ我々がチェスを伝えたのだった——現世にある戦場における、白軍と黒軍の、我々の中の善悪の精神的な戦いとして。彼らは何をしたのか？

宰相をクイーン、象をビショップに変えた――それは重要ではなかった。けれどもチェスを自分たちの理性の、そして世界の合理主義の勝利として我々に返してきたのだった。今日、我々は、彼らの頭で自分たちの感受性を理解しようとし、それを文明的だと思っているのだ。

ぼくは気づいていたのだろうか？　彼の孫は気づいていた。初夏になってコウノトリが北へ飛んでいくとき、あるいは八月に南へ、アフリカへ帰るとき、昔の幸せな時に飛んでいたよりももっと高いところを飛んでいるということに。その上で翼をはばたかせる町、山、川、国はもうすべて、彼らにとってその貧困さを見たくないような悲惨な土地に成り代わってしまったから。コウノトリについて愛情を持って話すと、イスタンブルに五十年前に来た、コウノトリのような脚をしたフランス人の曲芸師の娘のことに話は移った。そして彼は昔のサーカス、祭りや、家の前で売っていた飴のことを、懐かしみながら色彩豊かに、詳細に渡って思い出して語った。

彼が席をすすめてくれた食卓でぼくらは昼食をとり、冷たい国産〈トゥボルグ〉ビールを飲み、スレイヤ氏は、第八回十字軍が来たときに中央アナトリアに追い詰められた十字軍の騎士たちが、カッパドキアの洞窟に入って地下に潜ったことを語った。何百年もの間に人口が増え、この騎士たちの子供たち、孫たちは洞窟を広げていった。地下に回廊をつくり、他の洞窟を見つけ、都市を形成していった。中に〈十字軍の血筋の何十万人もの人々〉（ＨＳＹＫ）が住んでいた、太陽の光がささないこの迷宮の国から、スパイがときどき変装して我々の住む町や通りへ忍び込んできて、我々に西の文明がどんなに崇高なものかを説明し始めたという。我々の足の下を掘ってそこへ住み込んだ人間たちが、我々の頭も掘ってしまうことで、安心して地上に出てこられるようにと。このスパイたちが〈ＯＰＡ〉と呼ばれていることを、その名前のブランドの髭剃りクリームがあることを、ぼくは知っていただろうか？

アタテュルクが炒ったヒヨコマメを好きだったことが、わが国にとって何と大きな災難であったかを、彼が話したのだったか、ぼくがそのとき空想していただけだったのか？　彼がナーリン医師の話題に話を移したのか、それともぼくが連想してほのめかしたのか、わからなかった。ナーリン医師の過ちは、まるで物質主義者のように品物を信じて、それらをしまいこむことで失われた魂を守れると思っていたことだった。それが正しかったなら、彼らが言っていたようにがらくた市に光が降り注がれた《価値が上がった》ことだろう。光。この言葉で始まる多くのブランドがあった。すべてもちろん類似品だった。〈光〉印のランプ、〈光〉印のインク、などなど。ナーリン医師は、品物では失われた魂を、我々の魂を守れないことがわかると、テロ行為に訴えた。これはアメリカにとって都合がいいことだった、言うまでもなく。ＣＩＡ以外に誰もこれをうまくやる奴はいなかった——今日では、あの家の、あの屋敷のあった場所には風が吹いていた。バラの姉妹たちはひとりずつ逃げていなくなってしまっていた。息子はとっくの昔に殺されてしまっていた。組織はというと解散してしまい、もしかして各殺人者は、大帝国が崩壊するときのように、自分の自治公国を宣言したのかもしれない。植民地主義者の知能的で利口な作戦によって今「中東」と呼ばれている素晴らしい土地は、自治を宣言した植民地の新米王子のような人殺したちであふれかえってしまっている。タバコの端でぼくをではなく、ぼくの隣の誰も座っていない肘掛け椅子を指しながら、彼はパラドックスを強調した——植民地に結びつく自治の歴史が、もう終わりに来ているのだと。

夕暮れが薄暗い庭へ、まるで墓地に降りていくときのような静寂を膨張させながら降りてきたとき、ぼくが何時間も切り出そうとしていた件を、彼は突然話し出した。カイセリ近郊で出会ったひとりの日本人のカトリック宣教師が、あるモスクの中庭でやり始めた洗脳行為を説明している最中だったが、突然彼は話題を変えた――〈新生《イエニ・ハヤット》〉の名前をどうして思いついたのかを思い出せないでいた。けれどもキャラメルのこの名前は、長い間この土地に住んでいる人々に、新しい感受性や新しい味の存在を感じさせながらも失われた過去を思い出させたから、名前の種明かしとしてはぴったりだと思っていた。誰もが思っていたのとは反対に、キャラメル《カラ・メラ》自体もその名前も、フランスから取り寄せられた舶来物でも、偽物でもなかった。そもそも、黒いという意味の「カラ」という言葉は、この土地で何万年もの間暮らしてきた人々の使っていた一番基本的な単語だったから、三十二年間の生産の間、キャラメル《カラ・メラ》の包み紙に印刷された一万以上の四行詩のうちの千近くに、この言葉が使われていた。

それなら天使は?と、もう一度尋ねた、不運な旅人で。辛抱強い保険屋でもある途方に暮れた主人公は。

スレイヤ氏は返事として、この一万もの四行詩の中から八つの詩をそらで読んだ。世界一の美女と比べられた、眠そうな若い娘を思い起こさせる、物語から抜け出して魔法にかけられた、だんだんと子供っぽくなって不快な、ぼくにとって魅力的でもなく、ぼくの思い出を全く掻き立ててもくれない純粋な天使たちが、詩の行間からぼくに手招きをした。

スレイヤ氏は読み上げた四行詩はすべて自分の作品だと言った。〈新生《イエニ・ハヤット》〉印キャラメルの一万もの四行詩のうち六千近くを自分で書いたという。驚くほど売れたあの黄金時代には、ときには一日に二十もの四行詩を考えたこともあった。最初のビザンツ硬貨を作らせたアナスタシウス帝も、硬貨の表に自分の肖像を入れさせなかったか?　スレイヤ氏はその昔この国のすべての食料雑貨店《バッカル》で、秤やレジの後ろに置いてあった広口ビンの中に、自分の作品があったことを、自分の印章がついたものが何万ものポケットに入っていたことを、つり銭のかわりに使われていたことをぼくに思い出させながら、まるでその昔硬貨を作らせた皇帝のような権力、富、地位、美女、名声、成功、幸福、つまり人生のすべての快楽を味わったと言った。だから今になって生命保険をかけても何の役にも立たないのだった。けれどもこの若い保険屋を慰めるために、キャラメルになぜ天使の絵をつけたのかをおしえてくれてもいいはずだった。彼は若い頃よく行ったベイオウルの映画館で、マレーネ・ディートリッヒを観るのがとても好きだったという。特に『嘆きの天使』に夢中だった。この国では『青い天使』と訳されて公開されたこの映画は、ドイツの作家ハインリッヒ・マンの代表作だった。スレイヤ氏は原題が『ウンラート教授』というこの映画の原作も読んでいた。ウンラート教授は、エミール・ヤニングス扮する穏やかな高校教師であるが、ある日いかがわしい女に夢中になる。女は天使のように見えても本当は……。

外では強い風が吹いていたから木々がざわめいていたのだろうか？ それともぼくの理性が風にさらわれて行ってしまう音が聞こえていたのだろうか？ 大げさには驚かなかった、罪のない学生たちに人の好い教師が言うように、しばらくぼくは「そこにいなかった」。『新しい人生《イェニ・ハヤット》』を最初に読んだ青春時代の光の中の幻が、夜の帳の中に消えかかっている、手の届かない素晴らしい船の煌々と光るライトのように、ぼくの目の前をスッと通り過ぎて行った。ぼくが埋もれてしまった沈黙の中で、スレイヤ氏が若い頃見た映画や読んだ小説の悲惨な物語のことを語っているのだとわかってはいたが、まるで何も聞こえず、何も見えないかのようだった。

そのとき孫が部屋に入ってきて、電灯をつけた。そしてぼくは一瞬で三つのことに同時に気づいた。一、天井についているシャンデリアは、ヴィランバーの町のテントのサーカスで、アルズ天使が毎晩ひとりの幸運な人間に、人生についての無二の忠告と一緒に贈っていたシャンデリアと全く同じものだった。二、外があまりにも暗くなってきたので、長いこと年寄りの飴屋はぼくには全く見えていなかった。三、彼にもぼくが全く見えていなかった。彼は盲目だったから。

この第三のことについてだが、六時間もの間この人が盲目だということに気づかなかったぼくの注意力、ぼくの知能に疑問を抱いた攻撃的で嘲笑的な読者には、ぼくも、彼が持っていた本のいたるところに十分な注意を払ったどうかを攻撃的に尋ねようか？　例えば、天使について最初に話した場面の色彩を、今思い出せるかな？　あるいは『鉄道の英雄たち』という作品で、ルフクおじさんがいろいろな会社の名前を挙げたことが、『新しい人生《イェニ・ハヤット》』にどんな風に霊感を与えたか答えることができるかな？　ぼくがメフメットを映画館で撃ったとき、彼がジャーナンのことを考えていたことを、あの後どのヒントから知ったかお気づきかな？　ぼくのように人生を台無しにした人間にとっては、苦悩は、知的になれないでいることへの怒りとして現れてくるのだ。そしてその知的になりたいという欲望も最後にはすべてをだめにしてしまう。

ぼくは自分の苦悩に埋もれながら、天井のシャンデリアを眺める目つきで盲目だということがわかった老人を、初めてある種の敬意を持って、ある種の感動を持って、正直に言うとある種の嫉妬を持って眺めていた。背が高く、痩せていて、優雅で、歳のわりには元気に見えた。手や指をうまく使うことを知っていて、頭もまだしっかりと働き、彼がまだ強情に保険屋だと思っている夢見がちな人殺しの前で、興味深い存在であることをやめずに六時間も話し続けることができたのだった。幸せで興奮に満ちていた若い頃に何かに成功し、その成功が何百万もの人々の口の中で、胃の中で溶けていってしまったとしても、六千もの四行詩がキャラメルの包み紙と一緒にゴミ箱に捨てられてしまったとしても、そのことは彼に世界の中の場所についてしっかりした楽観的な考えをもたらし、八十歳を過ぎるまで一日二箱のタバコを吸うことができるようにしてくれるのだった。

沈黙の中、彼は盲目の人間特有の敏感さでぼくの苦悩を感じとった。そしてぼくの機嫌を直そうとし始めた――こうなんだ、人生とは――事故があった、幸運があった――愛があった、孤独があった、楽しさがあった――運命があった、一筋の光、ひとつの死、かすかだけれども幸せもあった――そういったことを忘れてはならないのだ。ラジオでは八時にニュース番組があった――孫は今ラジオをつけ、ぼくも彼らと一緒に夕食を（どうぞ）食べるはずだった。

ぼくは次の日にヴィランバーの町で生命保険に入りたがっている多くの人がぼくを待っていると言って謝り、即座に家を、庭を出て外へ出た。ここの冬が厳しいことを物語る肌寒い春の夜風に吹かれながら、庭にあった暗いヒバの木よりももっと自分を孤独に思った。

これからぼくはどうするつもりだったのか？　知らなければならない――全く知らなくてもいい――ことを知って、もう、自分のために生み出せるはずのすべての秘密の、冒険の、そして旅の最後にさしかかっていた。将来と呼ぶことが出来る人生の一部は、活気のある夜や楽しそうな人ごみ、電灯によく照らされた道とは無縁の、忘れられたソンパザルの町のようだった。何本かの薄暗い街灯以外は暗闇の中にあった。かなりうぬぼれた犬が二回「ワン」と吠えると、ぼくは坂を下っていった。

世界の果てにあるこの小さな町から、ぼくを昔の、銀行のポスター、タバコの広告、ソーダ水のビン、テレビ画面のざわめきに連れて行ってくれるバスを待っている間、外をあてもなくほっつき歩いた。世界の、本の、ぼくの人生の唯一性と意味に到達するという希望も欲望ももう残っていなかったから、外をうろついているとき、何も指し示さない、何も意味しない勝手きままな光景の中に自分がいるのに気づいた。ぼくは開いた窓から、ひとつのテーブルを囲んで夕食を食べている家族を眺めた。そうだったんだ、だから、わかるだろう。ぼくはモスクの壁にかかったボール紙の告知から、コーラン教室の時間を知った。ぶどう棚があるコーヒー店《カフヴェ》で〈ブダック〉印のソーダ水が、〈コカ・コーラ〉や〈シュウェップス〉、〈ペプシ〉のあの攻撃にめげずに抵抗しているのを見た、あまり気に留めずに。ぶどう棚のすぐ向かいにある自転車屋の前で、店の中から差している光の下でタイヤを調整している職人と、タバコを持って彼と親しげにしている友人をぼくは眺めた。なぜ友人と言うのだろうぼくは、もしかしたら彼らの間には心に秘めた敵意が渦巻いているのかもしれないのに。このふたつの状況も、多かれ少なかれたいして面白くないものだった。ぼくがとても悲観的だと思っている読者のために、ぶどう棚のコーヒー店《カフヴェ》の涼気の中で座って彼らを眺めるのは、それを全くやらないよりはいい気分だったということを言っておこう。

　バスが来た。ぼくはそんな気持ちでソンパザルの町を去った。曲がりくねった道を通って岩山を上り、不安になりながら、ブレーキの音をききながら下りた。バスは何回か止められ、兵隊たちに信用されるような態度をとりながら、身分証明書を出して見せた。山々を過ぎて兵隊による身分証明書検査が終わると、バスは広く暗い平地に出、好きなだけスピードを出して荒れ狂い始めた。エンジンのうなる音とタイヤの回る音の中で、ぼくの耳は昔馴染みの音楽の悲しげな音符を探し始めた。

　もしかしたらそのバスが、ジャーナンと昔乗った、耐久性のある巨大な、うるさい昔の〈マギルス〉の最後の生き残りだったからかもしれなかった――もしかしたら毎秒八回転するときにタイヤが出すあの独自のうなりに適したボコボコのアスファルトを走っているからかもしれなかった——もしかしたら、一時期トルコの国産映画配給を一手にやっていた、〈イェシルチャム〉のビデオ映画で、恋人たちがお互いに誤解して泣いているときに、ぼくの過去と将来が紫と鉛色の画面に現れたからかもしれなかった——でもぼくにはわからなかった、わからなかった——もしかしてぼくが人生で見つけられなかった意味を、偶然の秘密の秩序の中で見つけようと本能的に三十七番の席を選んだから、あるいは、その誰も座っていない座席に身体を伸ばして暗い窓を見ると、外には昔ぼくらに時のように、幻のように、人生やあの本のように、全く果てることのなく不思議で魅力的に見える夜の暗いビロードが見えたからかもしれなかった。ぼくよりも苦悩している雨が窓ガラスを打ち始めると、ぼくは自分の座席に十分に身を沈め、思い出の音楽に身を任せた。

ぼくの苦悩に比例して雨はどんどん激しくなっていき、夜半近くになって、ぼくの頭の中に開いた紫の悲しい花と同じ色の稲妻や、バスを揺する風とともに、どしゃ降りに変わった。窓際から座席に水が漏れてくると、古いバスは、どしゃ降りの中に消えていったガソリンスタンドや、水の亡霊と一緒になった泥まみれの村の前を通り過ぎた後、休憩所に向かってゆっくりゆっくりハンドルをきった。〈水際の思い出〉レストランのネオンの文字の青い光がぼくらを照らすと、「三十分」と疲れた運転手は言った。「休憩です。」

ぼくは自分の席から動かずに、思い出と名づけられた悲惨な映画をたったひとりで座って観ようと思っていたが、〈マギルス〉の屋根に打ち付ける雨は、ぼくの中の重い悲しみをあまりにも濃くしていったから、これに耐えられなくなるのではないか、とぼくは恐れた。頭に新聞やビニール袋をかぶって泥の中を早足で行く乗客たちと一緒に、ぼくも外へ出た。

人ごみに紛れたらぼくは気分が楽になった。スープを一杯飲んでムハッレビを食べ、世界に手で触ることが出来るという喜びで自分を紛らせ、自分の人生が後に残してきた部分を眺めながらため息をつく代わりに、前方に伸びている部分に理性の利口な遠距離ライトを向け、気を取り直した。ぼくは二段の階段を上り、ハンカチで髪の水気をぬぐった。油とタバコの匂いがするサロンに入ると、ある音楽が聞こえてきた。動揺した。

ぼくは、間近に迫った心臓発作を感じ取る経験豊かな病人のように用心深くなり、危険を回避するために途方に暮れて悶えたのを覚えている。けれども、止めてくれ、ラジオのこの音楽を、ぼくらはそれをジャーナンと遭遇した事故の後、手を取り合って聴いたのだから、とは言いたくなかった。——外してくれ、壁にかかった国産俳優の写真を、ぼくらはジャーナンとこの食堂で食事をしながらそれを眺めてどんなに笑ったことだったろう、とは叫べなかった。ぼくのポケットには苦悩の発作によく効くニトログリセリンの錠剤もなかったから、何かしなくてはと、一杯のエゾゲリンスープ、ひとかけらのパン、一杯のダブルのラクをたのんで隅のテーブルに座った。スプーンでスープをかき回していると、中に涙がポタポタと落ちた。

やめてくれ、チェーホフの真似をした作家たちがするように、痛みをすべての読者と分かち合うような人間になったという誇りを感じるのは。東部出身の伝統的な作家たちがするように、それを教訓として示そうじゃないか。つまり——ぼくは自分を他人と区別し、他の誰とも違う目的を持った特別な人間だと思いたかったのだ。それはこのあたりでは許されることではなかった。その不可能な空想は、ぼくの子供時代に読んだルフクおじさんの挿絵つき小説の影響で浮かんできたのだと独り言を言った。教訓を示したくてしかたがない読者がとっくの昔から思っていたように、ぼくが子供時代に読んだ数々の本がぼくの心構えを形作っていたために、『新しい人生《イェニ・ハヤット》』にそんなに影響を受けたのだろうか？　こうしてぼくはもう一度考えた。けれども昔の名言を吐く語り部のように、自分で考え出した教訓を自分でも信じられなかったから、それはぼく個人の人生の物語としてしか存在できないし、それはぼくの痛みを全く軽くしてはくれなかった。そもそもぼくの心はとっくの昔に、ぼくの理性に少しずつ打ちつけるこの容赦ない結論を出していたのだった——ラジオから流れてくる音楽とともに、ぼくはワアワア泣き始めた。

こんな状態は、スープをかき回したりピラフをかきこんだりしている他の客やバスの乗客たちにいい印象を与えないだろうと思って、ぼくは便所へ逃げ出した。咳き込むように噴き出し、頭や服をびっしょり濡らしてしまう、水道の蛇口から出るぬるくて濁った水を顔にバシャバシャかけ、鼻を洗い、少し気を落ち着けた。それから食堂に戻って席に着いた。

すこしして彼らを目の端で追うと、やはりテーブルからぼくを目の端で追っているバス仲間が少し安心したのがわかった。そのとき、彼らと一緒にぼくをうかがっていた籐のカゴを持った年寄りの物売りが、ぼくの瞳の中を見つめながら近づいてきた。

「どうでもいいじゃないか」と言った。「忘れてしまいな。このハッカ飴を食べなさい、気分が治るよ。」

彼はぼくのテーブルに〈爽快〉印のハッカ飴を一袋置いた。

「いくら？」

「いらないよ。わしのおごりだ。」

外で小さな子供が泣いているとき、人の好いおじさんが飴をくれたりするじゃないか……。そういう子供のようにぼくはすまなそうに飴屋のおじさんの顔を見た。おじさんはもしかしてぼくよりそれほど年上ではないかもしれなかった。

「今のところわしらは負けているんだ」と言った。「西はわしらを飲み込んでしまって、踏み潰して行ってしまった。スープにも、飴にも、下着にも入り込んで、わしらのすることはもうなくなってしまった。でもいつか、もしかすると千年後のある日、この陰謀を止めさせて、奴らをわしらのスープやチューインガム、わしらの魂の中から追い出す日が必ず来るだろう。復讐するんだ。とりあえずハッカ飴をなめなさい、泣いたってしかたないだろう。」

ぼくが求めていたのはこういう慰めだったのだろうか、わからない。けれども、通りがかったおじさんの話を真面目に聞いている子供のように、ぼくはしばらくの間この慰めのことを考えていた。それから十八世紀の思想家でエルズルム出身のイブラヒム・ハック、あるいは初期ルネッサンスの作家の思想が頭に浮かんできて、ぼくは新たな慰めの可能性を見つけた。彼らのように、苦悩の源は胃から頭まで広がった暗い有害な液体であると考えながら、ぼくは自分が飲み食いしているものに気をつけようと決心した。

スープの中にパンをちぎって入れ、スプーンでかき混ぜた。ラクを注意深く飲み、ひと切れのメロンと一緒にもう一杯たのんだ。胃の中で何が起こっているのかに注意を払う年老いた老人のように、ぼくらのバスが出るまで飲み食いしてその場をしのいだ。バスの中でも最前列の空いた席に座った。もうおわかりだと思うが――いつもぼくが座っていた三十七番の座席を、過去と一緒に後ろに置いていきたいと思ったのだ。ぼくは寝過ごしてしまった。

長くて切れ目のない睡眠を貪った後、明け方近くになってバスが止まると目覚めた。ぼくは文明の果てにある警察署のうちのひとつに、それに新しく設置されたモダンな休憩所にも入った。壁にかけられたトラックのタイヤ、銀行、〈コカ・コーラ〉の広告に写っているきれいで人の良さそうな娘たちを、カレンダーにある風景を、怒鳴りながらぼくを呼ぶ広告の中の文字の鮮やかな色を、それから隅のほうに知ったかぶりをして「セルフサービス」と書いてあるウィンドウの上のパンからはみ出た大きなハンバーグや、ルージュのような赤、雛菊のような黄色、夢のような青色のアイスクリームの写真を見ると、ぼくは少し愉快になった。

そこでぼくはコーヒーを買って隅のほうに座った。そしてぼくの前方にある三つのテレビ画面が放つ強い光の下で、真新しいブランドのプラスチックのボトルから、フライドポテトの上にケチャップをかけようとしている、お洒落をした小さな女の子を手伝おうとしている母親を眺めた。〈説明して《アンラト》〉印のケチャップのボトルはぼくのテーブルにもあった。蓋はなかなか開かず、開けられても小さい女の子たちの服を汚してしまうのだった。ボトルにある金色がかった黄色の文字は、その蓋を三ヵ月で三十個ためて下のほうに書いている住所に送り懸賞に当たったら、フロリダのディズニーランドへ一週間の旅行を約束していた。と、読んでいるとテレビはゴールの場面になっていた。

ハンバーガーの順番を待ちながらテーブルについている別の同胞たちと一緒に、ゴールのシーンをスローモーションでもう一度観ながら、ぼくの将来の人生に適した賢明で表面的でないある楽観が心の中に広がってきた。テレビでサッカーの試合を観て、日曜日は家にいてだらだらし、夜はたまに飲み、娘を連れて電車を見に駅へ行き、新しいメーカーのケチャップを試し、本を読み、妻と噂話をして愛し合い、タバコをくわえ、そのときにいつもするのだが、どこかに座って誰にも邪魔されずにコーヒーを飲むのを、そういった幾千ものことをするのが好きだった。体に少し気をつけて、例えばキャラメル屋のスレイヤ氏くらい生きられたら、この先こういったことを愉しみながら暮らすことができる半世紀ほどの時間がぼくにはあった……。一瞬、自分の家や妻、娘がまぶたに浮かんだ。土曜日の昼に家へ戻ったら、娘と何をして遊ぼうか、駅前の菓子屋で娘に買ってやる飴、夕方娘が庭で遊んでいる間に妻とどうやってきちんと恋しがりながら、怠けないで愛し合おうか、その後みな一緒にテレビを観ながらどうやって娘をくすぐって笑い合おうかと、スローモーションのようにぼくは想像した。

目覚めのコーヒーはぼくの意識をはっきりさせてくれた。明け方近くにバスの中に充満するあの深い静寂の中で眠っていないのは、運転手と、その右後ろにいるぼくだけだった。ぼくはハッカ飴をなめながら両目を占いの水晶玉のように見開き、まるでぼくの残りの人生のように全く終わることのなさそうな草原の真ん中を突っ切るアスファルトに釘付けになって、切れ切れになった中央の白線を数えながら、たまに通り過ぎるトラックやバスのライトを注意深く見つめ、辛抱強く朝を待っていた。

それから半時間もせずに、ぼくの右側の窓に朝の最初の兆しが見え始めた――ということはぼくらは北に向かっているのだった――はじめ暗闇の中で地平線がぼんやりと浮かび上がってくるように見えた。するとすぐにこの地平線は、草原を全く照らさずに暗い空をある隅から引き裂く絹糸のような紅色を帯びてきた。この桃色がかった紅色の線はあまりにも細く、あまりにも繊細で思いがけないものだったから、暗闇に向かって鞭打たれた暴れ馬のようにハアハアいいながら走る勤勉な〈マギルス〉、そしてそれが乗せているぼくら乗客が、一瞬、無益な機械的焦燥の中にいるように思えてしまった。それには誰も気づいていなかった。目がアスファルトに釘付けになっている運転手さえ。

何分かしてもう少し赤味を帯びてきた地平線が周囲に放つかすかな光のせいで、東の雲は下の端の方から明るくなってくるかのように見えた。長いバスの旅の間、バスの屋根に雨を降らせ続けたこの荒れ狂った雲が、少しの光に照らされてできた素晴らしい形を眺めながら、ぼくはあることに気づいた——草原はいまだに真っ暗闇の中にあったので、ぼくのすぐ前にあるフロントガラスには、バスの中の光に軽く照らされた自分の顔と胴体も見えたし、あの神経質な紅色や素晴らしい形の雲、忍耐強く繰り返される点線で描かれた車線も見えた。

バスの遠距離用ヘッドライトに照らされたこの車線を見ているとき、ぼくの頭の中にあのサビの部分が浮かんできた。ほら、疲れたバスのタイヤが何時間も同じ速さで回り、エンジンも同じテンポでうなりながら、人生もそれを同じようなリズムで繰り返しているとき、疲れきった乗客が、精神の深いところから取り出して、電柱と一緒に繰り返すあのサビの部分があるじゃないか——何だろう、人生とは？ それは時だ！ 何だろう、時とは？ それは事故だ！ 何だろう、事故とは？ それは人生、新しい人生だ……。こうやって繰り返すんだよ。それと同時に、バスの中の暗さと外の暗さが同じになるあの魔法の瞬間に、フロントガラスに写った自分の姿がいつ消えるのか、暗い草原に最初の家畜囲いの柵の影が、そして木の亡霊がいつ現れるのか自分に問いかけていたら、一瞬、一筋の光がぼくの目に差した。

その新しい光の中で、バスのフロントガラスに天使が見えた。

ぼくの少し前方にいたのに、同時にぼくからなんて遠いところにいたんだろう。それでもぼくはわかった——その深くて素朴な、力強い光は、ぼくのためにそこにあったのだった。〈マギルス〉が全速力で草原を前進していたのにもかかわらず、天使はぼくに近づくでもなく、遠ざかるでもなかった。輝く光のせいで、完全に何なのかは見えなかった。でもぼくの中で活気を帯びてきた遊び心、軽さや自由のおかげで、ぼくにはそれが何なのかわかっていた。

それはペルシャの細密画にある天使にも似ておらず、キャラメルの包み紙やコピーの天使にも、何年もの間ぼくが空想するたびにその声を聞きたかったものにも似ていなかった。

一瞬、天使に何か言って、話しかけたくなった。もしかするとまだあのかすかな陽気さや驚きの気持ちがあったせいなのかもしれなかった。でも声は出なかった。不安になった。最初感じたこの友情、親近感、やさしさの存在は、ぼくの中でいまだに生き生きとしていた——そのことにぼくは安らぎを求めていた。それが何年も待ち続けていた瞬間なのだと思いながら、バスの速度よりも速くぼくの中で大きくなってくる恐怖を鎮めるために、時や事故、安らぎ、文章、人生、そして新しい人生の秘密をぼくにおしえて欲しかった。でもそれは無駄なことだった。

天使はぼくから遠ければ遠いほど、素晴らしければ素晴らしいほど容赦なかった。容赦なくなりたかったからではない——ただ目撃するだけだったから、その瞬間に他には何もできなかったから。それは薄暗い草原の真ん中で、ハアハア息を切らす缶詰に似た〈マギルス〉の前方座席で、信じられない朝日の中で驚きあわてるぼくを見ていた。それだけだ。すべての容赦なさの、なす術のなさの耐え難い力を感じた。

ぼくが本能から運転手のほうを見ると、光がフロントガラス全体を大きな力で覆っているのが見えた。六、七〇メートル先に、お互いを追い越そうとしている二台のトラックが遠距離用ヘッドライトをこっちの方へ向けて、ぼくらに突っ込もうとスピードを上げて近づいて来ていた。事故になるのはもう免れないことだとわかった。

何年も前に経験した事故の後に感じた、あの安らぎへの期待を思い出した。事故の後スローモーションで経験した、あの移行の感覚――そこにもここにもいることができない乗客が、天国からの時を、お互いに仲良く分かち合うかのような幸福感で身じろぎする様が、ぼくの脳裏をよぎった。少ししたらすべての乗客が目を覚まし、幸せな叫び声や無頓着な金切り声が朝の静寂を破り、ふたつの世界の狭間にある入り口で、重力のない空間の尽きることのない陽気さを触発するかのような血まみれの内臓、散らばった果物、バラバラになった胴体、引き裂かれたスーツケースから噴き出した櫛、靴、子供の本の存在を、みなが一緒に驚きながら、興奮して発見するはずだった。

いや、みな一緒ではない。あの無二の瞬間を経験できる幸運な人間は、驚くほどの爆音と共に起こった事故の後に生き残れるであろう、後方座席の乗客の中にいるはずだった。最前列にいて、近づいてくるトラックの光を本からほとばしる光にくらんだ目で驚き恐れながら見ているぼくはというと、すぐに新しい世界へ渡っていくはずだった。

それがぼくの人生の終わりだということがわかった。けれどもぼくは家へ帰りたかった。全く、そう全く、新しい人生へ渡ったり、死んだりなどしたくはなかった。

イスタンブル　1992–1994

訳者あとがき

本書がトルコで出版されたのは一九九四年、わたしが民家研究のためトルコに留学してしばらくした頃だった。トルコ語にも慣れてきたところだったので、小説に挑戦してみようという気になったわたしは、本屋に平積みになっていたこの本を手に取った。あの頃あまり本を読まない人までもがこの『新しい人生』を買っていて、ちょっとした社会現象にもなっていたからだ。当時トルコは深刻な経済危機に見舞われていたのにもかかわらず、この本は二年間で二十万部近く売れたという。パムク氏がノーベル文学賞を受賞するのはそれよりずっと後のことなのだが、英訳された『白い城』(邦訳藤原書店、二〇〇九年)が一九九〇年にアメリカで賞をとってから人気はうなぎのぼりで、彼の本を読むのはインテリの証となっていた。さて、『新しい人生』を購入したわたしは、日常会話に不自由しなくなっていたのだが、冒頭から難解な文章が目白押しなだけではなく、唐突なストーリーについてゆけず、第一章も読み終えないうちに断念してしまった。パムク作品はわたしのようなトルコ語初心者向けではなかった。

それからかなりの月日が流れ、『新しい人生』を途中で放棄したわたしも、さまざまなトルコ語小説を楽しんで読めるようになっていた。そんなとき、わたしが研究しているトルコの世界遺産、サフランボルの民家について別冊『環』⑭「トルコとは何か」（藤原書店、二〇〇八年）に書かせていただいたのがきっかけで、この作品を翻訳することになった。

改めて本を買い直し、読み進めていくうちに、わたしの中に懐かしい気持ちが広がっていった。この物語の主人公は作者のパムク氏の出身と同じイスタンブル工科大学に通っているのだが、別の大学だがわたしが通っていたのも工科大学だった。イスタンブルの国立大学の校舎は、ほとんど十九世紀から二十世紀初頭のオスマン朝の近代化促進時代に建てられた西洋風建造物だ。石造の校舎は高い天井に細長い窓を持ち、心持ち装飾的な内装とは関係なく無造作に取り付けられた蛍光灯の下を、学生たちがタバコを片手に行きかっていた。当時の学生は学校帰りにどこかへ寄り道する余裕もなく、カフェテリアでたむろってチャイを飲むのがせいぜいだったと記憶している。なにしろ経済危機の真っ只中であったので、わたしも生活難であった。激しいインフレのせいで、もらっていたトルコリラの奨学金が、一日で四分の一の価値に下がってしまったこともある。天気の悪い冬、なぜかみな一様に、男子学生は紺色かグレーのウィンドブレーカー、女子学生はチェック柄のウールのコートを着ていた。冬は日が暮れるのが早く、授業が終わるころにはもう暗くなっていた。冬中止まない小雨の中、暗く濡れた路地を足早に下宿へ向かったものだった。この物語にもよく出てくる暗い路地だ。あの頃のイスタンブルの夜は暗かった。

また、主人公はトルコ各地を長距離バスで移動していくのだが、わたしが留学していたときにやっていたことと同じようなことが書かれている。当時のわたしはトルコ各地の木造民家を求めて、長距離バスで移動を重ねていた。そういった道中の夜行バスの中で、女性の隣には男性を座らせないという配慮のおかげで、わたしはさまざまな女性の隣になり、さまざまな身の上話を聞かされたものだった。兵役に行った息子に会いに行く母親、里帰りする大学生、イスタンブルの大病院に行くために田舎からでて来たおばさん。みな何かしら食べ物を持っていて、よくおすそ分けに預かった。バスに備え付けのテレビで上映される、〈イェシルチャム〉社製作のトルコ映画や、お笑いスター、ケマル・スナルが登場するコメディーが終わり、夜も更けてくるとバスの電燈は消される。都市と都市を結ぶ街道の闇の中、バスのヘッドライトが照らす白い車線を目で追っていると、いつのまにかとなりの人は寝息を立てていた。

『新しい人生』の発売当時、元から彼の読者だった人はさておいて、流行っているからという理由でこの本に手を出した人のほとんどは、わたしのように途中で読むのを放棄したか、読み終えても「よくわからなかった」という感想をもらしていた。わたしも初め読んだときはつまらなく感じたが、翻訳をするために読み込んでいくと、この物語は実は非常に手の込んだ暗示や連想のつながりで構成されていることがわかり、改めて作者の頭の良さに舌を巻いた。題名の『新しい人生』がダンテの『新生』を意識しているのは言うまでもないが、物語にちりばめられたバス事故、映画の中の接吻シーン、ルフクおじさんの鉄道熱、子どもの頃読んだ雑誌、ジャーナンへの愛、天使、メフメットの奇怪な行動、といったモチーフはお互いに追いかけ合い、メッセージを送り合っていて、何度も前に戻って確認しなければ、わけがわからなくなってしまう迷路のようだ。作者はこういった環の中に、東洋と西洋の対立、環境破壊、アメリカナイゼーションへの批判などを盛り込み、共和国建国以来トルコが歩んできた近代化の方向に警鐘を鳴らしている。

トルコは地理的に見ても東西の狭間にあり、両方の国々と折り合いをつけながらやってきた。中央アジアから西進してきて現在の位置に留まったトルコ人は、通ってきた場所の文化を吸収して新たな文化を作り上げることに成功してきたのだが、オスマン朝の衰退期からその伝統が崩れてきた。西側に比べて軍事や産業の分野で大幅な遅れをとったトルコは、産業革命以降の西側諸国がやっきになっていた市場拡張の餌食になった。第一次世界大戦に敗戦し、西側列強に国が分割される危機を救ったのが、この物語の中の地方都市の広場に必ず銅像がたてられているアタテュルクだ。

初代大統領になった彼は、それまで一方的に押し付けられてきた舶来物を自国でも生産しようと奮起した。国営工場が次々と建てられ、国産品の生産が促進された。ジャーナンが服を買っていた洋品店〈スメルバンク〉も、当時設立された国営企業のうちのひとつだ。共和国の建国にはソ連の支援もあったことから、当時ソ連との関係は良好で、〈スメルバンク〉の繊維工場はソ連の融資、設計で建設された。作中のロシア製時計などは、その頃から馴染みがあったものなのだろう。アタテュルクの死後、実質的に参戦はしなかったが第二次世界大戦中もずっと経済は低迷、その後三度も軍事クーデターが起こり、トルコ国民の生活はいつも困窮していた。最後のクーデターは、作中にも名前が登場するケナン・エヴレン将軍による、一九八〇年のものだ。その後民政に移行してからのトルコ政府がとった輸出入を奨励する政策のおかげで急成長したのが、コチをはじめとする大財閥だ。そして一九九〇年代初めに激化したＰＫＫ問題。このように、作中に登場するものには共和国の歴史が隠されている。

一九八〇年代の輸入規制緩和以降、欠乏していた物資がトルコ市場にあふれるようになった。困窮状態から突然豊かな物品の中へ放り出されたトルコ国民は、乾いた砂地が水をたちまち吸収するように、外国製品に飛びついたのではないか。今でこそトルコ製品の品質は世界標準に追いついたが、この頃の国産品はまだ輸入品の品質には及んでいなかったのだ。それからのトルコを見ていると、日本や他の先進国が歩んできた消費生活の変化の過程を飛ばしてきたように思える。自動車が買えなくてバイクでがまんしていた時代はなく、いきなり自動車時代に、ビデオやフィルムのカメラが普及する前にＤＶＤやデジカメに移行してしまった。物に対する審美眼が十分に養われないまま、最新の物に出会ってしまった時代だった。

結局この政策はうまく行かず、九三年に深刻な経済危機に襲われ、人々の生活は困窮した。インフレ率も一五〇パーセントを超えて物価が急騰した。そういう時期にこの作品が発表された。

現在では、作中に描かれていた、数々の素朴でささやかな生活はもう過去のものになってしまった。学生たちも裕福になり、流行の服を着て、学校帰りにベイオウルに繰り出す。久しぶりに大学へ行ってみたら、煤けた印象だったカフェテリアも、サンルーム風の明るい空間に変わっていて、昔固定電話を引くのに何ヶ月も待たされたのが嘘のように、売店では何種類もの携帯電話、デジカメやビデオカメラまで売っていた。長距離バスも今では全面禁煙、各座席にテレビが備え付けられ、インターネットまで完備されて、快適この上ない乗り物になっている。途中立ち寄るドライブインも、以前は店主の趣味を反映した野暮ったいが微笑ましい装飾だったのが、チェーン店が増えて画一化されてしまっている。快適にはなったものの、多少つまらなさも感じる。それでも高速沿いでない場所ならば、ローカル色の漂う店にめぐり合うこともある。

あの頃とは比べ物にならないほど裕福になった現在、この物語はトルコの人々が苦悩しながら精いっぱい生きていた最後の時代のものだったのだ、と思う。

いろいろな場面に登場する〈新生《イェニ・ハヤット》〉印のキャラメルは、一九五〇年代にトルコで爆発的に売れていた、実際にあったキャラメルなのだそうだ。ちょうどパムク氏の子ども時代にあたり、彼はその後このキャラメルが姿を消してくのを、さびしい気持ちで見ていたのかもしれない。

理解するのに普通の小説を読むよりも努力を要する作品であるが、ふんだんにちりばめられたパムク氏独自の凝ったディティール描写を味わいながら、どうか何度も読み返していただきたい。読む度に新しい発見をすることと思う。

なお、本文中の引用のうち日本語訳のあるものは既訳を引用させていただいた。記して感謝したい。

ノヴァーリス『青い花』今泉文子訳、ノヴァーリス作品集第二巻、ちくま文庫、二〇〇六年

ダンテ『新生』山川丙三郎訳、岩波文庫、一九九七年

リルケ『ドゥイノの悲歌』手塚富雄訳、岩波文庫、改版二〇一〇年

この場を借りて、はじめて長編小説の翻訳の機会を与えてくださり、校正を担当してくださった、藤原書店の刈屋琢氏と、訳文を読んで意見を言っていただいた友人たちに、心よりお礼申し上げます。

安達智英子

著者紹介

オルハン・パムク（Orhan Pamuk）

1952年イスタンブル生．3年間のニューヨーク滞在を除いてイスタンブルに住む．処女作『ジェヴデット氏と息子たち』（1982）でトルコで最も権威のあるオルハン・ケマル小説賞を受賞．以後，『静かな家』（1983）『白い城』（1985，邦訳藤原書店）『黒い本』（1990, 邦訳藤原書店近刊）『新しい人生』（1994，本書）等の話題作を発表し，国内外で高い評価を獲得する．1998年刊の『わたしの名は紅《あか》』（邦訳藤原書店）は，国際IMPACダブリン文学賞，フランスの最優秀海外文学賞，イタリアのグリンザーネ・カヴール市外国語文学賞等を受賞，世界32か国で版権が取得され，すでに23か国で出版された．2002年刊の『雪』（邦訳藤原書店）は「9.11」事件後のイスラームをめぐる状況を予見した作品として世界的ベストセラーとなっている．また，自身の記憶と歴史とを織り合わせて描いた2003年刊『イスタンブール』（邦訳藤原書店）は都市論としても文学作品としても高い評価を得ている．2006年度ノーベル文学賞受賞．ノーベル文学賞としては何十年ぶりかという感動を呼んだ受賞講演は『父のトランク』（邦訳藤原書店）として刊行されている．

訳者紹介

安達智英子（あだち・ちえこ）
1967年東京生まれ．1990年多摩美術大学立体デザイン科卒業．通訳・翻訳業．インテリアデザイン，トルコ民家研究．著作に『サフランボル，民家とくらし』（芳文社，私家版），レハー・ギュナイ『サフランボルの民家』YEM出版（トルコ）など．
http://turkishculture.bitter.jp/

新《あたら》しい人生《じんせい》

2010年8月30日　初版第1刷発行 ©

訳　者　安達智英子
発行者　藤原良雄
発行所　株式会社 藤原書店

〒162-0041　東京都新宿区早稲田鶴巻町523
電　話　03（5272）0301
FAX　03（5272）0450
振　替　00160-4-17013
info@fujiwara-shoten.co.jp

印刷・製本　中央精版印刷

落丁本・乱丁本はお取替えいたします
定価はカバーに表示してあります
Printed in Japan
ISBN978-4-89434-749-6

パムク文学のエッセンス

父のトランク

（ノーベル文学賞受賞講演）

O・パムク　和久井路子訳

父と子の関係から「書くこと」を思索する表題作の他、作品と作家との邂逅の妙味を語る講演「内包された作者」、自らも巻き込まれた政治と文学の接触についての講演「カルスで、そしてフランクフルトで」、佐藤亜紀氏との来日特別対談、ノーベル賞授賞式直前インタビューを収録。

B6変上製　一九二頁　**一八〇〇円**
（二〇〇七年五月刊）
◇978-4-89434-571-3

BABAMIN BAVULU　Orhan PAMUK

作家にとって決定的な「場所」をめぐって

イスタンブール

（思い出とこの町）

O・パムク　和久井路子訳

画家を目指した二十二歳までの〈自伝〉と、フロベール、ネルヴァル、ゴーチエら文豪の目に映ったこの町、そして二百九枚の白黒写真——失われた栄華と自らの過去を織り合わせながら、胸苦しくも懐かしい「憂愁」に浸された町を描いた傑作。

写真多数

四六変上製　四九六頁　**三六〇〇円**
（二〇〇七年七月刊）
◇978-4-89434-578-2

İSTANBUL　Orhan PAMUK

世界的評価を高めた一作

白い城

O・パムク
宮下遼・宮下志朗訳

人は、自ら選び取った人生を、それがわがものとなるまで愛さねばならない——十七世紀オスマン帝国に囚われたヴェネツィア人と、彼を買い取ったトルコ人学者。瓜二つの二人が直面する「自分とは何か」という問いにおいて、「東」と「西」が鬩ぎ合う。著者の世界的評価を決定的に高めた一作。

四六変上製　二六四頁　**二二〇〇円**
（二〇〇九年一二月刊）
◇978-4-89434-718-2

BEYAZ KALE　Orhan PAMUK

●オルハン・パムク続刊

黒い本